EDUARDO SACHERI

VIER JUNGS
AUF EINEM FOTO

Roman

Aus dem Spanischen von
Matthias Strobel

BLOOMSBURY BERLIN

FSC
www.fsc.org
MIX
Papier aus verantwortungsvollen Quellen
FSC® C083411

Die Originalausgabe erschien 2011 unter dem Titel *Papeles en el viento*
bei Aguilar, Altea, Taurus, Alfaguara de S. A. Ediciones

Die vorliegende Übersetzung basiert auf der vom Autor überarbeiteten
Fassung *Cuatro chicos en una foto*
Für die deutsche Ausgabe

Umschlaggestaltung: Hauptmann & Kompanie Werbeagentur, Zürich
Typografie: Birgit Thiel, Berlin
Gesetzt aus der Sabon von Greiner & Reichel, Köln
Druck und Bindung: CPI – Clausen & Bosse, Leck
Printed in Germany
ISBN 978-3-8270-1111-4

www.berlinverlag.de

1

Als sie den Friedhof verlassen haben, bleiben sie auf dem Gehweg stehen, als müssten sie erst in Ruhe entscheiden, wie es von jetzt an weitergehen soll. Fernando sieht die anderen an. Mauricio schaut zu Boden, doch Ruso erwidert seinen Blick. Er hat Tränen in den Augen.

So fühlt es sich also an, dass Mono tot ist. So ungefähr hat Fernando es sich auch vorgestellt in den vergangenen acht Monaten, wenn er nachts wach lag. Und doch ist es ganz anders. Die Realität ist einfacher, grundlegender. Sie ist das, was ist. Diese Wintersonne, die sich auf der Seite von Castelar versteckt, die hohe Friedhofsmauer, der lange Gehweg, der zur Straße führt, die Lastwagen, sie drei, wie sie unschlüssig herumstehen.

Ruso deutet mit dem Kinn in Richtung Avenida Yrigoyen. »Trinken wir 'nen Kaffee?«

Mauricio nickt, geht mit Ruso los. Fernando zögert. Er will jetzt keinen Kaffee. Aber genauso wenig will er hier stehenbleiben oder zurück auf den Friedhof. Gar nichts will er.

Also steckt er die Hände in die Hosentaschen und folgt den beiden, holt sie ein. Auf der anderen Straßenseite ist ein schmieriger Imbiss, wo es neben Hamburgern und Hotdogs auch Kaffee gibt. Ruso geht zur Theke, um zu bestellen, während die anderen sich an einen Tisch am

Fenster setzen. Mauricio sieht sich um. Aus einem der Getränkekühlschränke tröpfelt Wasser, das Fensterbrett ist schmutzig. An die Wand hat jemand einen üppig belegten Hamburger gepinselt. Darunter steht in großen orangefarbenen Buchstaben: *Paty komplett, 8 Pesos.*

»Was für ein versiffter Laden«, sagt Mauricio.

Fernando lächelt matt und nickt. »Mono hätt's gefallen.«

Fernando bemerkt, dass er zum ersten Mal in der Vergangenheitsform von seinem Bruder gesprochen hat. In dem Moment stellt Ruso die Plastikbecher vor ihnen ab. Der Tisch wackelt, und die Kaffees schwappen über, besonders der von Mauricio. Ruso geht zurück zur Theke, um nach einem Lappen zu fragen.

»Wenn er's erst mal realisiert, dann …«, murmelt Mauricio. »Hat er nämlich noch nicht.«

»Nein, hat er nicht«, stimmt Fernando zu und muss an die Beerdigung denken.

In den letzten Tagen hat Ruso zwar ein paar Mal geweint, ist aber die ganze Zeit unruhig hin und her gelaufen und hat es tunlichst vermieden, sich dem Sarg auch nur zu nähern. Ob es dadurch weniger schmerzhaft für ihn war? Nützt es was, wenn man die Dinge verdrängt?

Fernando fragt sich, ob man Schmerz irgendwie messen kann. Wiegen, vergleichen. Wer von ihnen drei leidet am meisten? Noch so eine Frage: Wenn man verwandt ist, leidet man dann mehr? Wenn ja, dann müsste er am meisten leiden. Die anderen sind nur Monos Freunde. Oder waren Monos Freunde. Er aber ist sein Bruder. War sein Bruder. Diese verflixten Zeitformen.

Ruso war Monos bester Freund. Seit der fünften Klasse. Was zählt mehr? Dass man ein Leben lang der Bruder war? Oder dass man dreißig Jahre lang der beste Freund war? Schwer zu sagen. Letztlich auch egal.

»Was ist? Was starrst du den Tisch so an?«

Mauricio reißt ihn aus seinen Gedanken. Lenkt sie in eine andere Richtung. Fernando schüttelt den Kopf und denkt, dass Mauricio derjenige ist, der am wenigsten leidet. Weil er zu egoistisch ist, um sich selbst zu bedauern, weil er es für Zeitverschwendung hält. Kaum hat Fernando das gedacht, bereut er es. Als wäre dieser Gedanke zu schäbig für einen solchen Moment.

»Nichts. War grad nur ganz woanders.«

Er nimmt einen großen Schluck und verzieht das Gesicht: Der Kaffee schmeckt bitter, wie stundenlang warmgehalten. Ein Kuhtransporter rattert scheppernd vorbei. Sie sehen nach draußen zur endlosen Kolonne aus Autos, Bussen und Lastwagen.

»Gäbe es einen Wettbewerb für die hässlichste Straße der Welt, die Yrigoyen würde ihn gewinnen«, sagt Mauricio.

»Gut möglich«, erwidert Fernando und trinkt seinen Kaffee aus.

Mono

Alejandros Spitzname »Mono« – Affe – hatte nichts mit seinem Aussehen zu tun, denn er war eher blond, blass und unbehaart. Er ging auch nicht gebückt, sondern im Gegenteil betont aufrecht, trotz seiner geringen Körper-

größe. Den Spitznamen hatte Mauricio ihm verpasst, der schon als kleiner Junge einen treffenden, aber gnadenlosen Humor besaß, und zwar an dem Tag, an dem Alejandro – es sollte sein letzter Tag als Alejandro sein – beinahe gestorben wäre.

Es war im Sommer, kurz nach seinem zehnten Geburtstag. Die vier hatten nach dem Mittagessen auf dem Gehweg herumgelungert, im Schatten der großen Trauerweide, weil es so irrsinnig heiß war. Alejandro hatte zur Baumkrone gezeigt und gesagt, wetten, dass er sich traue, da raufzuklettern.

Das schaffe er nie, sagten die anderen, aber mehr aus Reflex, als dass sie es ihm nicht zutrauten. Es war kurz vor vier, und kicken konnten sie sowieso erst wieder, wenn die Nachbarn ihren Mittagsschlaf beendet hatten.

Alejandro stand auf, klopfte sich den Staub von den Händen und zog sich an einem Ast hoch. Kaum war er oben, stichelten die anderen, mäkelten an seiner Klettertechnik herum, drohten, ihn bei seiner Mutter zu verpetzen. Alejandro aber ließ sich nicht beirren und stieg Ast um Ast höher. Die anderen mussten die Augen zusammenkneifen, weil Blätter und Rinde auf sie herunterrieselten. Obwohl sie sich die Lunge aus dem Hals schrien, war schnell klar, dass Alejandro es tatsächlich bis in den Wipfel schaffen würde. Das letzte Stück robbte er wie ein Koalabär hoch, weil die Äste immer dünner wurden und er nicht ganz schwindelfrei war.

Dann war er oben. Vorsichtig suchte er eine stabile Position, presste die Schenkel um den Stamm, löste langsam die Füße und, als er sich ganz sicher fühlte, auch die Hände, sah nach unten und zeigte den anderen einen Stinkefinger. Dann ließ er zufrieden den Blick schweifen. Er war der Erste, der die Dächer seines Viertels von oben sah, und vermutlich, dachte er, würde er auch der Einzige bleiben. Nie im Leben würden sich die anderen trauen, hier raufzuklettern. Er würde der Held sein, und darauf freute er sich jetzt schon.

Er holte tief Luft, ballte die Fäuste, breitete die Arme aus und stieß diesen gutturalen Schrei aus, den er sich bei Johnny Weissmuller und Ron Ely abgeguckt hatte. Dann schlug er sich auf die Brust und brüllte: »Ich bin Tarzan, der Herr der Affen!«

Vor Übermut begann er zu hüpfen, vorsichtig zwar, aber genug, dass der Ast, auf dem er saß, mit einem lauten Knacken brach. Den anderen sträubten sich die Nackenhaare, als sie das Knacken hörten, und sie kreischten entsetzt auf, als sie sahen, wie er von Ast zu Ast nach unten fiel, mit immer merkwürdigeren Verrenkungen.

Zum Glück lebte damals Abelardo Colacci noch, und dieser Abelardo Colacci hatte einen Ford Falcon, um den er sich kümmerte wie ein hingebungsvoller Liebhaber. Und weil er die fixe Idee hatte, dass die Sommersonne den Lack seines Wagens zerfressen würde, parkte er ihn von Dezember bis März unter der Trauerweide, was zur Folge hatte, dass Alejandro nicht auf dem Boden landete, sondern auf dem Dach des Ford Falcon. In den folgenden Wochen sollten die vier immer wieder zu Colaccis Wagen gehen und sich fassungslos den Krater ansehen, den Alejandro im Dach hinterlassen hatte. »Hier bin ich mit dem Hintern aufgeschlagen«, sagte Alejandro dann, als untersuchte er die Wirbel eines Dinosauriers im Mu-

seum, »und hier mit dem Kopf.« Und Ruso fügte immer hinzu: »Ganz schön tiefe Dellen. Hätte das Auto nicht da gestanden und wärst du direkt auf den Asphalt geknallt, dann gute Nacht, dann wärst du jetzt tot.« Zum ersten Mal hatte er es in der Klinik gesagt, als man sie endlich zum eingegipsten Alejandro ins Zimmer gelassen hatte. Und weil er seinen Befund für so schlau hielt und sich selbst für so feinfühlig, hatte er es jedes Mal, wenn sie an der Trauerweide vorbeikamen, wiederholt.

Am Tag des Sturzes, als es so sehr schepperte, dass die Nachbarn an die Fenster eilten, weil sie dachten, auf der Kreuzung hätte es gekracht, und jemand geistesgegenwärtig einen Krankenwagen rief, versammelten sich die drei Freunde um den Wagen, auf dem schmutzig und zerkratzt Alejandro lag und stöhnte, also lebte. Mauricio überwand als Erster den Schock, die Angst, der Freund könnte tot sein. Er verzog das Gesicht zu einem schelmischen Lächeln und verpasste Alejandro den Spitznamen, den er sein Leben lang nicht wieder loswerden würde.

»König der Affen, dass ich nicht lache. Ein Affe bist du, mehr nicht.«

Und bei diesem Namen blieb es: Mono.

2

Mauricio öffnet den kleinen Aktenkoffer, holt sein Notizbuch heraus, schlägt es auf einer vollgekritzelten Seite auf.

»Ich hab's jetzt so weit klar, bis auf einige Details, für die mir noch die Kontoauszüge fehlen. Deine Mutter wollte sie heute oder morgen vorbeibringen. Viel Durchblick scheint sie allerdings nicht zu haben. Vielleicht solltest du ihr mal ein bisschen unter die Arme greifen, Fernando.«

»Ich bin vor siebzehn Jahren ausgezogen, Mauricio. Ich hab keine Ahnung, wo die Unterlagen sind.«

»Mag sein, aber deine Mutter ist schon etwas älter, und du weißt ja, wie das ist.«

»Deshalb hat sich ja auch Mono immer um solche Sachen gekümmert.«

Fernando hält Mauricios Blick stand und setzt sich aufrecht hin. Man muss kein Genie sein, um zu bemerken, wie viel Vorwurf in Mauricios Blick liegt. Mauricio denkt, dass er das Ruder schon vor zwei Monaten hätte übernehmen müssen, als klar wurde, dass Mono sterben würde. Aber gerade deswegen hatte er es nicht getan, weil es ihm vorgekommen war, als würde er das Sterben noch beschleunigen, wenn er Papiere sichtete, Entscheidungen traf, Unklarheiten ausräumte. Ruso steht auf und geht zum Tresen, um nach dem bestellten Kaffee zu fragen. Aber auch, denkt Fernando, weil er die schlechten Nachrichten nicht hören will.

»Schieß los«, sagt Fernando.

»Es ist schlimmer als befürchtet. Auf der Bank ist praktisch nichts. Peanuts. Ich hab deine Mutter gefragt, aber sie meint, ihr hättet kein Schließfach oder Anteilsscheine oder so was.«

»Anteilsscheine? Mono und Anteilsscheine?«, sagt Fernando. Er will Mauricio ja nicht verletzen, aber manchmal macht ihn dessen Art schier wahnsinnig. Durch und durch Anwalt. Schreibblock, silberner Füller, nagelneuer Aktenkoffer. Freund der Familie, Freund, der sich kümmert, das schon, aber eben vor allem Anwalt. Also keine Anteilsscheine, kein Schließfach.

»Wie gesagt, ich hab deine Mutter gefragt, und die hat's mir bestätigt«, erklärt Mauricio, der die Ironie nicht bemerkt hat.

»Tja, Mauricio. Der einzige Anteilsschein, den Mono je hatte, war ein Gutschein der Freiwilligen Feuerwehr von Morón.«

»Okay. Aber ich musste das überprüfen.«

»Gut. Und weiter?«

»Nichts weiter. Alles weg. Nichts mehr übrig von der Entschädigung. Dabei war das ein ganz schöner Batzen Geld. Dreihundertsechstausendvierhundertfünfundsiebzig Dollar, um genau zu sein«, fügt Mauricio nach einem kurzen Blick auf seinen Block hinzu. »Hab ich damals ausgehandelt, wie du weißt.«

Weiß ich, und ich weiß auch noch, dass du ihm dafür ein Honorar in Rechnung gestellt hast, obwohl er seit Kindertagen dein Freund war, denkt Fernando, sagt es aber nicht.

»Und nun?«, fragt er stattdessen.

»Was weiß ich. Mono hat das ganze schöne Geld in diesen Spieler gesteckt, diesen ...«

»Pittilanga. Mario Juan Bautista Pittilanga«, hilft Fernando aus, in einem Ton, der keinen Zweifel daran lässt, dass Mauricio den Namen eigentlich kennen sollte. Wenn schon Vorwürfe, dann bitteschön auf beiden Seiten.

In diesem Augenblick kommt Ruso zurück und führt

akrobatische Verrenkungen aus, um sich an den drei Tassen nicht die Finger zu verbrennen.

»Wäre es nicht einfacher gewesen, den Kellner zu bitten?«, meint Mauricio.

Sicher wäre das einfacher gewesen, denkt Fernando. Aber einfach, das hat Ruso noch nie gereizt.

Ruso stellt die Tassen auf den Tisch und setzt sich. »Und? Wie sieht's aus?«

»Beschissen«, sagt Fernando rüde, als wäre diese latente, übernächtigte Wut zu irgendetwas nütze.

3

Sie passieren die Eingangskontrolle, werden von einem schläfrigen Polizisten abgetastet. Dann steigen sie hinauf zum obersten Rang, wischen den Staub vom Beton und setzen sich. Fernando schätzt, dass auf die Tribüne rund zweitausend Leute passen. Aber es ist Samstag, und es hat den ganzen Vormittag geregnet, also haben sich nur an die zweihundert Leute eingefunden, in kleinen Grüppchen, so wie sie.

Die Heimmannschaft läuft auf, in grünen Trikots und weißen Hosen.

»Seht ihr«, sagt Ruso süffisant, »die häufigste Trikotfarbe in Argentinien ist Grün.«

»Kommst du schon wieder mit dieser alten Leier«, regt sich Mauricio auf. »Wann kapierst du endlich, dass du komplett danebenliegst?«

Ruso hebt die Hand, um aufzuzählen: »Ferro: grünes

Trikot. San Miguel: grünes Trikot. Ituzaingó, Deportivo Merlo, Sarmiento de Junín, und neuerdings« – er legt eine Kunstpause ein – »auch San Martín de 9 de Julio.«

»Mann, Leute, wir sind dreihundert Kilometer gefahren, um dieses Spiel zu sehen. Könnt ihr euren Streit nicht auf ein andermal verschieben?«, mischt sich Fernando genervt ein.

Aber Mauricio hat bereits auf Angriff geschaltet. »Rot-Weiß kommt viel öfter vor als Grün«, erwidert er und hebt seinerseits die Hand, um mit den Fingern aufzuzählen. »Independiente, River, Argentinos Juniors, Estudiantes de la Plata, Huracán, Los Andes, San Martín de Tucumán, Huracán de Tres Arroyos ...«

»He, he, keine Provinzclubs«, kontert Ruso.

»Dann aber auch keine aus den unteren Ligen. Aber bitte, wenn du meinst: Unión Deportivo Morón, Instituto de Córdoba. Reicht's oder brauchst du noch mehr?«

Fernando hat sich schweigend angehört, wie Mauricio die Namen heruntergerasselt hat, selbstsicher, entschlossen, ja fast kalt. Wie ein Trommelfeuer. Wenn sich seine Freunde in die Haare kriegen, passiert immer das Gleiche: Mauricio scheint über ein ganzes Waffenarsenal zu verfügen, während Ruso naiv in jede Falle tappt.

»Was gibt's da zu lachen?«, blafft Mauricio Fernando an.

»Ich lach doch gar nicht, ich lächle.«

»Und worüber?«, regt sich sein Freund weiter auf. Unglaublich, wie schnell man ihn in Rage bringen kann.

»Moment! Maniyú de Corrientes!« Ruso strahlt, als hätte er gerade ausgeglichen.

»Da kommen die Jungs von Santiago aus der Kabine«, sagt Fernando, froh, die beiden ablenken zu können. So erspart er Ruso eine weitere Niederlage.

»Wer von denen ist Pittilanga?«

»Der, der sich gerade an der Seitenbande aufwärmt.«

»Wer? Der Dünne? Der so flink aussieht?«

»Nein, der Große, der aussieht wie ein Rumpelfüßler.«

»Ah …«

Als die Partie angepfiffen wird, sagt Ruso, er komme sich vor wie so ein Beobachter, den die Trainer ein, zwei Spieltage vor der Begegnung losschicken, um den Gegner auszuspionieren. Aber die anderen hören ihm nicht zu. Fernando, weil er alles, was ihm wichtig scheint, in ein Notizbuch schreibt, Mauricio, weil er sich konzentriert: Ernst, schweigend, mit vor der Brust verschränkten Armen verfolgt er das Spielgeschehen.

Nach der ersten Halbzeit – ein zähes, torloses Unentschieden – geht Ruso aufs Klo und kommt mit Hamburgern und Cola zurück. »Wisst ihr, was mich das hier gekostet hat? Das ist die reinste Abzocke!«

Die anderen kramen in ihren Hosentaschen nach Geld und geben ihm jeweils einen Zehner. Als die Mannschaften wieder aufs Spielfeld laufen, stellen sie erleichtert fest, dass Pittilanga auch die zweite Halbzeit bestreiten wird. Die Heimmannschaft spielt besser und schießt kurz hintereinander zwei Tore. Atlético Mitre hingegen wirkt hilflos. Pittilanga wird eine Viertelstunde vor Schluss ausgewechselt. Der Trainer klopft ihm zerstreut auf die Schultern.

»Für diesen Versager hat Mono dreihunderttausend Dollar hingeblättert«, sagt Mauricio. Seine Stimme klingt düster, und es ist auch keine Frage, sondern eher eine Feststellung. Ein Urteil.

»Dreihundertzehntausend«, korrigiert Ruso.

»Der soll bei der U-17 gewesen sein?«

»Ja, war er.«

»Und was ist schiefgelaufen?«

Den Rest des Spiels betrachten sie schweigend. Als der Schiedsrichter abpfeift, stehen die Fans der Heimmannschaft auf und applaudieren ihren Spielern, die am Mittelkreis stehen und grüßend die Arme heben.

Auch die drei Freunde stehen auf. Sie folgen den anderen Besuchern, steigen die schmutzigen, weiß gestrichenen Stufen hinunter, schieben sich Entschuldigung murmelnd an mehreren Leuten vorbei, bis sie sich endlich zur Gästekabine durchgeschlagen haben. Ruso klopft an. Ein kleiner Kerl im Trainingsanzug öffnet ihnen. Auf seiner Baseballkappe steht: *Weingut El Tanito – Mendoza*.

»Wir müssen mit Señor Bermúdez sprechen«, sagt Ruso und fügt hinzu: »Wir sind die Besitzer von Pittilanga und kommen extra aus Buenos Aires.«

Fernando fragt sich, ob es eine gute Idee ist, sich so vorzustellen. Besitzen sie den Spieler oder besitzen sie nur die Transferrechte? Eigentlich weder das eine noch das andere. Als Mono klar wurde, dass er sterben würde, bestand er darauf, schnell noch einen Vertrag aufzusetzen, in dem er seiner Mutter die Transferrechte übertrug. Somit ist Fernando der Sohn der Pro-Forma-Rechteinhaberin. Ziemlich kompliziert, das Ganze.

»Moment.«

Durch den Türspalt erhaschen sie einen Blick in die Kabine: halbnackte Spieler, Wasserdampf, herumliegende Trikots, bedröppelte Gesichter. Das erwartbare Szenario, wenn man zwei zu null verloren hat. Plötzlich erscheint ein Hüne im Türrahmen, der den gleichen Trainingsanzug trägt wie der andere eben und die gleiche Baseballkappe. Gibt es in Santiago del Estero keinen einzigen Sponsor?, fragt sich Fernando. Müssen die sich wirklich einen in Mendoza suchen?

»Wie kann ich Ihnen helfen?«, fragt der Hüne und sieht sie abwechselnd an, als wüsste er nicht recht, an wen er sich wenden soll.

»Wir kommen aus Buenos Aires. Die Besitzer von Pitilanga«, stammelt Ruso. »Hätten Sie vielleicht einen Augenblick für uns?«

Verwundert runzelt Bermúdez die Stirn. »Ich dachte, die Transferrechte liegen bei diesem jungen Kerl, diesem Raguzzi. Jedenfalls war der mal bei mir.«

Ruso blinzelt, weiß nicht, was er antworten soll.

»Ist auch so«, schaltet sich Fernando ein. Er hat das Gefühl, dass sie sich lächerlich machen, dass sie irgendwelche Rollen spielen, und das ziemlich schlecht. Solange sie untereinander sind, klappt es einigermaßen, selbst im Streit. Aber sobald sie mit ihrer Pantomime an die Öffentlichkeit gehen, fällt sofort auf, dass sie improvisieren, dass sie keinen Plan haben.

»Was denn nun? Sind Sie die Rechteinhaber oder nicht?«, fragt Bermúdez und klingt dabei weniger genervt als gelangweilt.

»Raguzzi ist vor einigen Wochen gestorben«, erklärt Mauricio schließlich. »Er war seit längerem schwer krank und hat uns die Rechte übertragen. Ergo sind wir jetzt die Rechteinhaber.«

Der Trainer zuckt zusammen, nur leicht, kaum wahrnehmbar. Fernando bemerkt es nur, weil er es erwartet hat. Jeder, der erfährt, dass Mono tot ist, zuckt zusammen. Ein verständlicher, menschlicher Irrtum: zu meinen, dass Jungsein und Sterben sich ausschließen.

»Das ... tut mir leid«, stammelt Bermúdez und schüttelt allen die Hand, um ihnen nachträglich sein Mitgefühl zu bekunden.

»Haben Sie kurz Zeit? Wir wollen nicht aufdringlich sein, aber wir sind extra aus Buenos Aires gekommen«, sagt Ruso noch einmal. »Wir wollten mal hören, wie die Sache so steht.«

Bermúdez verschränkt die Arme hinter dem Rücken, lehnt sich an die Wand und überkreuzt die Beine. Er räuspert sich und kneift die Augen zusammen, als blendete ihn die Sonne, dabei ist sie um diese Uhrzeit längst untergegangen. »Mit Pittilanga?«

Womit denn sonst?, denkt Fernando, lässt sich seine Ungeduld aber nicht anmerken, weil Bermúdez offensichtlich Zeit braucht, um sich seine Antwort zu überlegen.

»Äh ... Nicht so leicht, das Ganze«, sagt er schließlich und sieht zu Boden. »Wir sind nicht gerade ein Spitzenteam. Ehrlich gesagt, sind wir sogar grottenschlecht.« Er nickt in Richtung Kabinentür, hinter der seine Schützlinge sich gerade duschen. »Der Junge gibt sich redlich Mühe.«

Fernando rechnet es ihm hoch an, dass er sondiert, was positiv sein könnte.

»Sie haben ihn für ein Jahr ausgeliehen, oder?«, schaltet sich Mauricio ein.

»Genau. Ist gerade zu uns gestoßen, vor einem Monat.«

»Und Sie haben eine Kaufoption, richtig?«, fragt Fernando.

»Ja, aber da mische ich mich nicht ein. Ich arbeite mit dem Material, das man mir zur Verfügung stellt, verstehen Sie? Ob einer am Ende gekauft wird oder nicht, das entscheidet das Präsidium.«

»Verstehe. Aber für diese Entscheidung ist es noch ein bisschen früh, oder?«, meldet sich nun auch Ruso zu Wort.

»Schon. Die Saison hat ja gerade erst angefangen.«

Eine Weile schweigen alle, dann fasst sich Bermúdez ein Herz: »Eine Frage. Es geht mich zwar nichts an, aber ... Für Pittilanga, wie viel haben Sie da bezahlt?«

Die drei zögern. Fernando weiß nicht, ob Ruso und Mauricio aus demselben Grund zögern wie er. Fühlt Bermúdez ihnen auf den Zahn, weil er eine Kommission für sich rausschlagen will? Davon hat er schon öfter gehört: dass Trainer Geld fordern, um jemanden zum Stammspieler zu machen. Damit sich sein Wert erhöht. Doch dann sieht Fernando wieder, wo sie hier sind. Den rissigen Betonboden, die Blechtür, die Baseballkappen mit der Weinwerbung. Nein, Bermúdez hat keine Hintergedanken.

»Dreihunderttausend Dollar«, sagt Mauricio schließlich.

»Alle Achtung!«, ruft Bermúdez erstaunt. Unter anderen Umständen hätte es ein Ausdruck von Bewunderung sein können, aber hier, auf diesem trostlosen Sportplatz in der tiefsten Provinz, wirkt es nur mitleidig.

»Er hat mal in der U-17 gespielt, galt als Talent«, führt Fernando ins Feld, wie um seinen Bruder zu verteidigen.

»Ja klar. Klar«, sagt Bermúdez. »Manchmal kommt es eben anders, als man denkt.«

»Tja. Danke, dass Sie sich die Zeit genommen haben.« Fernando streckt ihm die Hand hin, ein etwas abrupter Abschied, aber er will die Sache jetzt möglichst schnell beenden. Hauptsache, weg von hier.

»Eins noch«, sagt Mauricio zum Abschluss. »Glauben Sie, dass er Stammspieler bleibt?«

Bermúdez kratzt sich die unrasierte Wange. »Also ... wahrscheinlich schon.«

»Wäre wichtig für uns. Damit sein Wert nicht noch weiter sinkt«, setzt Mauricio nach.

»Super«, fügt Ruso begeistert hinzu. »Dass er Stammspieler bleibt, meine ich. Das wird ihm den Rücken stärken. Selbstvertrauen geben.«

Bermúdez sieht sie an, als überlege er, ob er ihnen widersprechen soll. »Der, den ich für ihn aufstellen könnte, kickt so einen Stiefel zusammen, da habt ihr nichts zu befürchten.«

Zum Abschied hebt er leicht die Hand und geht zurück in die Kabine.

4

Mauricio blickt in den Rückspiegel und sagt Ruso zum x-ten Mal, er soll nicht in der Mitte sitzen, weil ihm sonst die Sicht versperrt wird. Ruso rückt zur Seite, sitzt aber kurz darauf schon wieder da, wo er vorher gesessen hat. Mauricio will ihn schon anschnauzen, da holt Fernando sein Notizbuch aus der Ablage und liest laut vor.

»Vierzehn Ballkontakte. Fünf in der ersten Halbzeit, neun in der zweiten, in der er stärker am Spiel beteiligt war, weil die Mannschaft zurücklag und etwas mehr auf Angriff gespielt hat. Man müsste ihn mal bei einem Heimspiel beobachten. Aber deswegen fahren wir nicht extra nach Santiago del Estero. Oder doch?«

Mauricios Blick sagt alles: ein kategorisches Nein. Schon nach 9 de Julio ist er nur zähneknirschend mitgefahren, aber nach Santiago del Estero, da bringen ihn keine zehn Pferde hin, das kann Fernando sich abschminken.

»Unter den vierzehn Ballkontakten waren zwei Versuche, einen Doppelpass zurückzuspielen, allerdings misslungen.«

»Weißt du, wie du mir vorkommst?«, unterbricht ihn Ruso amüsiert. »Wie einer dieser Kommentatoren beim Basketball, die zu jedem Scheiß eine Statistik parat haben. Oder beim Tennis. Aber mehr beim Basketball.«

»Mach weiter«, übergeht Mauricio Ruso.

»Zwölfmal hat er den Ball sauber gepasst, aber weit weg vom Strafraum, also bedeutungslos.«

»Angeblich gibt es Firmen«, lässt sich Ruso nicht beirren, »die nichts anderes machen, als solche Statistiken zu erstellen. Zu allen Spielern wohlgemerkt. Noch die kleinste Kleinigkeit. Und diese Daten verkaufen sie dann an ausländische Clubs, wenn die auf Einkaufstour sind. An Clubs oder Spielerberater.«

»Bleiben sieben. Zweimal blieb er hängen, als er seinen Verteidiger ausdribbeln wollte.«

»Diese Typen kommen also aus Europa und sagen: ›Ich will wissen, wie der oder der Spieler dieses und letztes Jahr so drauf war‹, sagen wir, Mauricio Guzmán. Dann wird auf einen Knopf gedrückt und piep, schon spuckt der Rechner die Daten aus.« Ruso ahmt mit der Hand nach, wie das Papier aus dem Drucker kommt. Mauricio sieht es, weil Ruso schon wieder in der Mitte sitzt und ihm die Sicht versperrt. »Dann ab zur Kasse, macht so und so viel. In Dollar, versteht sich.«

»Zwei Kopfbälle, die beide weit drübergingen. Ein Schuss nebens Tor. Und zwei Schüsse aufs Tor, die der Keeper gehalten hat.« Fernando klappt sein Notizbuch zu. »Das war's.«

Die anderen schweigen. Irgendwann hält es Mauricio nicht mehr aus. »Mit anderen Worten: Er war grottenschlecht.«

Fernando starrt eine Weile nach draußen auf das gelbliche Gras neben der Fahrbahn.

»Er hat tatsächlich nicht viel drauf«, sagt er schließlich. »Oder besser gesagt: überhaupt nichts.«

Ruso scheint etwas sagen zu wollen, überlegt es sich aber anders und hält den Mund.

Futur

Nach der Schule wusste Mono genau, wie seine Zukunft aussehen würde. Im folgenden Jahr würde Vélez ihm seinen ersten Profivertrag anbieten. Drei oder vier Spielzeiten später würde er der beste Innenverteidiger

Argentiniens sein. Mit dreiundzwanzig – höchstens vierundzwanzig – würde er für einen Millionenbetrag nach Italien verkauft werden. Dort würde er etwa zwölf Jahre spielen und dann in die Heimat zurückkehren, um seine Karriere bei Independiente glorreich zu beenden. Und das waren noch lange nicht alle Verben, die Mono so selbstüberzeugt im Futur verwendete.

Auch nach seiner aktiven Zeit würde er dem Fußball verbunden bleiben und Trainer werden. Er würde einen Zweitligaclub trainieren und nach einigen Spielzeiten, wenn er genug Erfahrung gesammelt hätte, in die erste Liga wechseln. Irgendwann, früher oder später, als Spieler oder als Trainer – oder besser früher als später, als Spieler UND als Trainer –, würde er Argentinien zum Weltmeistertitel führen und dafür im Halbfinale England oder Deutschland und im Finale Brasilien schlagen.

Mono hatte so oft laut davon geträumt – seiner Überzeugung nach durfte man mit allem Guten nicht hinterm Berg halten, weder mit dem, was war, noch mit dem, was kommen würde –, dass seine Freunde seine Wunschbiografie schon auswendig aufsagen konnten. Fernando und Mauricio standen für diese Zeitverschwendung allerdings nicht zur Verfügung; dafür übernahm Ruso begeistert alle Rollen: Agent, Masseur, Platzwart, Medienberater, je nachdem, mit welcher Laune er aufgewacht war.

Zum Leidwesen von Mono und Ruso wurde Mono mit zwanzig ins Sekretariat von Vélez Sarsfield bestellt, wo man ihm mitteilte, dass er den Club verlassen könne. Diese Möglichkeit hatte Mono trotz all der Verben im Futur nie in Betracht gezogen.

Er wurde auf die Transferliste gesetzt, damit er seine vielversprechende Karriere bei einem anderen Club fortsetzen konnte. Man wünschte ihm viel Glück und bat ihn, den nächsten der sieben Jungs reinzurufen, die sein Schicksal teilten.

5

»Das da ist er«, sagt Ruso und zeigt auf einen dünnen, eher kleinen Mann mit blonden Haaren und großen Zähnen, der gerade um die Ecke gebogen ist und in beiden Händen eine Einkaufstüte trägt. Der »Polaco« Salvatierra, den sie da sehen, lässt sich nur schwer mit dem Polaco von früher in Einklang bringen, als er prima im Geschäft war und regelmäßig in der Regenbogenpresse und im Klatschfernsehen auftauchte. Oder vielmehr gar nicht in Einklang bringen, trotz dieser rebellischen Zähne und der nach wie vor strahlend blauen Augen. Es ist vor allem seine Haltung, die sich verändert hat. Er wirkt matter, kleiner. Ruso bemerkt Salvatierras Überraschung, als sie wie bei einer konzertierten Aktion alle gleichzeitig aus dem Fiat Duna steigen und sich ihm in den Weg stellen.

»Hallo, Polaco«, sagen sie wortkarg. Sie haben sich vorgenommen, ihn von Anfang an spüren zu lassen, wie sauer sie sind. Schließlich kam das Geschäft, das Mono in den Ruin gestürzt hat, auf Salvatierras Empfehlung hin zustande. Salvatierra scheint keine Notiz davon zu nehmen. Entweder sind ihm die Reflexe abhandengekommen oder er hat sich im Gefängnis eine so dicke Haut zugelegt, dass ihn solche Spitzfindigkeiten kaltlassen. Er deutet nur mit dem Kopf in die Richtung, in der seine Mutter wohnt, und fordert sie auf, ihn zu begleiten.

»Wir können uns auch am Bahnhof ein Café suchen«, sagt Fernando.

Salvatierra schaut zu den Einkaufstüten hinunter. »Mangold. Meine Mutter wartet schon.«

»Dauert nicht lang«, sagt Mauricio kalt.

Sie gehen ein Stück. Plötzlich bleibt Salvatierra stehen und stellt die Tüten ab.

»Was wollt ihr von mir?«, fragt er. Offenbar ist ihm doch bewusst, dass bisher alles nur Geplänkel war. »Mono kam vor drei Jahren zu mir und wollte –«

»Das wissen wir«, unterbricht ihn Mauricio.

»Tja, damals wollte ich es noch mal reißen und hatte einige Talente an der Hand. Also sind wir ins Gespräch gekommen.« Salvatierra deutet auf Ruso, als wäre er damals Zeuge gewesen. »Und da hab ich ihm eben diesen Pittilanga angeboten.«

»Ja, Pittilanga und noch einen«, fügt Fernando hinzu.

»Genau. Pittilanga und Suárez. Aber mein bestes Pferd im Stall war Pittilanga. Suárez hat die Fußballschuhe inzwischen an den Nagel gehängt.«

»Stimmt. Im Gegensatz zu Pittilanga. Der hat nicht mit dem Fußball Schluss gemacht, sondern der Fußball mit ihm«, erwidert Fernando bitter.

»Ist vielleicht nicht seine beste Phase.«

»›Nicht seine beste Phase‹?«, attackiert Mauricio. »Willst du uns für dumm verkaufen? Er ist an einen Provinzclub ausgeliehen, an Atlético Mitre aus Santiago del Estero! Du hast Mono einen Spieler verkauft, der …!«

»Nicht verkauft, empfohlen.«

»Willst du uns verarschen, oder was? Dieser Pittilanga spielt bei einem Club, der in der dritten Liga rumkrebst! Nicht erste Liga, nicht zweite Liga, nein: in der tiefsten Provinz, bei Santiago del Estero!«

»Also, innerhalb der Provinz …«, will Salvatierra besänftigen, und Ruso ist durchaus geneigt, wie bei allem auch hier die gute Seite zu sehen, aber da rastet Fernando erst so richtig aus.

»Wie kriegen wir deiner Meinung nach die Kohle wieder, he? Du bist schuld, dass mein Bruder dreihunderttausend Dollar für einen Rumpelfüßler ausgibt, der keine zwei Pesos wert ist. Und jetzt ist mein Bruder tot und das Geld ist futsch. Und wer hat ihm das eingebrockt? Du!«

»Ich hab niemandem was eingebrockt! Niemand hat deinen Bruder gezwungen, Pittilanga zu kaufen!«

»Ach nein?«

»Nein! Er hat ihn gekauft, weil er das wollte!«

»Aber du hast ihm die Pfeife empfohlen!«

»Weil ich selber dachte, es wird ein Bombengeschäft!«

»Was du nicht sagst!«

»Der Junge hat in der U-17 gespielt.«

»Na und?«

»Was glaubst denn du, wonach man sich richtet, Fernando? Sonst könnte ja jeder Depp mitmischen und sich dumm und dämlich verdienen.«

»Stimmt. Den lebenden Beweis haben wir ja vor uns«, mischt sich Mauricio wieder ein, aber Salvatierra tut so, als hätte er die Beleidigung nicht gehört. »Außerdem war es nicht so, wie ihr denkt. Ich hab dabei keinen Peso verdient.«

»Wie bitte? Du warst Pittilangas Spielerberater!«, treibt Mauricio ihn weiter in die Enge.

»Trotzdem! Ich hab keine Kommission für das Geschäft kassiert«, wehrt sich Salvatierra und hebt die Arme, wie um seine Unschuld zu beweisen.

»Warum hast du's dann gemacht? Weil du so ein guter Mensch bist, oder was?«

»Nein, aber so was kommt öfter vor. Du glaubst wohl, jedes Talent ist eine todsichere Geldanlage. Von wegen, auf jeden, der's schafft, kommen zig andere, die's nicht schaffen.«

»Und du hast ihm ausgerechnet einen verkauft, der es nicht geschafft hat!«

»Wie oft soll ich es noch sagen! Ich hab ihn nicht verkauft! Der Club hat ihn verkauft! Platense! Und jetzt noch mal zum Mitschreiben: Ich hab an dem Deal keinen Peso verdient.«

Die Unterhaltung kommt ins Stocken, sie drehen sich im Kreis. Es war eben Pech. Pech für ihn und Pech für Pittilanga. Salvatierra hat Pech gehabt, weil er ein Idiot ist, weil er sich über den Tisch hat ziehen lassen und weil er sich mit den falschen Leuten umgeben hat. Und Pittilanga hat Pech gehabt, weil er ein paar Zentimeter zu groß gewachsen ist. Ein paar Tore zu wenig geschossen hat. Weil er vier oder fünf todsichere Chancen versemmelt hat. Und das war's dann. Davon kann Ruso ein Lied singen. Wie oft hat er sich schon so gefühlt: kurz vorm Ziel gescheitert, weil er nicht rechtzeitig kapiert hat, wo die Fußangeln liegen, die einem das Genick brechen.

Die drei Freunde lassen Salvatierra stehen und gehen zum Wagen, wortlos, grußlos, ein bisschen, weil es ihnen die Laune verhagelt hat, ein bisschen, weil sie ihn ihren Ärger spüren lassen wollen, obwohl beides – der Ärger und das Spürenlassen – völlig sinnlos sind.

6

»Wie geht's?«, grüßt Fernando matt, schiebt den freien Stuhl nach hinten und setzt sich.

»Wollen wir 'ne Kleinigkeit essen?«, fragt Ruso.

»Ruso, es ist zehn Uhr, und ich hab noch nicht mal mein Frühstück verdaut«, blafft Mauricio ihn an.

»Wenn du Hunger hast, bestell ruhig was. Warum auch nicht?«, geht Fernando ein bisschen zu heftig dazwischen.

Fängt ja gut an, denkt Ruso. Seine Freunde haben noch keine zwanzig Worte gewechselt, und schon liegen die beiden sich in den Haaren.

»Ich komm mir vor wie ein Scheidungskind«, sagt er und erwartet, dass sie wissen wollen, warum. Sie fragen aber nicht, also erklärt er von sich aus: »Mauricio schimpft mich aus, als wäre er meine Mutter, und du lässt mir alles durchgehen, wie der dazugehörige Vater, der mich selten sieht und deswegen ein schlechtes Gewissen hat.«

»Was weißt du schon von Scheidungseltern?«, schnauzt ihn Mauricio an, dessen Laune sich mit jeder Minute verschlechtert.

Ruso könnte sich in den Arsch beißen, dass er nicht den Mund gehalten hat. Normalerweise ist Humor der

Schlüssel, der Trick, der immer funktioniert. Aber manchmal eben nicht. Am häufigsten geht es bei Mónica schief. Dass es ihm bei seinen Freunden passiert, kommt selten vor. Aber wenn, empfindet er es als Niederlage. Dabei hat er sich fest vorgenommen, alles zu tun, damit die Stimmung nicht kippt. Dafür war er sogar pünktlich, ganz gegen seine Natur, damit Mauricio und Fernando sich ja nicht allein begegnen und in Streit geraten und der womöglich so sehr ausartet, dass das Tischtuch endgültig zerschnitten ist.

»Also? Was machen wir jetzt?«, fragt Fernando.

Der Plural ist kein schlechter Anfang. Er lädt zum Dialog ein, vermeidet den Streit. Vorerst. Aber Ruso denkt gar nicht daran zu antworten, weil der Plural nämlich nicht bedeutet, dass seine Meinung gefragt ist. Die anderen rechnen wie selbstverständlich mit seiner Zustimmung, seiner Mithilfe, aber seine Stimme, sein Urteil interessieren sie nicht. Den Dialog, den führen sie unter sich. Was ihn nicht weiter stört, denn nicht am Dialog beteiligt zu sein heißt auch, dem Streit aus dem Weg zu gehen, der auf sie zukommt, ja zurast wie eine Staub aufwirbelnde Herde wilder Tiere.

Mauricio hält den Blick gesenkt. Er spielt mit seinem Handy herum, klappt es auf, klappt es zu. Der Kellner bringt den Kaffee, und Ruso stürzt sich auf die kleinen Maismehlkekse, die dazu serviert werden. Das Schweigen hält nun schon eine Minute an.

Endlich legt Mauricio das Handy weg. »Ehrlich gesagt, glaube ich nicht, dass wir da noch viel tun können.«

Wenn Blicke Feuer entfachen könnten, wäre Mauricio nur noch ein Häufchen Asche, denkt Ruso.

»Und wieso glaubst du, dass wir da nicht mehr viel tun können?«, fragt Fernando in einem Tonfall, der sich gefährlich in Richtung Sarkasmus bewegt.

»Weil Pittilanga nichts taugt und weil wir garantiert keinen Idioten finden, der dreihunderttausend Dollar für ihn bezahlt. Abgesehen davon, dass wir von diesem Business nicht die leiseste Ahnung haben.«

Fernando antwortet nicht gleich, aber Ruso weiß, dass er sich nur zum Schein geschlagen gibt.

»Und nun?«, fragt er schließlich tatsächlich.

»Nichts.«

»Nichts? Du weißt doch, was passiert, wenn die Kohle weg ist.«

»Lass uns gar nicht erst damit anfangen.«

»Nicht damit anfangen? Wir reden hier von dem Geld, das für Guadalupe bestimmt ist. Wenn es futsch ist, ist die Kleine die Gelackmeierte, dann sind wir alle die Gelackmeierten. Dann sehen wir das Mädchen nie wieder.«

»Deine Mutter hat doch ihre Besuchszeiten.«

»Einen Scheiß hat sie. Du hast es damals selbst gesagt: Das Urteil ist die reinste Schikane.«

»Entschuldige, aber wo lebst du eigentlich? Im Wolkenkuckucksheim? Wer hatte denn die Schnapsidee, die ganze Kohle in einen Fußballspieler zu stecken?«

»Das kann ich dir ganz genau sagen: ein alter Freund von dir. Und Vollidiot.«

»Deine Ironie kannst du dir sparen. Ich find's ja auch zum Kotzen, wie alles gekommen ist.«

»So richtig besorgt siehst du mir aber nicht aus.«

»Ach ja? Hast du ein Thermometer, mit dem du die Sorgen anderer messen kannst? Oder bist du Hellseher?«

»Nein, aber du machst es dir ein bisschen einfach: ›Da können wir nichts mehr tun.‹ Aus, Schluss, Feierabend.«

»Wenn du so ein kluges Kerlchen bist, dann hast du ja bestimmt eine Idee.« Mauricio breitet einladend die Arme aus. »Na los, Fernando, erleuchte uns. Sag uns, was wir tun sollen.«

»Ich weiß es auch nicht.«

»Aber dass wir etwas tun müssen, dass wir nicht einfach ›mit verschränkten Armen dasitzen dürfen‹, das weißt du, ja?«

»Wer ist hier ironisch: du oder ich?«

»Hörst du dir eigentlich mal selber zu? Du hast keinen blassen Schimmer, WAS wir tun können, aber du bist dir sicher, DASS wir was tun können. Lächerlich!«

»Nicht so lächerlich, wie uns geschlagen zu geben.«

»›Uns geschlagen zu geben‹! Seit wann redest du wie Charles Ingalls aus *Unsere kleine Farm*? Ist hier vielleicht irgendwo eine versteckte Kamera, die deine Heldentaten aufzeichnet?«

»Ist ja gut, Mauri.« Ruso hat jetzt wirklich Angst, dass das Gespräch aus dem Ruder laufen könnte.

»Gar nichts ist gut, verdammt!«, sagt Mauricio, der kurz vorm Explodieren ist, und zeigt auf Fernando. »Dieser schwachsinnige Optimismus und dieser schwachsinnige Voluntarismus von diesem Kerl da machen mich noch wahnsinnig!«

»Voluntarismus?«

»Ja, Voluntarismus! Oder ist dir ein anderer ›ismus‹ lieber? Wie wär's mit Altruismus? Du spielst doch so gern den Menschenfreund!«

»Ich spiele nicht –«

»Nein!«, schreit Mauricio und rutscht auf seinem Stuhl hin und her. »Natürlich nicht! Du SPIELST nicht den Menschenfreund! Du bist überzeugt, dass du einer bist! Bestimmt kannst du nachts nicht schlafen, wenn du mal keine gute Tat begangen hast. Hab ich Recht? Sehr löblich, Fernando, wirklich sehr löblich. Hilfst alten Damen über die Straße, überlässt Schwangeren den Sitzplatz, hältst am Zebrastreifen an. Du und dein Pfadfinderkomplex. Ich kann's nicht mehr hören.«

Sie sind aufgestanden, brüllen sich über den Tisch hinweg an. Ruso wäre am liebsten im Erdboden versunken. Die anderen Gäste sind verstummt und starren zu ihnen herüber.

»Weißt du, was du für einer bist, Fernando? Soll ich's dir sagen? Ich hab's erst neulich wieder gedacht.«

»Schön, dass du so oft an mich denkst.«

»Als ich mich mit Mariel unterhalten hab.«

»Ach so? Deine Frau hat sich ebenfalls an der Debatte beteiligt? Fantastisch. Das war ja geradezu ein wissenschaftliches Symposium!«

Mauricio sieht Fernando an, als wollte er ihn ungespitzt in den Boden rammen. Stattdessen fährt er fort: »Du bist nur deshalb so optimistisch, weil du so zwanghaft bist. Oder umgekehrt. Jedenfalls ist bei dir das eine die Kehrseite des anderen.«

»Was willst du damit sagen?«

»Du bist ein typischer Zwangscharakter. Wie du die Klassenarbeiten deiner Schüler korrigierst. Wie du deine Wohnung putzt. Tausend Sachen, mir fallen sie grad nur nicht alle ein. Dein Schlafzimmerschrank, zum Beispiel. Dein ganzes Leben. Immer schön ordentlich, immer schön höflich. Und weißt du, warum du so bist?«

»Sag's mir.«

»Weil irgendwo in deinem Kopf eine Stimme sagt, dass du nur für Ordnung sorgen musst, nur richtig planen, und schon wird alles gut. Verstehst du?« Mauricio sieht Ruso an, als wolle er ihn mit aller Gewalt auf seine Seite ziehen. »Du glaubst, dass du die großen Dinge in den Griff kriegst, wenn du nur die kleinen richtig anpackst! Was Schwachsinn ist. Aber du tust so, als wär es die absolute Wahrheit. Zwangscharaktere wie du sind unerträglich.«

»Und du? Was bist du?«

»Lenk nicht vom Thema ab. Ich hatte gerade einen brillanten Gedanken.« Er sieht erst Fernando an, dann Ruso, mit einer Begeisterung im Blick, die für Ruso etwas Ungesundes hat. »Deine Zwanghaftigkeit ist ein Akt des Glaubens. Durch sie hat die Welt für dich eine Ordnung. Und Regeln. Wenn du dich nur an diese Regeln hältst, wird alles gut, dann werden alle glücklich und zufrieden.«

»Du hast sie ja nicht mehr alle.«

»Wenn jemand sie nicht mehr alle hat, dann du. Seit Mono tot ist, triezt du uns wegen diesem Pittilanga, dabei weißt du ganz genau, dass es völlig sinnlos ist. Fakt ist, dass Mono einen Riesenscheiß gebaut hat, dass er die Kohle zum Fenster rausgeschmissen hat, dass er ein Idiot war, dem das Geld schon durch die Finger geglitten ist, bevor er es überhaupt angefasst hat.«

»Jetzt hör aber auf, Mauricio«, wirft Ruso ein.

»Einen Scheiß werd ich tun. Außerdem bist du der Letzte, der mir sagen darf, ich soll mich über Geld nicht aufregen. Du bist nämlich genauso schlimm oder noch schlimmer. Der Unterschied, Ruso, ist nur, dass du dein ganzes Leben lang ein armer Schlucker warst, während Mono auch mal Glück hatte. Aber launisch und unreif, wie er war, musste er ja alles in dieses schwachsinnige Projekt stecken und Spielervermittler werden. Was wusste er schon von diesem Geschäft? Was konnte er davon wissen? Nichts! Und du, Ruso, du hast ihn noch darin bestärkt, statt ihn zu bremsen, du hast ihn angefeuert, statt ihm den Kopf zu waschen. Und weißt du, warum? Weil du es selber für eine Superidee gehalten hast. Und du, Fernando, du hast ebenfalls keinen Finger gerührt. Statt den guten Samariter zu spielen, hättest du ihn lieber stoppen sollen. Aber Mono war ja unantastbar. Befehl ist Befehl.«

»Was für ein Befehl?«

»Tu nicht so blöd. Wenn dein kleiner Bruder eine Idee hatte, dann war deine Mutter sofort Feuer und Flamme. Während du immer um ihre Aufmerksamkeit buhlen musstest. Du wolltest dazugehören, aber du hast es nicht. Nie.«

Ruso kneift die Augen zusammen. Er spürt die Katastrophe nahen.

»Was mischst du dich da überhaupt ein? Was zwischen mir und meiner Mutter ist, geht dich einen Scheiß an«, brüllt Fernando plötzlich los.

Aus den Augenwinkeln sieht Ruso, dass der Kellner, der sie gut kennt, drauf und dran ist, sie zur Ruhe zu ermahnen.

Doch statt zurückzubrüllen, seufzt Mauricio nur. Sein Kopf ist knallrot vor Wut, aber er hat sich wieder im Griff.

»Du hast Recht, Fernando, du hast vollkommen Recht«, sagt er mit ruhiger Stimme. »Ich sollte mich da nicht einmischen. Ich hab dir schon viel zu lang die Stange gehalten.«

»Wie es aussieht, haben wir die Geduld dieses Herrn überstrapaziert«, sagt Fernando an Ruso gewandt. »Ich an deiner Stelle würde mich bei ihm entschuldigen.«

»Lass Ruso aus dem Spiel. Er hat nichts damit zu tun.«

»Dann geht es also nur um uns beide.«

»Ganz genau. Ruso ist so gutmütig, dass er dir jeden Quatsch durchgehen lässt. Und du nutzt das aus.«

»Ich nutze ihn aus? Ich glaub's ja nicht!«

»Glaub, was du willst. Auf mich brauchst du jedenfalls nicht mehr zu zählen.«

»Das ist ja nichts Neues. Wenn's drauf ankam, konnte man sich auf unseren Herrn Doktor noch nie verlassen.«

Mauricio schnaubt wütend. »Ich hab die Schnauze gestrichen voll, Fernando. Wenn du dir weiterhin einbildest, dass die Wirklichkeit sich nach deinen Wünschen richtet, statt sie so zu akzeptieren, wie sie ist, bitteschön. Aber mich lass damit in Ruhe. Du bist doch derjenige, der ständig Ideen aus dem Hut zaubert, du bist doch der ewige Optimist, der den anderen auf die Nerven geht. Und alles nur, weil er kein Nein verkraftet, weil er nicht kapieren will, dass manche Dinge eben hoffnungslos sind. Nicht ich, nicht Ruso. Du bist das Problem. Wenn Ruso dein Spiel mitspielen will, von mir aus. Aber mich lass damit in Frieden. Mir reicht's. Im Gegensatz zu dir weiß ich nämlich, wann man einen Schlussstrich ziehen muss.«

»Scheint mir das Einzige zu sein, was du weißt.«

Sie sehen sich lange an. Ruso, der seinerseits die beiden ansieht, hat Angst, dass die Wunden, die sie sich gerade zugefügt haben, nie wieder verheilen werden. Schließlich steht Mauricio auf, legt einen Zehnpesosschein auf den Tisch und geht grußlos davon.

7

Nach dem Streit im Café zerbricht sich Fernando mehrere Tage lang den Kopf darüber, wie es weitergehen soll. Das mit Mauricio überrascht ihn nicht. Er bedauert es, aber es überrascht ihn nicht. Früher oder später musste es so kommen. Mauricio hätte es eleganter verpacken können. Arbeit vorschützen können. Oder Probleme mit seiner Frau, der dummen Kuh. Oder irgendwelche Verpflichtungen. Aber nein. Nicht mal das. Typisch Mauricio. Und dann die Art und Weise. Ihm Purismus zu unterstellen, nur um von seinem Egoismus abzulenken, seinem eingefleischten Egoismus.

Zum Glück ist Ruso anders. Nicht nur, weil er der beste Freund seines Bruders war. Sondern überhaupt. Manchmal ist Ruso ein wandelndes Chaos, das ja, aber er ist ein durchweg aufrichtiger Kerl und immer hilfsbereit. Einer von denen, die einen nicht im Stich lassen.

Als Fernando vor der Waschanlage parkt, ist es zehn Uhr morgens. Nach drei Tagen Dauernieselregen, mit dem Buenos Aires im Winter seine Einwohner quält, scheint endlich wieder die Sonne. Es wundert ihn, dass kaum etwas los ist. Im Sektor mit den fertigen Wagen wartet einsam ein hellgrauer VW. Die Anlage steht still, niemand wartet darauf, dranzukommen. Rusos Angestellte sitzen herum und schlürfen Mate. Fernando winkt den beiden von weitem zu und fragt sie per Handzeichen, wo der Chef ist. Sie zucken mit den Schultern und rufen ihm zu, dass Cristo, der Geschäftsführer, im Büro ist.

»Na, Fernando, wie geht's?«, begrüßt ihn Cristo.

»Ganz gut so weit. Und dir?«

»Alles bestens. Kaffee?«

Fernando nickt. Er setzt sich auf einen der hohen Stühle an der Theke. Als Ruso ihm seinerzeit von seinem Plan erzählt hat, neben der Waschanlage noch ein Café zu betreiben, fand er es eine gute Idee. Aber jetzt, nachdem einige Zeit vergangen ist, hat er den Verdacht, dass Ruso die Lage falsch eingeschätzt hat. Wie so oft. Oder falsch angepackt. Jedenfalls scheint diese Apparatur aus Metall, Schaltern und Dampfstößen nur dazu da zu sein, ihm und Cristo einen guten Kaffee zu garantieren.

»Und der Chef?«

Cristo sieht ihn über die Maschine hinweg an und zieht eine Augenbraue hoch. Dann zeigt er mit dem Kinn in Richtung Wanduhr. Es ist halb elf. »Um die Uhrzeit? Vergiss es. Vor elf taucht Ruso garantiert nicht auf.«

»Ah. Ich dachte, an so einem schönen Tag lohnt es sich vielleicht, ein bisschen früher zu kommen.«

Cristo kratzt sich am dunklen Vollbart, der zusammen mit seinen langen Zottelhaaren der Grund für seinen Spitznamen ist. »Würde auch nicht viel ändern«, sagt er nur und reicht ihm eine Tasse. Fernando bedankt sich und denkt wie immer, dass Ruso ein hoffnungsloser Fall ist. Seit er von der Schule abgegangen ist, hatte er eine Geschäftsidee nach der anderen. Fernando kann sie gar nicht alle aufzählen. Alles kleine Klitschen, alles selbst aufgebaut, alles vom Typ »todsicheres Geschäft« und »da wird die Kasse klingeln«. Und das Ende vom Lied ist immer, dass er mit Schulden dasteht. Wie oft hat Fernando sich mit Mono darüber unterhalten: dass Ruso ein besonderes Talent dafür hat, Investitionen in den Sand zu setzen, fast als ginge er dem Erfolg absichtlich aus dem Weg. Mono meinte, es sei vor allem ein Problem des Timings: Die Geschäftsideen seien gut, aber Ruso komme regelmäßig zwei Jahre zu spät. Zu dem Zeitpunkt, an dem er die Sache anpacke, an dem er all seine Hoffnung reinstecke, die letzten paar Kröten, die ihm noch blieben, sei es bereits eine Totgeburt. Fernando wiederum vermutet, dass es Ruso nicht gutgetan hat, nach der Schulzeit ein hübsches Sümmchen zur Verfügung gehabt zu haben, hart erarbeitet von seinem Vater und seinem Großvater, mit einem Lederwarenbetrieb. Trotz des Startkapitals hat Ruso einen Misserfolg nach dem anderen produziert. Andererseits haben er, seine Frau und seine Töchter immer was zu essen auf dem Tisch gehabt.

Und nun befinden sich Fernando und Cristo also im Epizentrum des jüngsten Abenteuers: der Autowaschanlage. Man muss kein Hellseher sein, um sich auszurechnen, wie es enden wird. Wenn nach drei Tagen Regen um diese Uhrzeit erst ein Kunde aufgetaucht ist …

Aber es ist nicht nur Pech. Fast elf, und Ruso ist immer noch nicht da. Mit so einer Einstellung kann es auch nichts werden.

»Sag mal, Cristo, wenn Ruso an so einem prächtigen Tag um elf kommt, wann kommt er denn, wenn es regnet?«

»Wie? Ach so, früh. Dann spielen wir alle mit der PlayStation.«

»Dann spielt ihr mit der PlayStation«, wiederholt Fernando und versucht zu erkennen, ob Cristo ihn verarscht oder ob er es ernst meint.

»Genau. Wenn wir früh genug anfangen, können wir das große Turnier spielen: alle gegen alle.«

Nein, definitiv keine Verarsche. Cristo meint, was er sagt. Wenn Moisés sehen könnte, dass sein aus der Art geschlagener Enkel auf den Ruinen seines Lederwarenbetriebs PlayStation spielt, würde er aus dem Grab steigen und ihm eine ordentliche Tracht Prügel verpassen.

»Und wer gewinnt normalerweise?«, fragt Fernando, der die Antwort bereits ahnt.

»Ruso. Der hat's absolut drauf.«

Es ist nicht zu überhören, dass Cristo seinen Chef bewundert. Die ungewisse Zukunft der Waschanlage scheint ihm egal zu sein, die Tatsache, dass er sich früher oder später einen neuen Job wird suchen müssen. Ein Punkt, der für Ruso spricht. Egal, was passiert: Seine Angestellten mögen ihn und bleiben ihm treu. Cristo hat er aus seinem Taxiunternehmen übernommen, seinem vorletzten Abenteuer. Ruso zufolge ist Cristo eine absolut ehrliche Haut. Dass er aussieht wie Jesus von Nazareth kurz vor seinem Tod – eingefallene Wangen, Fluppe zwischen den Lippen, dünn wie ein Fakir –, prädestiniert ihn allerdings nicht gerade zum Geschäftsführer. Genauso wenig wie sein weißes T-Shirt mit verschiedenen Flecken unbestimmter Herkunft. Und noch viel weniger der Aufdruck *Streicheln ausdrücklich erlaubt* in roten Buchstaben mit ebenfalls rotem Pfeil, der nabelabwärts zeigt. Schwer vorstellbar, dass die Frauen von Castelar besonders geneigt sind, hier ihre Autos waschen zu lassen.

Während Fernando diesen Gedanken nachhängt, taucht Ruso auf. Einfache, ausgewaschene Jeans, gestreiftes T-Shirt, Sonnenbrille mit Metallgestell und grünen Gläsern, die wahrscheinlich schon zu Schulzeiten aus der Mode waren. Dazu kleine Äuglein, große Hakennase, rebellische Locken. Eine Art Valderrama aus dem Kibbuz, wie Mono immer gespöttelt hat. Und dann ist da noch sein Strahlemannlächeln. Er umarmt Fernando und Cristo und lässt sich auf einen der leeren Stühle sinken.

»Wo kommst du denn um diese Uhrzeit her, Ruso?«

»Mach mir einen Kaffee, Cristo. Hab grade die Mädchen in die Schule gebracht, Ferchu.«

Fernando sieht demonstrativ auf die Uhr.

»Wenn's so schön ist wie heute, setze ich mich immer noch ein wenig in die Sonne und lese Zeitung«, erklärt Ruso, der den Wink verstanden hat. »Tolles Wetter, oder?« Die Frage ist an Cristo gerichtet.

»Wahnsinn, ja«, bestätigt der Geschäftsführer.

»Gibt's was Neues?«

»Äh ... Nein. Den da haben wir fertiggemacht.« Er zeigt auf den hellgrauen VW. »Ah, da fällt mir ein. Hast du den Laden in der Bartolomé Mitre gesehen, der gerade umgebaut wird, ganz am Ende, kurz vor der Plaza?«

»Ja. Was ist mit dem?«

»Du hattest Recht, Ruso. Da kommt eine Autowäsche hin.«

»Ha! Ich hab's ja gesagt! Hab ich's nicht gesagt?« Er wendet sich an Fernando. »Hellseher hätte ich werden sollen. Vor zwei Wochen haben sie das Schild rausgehängt, *Zu vermieten*, und ich hab zu Cristo gesagt: ›Kommt bestimmt eine Autowäsche hin.‹ Und bums, da ist sie. Superlage für eine Autowäsche.«

Fernando versucht zu begreifen, warum sein Freund erleichtert wirkt. »Ist das nicht ein Schlag für dich? Dass keine sieben Blocks entfernt eine neue Waschanlage aufmacht?«

Ruso verzieht verächtlich das Gesicht. »Ach so ... Na ja ... Die müssen verrückt sein. Weißt du, wie viele Waschanlagen es in Castelar gibt?« Mit einer Geste fordert er Cristo auf, die Frage zu beantworten.

»Sieben.«

»Sieben«, bestätigt Ruso. »Allein im Zentrum.«

Fernando hätte am liebsten gefragt – oder vielmehr gebrüllt –, was für eine Logik das sein soll: Merkst du denn nicht, dass du aufgefressen wirst, wenn du deinen Arsch nicht hochkriegst und den ganzen Tag Zeitung liest oder mit der PlayStation spielst? Aber er hält lieber den Mund.

»Was machst du überhaupt hier? Hast du heute frei?«, fragt ihn Ruso.

»Heute unterrichte ich im Nachmittagsturnus. Schon vergessen?«

»Lehrer müsste man sein. Oder, Cristo? Und dann schreien die auch noch alle Nase lang nach einer Gehaltserhöhung.«

»Nerv nicht, ich muss mit dir reden.«

»Ist was passiert?«

»Wie man's nimmt. Du warst ja neulich selber dabei, als ich mit Mauricio aneinandergerasselt bin.«

Rusos Gesicht verdüstert sich. Plötzlich scheint der Stuhl, auf dem er sitzt, fürchterlich unbequem zu sein. So was nimmt ihn immer mit, denkt Fernando. Ruso streitet nicht gern, geht Auseinandersetzungen lieber aus dem Weg.

»Ich wusste, dass es irgendwann so kommen würde und Mauricio uns im Regen stehen lässt.«

Ruso runzelt die Stirn. »Wie: ›im Regen stehen lässt‹?«

»Na, in Sachen Pittilanga.«

Fernando macht eine Pause, um sicherzugehen, dass Ruso ihn verstanden hat. Aber der blinzelt ihn nur erstaunt an.

»Was ist los mit dir?«, fragt Fernando.

»Mit mir? Nichts.«

»Warum schaust du mich dann so an?«

»Wie schaue ich denn?«

»Was soll das? Fandst du es etwa gut, wie Mauricio sich verhalten hat?«

Zu dem Blinzeln gesellt sich ein Fingertrommeln auf die Theke und ein Pusten in Richtung Stirn, wie um die Locken aus dem Gesicht blasen. Fernando wird allmählich sauer.

»Ich hab dich was gefragt.«

»Na ja, ›gut‹ nicht. Aber was heißt in dem Zusammenhang schon ›gut‹?«

»Dass man seinen Freunden hilft, zum Beispiel? Dass man sie nicht hängenlässt. Frage geklärt?«

»Schon. Andererseits, das, was Mauricio sagt, also, das hat auch …«

»Was?«

»Es ist halt kompliziert, Fernando. Alles. Du sagst, man muss weitermachen, immer weitermachen. Die Frage ist nur: wie?«

»Wenn ich das wüsste, wären wir alle schlauer.«

»Siehst du. Vielleicht wollte dir Mauricio genau das sagen: Solange uns nichts einfällt, sollten wir erst mal abwarten.«

»Abwarten? Wie, abwarten?«

»Abwarten eben. Keine Ahnung. Abwarten, was so passiert …«

»Wenn wir diesen Kerl nicht verkaufen, läuft sein Vertrag aus. Und wenn er erst mal vereinslos ist, dann ist das Geld futsch, endgültig futsch. Kapierst du?«

»Ist mir schon klar, Fer, kein Grund, mich so anzubrüllen.«

»Ich brüll dich nicht an, aber du quatschst schon genauso daher wie dein Freund Mauricio.«

»Mein Freund? Aber er ist doch auch dein Freund … unser Freund.«

»Ich fass es nicht. Ich fass es einfach nicht. Am Ende bin ich derjenige, der falschliegt.«

»Nein, das nicht. Ich versteh schon, dass die Zeit drängt.«

»Wenn du verstehst, dass die Zeit drängt, wieso sagst du dann, dass wir erst mal abwarten sollen?«

»Weil wir keine Ahnung haben, wie wir vorgehen sollen.«

»Und wie lange sollen wir abwarten? Bis uns die Aasgeier auffressen? Wie du mit …«

»Ich mit was?«

Fernando hält inne. Er atmet mehrmals durch die Nase, deren Flügel vor lauter Wut geweitet sind. »Egal. Lass gut sein.«

»Jetzt sag.« Rusos Ton spricht Bände. Auch wenn sie unausgesprochen blieb: Die Beleidigung ist angekommen.

Fernando wendet sich der Theke zu und trinkt seinen Kaffee aus, der bitter und kalt geworden ist. Er ist enttäuscht. Fühlt sich von Ruso verraten. Alleingelassen.

»Lass uns von was anderem reden. Wie geht's Mónica?«

»Gut.« Rusos Gesicht nach zu urteilen ist dieses Thema auch nicht sonderlich verheißungsvoll.

»Ärger?«

»So weit würd ich nicht gehen.«

In diesem Moment hält ein Wagen vor dem Büro. Cristo springt auf und geht raus, um mit dem Fahrer zu sprechen.

»Sie macht Panik wegen der neuen Waschanlage«, fügt Ruso hinzu. »Sagt, wir würden bald pleitegehen. Wie immer halt.«

Fernando denkt an die Turniere auf der PlayStation. Es fällt ihm schwer, Mónicas Pessimismus nicht zu teilen.

»So viel Konkurrenz. Scheint mir nicht ganz einfach«, sagt er schließlich.

»Wie man's nimmt«, entgegnet Ruso und kratzt sich an der Nase, wie immer, wenn er vertraulich wird. Er beugt sich vor, um Fernando ins Ohr zu flüstern, was vollkommen unnötig ist, schließlich sind sie allein im Büro. »Cristo und ich haben da so eine Theorie.«

Fernando will es eigentlich lieber nicht wissen. Er

zieht die Augenbrauen hoch und wappnet sich gegen das, was da kommen mag.

»Je mehr Waschanlagen aufmachen, desto besser.«

Fernando nickt nur. Wozu fragen, wenn jemand Ruso ins Hirn geschissen hat.

»Willst du gar nicht wissen, wieso?«

»Wieso?«

»Weil es irgendwann so viele Waschanlagen geben wird, dass keiner mehr genügend zu tun hat.«

Ruso schaut selbstzufrieden drein, als wäre seine Argumentation hieb- und stichfest. Aber offenbar spürt er, dass Fernando so seine Zweifel hat, denn er fügt hinzu: »Überleg doch mal. Irgendwann kommt der Moment, in dem keiner mehr auch nur einen Peso verdient.«

»Und?«

»Dann geht den anderen der Arsch auf Grundeis, weil sie viel Kohle verlieren. Verstehst du?«

Irgendwo im Hinterkopf beginnt es Fernando zu dämmern.

»In dem Moment werden die ersten dichtmachen. Weil sie harte Zeiten nicht gewöhnt sind. Verluste einfahren. Verstehst du?«

Draußen winkt Cristo dem Autofahrer hinterher, der es sich offenbar anders überlegt hat. Er bleibt noch eine Weile stehen, die Arme in die Hüften gestemmt, und kehrt dann zurück ins Büro. Ruso führt seinen Gedankengang zu Ende.

»Wir hingegen sind harte Zeiten gewohnt. Harte Zeiten sind sogar unsere Stärke. Wir müssen also nur abwarten, bis einer nach dem anderen klein beigibt. Verstehst du?«

Fernando nickt. Insgeheim denkt er wieder an den Grund, der ihn hergeführt hat. Vielleicht ist es gar nicht so wichtig, dass er auf Ruso zählen kann. Vielleicht ist Ruso vielmehr das, was man einen ewigen Versager nennt.

»Was wollte der Typ?«, fragt Ruso.

»War ein Kumpel vom letzten Job, dem ich von unseren PlayStation-Turnieren erzählt habe. Hat gefragt, ob er mitmachen kann.«

»Und? Was hast du ihm geantwortet?«

»Dass wir schon komplett sind.« Er zögert.

»Hast du gut gemacht, Cristo. Mehr als vier, das bringt nur Ärger.« Ruso wendet sich wieder Fernando zu. »Noch einen Kaffee?«

Berufliche Orientierung

Fernando und Mauricio bedauerten aufrichtig, dass es mit Monos Fußballerkarriere so abrupt zu Ende gegangen war. Ruso hingegen tat das Gleiche wie sein bester Freund: Er verleugnete die Realität. Und er unterstützte ihn bei dem vergeblichen Versuch, sie wieder in Schwung zu bringen. Denn Mono war noch nicht bereit zu akzeptieren, dass seine Zukunft vorbei war, bevor sie richtig angefangen hatte.

Ein Jahr ging er Klinken putzen, nahm an einem Probetraining nach dem anderen teil, bis er schließlich einen Trainer von Excursionistas überzeugt hatte, dem weniger sein Talent als vielmehr seine störrische Hartnäckig-

keit imponierte. Mono und Ruso feierten den Vertrag wie einen Akt höherer Gerechtigkeit, als Neuanfang auf dem Weg zum großen Durchbruch. Für sie ging jetzt alles seinen gerechten Gang, nur dass es eben ein, zwei Jahre länger dauern würde.

Aber einige Monate später, kurz nach Monos einundzwanzigstem Geburtstag, bedankte sich auch dieser Trainer bei Mono und schickte ihn ins Sekretariat, damit er seine Papiere abholte. Mono bedankte sich seinerseits, fuhr nach Hause und besoff sich drei Tage lang, bis er schließlich über dem Klo hing und Galle kotzte und von Ruso, der die ganze Zeit über an seiner Seite gewesen war, gestützt werden musste, um nicht umzukippen.

Als Mono das Bad endlich verlassen konnte, mit tiefen Ringen unter den Augen und ganz grün im Gesicht, setzte er sich an den Tisch im Esszimmer und begann die Zeitung durchzublättern, die seine Mutter erst zur Hälfte gelesen hatte. Neben ihm stand, wie ein Adlatus oder ein Schutzengel, Ruso.

»Was suchst du, Mono?«, fragte er.

»Ich schau mir mal die Jobangebote an, um zu entscheiden, was ich studieren soll.«

»Aha.«

»Du musst mir dabei helfen, ja? Medizin lieber nicht, das hält mein Magen nicht aus. Jura auch nicht, Anwälte gibt's wie Sand am Meer. Das gilt auch für Steuerberater.«

»Stimmt«, pflichtete ihm Ruso bei.

»Irgendwas mit Computern. Das ist doch jetzt groß im Kommen, oder?«

»Computer ist gut. Aber welche Richtung?«, fragte Ruso vorsichtig, der bei diesem Thema von Tuten und Blasen keine Ahnung hatte.

»Weiß nicht. Systemanalytiker. IT-Ingenieur. Elektroingenieur.«

»Ist das alles das Gleiche?«

»Keine Ahnung, Ruso. Das muss ich erst noch rauskriegen. Bist du dabei?«

Monos Berufsfindungsprozess hatte nur knapp fünf Minuten in Anspruch genommen. Mehr Zeit war nicht vergangen zwischen dem Aufschlagen der Stellenanzeigen und dem Aufbruch zum Bahnhof von Castelar.

8

Am Busbahnhof lässt Fernando sich erklären, wie man zum Stadion gelangt. An einem öffentlichen Telefon macht er Halt und kramt in seiner Hosentasche. Er legt das Kleingeld auf den Apparat und zählt. Drei Pesos fünfundsiebzig. Müsste reichen.

»Hallo, Mama, hier ist Fernando.«

»Hallo.«

»Wie geht's dir?«

»Wie immer.«

Fernando seufzt. Er hasst diese Antwort, obwohl er schon damit gerechnet hat, weil seine Mutter immer so antwortet. Er hasst diese Antwort, weil er das Gefühl hat, seine Mutter würde ihn verantwortlich machen für ihren Schmerz, ihren Lebensüberdruss.

»Mama, schau doch bitte mal in der Kommode im Wohnzimmer nach, ob du die Anleitung für Monos Kamera findest, in der obersten Schublade.«

»Warum?«

»Weil ich wissen muss, wie lang der Akku hält. Ich bin gerade in Santiago del Estero, um diesen Pittilanga zu filmen, von dem ich dir erzählt hab. Vielleicht hilft's ja, um ihn zu verkaufen. Dann kriegen wir wenigstens ein bisschen was von dem Geld zurück. Für die Kleine, mein ich.«

Schweigen am anderen Ende der Leitung.

Im tiefsten Innern hofft er, dass seine Mutter sagen wird: ›Ach, Fernando, du bist ein guter Junge, was du alles auf dich nimmst, um deinem Bruder und deiner Nichte zu helfen.‹ Aber es kommt nichts. Nur Schweigen.

»Hallo, Mama? Bist du noch dran?«

»Ja. Aber ich frag mich, warum du ihn Mono nennst, wo du doch genau weißt, dass ich den Namen nicht mag. Noch nie mochte. Wie oft hab ich dir das schon gesagt.«

Fernando seufzt erneut. Er hat eine zweihundert Kilometer lange Busfahrt auf sich genommen, weil er versuchen will, Monos Geld zu retten, um Guadalupe – seiner einzigen Nichte – eine bessere Zukunft zu bieten, und ein bisschen auch, um sie enger an sich zu binden. Aber seiner Mutter nach ist das im besten Falle seine Pflicht und im schlimmsten kompletter Schwachsinn. Ihr ist nur wichtig, dass er Mono nicht Mono nennt.

»Okay, Mama. Entschuldige. Aber such jetzt bitte die Anleitung raus, ja? Und beeil dich, das Geld ist gleich alle.«

Während er wartet, hört er, wie die Münzen durchklickern. Wenn sie sich nicht beeilt, ist gleich Schluss.

»Hallo.«

»Hast du sie gefunden?«

»Ja, aber mir ist nicht klar, was du wissen willst.«

»Wie lang der Akku hält, Mama, schau mal im Index nach.«

»Oh, die Schrift ist aber klein.«

Fernando seufzt ein drittes Mal und kratzt sich mit dem Hörer die Stirn. »Wo hast du denn deine Brille, Mama?«

»Die ist in der Küche. Kannst du das mit dem Akku nicht irgendwie anders rauskriegen?«

Ein Tuten kündigt an, dass die Verbindung gleich unterbrochen wird. Fernando legt lieber sofort auf, und das Geld rasselt durch. Er steckt die Finger in den Schacht und fischt das Restgeld heraus: fünfundzwanzig Centavos. In letzter Zeit funktionieren die öffentlichen Telefone erstaunlich gut. Fast nie sind die Kabel durchgeschnitten, und auch das Restgeld wird selten verschluckt. Als er seinen Weg zum Stadion fortsetzt, geht ihm ein Licht auf: Die öffentlichen Telefone funktionieren deshalb so gut, weil alle ein Handy haben. Nur arme Schweine wie er nicht. Was für ein Scheißland, denkt er bitter, wo nur das heil bleibt, was keiner will.

Das Stadion sieht er erst, als er schon fast davorsteht, weil die Tribüne so winzig ist und ihre Rückwand auch die Mauer einer Fabrik oder Schule sein könnte. Nur die vier dünnen Flutlichtmasten sind ein eindeutiger Hinweis.

Er kauft eine Eintrittskarte und lässt die Kontrolle über sich ergehen. Dann steigt er die Stufen hinauf und setzt sich auf den obersten Rang. Neugierig sieht er sich alles an: den niedrigen Zaun, die Strafräume, den Mittelkreis, auf dem kein Grashalm mehr wächst, die abgeblätterte Werbung auf der Wand der Gegentribüne.

Als er die Kamera einschaltet, erinnert er sich an das Gespräch mit seiner Mutter. »Alejandro«. No way. Für ihn ist Mono Mono und wird auch immer Mono bleiben. Er fragt sich, ob seine Mutter ihn genauso entschlossen gegen einen Spitznamen verteidigen würde. Vermutlich nicht. Vermutlich, denkt er in einem Anfall von Selbstgeißelung, hat er sich genau deshalb immer gegen einen Spitznamen gewehrt: weil seine Mutter keinen wollte. »Fernando«, hat seine Mutter immer zu ihm gesagt, sagt es heute noch. Ein zärtliches, vertrautes »Fer« würde ihr nie über die Lippen kommen, nie. Ein »Ale« schon, »Ale« hat sie tausendmal gesagt.

Die Mannschaften laufen auf. Fernando stellt die Kamera auf Pause. Er hat Angst, dass mitten in der Partie der Akku schlappmacht. Was, wenn Pittilanga genau in dem Moment ein Traumtor schießt? Kaum auszudenken. Aber auch wenig wahrscheinlich.

Er denkt wieder an das Telefonat mit seiner Mutter. Sie war nicht einmal überrascht, dass er nach Santiago del Estero gefahren ist, um dieses Spiel zu filmen. Er hätte genauso gut sagen können, er sei in Ituzaingó und unterrichte an der dortigen Schule. Seine Mutter hört ihm zu wie jemand, der dem Regen lauscht. Beim nächsten Mal wird er sie auf die Probe stellen: Mama, ich bin auf dem Mars, um wenigstens ein bisschen was von Monos Geld zu retten. Aber das würde auch nichts nützen.

Er aktiviert die Filmfunktion und stellt scharf, weil Pittilanga gerade steil geschickt worden ist und sich einen Abwehrspieler vom Leib hält. Als der Ball die Torauslinie überschreitet, drückt er auf Pause. Er kann sich nicht erinnern, wann genau er auf die Schnapsidee gekommen ist, hierherzufahren. Bestimmt nach dem Streit mit Mauricio. Und weil Ruso seinem Blick ausgewichen ist, als er ihn in der Waschanlage aufgesucht hat. Bestimmt war das der Moment, in dem ihn wieder mal dieses verflixte Helfersyndrom übermannt hat.

Er drückt auf Play, als Atlético Mitre einen Angriff fährt. Die Gastmannschaft klärt zur Ecke. Fernando fokussiert auf Pittilanga, der am Elfmeterpunkt lauert, fängt mit einer winzigen Bewegung des Handgelenks auch das Tor mit ein, sollte Pittilanga tatsächlich dorthin köpfen. Der Ball kommt, fliegt aber viel zu weit, segelt zwei Meter über Pittilanga hinweg. Fernando drückt wieder auf Pause und lässt die Kamera sinken.

9

Es klopft zweimal an der Tür, wozu die Armreife klimpern, die Soledad am linken Handgelenk trägt.

»Ja«, sagt Mauricio, und die junge Frau streckt den Kopf herein. »Dr. Williams lässt ausrichten, du sollst bei ihm im Büro vorbeikommen, er will mit dir sprechen.«

»Und, was meinst du als Expertin der William'schen Dringlichkeitsskala: Welche Stufe?«

Sie lächelt. Sie trägt eine schwarze Bundfaltenhose

und eine weiße Rüschenbluse, die ihre Kurven vorteilhaft zur Geltung bringen. »Sechs, würde ich sagen.«

»Sechs? Okay. Dann ist ja noch Spielraum für einen Kaffee. Vorausgesetzt natürlich, meine Assistentin erklärt sich bereit, mir einen zu kochen. Oder ist noch welcher von heute Morgen übrig?«

»Ja und nein. Nein, es ist keiner mehr übrig, und ja, ich mache gern neuen. Aber …«

»Aber …«

»Sechs ist nicht ungefährlich. Fünf bedeutet: entspannt. Sieben: Alarm. Sechs ist irgendwo dazwischen.«

»Irgendwelche Vorschläge?«

»Du schaust jetzt gleich bei Williams vorbei, und ich mache in der Zwischenzeit Kaffee.«

Stumme Blicke. Gegenseitiges Lächeln. Ein bisschen zu süßlich, das Ganze, aber was soll's. Man nimmt, was man kriegen kann.

»Unter einer Bedingung. Wie ich weiß, warst du gerade dabei, ein Schriftstück abzutippen. Wenn ich dich also schon von der heiligen Arbeit abhalte, dann musst du mit deinem großartigen Chef wenigstens zusammen einen Kaffee trinken.«

Wieder stumme Blicke, diesmal länger.

»Scheint mir nur fair.«

Mauricio strahlt. Jetzt hat er sie so weit, jetzt gilt es, eine Entscheidung zu treffen.

Das Telefon klingelt. Soledad kehrt ins Vorzimmer zurück und nimmt ab. Mauricio geht rasch die Pros und Contras durch. Contra: Sie ist seine persönliche Sekretärin, wodurch sich die Gefahr, dass sie irgendwann Zicken macht, gefährlich erhöht. Ihn womöglich wegen sexueller Belästigung anzeigt, zum Beispiel. Neulich hat ihm jemand eine richtige Horrorgeschichte erzählt. Noch ein Contra: Sie ist die beste Sekretärin, die er je hatte. Wenn es böse endet, was früher oder später immer passiert, wird er nicht nur ohne Geliebte dastehen, sondern auch ohne Sekretärin. Noch ein Contra: Das Mädchen ist hochintelligent, durchsetzungsfähig, weiß, was es will. Ein Minenfeld. Er sucht keine Herausforderung, sondern ein bisschen körperliche Nähe. Alles in allem: zu viele Contras. Aber, noblesse oblige, es gibt auch ein Pro: Die Kleine ist sexy. Sehr sexy sogar. So sexy, dass es alle Contras überwiegt.

Soledad kommt wieder herein. »Ruso ist in der Leitung. Bist du da?«

Mauricio macht ein »Natürlich«-Gesicht, um sich als treuer Freund seiner Freunde ins rechte Licht zu rücken. Alles kann hilfreich sein. Soledad verlässt das Büro. Als sie die Tür hinter sich zugemacht hat, nimmt er den Hörer ab. Das Abwägen von Pros und Contras ist absolut blödsinnig und löst überhaupt nichts. Am Ende ist man immer seinen Trieben ausgeliefert. Was gar nicht so schlecht ist. Zumindest meistens.

»Hallo, Ruso, was gibt's?«

»Hallo, Mauri.« Dem Ton nach ist Ruso ziemlich aufgeregt. »Du, es gibt Ärger. Gerade ist ein Einschreiben gekommen.«

»Von wem?«

»Von den Besitzern des Ladens in Morón.«

»Aha. Und was steht drin? Vermutlich, dass du die Miete nachzahlen sollst, bla, bla, bla.«

»Ja ...« Ruso brabbelt vor sich hin, bis er zu dem Absatz kommt, um den es ihm geht. »*Andernfalls sehen wir uns gezwungen, rechtliche Schritte einzuleiten …*«

»Alles okay, Ruso. Das Übliche. Mach dir keinen Kopf.«

»Meinst du?«

»Keine Angst. Ich hab alles im Griff.«

»Dann ist ja gut, Mauri«, sagt Ruso nach einem kurzen Schweigen, hörbar erleichtert. »Ich hab mir fast in die Hosen gemacht, als das Ding zugestellt wurde. Und dann auch noch zu Hause, so dass Mónica es gesehen hat. Du kannst dir nicht vorstellen, was die für eine Szene gemacht hat.«

»Doch. Frauen sind halt ein bisschen hysterisch.«

»Das hab ich auch zu ihr gesagt! Aber dann …«

»Mach dir keine Gedanken. Irgendwann rufen diese Leute bei mir an, und dann regle ich alles.«

»Sicher?«

»Aber ja, Rusito. Ganz ruhig. Wie läuft's mit der Waschanlage?«

»Na ja, ganz okay. War ja gutes Wetter in letzter Zeit. Jetzt ist es etwas ruhiger.«

Wenn es vorher schon schlecht lief, will Mauricio sich lieber nicht ausmalen, was dieses »Jetzt ist es etwas ruhiger« bedeutet.

»Cristo und ich haben da so eine Theorie entwickelt. Wenn es so weitergeht, müssen sowieso die meisten Waschanlagen dichtmachen.«

Und deine wird die erste sein, denkt Mauricio, spricht es aber nicht aus.

»Noch was, Mauri.«

»Was?«

»Neulich war Fernando da, wegen der Sache mit Pittilanga.«

Mauricio atmet hörbar ein und aus. »Und?«

»Nichts. Du hast ja selber gesagt, dass du nichts mehr davon hören willst.«

»Was hast du ihm gesagt, Ruso?«

»Nichts ... nichts weiter.«

Mauricio beruhigt sich. Gott sei Dank ist Ruso, wie er ist. Eine Seele von Mensch mit der Willenskraft eines Wackelpuddings und der Selbstdisziplin eines Kleinkinds.

»Gut so, Ruso. Wäre reine Zeitverschwendung. Da ist nichts mehr zu machen. Je länger er braucht, um es zu kapieren, desto schlimmer für ihn. Und für uns.«

»Irgendwie war er sauer auf mich.«

»Mach dir nichts draus, Ruso. Ist doch immer wieder das Gleiche mit ihm. Entweder man tut, was er sagt, oder man ist ein Idiot. Oder ein Verräter.«

»Genau diesen Eindruck hatte ich auch! Dass er mich anguckt, als wäre ich ihm in den Rücken gefallen.«

»Wie gesagt, mach dir nichts draus. Irgendwann wird er es schon verstehen. Aber wenn du auf ihn eingehst, machst du es nur noch schlimmer, dann wird er weiterhin alle nerven mit diesem Pittilanga-Quatsch.«

»Das sagt Mónica auch.«

Klar. Wer mit einem Mann verheiratet ist, der jedes Geschäft in den Sand setzt, kann es nicht gebrauchen, dass der sich auch noch mit anderen Losern zusammentut. Mauricio und Ruso versprechen sich gegenseitig, sich bald mal wieder zu treffen, und legen auf. Anschließend ruft Mauricio Soledad über die interne Leitung an.

»Was ist denn nun mit dem Kaffee, Fräulein Sekretärin?«

»Hatten Sie nicht gesagt, Sie würden erst bei Williams vorbeischauen?«

Mauricio lächelt. »Wissen Sie was? Williams kann warten. Ich brauche diesen Kaffee jetzt. Jetzt gleich.«

10

Fernando wirft den Rucksack auf den Tisch. Der dumpfe Aufprall erinnert ihn daran, dass darin zweihundert schriftliche Klassenarbeiten sind, die er bis Montag korrigieren muss. Resigniert geht er in die Küche und setzt Wasser auf. Zurück im Wohnzimmer bemerkt er, dass der Anrufbeantworter blinkt. »Hallo, Fernando. Hier ist Nicolás von Palmera Producciones. Ruf mich bitte zurück.« Das hat ihm gerade noch gefehlt. Jetzt ist sein Wochenende endgültig ruiniert.

Er holt den ersten Stapel aus dem Rucksack und nimmt den roten Stift zur Hand. Noch eine schlechte Nachricht: Die Arbeiten sind von der 4B, Nachmittagsturnus, und in der 4B, Nachmittagsturnus, sitzen nur Hohlköpfe. Der Rest seines Tages wird nur noch aus Korrigieren bestehen. Die erste Arbeit bestätigt diese trostlosen Aussichten: Sie ist von Jonathan Vallejo. Oder Vallejos. Da ist er sich nicht sicher, kann sich nicht sicher sein, weil dieser Jonathan sich manchmal mit s und manchmal ohne s schreibt, je nach Tagesform und Laune. Antwort Nummer eins: *Sie denken die von der Sidlung warns aber die warns nich. Gestern warn sie da und ham gemerkt sie warns nich.* Er umkringelt die Rechtschreibfehler, fügt die Kommata ein, die Vallejo – oder Vallejos – nicht gesetzt hat. Dann unterstreicht er die »warns« und schreibt *waren es* an den Rand, um den Guten darauf aufmerksam zu machen, dass es sich um die Kombination Verb und Pronomen handelt. Nicolás von Palmera Producciones. Der schlagende Beweis dafür, dass er, Fernando Raguzzi, ein Idiot ist. Nachdem er zehn Partien von Atlético Mitre gefilmt hat, ohne dass Pittilanga ein Tor geschossen hätte, war er auf die glorreiche Idee gekommen, die Videos zu manipulieren. Normalerweise schoss Pittilanga zwei oder drei Mal pro Spiel aufs Tor. Seine Überlegung war also: Wenn man diese Versuche – die normalerweise weit drübergingen oder in den Händen des Torwarts landeten – so schneiden könnte, dass sie wie Schüsse in den Winkel oder unhaltbare Kopfbälle aussehen, könnte man einem naiven Investor vielleicht auf die Sprünge helfen. Fernando hat Ruso von dieser Idee erzählt, und Ruso ist vor Begeisterung ganz aus dem Häuschen gewesen und hat es seinerseits Cristo erzählt, und der hat sich von der Begeisterung anstecken lassen und die Verbindung zu Palmeras Producciones hergestellt. Während Fernando sich durch die haarsträubenden Fehler von Vallejo – oder Vallejos – kämpft, macht er sich schwere Vorwürfe, dieser Kette von Empfehlungen gefolgt zu sein. Aber jetzt ist es zu spät. Jetzt hat er den Salat.

Als er das erste Mal mit diesem Nicolás gesprochen hat – Besitzer, Geschäftsführer, Sekretär und Mitarbeiter in Personalunion –, hat der ihm versichert, für tausendzweihundert Pesos sei die Sache geritzt. Fernando hat eingeschlagen. Drei Wochen später, als er das Ergebnis sah, wäre er dem Genie der Computeranimation am liebsten an die Gurgel gesprungen. Dem Film war auf hundert Kilometer Entfernung anzusehen, dass er ein Fake war. Der Ball beschrieb verdächtige Bahnen, die Spieler sahen ihm nicht nach, und wenn er im Tor landete – und das war das Allerschlimmste –, bewegte sich das Netz keinen Millimeter. Als Fernando diesen Nicolás darauf hinwies, sah der sich die Aufnahme noch einmal an, nickte erstaunt und sagte: »Richtig.« Von wegen richtig, dachte Fernando und hätte diesen Kerl am liebsten zusammengefaltet.

Im Nachhinein betrachtet, wäre es eine gute Gelegenheit gewesen, das Ganze abzublasen, dem Eigentümer-Geschäftsführer-Mitarbeiter von Palmera Producciones eine reinzuhauen, um ein bisschen Frust abzulassen, und es irgendwo anders zu probieren. Hat er aber nicht gemacht. Erstens, weil er sich seit fünfzehn Jahren mit niemandem mehr geprügelt hat. Zweitens, weil seine notorische Unentschlossenheit es nicht zulässt, einen Schlussstrich zu ziehen, bevor es zu spät ist.

Er korrigiert die Arbeit von Vallejo – oder Vallejos – zu Ende und gibt ihm die zweitschlechteste Note: eine zwei. Nur Stroh im Hirn. Dann legt er das Blatt beiseite und nimmt sich die nächste Arbeit vor. Genervt schnalzt er mit der Zunge. Sie ist von Murúa, aber Murúa hat nicht einmal gelernt, dass man Namen großschreibt. Und dass es so etwas wie Akzente gibt, zum Beispiel den auf dem zweiten u seines Namens, also steht da *murua*. Wie der Rest wird, kann Fernando sich schon denken.

Er schlägt sein Notizbuch auf, greift zum Hörer und

wählt die Nummer von Palmera Producciones. Logischerweise geht Nicolás persönlich dran.

»Hallo. Hier ist Fernando Raguzzi.«

»Ah, hallo, Fernando! Ich hab dir heute eine Nachricht hinterlassen.«

Fernando fragt sich, ob dieser Typ ein Idiot ist oder nur so tut. Was macht er denn gerade, wenn nicht zurückzurufen?

»Schieß los.«

»Ich hab nachgedacht. Über die Tore, die ein bisschen künstlich wirken.«

Ein bisschen künstlich wirken, wiederholt Fernando für sich selbst. Ein optimistisches Kerlchen, dieser Nicolás.

»Ja. Und?«

»Ich hab da eine paar Jungs angesprochen, die wie ich eine Produktionsfirma haben. Ihnen von unserem Film erzählt. Und die hatten da eine rettende Idee.«

»Die wäre?«

»Statt es so hinzudrehen, als würde dieser Pittilanga Tore schießen, könnte man auch die Tore der Mannschaft nehmen und ihn reinkopieren. An die Stelle des Torschützen setzen, verstehst du?«

Eine innere Stimme warnt Fernando, dass er lieber die Finger davon lassen sollte. Tut er aber nicht. »Du meinst, das könnte klappen?«

»Na klar. Ehrenwort.«

»Und was soll das kosten?«

Kaum hat er die Frage gestellt, bereut er es bereits. Obwohl der erste Versuch ein Desaster war, hat er pünktlich bezahlt, also wäre es nur recht und billig, wenn dieser Nicolás das Desaster kostenlos beheben würde. Stattdessen ist er so blöd, diesem Pfuscher ein Hintertürchen zu öffnen.

»Wie gesagt, ich würde dafür diese Jungs dazuholen, die von der anderen Produktionsfirma. Ich denke, mit tausend, tausendfünfhundert sind wir dabei.«

»Wie viel?!«

»Ich stell dir gar nichts in Rechnung, nur damit das klar ist. Aber die Jungs wollen natürlich Kohle sehen.«

Fernando schluckt. Atmet tief durch. Denkt nach. Und wenn es wieder nicht hinhaut? Aber er ist so verzweifelt, dass er sich darauf einlässt. Sie verabschieden sich und legen auf. Fernando wendet sich wieder der Klassenarbeit von Murúa zu. Er muss nur die ersten Antworten lesen, um zu wissen, dass Vallejo – oder Vallejos – im Vergleich zu Murúa im Reich des Wissens ein Gigant ist.

Nationale Technische Universität

Eigentlich wollte sich Mono an der Universität von Buenos Aires in Ingenieurswissenschaften einschreiben, aber der Zug, in den er und Ruso in Castelar einstiegen, kam nur bis Liniers. Als sie den Bahnsteig entlanggingen, wurde über Lautsprecher verkündet: »Verspätung aufgrund eines schweren Unfalls am Bahnhof Floresta.« Ruso schlug vor, nach Castelar zurückzufahren, aber Mono wollte an diesem Tag unbedingt ein Erfolgserlebnis, also fragten sie an einem Kiosk nach dem richtigen Bus. Als der Bus die Primera Junta hinter sich gelassen hatte und gerade in die Rosario einbog, schlug Mono eine weitere berufliche Pirouette. Entschuldigungen murmelnd kämpfte er sich bis zur Tür und stieg aus, bevor die Ampel auf Grün sprang. Wohl oder übel folgte ihm Ruso.

»Mann, welche Tarantel hat dich denn jetzt schon wieder gestochen?«, fragte Ruso, während er seine Kleidung zurechtzog.

»Ich werde hier studieren, an der Technischen.«

»Wollten wir nicht zur UBA?«

»Ja, aber mir ist egal, wo ich studiere. Und Systemingenieur, das gibt's hier bestimmt auch.«

»Woher willst du das wissen?«

»Sagt doch schon der Name: Nationale Technische Universität.« Mono zeigt auf das Schild über dem Eingang. »Was soll man hier sonst studieren können? Gastronomie?«

Ruso blieb nichts anderes übrig, als sich dieser eisernen Logik zu beugen. Nachdem Mono also Ruso für seine Sache gewonnen hatte, schrieb er sich für den Studiengang Systemanalytiker ein. Bis zu diesem Zeitpunkt hatte er nur einmal mit Computern zu tun gehabt, wie ihn Fernando an jenem Abend, als Mono und Ruso die anderen auf den neuesten Stand brachten, voller Skepsis erinnerte: als er in der Spielhalle SACOA in Mar del Plata alle elektronischen Spiele durchprobiert hatte. Doch zu seiner eigenen und auch aller anderen Überraschung machte Mono mit achtundzwanzig tatsächlich sein Ingenieursdiplom.

11

Bevor Mauricio anklopft, kontrolliert er im Spiegel, ob der Knoten seiner braunen Krawatte richtig sitzt und ob das ebenfalls braune Taschentuch in der oberen Sakkotasche schön gefaltet ist. Mariela hatte Recht: Es war eine gute Idee, Krawatte und Taschentuch aufeinander abzustimmen. In diesen Dingen hat seine Frau einen untrüglichen Geschmack. Er vertraut ihr blind. Umgekehrt hält sie es genauso, auf Gebieten, die er weniger trivial findet als Kleidung. Sie ergänzen sich gegenseitig, und darin liegt das Geheimnis einer guten Ehe. Bereiche, Sphären, Zuständigkeiten: Wenn man die schön auseinanderhält, vermeidet man unnötigen Streit.

Er klopft an und horcht. Die Antwort lässt auf sich warten. Er zögert. Soll er noch mal anklopfen, auch auf die Gefahr hin, übereifrig zu wirken? Oder soll er abwarten, was womöglich verzagt rüberkommt? Vielleicht hat Williams es auch einfach nicht gehört. Schwierig.

»Herein«, sagt Williams schließlich, und Mauricio ist froh, dass er gewartet hat.

»Guten Tag, Humberto.«

»Komm rein, Mauricio.« Williams fordert ihn auf, Platz zu nehmen, aber seine Geste hat wie immer etwas Träges, als wollte er sie mit dem geringstmöglichen Aufwand ausführen, mit einem Minimum an Energie, nur so viel, dass sie gerade zustande kommt. »So dringend ist es nun auch wieder nicht.«

Mauricio setzt sich, zieht leicht an seiner Hose, damit sie keine Falten wirft, und schlägt die Beine übereinander, sorgfältig darauf bedacht, es sich nicht wirklich bequem zu machen. In diesem Büro darf es sich nur einer bequem machen, und das ist Williams.

»Möchtest du einen Kaffee?«, sagt Williams und drückt den Knopf der Gegensprechanlage. »Elena, zwei Kaffee, meiner wie immer, und für Mauricio ...«

»Mit einem Schuss Milch und Süßstoff.«

»Mit einem Schuss Milch und Süßstoff.«

Williams legt auf. Mauricio nimmt sich fest vor, dass er es irgendwann hinkriegen wird, auch so eine verdrießliche Souveränität an den Tag zu legen.

Williams lächelt. »Gestern war ich im Justizpalast und habe zufällig Coco Sanlúcar getroffen. Er hat mir nur Gutes über dich berichtet.«

Mauricio setzt ebenfalls ein Lächeln auf, das bescheiden wirken soll. »Ganz schön komplizierte Angelegenheit.«

»Coco meint, du hättest die Sache perfekt durchgezogen. Er sagt ...« Williams hält inne, als die Sekretärin mit dem Tablett eintritt. Obwohl es nichts zu verbergen gibt, gefällt Mauricio dieses Verstummen. Irgendwie bekommt Sanlúcars Lob dadurch etwas Persönlicheres.

»Tito, sagt er zu mir – ein schrecklicher Spitzname, aber Coco und ich kennen uns seit der Schule, was soll ich machen, da muss ich durch –, er sagt also zu mir, dieser Junge, der den Fall Naviera Las Tunas bearbeitet, macht seine Sache ausgezeichnet.«

»Danke, Humberto.«

Williams nippt nur kurz an seinem Kaffee und stellt ihn wieder auf die Untertasse. »Nichts zu danken, mein Lieber. Dieses Lob hast du dir redlich verdient. Sag mal«, fährt er fort und sieht ihn an, zum ersten Mal, seit Mauricio das Büro betreten hat, »was hältst du eigentlich von diesem Sabino?«

Mauricio wundert sich. Ist fast enttäuscht. Er hätte gern weiterhin im Mittelpunkt gestanden, das Lob von Richter Sanlúcar noch eine Weile genossen. Aber er fängt sich schnell wieder.

»Macht seine Sache gut. Ist verantwortungsbewusst, engagiert ... Kein Grund zur Klage.«

»Sehr schön. Ich möchte, dass du ihn weiter unter deine Fittiche nimmst. Ihm unter die Arme greifst.«

Mauricio muss sich zusammenreißen, um nicht nach dem Grund zu fragen, aber es erscheint ihm klüger, sich damit abzufinden, dass Williams ihm etwas verschweigt. Es wäre schön, wenn er sagen würde: Nimm Sabino ein bisschen härter ran. Wir wollen dich nämlich bald zum Partner machen, und dann muss er deine Kunden übernehmen. In dem Fall könnte er nämlich seiner Freude offen Ausdruck verleihen, seinem Chef überschwänglich die Hand schütteln oder die Arme hochreißen wie ein Fußballspieler, der gerade ein Tor geschossen hat. Aber derartige Gefühlsausbrüche sind in Williams Welt verpönt. In dessen Welt ticken die Uhren anders. In dessen Welt zählt vor allem Eleganz. Leute wie Williams müssen nicht beweisen, dass sie überlegen sind. Vielmehr sehen sie ihre Überlegenheit als gottgegeben an. Als eine Art Naturrecht. Daher auch diese natürliche Verdrießlichkeit. Mauricio kann sich noch so viel Mühe geben: Er kriegt es einfach nicht so gut hin. Weil er in Castelar aufgewachsen ist und sein Vater Bankangestellter und seine Mutter Grundschullehrerin war. Egal. Irgendwann wird er es schon noch lernen.

12

Ruso weiß, dass es nicht leicht wird. Das Hinspiel hat er drei zu eins verloren, und Chamaco hat sich ein System mit vielen Verteidigern ausgedacht, da ist kaum ein Durchkommen. Hinter ihm klopft jemand auf die Theke, um bedient zu werden. Ohne die Finger vom Joystick zu nehmen oder auch nur die Augen vom Bildschirm, ruft er Cristo zu, er soll sich um den Kunden kümmern. Das ist der entscheidende Moment. Sein tödlicher Spielzug, wie er es nennt. Sein Stilettstoß. Rechter Außenstürmer rennt durch bis zur Grundlinie, schlägt einen Haken, dribbelt in den Strafraum. Schießt aufs lange Eck. Ruso muss sich beeilen, ein Eins-zu-null reicht nicht. Er schaut kurz zu Chamaco. Der Blitz soll ihn treffen. Der Junge ist ein Günstling der Götter. Ein Superstar der PlayStation. Wieder klopft jemand auf die Theke.

»He, Cristo! Bist du taub oder was? Siehst du nicht, dass ich beschäftigt bin!«

In diesem Moment schaut Chamaco zum Empfang und erstarrt. Ruso sieht es nicht, weil er kurz vor der Vollendung seines Spielzugs steht. So konzentriert ist er, dass er nicht bemerkt, dass sein Gegner den Joystick losgelassen hat. Rusos Stürmer dringt in den Strafraum ein, umspielt zwei Verteidiger und schießt ein Tor. Ruso jubelt und sieht Chamaco triumphierend an. Erst da fällt ihm auf, dass der Junge gar nicht mehr spielt, sondern über seine Schulter zur Theke schaut. Er dreht sich um.

Hinter dem Empfang steht Mónica. Ruso erstirbt der Schrei auf den Lippen, und jeglicher Gedanke in seinem Kopf erlischt. Er steht auf und geht zu seiner Frau.

»Hallo, Schatz. Was machst du denn hier?«

Mónica antwortet nicht. Sie sieht ihn nur streng an und hält ihm einen Brief hin. Ruso erkennt, dass es sich um ein Einschreiben handelt.

»Ach so, das. Mach dir keine Sorgen, Moni. Der ist von den Leuten, denen der Laden in Morón gehört. Das habe ich neulich mit Mauricio besprochen. Er sagt, ich soll mir keinen Kopf machen.«

»Nein«, sagt seine Frau, die ihm nach wie vor das Schreiben hinhält. »Das ist ein Kontoauszug unserer Kreditkarte.«

Ruso bleibt nichts anderes übrig, als sich das Schreiben anzusehen. Die Formulierungen ähneln sich: Mahnung, erlauben wir uns, bla, bla, bla.

»Trotzdem.«

Mónica schweigt, sieht über die Schulter von Ruso hinweg Chamaco an, der spürt, dass sein Typ nicht gefragt ist, und den Rückzug in Richtung Waschanlage antritt.

»Wie lange wollen wir noch so weitermachen, Daniel?«

Ruso erwägt verschiedene Antworten.

»Was meinst du mit ›so weitermachen‹?«, murmelt er schließlich. Kaum hat er es gesagt, wird ihm klar, dass es keine gute Wahl war.

»Willst du mich veräppeln? Merkst du denn gar nicht, was los ist?«

»Doch, schon …«

»Uns stehen die Schulden bis zum Hals! Und du tust so, als wär nichts, Daniel!«

»Wieso sagst du das?«

»Weil du hier seelenruhig mit einem Angestellten PlayStation spielst. Darum, verdammt!«

Ruso schluckt. Mónica flucht sonst nie, und wenn sie flucht, muss sie auf hundertachtzig sein.

»Das mit der PlayStation –«

»Wir nagen bald am Hungertuch, und du spielst mit der PlayStation! Du hast zwei Töchter, Daniel! Zwei Töchter! Wie lange willst du noch so weitermachen?«

Vor lauter Unbehagen wechselt Ruso das Standbein. Er streckt die Hand aus.

»Jetzt sei doch nicht so, Moni. Irgendwann wird das Geschäft schon laufen.«

»Es reicht, Daniel! Hör auf, dich selber zu belügen! Von wegen irgendwann! Merkst du nicht, dass du das Geschäft in den Sand setzen wirst? Genau wie alle anderen zuvor?«

»Werd ich nicht.«

»Wirst du doch! Ein Geschäft, bei dem der Besitzer mit seinen Angestellten PlayStation spielt: Wie lange wird sich das deiner Meinung nach halten? Na?«

»Was soll ich denn sonst tun, während wir auf Kunden warten?«

»Wir stehen kurz vor dem Ruin. Kapierst du das, Daniel?«

Ruso hat immer noch die Hand ausgestreckt, zeigt nach draußen, aber ihm fällt nicht ein, was er erwidern könnte. Auf dem Parkplatz überprüft Cristo gerade einen schwarzen Toyota. Chamaco und Molina sitzen auf der Bank und warten auf den nächsten Kunden. Ruso kann nichts Schlechtes an dem Geschäft erkennen. Es läuft mau, ja, aber es muss eben erst ins Rollen kommen.

Genau das sagt er auch stammelnd zu Mónica, aber sie schneidet ihm das Wort ab.

»Es reicht. Ich kann nicht mehr. Ich habe immer alles mitgemacht. Alles. Aber jetzt ist Schluss. Wenn du es schon nicht um meinetwillen einsiehst, dann wenigstens um der Mädchen willen.«

Tränen treten ihr in die Augen. Ruso wäre am liebsten tot umgefallen. Für ihn gibt es nichts Schlimmeres, als seine Frau weinen zu sehen. Dann kommt er sich vor wie ein Fiesling. Er will schon den Thekentisch hochklappen, um zu ihr zu gehen, aber sie hebt die Hand und stoppt ihn.

»Bleib, wo du bist. Bitte. Ich will nur eins.« Sie zeigt vage in Richtung Waschanlage. »Wenn dir irgendwas an uns liegt, tu was.«

Bevor er antworten kann, knallt sie die Tür so heftig hinter sich zu, dass die Plexiglasscheibe wackelt. Ruso kratzt sich am Kopf und sieht sich um. Er begreift nicht, warum Mónica so pessimistisch ist. Stimmt, das Geschäft läuft schleppend an, aber das ist doch kein Grund zur Panik. Es wird schon noch werden. Sein Blick fällt auf den Bildschirm. Die Partie steht auf Pause. Er fragt sich, ob es gut oder schlecht wäre, wenn er jetzt Chamaco ruft, um sie zu Ende zu spielen. In diesem Augenblick erinnert er sich an Mónicas Tränen, und er schaltet den Apparat aus. In letzter Zeit erteilt ihm das Leben einige drastische Lektionen: dass Freunde nicht ewig leben und dass auch Mónicas Geduld nicht ewig hält.

13

Fast ein Jahr lang hängt Fernando sich voll rein. Er will Pittilanga unbedingt verkaufen. Wenn Journalisten über Spielertransfers schreiben, heißt es oft, dieser oder jener Spieler sei diesem oder jenem Club, dieser oder jener Investorengruppe, diesem oder jenem Trainer »angeboten« worden. Fernando hat das schon immer schockierend gefunden. In seinen Ohren klingt »anbieten« nach Erniedrigung, nach Hehlerei, nach Ausbeutung. Aber nach sechs erfolglosen Monaten bietet auch er Pittilanga an, als wäre er ein Kochtopfset oder das Tombolalos eines gemeinnützigen Vereins.

Am Anfang überlegt er sich immer ganz genau, an wen er sich wendet. Er sucht sich nur Leute aus, deren Namen er aus der Presse kennt. Das Problem ist bloß, dass nicht sie ihn empfangen, und auch nicht ihre Geschäftspartner oder Assistenten, sondern junge Kerle, die ihre Panik hinter Solariumbräune, tonnenweise Haargel und Handys mit Super-Apps verstecken. Azubis, deren Bedeutung in der Organisation, die sie zu repräsentieren vorgeben, einem Ruderboot auf einem Schiff der Königlichen Armada gleichkommt. Genauer betrachtet ein Umstand, der Fernando in die Hände spielt, zumindest am Anfang. Seine eigene Unerfahrenheit ist nämlich genauso groß, also macht er sich lieber vor diesen Jungspunden zum Affen. Die Situation hat auch ihre komische Seite: ein Lehrer, der einen Spieler zu verkaufen versucht, an den er nicht glaubt, zu einem Preis, den er nicht wert ist, an einen Typen, der ihn nicht kaufen will, der aber, selbst wenn das Geschäft zustande käme, nicht wüsste, was dann zu tun wäre.

Mit der Zeit schlägt sich Fernando besser. Er hält sich nicht mehr so lang mit Vorgeplänkel auf, seine Körperhaltung verrät nicht mehr auf den ersten Blick, wie unsicher er ist, und er gibt sich auch nicht mehr so höflich, dass es als Schwäche ausgelegt werden könnte. Außerdem lernt er, Pittilangas Vorzüge zu preisen, ohne dass seine Stimme zittert. Pech nur, dass es ihm nichts mehr nützt, denn auf der Skala potenzieller Käufer ist er längst abgerutscht auf das Niveau von Grünschnäbeln und Windhunden. Und am schlimmsten ist, dass man nicht einmal in diesem Milieu an Pittilanga interessiert ist. Nicht im Geringsten. Häufig kommen sie ihm sogar mit ihren eigenen Lügen zuvor und versuchen ihm selbst irgendeinen Spieler anzudrehen.

Zu Beginn ist seine Zuversicht – oder seine Not – so groß, dass er sogar unbezahlten Urlaub nimmt, um sich seiner Aufgabe voll und ganz widmen zu können. Doch im Laufe der Tage und Wochen geht sein Selbstbewusstsein genauso in den Keller wie sein Kontostand. Nach einem Monat tritt er den Schuldienst wieder an, allerdings erst einmal nur im Vormittagsturnus, was ihm zupasskommt, weil Fußballunternehmer ihre Geschäfte erst gegen Mittag aufnehmen. Ab Mitte des dritten Monats unterrichtet er auch wieder am Nachmittag und legt die Treffen auf den Abend, auf sechs oder sieben Uhr.

Irgendwann wird er es schaffen. Der Triumph ist nah, liegt hinter der nächsten Ecke, hinter der nächsten Plexiglastür, versteckt sich hinter dem karminroten Lächeln der nächsten Sekretärin. Und nach dem Triumph kommt die Rache. Die süße Rache. Er wird Mauricio anrufen und ihm sagen: Du kannst den Vertrag aufsetzen. Pittilanga ist verkauft. Und dann wird er auflegen und ihn allein lassen mit seiner Verblüffung, seiner Beschämung. Und wenn Guadalupe erst mal etwas älter ist und es verstehen und wertschätzen kann, wird er es ihr erzählen. Dann wird er für sie der Held sein. Diese Vorstellung treibt ihn an, immer wieder beschwört er sie herauf, um durchzuhalten. Aber irgendwann, nach einem halben Jahr, wird ihm klar, dass er sich etwas vormacht, dass es nie so kommen wird. Weder wird er Pittilanga verkaufen, noch Mauricio demütigen, noch seine Nichte beeindrucken.

Weil es noch nie seine Stärke war, Fehler und Irrtümer einzugestehen, macht er trotzig weiter. Aber sein Eifer lässt merklich nach, seine Einschätzung wird realistischer, er spürt die Niederlage nahen, umgeben von Gestalten, die immer windiger werden, Gestalten, die zur Welt des Fußballs gehören wie der Kater zum Rausch.

Seine Freunde trifft er nur noch selten. Nur wenn einer von ihnen Geburtstag hat. Oder eine ihrer Frauen. Oder die Rusitas, Rusos Töchter. Einmal im Monat gehen sie essen, nur sie drei. Für ihre Verhältnisse sehen sie sich also praktisch kaum noch. Und wenn, erwähnt keiner den Streit im Café: was sie sich an den Kopf geworfen haben oder eben nicht, was jeder anschließend darüber gedacht hat. Auch über Pittilangas Misserfolg bei Santiago del Estero spricht keiner.

In all der Zeit sieht Fernando seine Nichte nur vier Mal. Monos Ex ist in letzter Zeit besonders feindselig und tut alles, um die Treffen zu sabotieren. Drei Mal nimmt er Guadalupe mit zu ihrer Großmutter. Beim ersten Mal ist es besonders schwer, und Fernando muss seine Mutter immer wieder ermahnen, damit sie nicht vor ihrer Enkelin in Tränen ausbricht. Die drei anderen Treffen verlaufen entspannter. Schade, dass sie sich nicht öfter sehen können, dass die Mutter des Mädchens ihnen das Leben so schwer macht.

Beim vierten Mal haben zufällig die Rusitas Geburtstag, also nimmt Fernando seine Nichte mit zu Ruso, damit die anderen sie auch mal wieder sehen, damit sie ein bisschen Zeit miteinander verbringen, damit die Verbindung nicht ganz abreißt, wenn sie nicht schon längst abgerissen ist, wie Fernando fürchtet, als er Guadalupe, die auf dem Rücksitz eingeschlafen ist, abends wieder nach Hause bringt.

Bei einem ihrer seltenen Treffen zu dritt schlägt Ruso vor, mal wieder zusammen ins Stadion zu gehen. Fernando zögert, während Mauricio sofort ablehnt, mit dem Argument, Independiente spiele im Augenblick so schlecht, dass man nicht mal Lust habe, den Wagen aus der Garage zu holen. Ruso, der sich leicht den Wind aus den Segeln nehmen lässt, gibt ihm Recht, und Fernando kommt sich wie ein Idiot vor, weil er gezögert hat, weil er, hätte Mauricio ja gesagt, seinen Stolz runtergeschluckt hätte, alles runtergeschluckt hätte, was sich seit ihrem Streit angehäuft hat, und trotz allem mitgekommen wäre.

In diesem Herbst und Winter regnet es praktisch nicht. Der Rasen in den Stadien der dritten Liga gleicht einer Steppe, auf der nur an der Eckfahne ein bisschen Gras wächst. Halb im Scherz, halb im Ernst deutet Ruso die Dürre als Prüfung, die Jahwe ihnen auferlegt. Im April hat eine Waschanlage in Morón dichtgemacht, im

Juni zwei weitere in Castelar. Er und Cristo sind sich sicher, dass damit die Talsohle durchschritten ist. Wenn Fernando sich die beiden vorstellt, wie sie, den Joystick in der Hand, die Makro- und Mikrovariablen des Geschäfts analysieren, ist ihm manchmal zum Lachen zumute, manchmal zum Weinen. Während Ruso seine Analyse mit großem Gestus vorträgt, zwinkert Mauricio Fernando verschwörerisch zu, was Fernando insgeheim wütend macht, weil er genau weiß, dass Mauricio in seiner Abwesenheit mitleidige Blicke mit Ruso tauscht, um Fernandos vergebliche Bemühungen zu kommentieren.

Mauricio geht es wie immer, sprich: besser denn je. Man hat ihm das Gehalt erhöht und zu verstehen gegeben, dass seine Beförderung zum Partner kurz bevorsteht. Fernando und Ruso fragen erst gar nicht, um welche Summe es geht, bekommen aber eine Ahnung, als Mauricio am Geburtstag der Rusitas mit einem schwarzen Audi vorfährt, den sie bis dahin nur im Schaufenster eines Autohauses gesehen haben. Im September hat Mauricio die Idee, Blumen auf den Friedhof zu bringen, weil am Zwölften Monos Geburtstag gewesen wäre. Vor lauter Wut hätte Fernando sich am liebsten geweigert. Für solche postumen Ehrungen, die nichts nützen, setzt Mauricio sich ein, aber wenn es darum geht, Flagge zu zeigen bei Sachen, die wirklich hilfreich wären, kneift er. Fernando gesteht sich ein, dass er nur deshalb so sauer ist, weil es nicht seine Idee war, wo er doch der Bruder des Verstorbenen ist. Weil aber Ruso Feuer und Flamme ist, muss er die Kröte schlucken und zustimmen.

Zu allem Übel fängt es am zehnten September auch noch an zu regnen und hört bis zum dreizehnten September abends nicht mehr auf, wodurch der Friedhof grau und matschig ist. Der Anblick zerreißt ihm fast das Herz. Zwar spricht er mit den anderen nicht darüber, aber er ist sich sicher, dass es ihnen ganz genauso geht.

Manager

Polaco Salvatierra war der jüngste von drei Brüdern und wuchs bei Fernando und Mono um die Ecke auf, nur eine Querstraße entfernt. Seine Mutter, eine großgewachsene Spanierin, führte ein eisernes Regiment, ohne dass je etwas von einem Ehemann bekannt geworden wäre, der ihr zur Seite gestanden hätte. Polaco war also gar kein Pole, stammte auch nicht von einem Polen ab, wusste wahrscheinlich nicht einmal, wo Polen lag. Aber er war blond, so dermaßen blond, dass sein Haar fast durchsichtig wirkte. Und er hatte blaue Augen und eine schneeweiße Haut. Den Spitznamen hatte er von Mono, der mit zehn Jahren felsenfest davon überzeugt war, dass Salvatierra genauso aussah wie die Spieler der polnischen Nationalmannschaft bei der WM 1978. Und weil Salvatierra sich nicht wehrte, blieb es für alle Zeiten bei diesem Spitznamen: Polaco.

Salvatierra wuchs im Viertel auf und spielte in den Jugendmannschaften von Ferro, ohne einen größeren Eindruck zu hinterlassen. In der A-Jugend war dann Schluss, was sich für ihn als Glücksfall entpuppte. Einige seiner Freunde schafften den Sprung in den Profikader, und er, der ohne Ball viel intelligenter war als mit, hatte die glorreiche Idee, ihnen bei ihren ersten Verträgen zu helfen. Er nutzte aus, dass er mit seinen blonden Haaren und seinem Engelsgesicht wie ein liebenswerter Idiot wirkte. Und kaum hatte er drei oder vier passable Verträge ausgehandelt, war er bereits Spielerberater. Von da an ging es steil bergauf. Nach einigen glänzenden Abschlüssen war er endgültig im Fußballolymp angelangt, und in den folgenden sechs oder sieben Jahren kurvte er mit Autos und Motorrädern durchs Viertel, die man in Castelar Süd bis dahin nur auf Fotos gesehen hatte. Begleitet wurde er normalerweise von kurvenreichen Schönheiten, die man bis dahin ebenfalls nur auf Fotos gesehen hatte, auf Fotos anderer Art allerdings. In der Clique unterhielten sie sich ab und zu darüber. Fernando, zum Beispiel, fand es merkwürdig, dass Salvatierra bei all der Kohle, die er scheffelte, so viel in einem Viertel rumhing, in dem die Häuser niedrig und die Hausfrauen ängstlich waren. Mauricio war der Meinung – und die anderen schlossen sich ihm bald an –, dass Polaco nur hier, in seinem Viertel, seiner Erfolgsstory epische Größe verleihen konnte. An jedem anderen Ort war er ein junger Typ, der viel Geld für luxuriöse Autos und teure Frauen ausgab. Mehr nicht. Aber innerhalb der vier Blocks, die sein Viertel bildeten, erinnerten sich noch alle an das unscheinbare Haus, in dem er aufgewachsen war, an die dröhnende Stimme seiner Mutter, an sein Billigfahrrad ohne Bremsen und Schutzblech, das er selbst dann noch fuhr, als es ihm längst zu klein geworden war und er darauf aussah wie ein Riesenbaby. Es war dieser Vergleich, der ihn zur Legende machte. Mauricio war sich sicher: Salvatierra kehrte einzig und allein deshalb so oft ins Viertel zurück, weil er nur hier zur Schau stellen konnte, wie weit er es gebracht hatte.

Dann plötzlich, quasi über Nacht, verschwand Salvatierra. Im Viertel ging man davon aus, dass er immer noch Fußballer managte, und tatsächlich tauchte sein Name von Zeit zu Zeit im Zusammenhang mit einem Transfer ins Ausland auf oder mit einem Konflikt zwischen einem Spieler und seinem Club. Doch eines Morgens meldeten die Nachrichtensender, dass Salvatierra in Haft saß. Angeblich war er Teil einer Bande, deren Vergehen von Drogenhandel bis Autodiebstahl reichten, mit vielen Abstufungen dazwischen. Im Laufe der Monate änderte sich die Story immer wieder, drehte sich im Kreis, kehrte an ihren Ausgangspunkt zurück, bis sie sich schließlich erschöpft hatte. Zwei Jahre nach dem Skandal wurde Salvatierra wieder auf freien Fuß gesetzt, aber da war er nur noch ein Schatten seiner selbst. Um seine Anwälte zu bezahlen, hatte er seine Autos und Motorräder verkaufen müssen. Seine Frauen hatten ihm alle den Laufpass gegeben, ebenso seine Kunden aus der Welt des Fußballs.

Mono traf ihn irgendwann in der Metzgerei, wo sie sich mit dem Unbehagen zweier Menschen begrüßten, die vor langer, langer Zeit der gleichen Welt angehört hatten. Sie plauderten ein bisschen über dies und das, während der Metzger Schnitzel aus der Oberschale schnitt, schön dünn, so, wie Salvatierras herrische Mutter es gern haben wollte. Über Umwege kamen sie auf seine frühere Tätigkeit zu sprechen. Taktvoll vermied Mono das Thema Gefängnis, und Salvatierra dankte es ihm, indem er ihm von seinen spektakulärsten Deals erzählte und ei-

nige pikante Details aus dem Leben berühmter Spieler zum Besten gab. Die beiden Querstraßen bis zum Haus der Spanierin legten sie noch gemeinsam zurück, gaben sich dann die Hand und vereinbarten, sich bald mal wieder zu treffen.

14

Nach zehn Monaten vergeblicher Mühe entschließt Fernando sich zu einer totalen Kehrtwende. Es reicht. Er hat die Nase voll von schlecht gekleideten und noch schlechter gepflegten Typen, deren Scheitern, deren Unfähigkeit und Unlust ihm geradezu entgegenschreien.

Nein danke. Er muss noch mal von vorn anfangen. Jetzt, wo er abgehärtet ist, wo er das Timing beherrscht, die Kriegslisten kennt, die möglichen Fallen, muss er wieder zurück auf Start und an die großen Türen klopfen, muss die entscheidenden Leute dazu bringen, ihm aufzumachen. Schließlich bietet Fernando keine Gammelware an, so wie die anderen. Fernando hat Mario Juan Bautista Pittilanga unter Vertrag. Einen Jungen im besten Alter. Einen Stürmer, der in der C- und B-Jugend Tore wie am Fließband geschossen hat. Der bei der U-17-WM in Indonesien war. Der bei der ersten Mannschaft von Platense fast eine Saison lang Einwechselspieler war. Gut, inzwischen spielt er nicht mehr so phänomenal wie früher, hat ein paar Pfunde zu viel um die Hüften, fristet sein Dasein bei einem drittklassigen Verein in der Provinz. Alles nur Pech. Tatsächlich ist er nach wie vor ein Spieler mit einer großen Zukunft. Irgendeinen Grund muss es ja gehabt haben, dass Mono ihn gekauft hat, noch dazu für so viel Geld. Und aus genau diesem Grund wird Fernando es schaffen, ihn zu verkaufen.

Also wieder ganz von vorn. Direkt zu Mastronardi, wem sonst! Er besorgt sich einen Termin am Donnerstag um zehn Uhr vormittags. In der Schule meldet er sich krank. Er zieht sich ordentlich an. Nimmt seine Aktentasche mit, darin eine Mappe zu Pittilanga, eine DVD mit Pittilangas besten Spielzügen bei Atlético Mitre, einschließlich der beiden Tore, die er in dieser Saison geschossen hat.

Mastronardi empfängt ihn nicht allein, sondern hat zwei seiner Assistenten dabei. Fernando jubelt innerlich. Er nimmt die Sache also ernst, ist wirklich interessiert. Mastronardi drückt ihm schlaff die Hand. Unangenehm. Macht nichts. Wichtig ist nur, dass er selbst überzeugend auftritt, klar, direkt, prägnant. In fünfzehn Minuten hat er Pittilanga vorgestellt, mit seinen Stärken, seinem Potenzial, aber auch mit seinen Schwächen. Denn Fernando weiß genau: Wenn die Gegenseite so viel Interesse an den Tag legt, dass sie ihn ausdrücklich einbestellt, dann hat sie Nachforschungen angestellt. Also ist es besser, die Schwächen gleich einzuräumen, Offenheit zur Schau zu stellen, klarzumachen, dass es sich trotzdem um ein gutes Geschäft handelt. Irgendwann wird er aufgefordert, Zahlen zu nennen. Fernando fühlt sich wie ein Pokerspieler, der ein gutes Blatt auf der Hand hat.

Einer Eingebung folgend beschließt er, nicht nur die dreihunderttausend Dollar zu verlangen, die Mono bezahlt hat. »Vierhunderttausend Dollar«, sagt er. »Oder dreihunderttausend für fünfzig Prozent.« Mastronardi klopft zweimal mit seinem Bleistift auf den Schreibtisch. Seufzt. Blickt zu seinen Assistenten, die keine Miene verziehen. Dann wendet er sich wieder Fernando zu. Sagt, er müsse es sich überlegen, schlägt ein weiteres Treffen vor, in einigen Tagen. Fernando wagt zu denken, dass nun klappen könnte, worauf er seit zehn Monaten hingearbeitet hat. Also sagt er, nein, er könne leider nicht länger warten, weil er weitere Angebote habe, er brauche eine Antwort, noch heute.

Mastronardi macht große Augen und sieht seine Leute an. Wieder dieser unergründliche Blick. Er bittet Fernando, ihm wenigstens ein paar Minuten zu geben, allein, damit er es sich überlegen kann. Fernando ist so aufgeregt, dass er am liebsten laut aufgeschrien hätte. Er steht auf, nickt und hebt zum Abschied die Hand.

Er kehrt ins Vorzimmer zurück, fragt die Sekretärin, wo die Toilette ist. Sie schlägt ihm vor, die Toilette hinter den Fahrstühlen zu benutzen, er solle aber vorsichtig sein, weil sie gerade renoviert werde und überall Baumaterial herumliege.

Fernando folgt ihrer Wegbeschreibung. Er muss sich an Kisten mit Keramikteilen, schmutzigen Fliesen und Zementtüten vorbeikämpfen, um zu den Pissoirs zu gelangen. Während er pinkelt, wird ihm bewusst, wie nah er dran ist, wie unglaublich nah dran. Plötzlich hörte er Stimmen, schallendes Gelächter. Er hebt den Kopf. Die Wand vor ihm ist gar keine richtige Wand, sondern eine Gipsbetonplatte, die nicht einmal bis zur Decke reicht. Er hört, wie Wasser in ein Waschbecken läuft. Und die

Stimmen mehrerer Männer, die sich kaum mehr einkriegen vor Lachen.

»Nicht zu fassen. Schade, dass wir es nicht gefilmt haben.«

Fernando erstarrt: Es ist Mastronardi, der da spricht. Offenbar grenzt die Toilette seines Büros an die, die Fernando gerade benutzt. Sieh mal einer an, beglückwünscht er sich selbst, was für eine glückliche Fügung. Er horcht, damit ihm ja kein Wort entgeht.

»Becerra, der Typ, der für Leonetti arbeitet, hatte es mir schon angekündigt.« Fernando erkennt die Stimme von einem der Assistenten.

»Und ich hab dir auch schon davon erzählt. Du erinnerst dich nur nicht mehr.« Das ist der andere. Fernando lauscht weiterhin gespannt.

»Eines kann man ihm nicht absprechen: Er hängt sich voll rein«, ergreift Mastronardi wieder das Wort.

»Dieses Selbstvertrauen. Dieses unglaubliche Selbstvertrauen.«

»Das nehme ich ihm nicht ab, Luciano. Das ist nur Show.«

»Von wegen, Chef!«, wiederspricht der erste Assistent. »Ich hab vor ein paar Monaten schon mal mit ihm gesprochen. Deshalb hab ich euch überhaupt angerufen. Das durften wir uns nicht entgehen lassen.«

Jetzt versteht Fernando, warum ihm das Gesicht des einen so bekannt vorgekommen ist. Es fällt ihm schwer, weiter zuzuhören.

»Irre der Typ. Wie war das noch? ›Vierhunderttausend Dollar. Oder dreihunderttausend für fünfzig Prozent.‹«, sagt der Assistent mit affektierter Stimme.

Wieder brechen alle in schallendes Gelächter aus. Fernando lehnt sich an die Wand. Ihm ist so schwach, dass er sich auf einige Zementsäcke setzen muss.

»Haben wir nicht einen Job für ihn, Chef?«

»Du spinnst wohl!«

»Überleg doch mal! Der Kerl ist fast eine Berühmtheit! Irgendwann bringt er's noch ins Fernsehen.«

Noch mehr Gelächter. Mastronardi senkt etwas die Stimme. »Ein bisschen leiser, wenn ich bitten darf, sonst hört er euch noch. Jemand hat mir erzählt, dass er Lehrer ist oder so was.«

»Warum geht er dann mit einem Spieler hausieren?«

»Was weiß ich. Im Fußball ist alles möglich. Da meint jeder, er könne mitmischen. Wo soll das noch hinführen?«

»Und wie verbleiben Sie jetzt mit ihm, Chef?«

Wieder Gelächter, diesmal verhaltener.

»Tja, ein bisschen tut er mir ja schon leid. Andererseits freue ich mich jetzt schon auf sein Gesicht, wenn wir ihm sagen, die Sache sei geritzt.«

»Soll ich ihn reinrufen?«

»Nein, warte noch ein bisschen. Je länger wir ihn zappeln lassen, desto aufgeregter wird er.«

Fernando steht auf und verlässt die Toilette. Die Schwingtür schließt nicht richtig hinter ihm, weil Bauschutt es verhindert. Er schleicht über den Flur, biegt einmal rechts ab und drückt auf den Fahrstuhlkopf. Im Erdgeschoss zwängt er sich durch die Leute, die einsteigen wollen, und geht wie ferngesteuert zum Ausgang. Einige Leute sehen ihm nach, einige, weil er bleich ist wie ein Gespenst, die meisten aber, weil er auf seinem Anzug, auf Höhe des Hinterns, einen großen weißen Fleck hat.

15

Fernando kommt nach Hause, schmeißt den Rucksack und seine Jacke auf den Tisch, pinkelt bei offener Klotür, kehrt in die Küche zurück und setzt den Wasserkessel auf. Dann sieht er im Telefonbuch nach und wählt eine Nummer. Der Teilnehmer am anderen Ende der Leitung hebt sofort ab.

»Palmera Producciones, guten Tag.«

Fernando kann sich die Szene lebhaft vorstellen. Nicolás in Unterhose und T-Shirt, über ein Computerspiel gebeugt, wie er den Anruf beantwortet, ohne die Monster auf dem Bildschirm auch nur eine Sekunde aus den Augen zu lassen.

»Hallo, Nicolás. Hier ist Fernando. Erinnerst du dich?«

»Klar erinnere ich mich. Was gibt's?«

Im Hintergrund hört man wildes Tippen auf einer Tastatur. Entweder Nicolás schreibt gerade in einem Höllentempo ein Computerprogramm oder ein riesiger Drache schickt sich an, ihn in einem virtuellen Universum aufzufressen. Letzteres wahrscheinlich.

»Ich rufe dich an wegen der gefakten Tore.«

Schweigen. Offenbar muss der Schwachkopf erst sein Gehirn zurückspulen. Kurz darauf setzt das Tippen wieder ein. Der Drache scheint erneut anzugreifen.

»Ja, Meister, ich weiß schon. Die Jungs, von denen ich dir erzählt habe, sind dran an der Sache. Ist bestimmt bald fertig.«

Fernando seufzt. Nicolás kann nichts dafür. Er selbst ist hier der Trottel. Zweitausendvierhundert Pesos für nichts und wieder nichts. Oder noch schlimmer: zweitausendvierhundert Pesos, damit dieser Idiot sich auf seine Kosten den Bauch krault.

»Okay, hör zu.«

»Bin ganz Ohr.«

»Du hast doch noch die Videos in VHS?«

»Äh, ja, denke schon.«

»Gut, hol sie her.«

»Okay.«

»Auch die CDs mit den Fakes«, fügt Fernando hinzu und erinnert sich an die Aufnahmen, die aussehen wie Science-Fiction aus den Fünfzigerjahren. »Und dann noch die Listen, die ich dir letztes Mal vorbeigebracht habe.«

»Ja, Meister. Liegt alles vor mir.«

»Gut.«

»Und nun?«

»Wenn die Jungs liefern –«

»Werden sie, mach dir keinen Kopf. Alles auf DVD.«

»Auf DVD, super. Also, wenn du alles zusammenhast, Kassetten, Tabellen, DVDs …«

»Ja, Meister, was dann?«

»Wenn du alles zusammenhast, musst du mir einen Gefallen tun.«

»Gern. Schieß los.«

»Dann schiebst du dir das alles in den Arsch.«

16

Mauricio hat ein Problem. Ein großes Problem.

Obwohl es nicht klug war und obwohl es dem gesunden Menschenverstand widersprach, hatte er auf seinem Handy alle Nachrichten seiner Sekretärin gespeichert, die sich von einer Gelegenheitsgeliebten zu einer Dauergeliebten entwickelte. Anfangs hatte sie seinem Schürzenjägerstolz geschmeichelt. Dann aber war sie zu einer Gewohnheit geworden. Also hatte er beschlossen, dieses »Mit dem Mädchen muss ich unbedingt mal ins Bett«-Kapitel so schmerzfrei wie möglich zu beenden. Leider spielte ihm dabei seine Anwaltsdenke einen Streich. Er hatte nämlich die Befürchtung (Mauricio hat immer eine Befürchtung, die sich dann meistens bewahrheitet), dass Soledad weniger geneigt sein könnte, diese Beziehung zu beenden, als er es sich wünschen würde. Und wenn Soledad bockte, könnte sich das Ganze zum Skandal ausweiten. Zu Ende gedacht, könnte es durchaus passieren, dass sie ihn wegen sexueller Belästigung anzeigte. Immerhin war er ihr Chef. In diesem Moment hatte er die fatale Idee, alle Nachrichten zu speichern, um gegebenenfalls beweisen zu können, dass niemand das junge Ding gezwungen hatte, mit ihm ins Bett zu gehen.

Mauricio sprach mit ihr. Es floss die eine oder andere Träne, es fiel der eine oder andere Vorwurf. Sie versuchte noch, an den Stellschrauben zu drehen, schlug vor, sich etwas weniger häufig zu treffen. Dann brach es ein wenig aus ihr heraus, sie bereue, sich jemals auf ihn eingelassen zu haben. Aber alles in allem verlief die Sache glimpflich. Sie trennten sich gütlich, der Skandal blieb aus. Aber weil man bei Frauen nie wissen kann, bewahrte er die Nachrichten auf.

Kurz darauf hält der Fall Naviera Las Tunas ihn auf Trab und sein Leben wird zu einer Abfolge von Anhörungen, Meetings, Mittagessen, Abendessen und Überstunden bis in die Puppen. Soledad ist längst Vergangenheit, aber das Schicksal will es, dass Mariel – die viel Zeit hat, sich mit allem möglichen Blödsinn zu beschäftigen – auf den Gedanken kommt, er könnte ein Verhältnis haben. Und als er mal nicht aufpasst, durchsucht sie sein Handy und findet siebenundvierzig Kurznachrichten von Soledad, die wenig Zweifel daran lassen, dass die Beziehung zwischen Anwalt und Sekretärin einen ziemlich persönlichen Charakter angenommen hat.

Das Unheil nimmt seinen Lauf. Als Mauricio aus der Dusche kommt, steht Mariel vor ihm, das Corpus Delicti in der Hand. Eines Delikts, das genau genommen kein Delikt mehr ist (denkt zumindest Mauricio, während Mariel ihn mit verzerrtem Gesicht anbrüllt), denn schließlich hat Mauricio die Sache längst freiwillig beendet. Strafrechtlich betrachtet, hat sich alles in Wohlgefallen aufgelöst, gibt es kein Delikt. Leider zeigt sich Mariel dieser Argumentation nicht zugänglich, im Gegenteil: Sie knallt Mauricio eine. Nicht sehr stark, es überrascht ihn mehr, als dass es wehtut. Anschließend rennt sie, Zeter und Mordio schreiend, durchs ganze Haus. Er bittet sie, vernünftig zu sein, aber damit macht er alles nur noch schlimmer, danach geht das Geschrei erst richtig los.

In dieser Nacht und auch in den folgenden zehn Nächten schläft Mauricio im Gästezimmer, das eigentlich für ihr erstes – noch nicht gezeugtes – Kind gedacht ist. Aber das ist ein anderes Problem. Und dann auch wieder nicht, denn Mariel kündigt an, die Fruchtbarkeitsbehandlung abzubrechen. Seit sechs Monaten lässt sie den ganzen Scheiß über sich ergehen, die Untersuchungen, die Spritzen, die Schikanen, nur um ihm ein Kind zu schenken, und er hat nichts Besseres zu tun, als mit dem erstbesten Flittchen ins Bett zu steigen. Mauricio beschließt, den Mund zu halten, bis die erste Wut verraucht ist. Zwei Tage vergehen, in denen sie ihn anschweigt, dann weitere drei Tage, in denen sie ihn keines Blickes würdigt. Das einzig Gute ist, dass sie keine Anstalten macht, ihre Koffer zu packen. Mauricio nutzt die Zeit, um sich zu fragen, was er will, was er mit dieser Ehe will. In den ersten drei Tagen versucht er zu klären, was er für sie empfindet, ob er sie mag oder nicht, ob er sie liebt oder nicht, aber diese Fragen sind ihm eher unangenehm, denn im Grunde tun sie nichts zur Sache. Wichtig sind nur die Fakten, was man tut, nicht, was man fühlt. Und wenn es etwas gibt, von dem Mauricio überzeugt ist – und in diesen Tagen, in denen er im Gästezimmer schläft und allein in der Küche isst, findet er es bis zum Überdruss bestätigt –, dann davon, dass er sich nicht scheiden lassen will. Er wird mit Mariel verheiratet bleiben, koste es, was es wolle, denn ihm gefällt das Leben, das er führt, es garantiert ihm eine gewisse Stabilität. Wie es einem ergeht, wenn man allein ist, das sieht er ja an Fernando, der sich kurz nach der Hochzeit schon wieder scheiden ließ. Seither hat er keine ernsthafte Beziehung mehr zustande gebracht. Wenn ihm etwas – oder vielmehr jemand – als abschreckendes Beispiel dient, dann Fernando. Dessen Leben ist das Letzte, was Mauricio für sich will.

Am zehnten Tag lässt Mariel sich überreden, am selben Tisch zu Abend zu essen und sich hinterher zu unterhalten. Mauricio weiß, dass es jetzt um alles geht, dass er jetzt die bereits verloren geglaubte Partie noch drehen kann. Ein Elfmeter in der letzten Spielminute: Wenn er den nicht reinmacht, ist er selber schuld. Also nimmt er sich vor, ruhig zu sein, gelassen, um einen Ausweg aus der Krise auszuhandeln.

Mariel sagt, es gibt nur einen Weg, ihm zu verzeihen. Erstens: Er muss ihr versprechen, dass es nie wieder vorkommt. Er verspricht es, nie wieder. Zweitens: Er muss dieses Flittchen rauswerfen. Er sagt, Moment, so einfach ist das nicht. Mariel blinzelt verblüfft, weil sie nicht erwartet hat, dass Mauricio gegen diese zweite Klausel Einwand erhebt. Aber Mauricio bittet sie, in aller Ruhe nachzudenken, sich nicht von ihrer Wut mitreißen zu lassen, weil ihn dieses Flittchen, wie sie es nennt, wegen sexueller Nötigung anzeigen könnte. Kaum hat er es gesagt, ist es vorbei mit Mariels Ruhe, fängt sie wieder an, lautstark zu schimpfen, aber Mauricio kann sie stoppen, indem er sie noch einmal auffordert, gut nachzudenken, sich kurz Zeit zu nehmen, sich darüber klar zu werden, was alles auf dem Spiel steht. Finanziell geht es aufwärts, er steht kurz davor, zum Partner ernannt zu werden. Ein Skandal könnte alles ruinieren, ergo wäre es vernünftiger, mit einem der anderen Anwälte zu sprechen und ihm vorzuschlagen, die Sekretärinnen zu tauschen. Beinahe hätte er noch hinzugefügt, dass auf diese Lösung häufig zurückgegriffen wird, aber er kann es sich noch rechtzeitig verkneifen, zum Glück, sonst denkt Mariel noch, die Anwälte der Kanzlei seien alle Weiberhelden, die sich gegenseitig die Sekretärinnen zuschieben, nachdem sie mit ihnen gevögelt haben. Mariel macht ein skeptisches Gesicht, aber Mauricio weiß, dass er gewonnen hat, dass er erreicht hat, was er erreichen wollte, dass er die Dinge im Büro ohne viel Aufhebens regeln kann. Und drittens: Wir machen eine Paartherapie. Einen Moment lang vergisst Mauricio, dass er am kürzeren Hebel sitzt, und lehnt ab, nie im Leben, für so einen Quatsch gibt er keinen Peso aus. Aber Mariel muss nur ein bisschen heulen und schreien, damit Mauricio klar wird, dass er keinen Verhandlungsspielraum hat, dass es eine Zeit des Säens und eine Zeit des Erntens gibt und dass jetzt die Zeit des Säens gekommen ist. Also sagt er ja, obwohl ihn allein die Vorstellung entsetzt, einem fremden Mann von sich zu erzählen, oder, schlimmer noch, einer fremden Frau, und trotzdem sagt er ja, okay, von mir aus, wenn sie ihm nur verzeiht und alles wieder so wird wie früher.

Mariel räumt die Teller ab, um zu spülen. In einem Reflex bringt Mauricio ihr das restliche Geschirr. Mehr wird er nicht erreichen an diesem Abend, was sie ihm unmissverständlich klarmacht, als er sie von hinten umarmen will und sie die Ellenbogen ausfährt. Mauricio begreift, dass er zu optimistisch gewesen ist, dass ihm noch so mancher Tag im Exil des Gästezimmers bevorsteht, so manche stille Mahlzeit, und dass nicht auszuschließen ist – vorstellen will er es sich lieber nicht –, dass Mariel sich nicht erweichen lässt und er tatsächlich zur Paartherapie muss, dass sie es zur Conditio sine qua non erhebt. Vor lauter Grübeln kann er lange nicht einschlafen, wälzt sich von einer Seite auf die andere, und als er morgens aufsteht, ist sein Rücken ganz taub, und er verflucht den Tag, an dem er auf die blöde Idee gekommen ist, die Kurznachrichten von Soledad zu speichern, die so sexy gar nicht gewesen ist, na ja, doch, aber kein Rumvögeln ist den Stress wert, dem er jetzt ausgesetzt ist.

Senior

Mit der Voraussage, Computer seien groß im Kommen, lag Mono goldrichtig – trotz der Enttäuschung, dass er nie Fußballprofi werden würde. In diesen Jahren wurden Computer immer billiger, flexibler, schneller, und Mono entwickelte bereits vor seinem Abschluss Software für Kleinkunden. Viele Ingenieure und Studenten boten damals Software an, aber er hatte die geniale Idee, ein »Modul« zu entwerfen, das er leicht anpassen konnte, so dass es für Videotheken, Tankstellen oder Apotheken gleichermaßen taugte. Als Ende der Neunzigerjahre auch dieser Markt zu schwächeln begann, stieß Mono zufällig auf eine Zeitungsannonce, in der eine Firma mit Schweizer Kapital einen Senior System Engineer suchte.

Er besprach sich mit Fernando und den anderen, aber keiner konnte sich einen Reim auf das Wort »senior« *machen: Dieses Wort kannten sie nur im Zusammenhang mit der Weltmeisterschaft für Ex-Fußballprofis.*

Jedenfalls bewarb sich Mono und wurde zum Vorstellungsgespräch eingeladen. Wie sich herausstellte, wollten die Schweizer expandieren, Gesundheitszentren, Kliniken, Sanatorien usw. mit IT-Systemen ausstatten. Mono beschrieb lang und breit das Modul, das er Gott und der Welt verkauft hatte, und wurde tatsächlich eingestellt, zu einem Gehalt, mit dem er nicht einmal in seinen kühnsten Träumen gerechnet hätte.

Als sie abends in einer Kneipe seinen Erfolg feierten, zwang sich Fernando zu vorübergehender Nüchternheit und fragte Mono: »Sag mal, Monito, weißt du inzwischen, was ›Senior System Engineer‹ bedeutet?«

Mono blinzelte ihn verwundert an. »Nein, hab nicht danach gefragt.«

»Das ist das mit der WM, jede Wette«, befand Ruso, dessen Fernet-Branca-Pegel bereits weit über Normalmaß gestiegen war.

Mauricio runzelte die Stirn. Er war zwar bei dem Bewerbungsgespräch nicht dabei gewesen, aber er wusste genau, was ein Senior System Engineer war.

»Ihr wisst tatsächlich nicht, was ein Senior System Engineer ist?«, fragte er einen Tick überheblich.

Aber die anderen waren so betrunken, dass sie nicht nur die Arroganz in seiner Stimme überhörten, sondern sich voll auf die Frage konzentrierten, welche Mannschaften an besagter WM für Ex-Profis teilgenommen hatten und wie die Spiele ausgegangen waren.

17

»Fer, kann ich dich was fragen?«

Ruso und Fernando lehnen an der Glasfront des Büros. Fernando macht diese lasche Haltung ganz verrückt. Diese Trägheit. Ihre öffentliche Zurschaustellung. Jeder Autofahrer, jeder Passant sieht, wie sie faul vor der Waschanlage herumstehen. Und das bei dem schönen Wetter.

»Sollen wir nicht lieber reingehen?«, fragt Fernando schließlich.

»Wieso? Ist doch wunderbar hier draußen«, erwidert Ruso. Fernando schluckt. Am Ende hat Mauricio noch Recht, wenn er ihn als neurotisch bezeichnet. Aber sie können hier doch nicht einfach so herumstehen!

»Wollen wir eine Runde um den Block drehen?«, schlägt er in seiner Not vor.

»Äh ... Na gut«, stimmt Ruso etwas verwundert zu.

Na also. Soll Ruso ihn fragen, was er will, jetzt ist Fernando ganz Ohr. »Worüber wolltest du mit mir sprechen?«

»Als du ... als du dich von Cristina getrennt hast ...«

Am liebsten würde Fernando das Gespräch an Ort und Stelle beenden. »Ja?«, sagt er dennoch.

»Nichts ... Ich hab mich nur gefragt ... na ja, wie ... wie ihr zu der Entscheidung gelangt seid, ich meine ...«

Fernando hat die Hände in den Hosentaschen seiner Jeans und kratzt sich durch den Stoff hindurch am Oberschenkel. »Steht's so schlimm zwischen dir und Mónica?«

»Nein, nein, das nicht«, erwidert Ruso, aber es klingt so zweifelnd, dass die Lüge offensichtlich ist. »Oder doch. Sie redet einfach nicht mehr mit mir. Ich weiß nicht, was ich machen soll, Mann.«

Sie biegen um die Ecke. Fernando sieht einen Stein auf dem Bürgersteig liegen. Rund, nicht sehr groß. Ein Stück weiter weg steht ein Telefonmast. Er nimmt Anlauf und kickt den Stein in Richtung Pfosten. Wenn er trifft, gewinnt er. Was, ist unklar, aber er gewinnt. Sein Schuss geht knapp daneben.

»Heißt das, dass ihr euch trennt? Willst du dich trennen, Ruso?«

»Ich doch nicht!«

»Hat Mónica von Trennung gesprochen?«

Ruso überlegt einen Moment. »Nein, nicht direkt. Aber sie sagt, sie hätte es satt, so könnte es nicht weitergehen, es würde alles immer schlimmer.«

»Was? Mit dem Geld oder mit euch?«

»Na ja, mit dem Geld, würde ich sagen. Aber manchmal bin ich mir da nicht mehr so sicher. Ständig macht sie ein finsteres Gesicht. Ist sauer auf mich.«

Fernando denkt über das Gehörte nach.

»Hör mal, Ruso. Mir scheint, ich bin der Allerletzte, der dir einen guten Rat geben kann.«

»Warum?«

»Weil meine Ehe ein Desaster war. Darum.«

»Aber das mit Cristina, das war doch nicht immer ein Desaster, oder?«

Fernando nimmt sich Zeit, bevor er antwortet. »Stimmt. War nicht immer so schlimm.« Sie hatten sich mal richtig gern. Und was hat es genützt? Cristina hat es einmal schön auf den Punkt gebracht, nach ihrem Streit Nummer zweitausendfünfhundert: »Ich war sehr glücklich mit dir, Fernando. Aber die Betonung liegt auf ›war‹. Wenn wir nicht aufpassen, machen wir auch noch unsere schönen Erinnerungen kaputt.« Schlau ist sie, das muss er ihr lassen. Und mutig. Fernando hätte nie den ersten Schritt gemacht.

Fernando fragt sich, was er sagen soll. Er will nicht, dass sein Freund sich weiter solche Sorgen macht.

»Bei mir war das was anderes, Ruso.«

»Wieso?«

»War eben so. Ihr habt einfach eine schlechte Phase. Das geht wieder vorbei.«

Sie sehen sich kurz in die Augen, und Fernando erkennt in Rusos Blick den Wunsch, ihm zu glauben.

»Das ist wie eine Mannschaft, die eine Scheißsaison spielt«, erklärt Fernando. »Weil neue Spieler integriert werden müssen, weil der Trainer am Anfang nicht den richtigen Ton trifft. Irgendwann gibt es sich wieder.«

»Bist du sicher?«

Ach, Ruso. Wenn in diesem verfluchten Leben doch nur irgendetwas sicher wäre.

»Ja, es wird sich schon alles wieder einrenken.«

Sie kehren zur Waschanlage zurück. Zu ihrer Überraschung steht da ein Auto. Chamaco schäumt es gerade ein. Sie betreten das Büro. Cristo und Molina liefern sich einen heftigen Kampf. Inter gegen Juventus, zwei zu zwei. Begeistert, dass die Partie so ausgeglichen ist, setzt Ruso sich auf einen der Zuschauerstühle und fordert Fernando auf, ebenfalls Platz zu nehmen.

18

In den zwei Wochen nach dem Besuch an Monos Grab geht es Ruso so dreckig wie noch nie. Schon am Todestag selbst fühlt er sich elend, als sie drei schweigend im

Nieselregen stehen, in der Hand jeder einen Blumenstrauß, von dem sie nicht wissen, wie sie ihn halten sollen und wie aufs Grab legen. Aber auch in den folgenden Tagen wird es nicht viel besser. Dreimal versucht er Fernando anzurufen, erreicht ihn aber nicht. Er hinterlässt ihm Nachrichten, doch Fernando ruft nicht zurück. Mit Mauricio spricht er nur einmal, wegen der überzogenen Kreditkarte und der Mahnung. Wortgewandt wie immer versichert ihm Mauricio, dass er nichts zu befürchten hat, dass alles unter Kontrolle ist. Mehr nicht. Natürlich ist es gut, dass Mauricio ihn beruhigt, aber als er auflegt, fühlt Ruso eine Leere, vermisst er etwas, weiß aber nicht, was. Und als er es Mónica erzählt, ist es genauso. Dass sie erleichtert seufzt, genügt ihm nicht. Sicher, es ist gut, dass Mónica so reagiert. Und gut ist auch, dass sie lächelt, hoffnungsvoll lächelt, wenn Ruso abends die Tageseinnahmen auf den Esstisch legt, und sie sieht, dass es von Tag zu Tag aufwärts geht. Es ist gut, dass sie es laut ausspricht, und es ist gut, dass er es ihr bestätigen kann, ja, es geht von Tag zu Tag besser.

Es ist gut, aber es genügt nicht. Es ist nicht gut, dass Mauricio sich nie nach Fernando erkundigt. Es ist nicht gut, dass er so zufrieden ist mit sich und der Welt, mit seinem Leben, so, wie es ist. Und er selbst? Verhält er sich denn so anders? Eher nicht. Und so kommt es, dass Ruso eines Morgens, an einem Mittwoch Ende September, als er gerade die Mitre entlanggeht, schlagartig begreift, dass die Freundschaft mit Fernando zu zerbrechen droht. Aus reiner Nachlässigkeit. Also biegt er in die Monteverde ein, nimmt den 238er in Richtung Morón und kauft ein Ticket nach Santiago del Estero. Für den Bus um acht.

19

Die Fahrt vergeht wie im Nu, weil er schläft wie ein Engel. Als er morgens in Santiago del Estero ankommt, fragt Ruso sich zum Stadion von Atlético Mitre durch. Am Eingangstor kontrolliert keiner, also stellt er sich auf die einzige Tribüne und verfolgt gemeinsam mit ein paar Familienangehörigen und Neugierigen das Training.

Trainer ist immer noch Bermúdez. Er weist seine Schützlinge an, dreimal ums Spielfeld zu traben, verteilt Leibchen und stellt sich an den Rand. Pittilanga kriegt ein gelbes. Auf die Entfernung sieht es so aus, als hätte er zugenommen. Nicht viel, zwei Kilo vielleicht. Er ist immer noch groß wie ein Schrank, aber er wirkt ungelenker, gebeugter, fülliger um die Hüften, weniger energisch. Am Ball ist er noch so wie vor einem Jahr, als sie ihn zum ersten Mal gesehen haben. Er geht mutig ran. Weiß, wie er seine Arme einsetzen, den Ball abschirmen muss, mit dem Rücken zum Gegner. Aber wenn es gilt, den Kopf zu heben, das Tor zu suchen, einen Mitspieler anzuspielen, hat er keinen Plan. Was in der Mannschaft nicht weiter auffällt. Die anderen sind noch schlechter als er. Bis auf zwei oder drei vielleicht, die wendiger wirken, die auch mal ein Dribbling wagen, den Gegenspieler umlaufen. Jedenfalls scheint sich wegen Pittilangas Schwächen keiner einen Kopf zu machen. Für diese Jungs ist die dritte Liga das Ende der Fahnenstange. Und das wissen sie. Das Problem ist nur, dass Pittilanga dreihunderttausend Dollar wert ist, weit mehr als jeder andere Spieler von Atlético Mitre. Eigentlich, korrigiert sich Ruso selbst, ist auch Pittilanga sie nicht wert.

Eine halbe Stunde lang lässt Ruso das langweilige Training über sich ergehen – das Bermúdez ab und zu unterbricht, um Anweisungen zu geben und auf Fehler hinzuweisen –, schielt aber immer wieder verstohlen zu einem älteren Herrn, der zwei Meter weiter rechts sitzt und Mate trinkt.

»Entschuldigung, Don«, spricht er ihn schließlich höflich an, als er es nicht mehr aushält. »Wollen wir uns zusammentun? Ich kauf uns etwas Gebäck, und Sie bieten mir von Ihrem Mate an.«

Der Alte willigt ein, und Ruso geht ins Clubcafé, um Gebäck zu kaufen.

Nach der vierten oder fünften Runde Mate weiß er in etwa Bescheid über den Mann: geboren in La Banda, pensionierter Beamter der Stadtverwaltung, vier Söhne und sieben Enkel, Enkel Nummer sechs spielt als linker Verteidiger bei Mitre.

»Und was führt Sie hierher?«, fragt ihn der Alte seinerseits.

Ruso erzählt, dass ihm ein Teil der Transferrechte an Pittilanga gehört.

»Stimmt es, dass er mal in der U-20 gespielt hat?«

»In der U-17. Bei der WM in Indonesien.«

»Und was ist dann passiert?«

Ruso lächelt, aber eher lustlos. »Tja, so ist das manchmal im Fußball.«

»Stimmt«, pflichtet der Alte ihm bei und klopft das Mategefäß an die Kante der Tribünenstufe, damit die feuchten Teeblätter sich lösen.

Ruso denkt, dass der Alte guten Mate zubereitet, und spricht es auch laut aus. Der Alte lächelt.

In diesem Moment pfeift Bermúdez das Spiel ab und erklärt das Trainig für beendet. Ruso steigt die Ränge hinunter, um Pittilanga zu begrüßen. Der ist überrascht, ihn zu sehen, und deutet, ganz gegen seine Gewohnheit, ein Lächeln an. Ruso begreift, dass Pittilanga auf gute Neuigkeiten hofft, also erläutert er lieber schnell, auch wenn es ihm ein bisschen leidtut, dass er nur gekommen ist, um ihn mal wieder zu sehen und ihn zu fragen, wie's ihm so geht, ob er was braucht. Sie plaudern ein bisschen über dies und das, geben sich die Hand. Ruso verspricht, bald wieder vorbeizuschauen.

Dann geht er ins Zentrum zurück und schlägt die Zeit tot. Er schlendert auf dem begrünten Hauptplatz umher, anschließend durch die Fußgängerzone. Er besucht zwei Kirchen, isst etwas. Um zehn Uhr abends macht er sich auf zum Busbahnhof, und um elf besteigt er den Bus, der ihn zurück nach Buenos Aires bringt.

Flattererhaft

Im März 2004 wurde Mono von der Geschäftsleitung des Schweizer Unternehmens einbestellt. Man ließ ihn Platz nehmen und servierte ihm Kaffee. Als er am Abend seinem Bruder und seinem besten Freund von dem Treffen erzählte, sagte er, dass er anfangs das Gefühl gehabt habe, am Abgrund zu stehen. Die Schweizer hätten sein Engagement gelobt, sich selbst beglückwünscht, ihn eingestellt zu haben, sich selbst bewundert für seinen steilen Aufstieg bis hinauf ins Management.

Mono übersetzte die Lobhudelei für sich in knallharte Fakten: Die wollen mich rausschmeißen. Es kam ihm wie eine Ironie des Schicksals vor, dass er die Entlassungswelle während des Staatsbankrotts 2001 überstanden hatte, nur um drei Jahre später hochkant rauszufliegen. »Die haben dich entlassen?«, fragte Ruso, der normalerweise genoss, wie Mono die Sachen erzählte, aber in diesem Fall vor lauter Neugier nicht an sich halten konnte. »Immer langsam mit den Pferden«, bremste ihn Mono, der seinerseits überzeugt war, dass man alles in Ruhe und so farbenprächtig wie möglich schildern sollte. Die Schweizer hätten sich beklagt, dass dieses Land so flatterhaft sei, fuhr er fort. Oder vielmehr hätte der Chef »flattererhaft« gesagt (der Schweizer habe so seine Probleme mit dem Spanischen gehabt, er habe ihn aber trotzdem verstanden), und dann habe er sich lang und breit darüber ausgelassen, dass man sich an die sich ständig verändernde Situation anpassen müsse. Achtung, Torgefahr!, habe er gedacht, gleich kommt der Schuss. In diesem Augenblick habe der Wortführer unter den Schweizern die Stimme gesenkt – was in Argentinien, der Schweiz oder den Philippinen das Gleiche bedeutete, nämlich dass es jetzt vertraulich wurde – und ihm angekündigt, dass die Firma mit einem größeren Unternehmen aus Mexiko fusionieren werde.

Mono schloss daraus – wie er an diesem Abend seinem Bruder und seinem besten Freund erzählte –, dass er gleich zum Abschuss freigegeben würde. Eine so lange Einführung konnte nur eines bedeuten: den berühmten Tritt in den Arsch. Aber in diesem Augenblick hob der dritte Schweizer, der bis dahin keinen Ton gesagt hatte, den Finger, deutete auf Mono und sagte, er – Mono, nicht der Schweizer – sei genau der richtige Mann, um die regionale Leitung des neuen Konglomerats zu übernehmen.

»Scheiße«, sagte Ruso, als er das hörte. »Warte, Ruso, ich bin noch nicht fertig«, bremste ihn Mono erneut. Als nämlich der Schweizer schwieg, wahrscheinlich in der Erwartung, dass der zum Regionalleiter aufgestiegene Ortsleiter in Freudenschreie ausbrechen würde, beschränkte sich der Kandidat darauf, sich am Kinn zu kratzen, bequem zurückzulehnen und zu fragen, welche Optionen sie ihm böten. Der Chef dachte, er hätte sich vielleicht nicht richtig ausgedrückt, und begann seinen langen Prolog über den flattererhaften Markt zu wiederholen. Aber Mono versicherte ihm, dass er das Angebot verstanden habe, dass er nur wissen wolle, welche Optionen sich ihm böten, wenn er ablehne. Die Schweizer wechselten verblüffte Blicke. In diesem Fall sähen sie sich wegen der unvermeidlichen Reduzierung – das Wort »Reduzierung« kam dem Chef kurioserweise problemlos über die Lippen – der Belegschaft gezwungen, auf seine Dienste zu verzichten. Gegen Zahlung einer entsprechenden Entschädigung natürlich, kam der zweite Schweizer einer Forderung zuvor, an die Mono in diesem Augenblick gar nicht gedacht hatte. Im Gegenteil, der zögerliche Kandidat für den Posten des Regionalleiters ging im Kopf bereits unzählige Fragen gleichzeitig durch. Er bat um einen Tag Bedenkzeit, und die Schweizer, die eine wesentlich freudigere Reaktion auf ihr Angebot erwartet hatten, überwanden ihre Überraschung, schüttelten ihm die Hand und willigten ein.

20

Zwei Wochen nach der Waffenstillstandsvereinbarung gehen Mauricio und seine Frau zur ersten Paartherapiesitzung. In der Zwischenzeit hat sich nicht viel getan. Mauricio hat es geschafft, ins eheliche Schlafzimmer zurückkehren zu dürfen, aber das ist die einzige Schlacht, die er gewonnen hat. Sonst sind da nur lakonische Sätze, vereinzelte Tränen, Schweigen im Auto, fass mich bloß nicht an … und so weiter.

Nun hofft er darauf, dass seine versöhnliche Geste, sich auf den Besuch bei diesem Ehepsycho eingelassen zu haben, den Durchbruch bringen wird. Der Ehepsycho entpuppt sich als Frau mittleren Alters mit Brille, Locken und einer derart gelassenen Ausstrahlung, dass Mauricio, kaum hat er ihr zum ersten Mal die Hand gegeben, die Wände hochgehen könnte, was er sich natürlich nicht anmerken lässt.

Es macht ihn hochgradig nervös, dass die Psychologin alles notiert, zu allem, was gesagt wird, nickt, bei jedem Schweigen fragend schaut. Er hätte für sein Leben gern gewusst, was die blöde Kuh da aufschreibt, aber er reißt sich am Riemen.

Die gute Nachricht: Mariel ist verunsichert. Mauricio hatte schon Angst, sie könnte sich mit der Tussi verbünden und ihn mit Fragen und Forderungen in die Enge treiben. Aber Mariel fühlt sich offensichtlich nicht wohl. Selber schuld, denkt er. Jetzt musst du die Suppe eben auslöffeln. Du hast es ja so gewollt.

Endgültig lächerlich wird es, als die Psychologin Mariel auffordert, die Stärken ihrer Ehe aufzuzählen. Mauricio spottet innerlich über den Jargon dieser Leute. »Stärken.« Geht's noch eine Nummer größer? Meinen diese Seelenklempner, man nimmt sie nicht ernst, wenn sie einfach sagen: ›Was magst du an dem Kerl, mit dem du verheiratet bist?‹ Haben die Angst, man könnte ihr Honorar in Frage stellen, wenn sie sprechen wie du und ich?

Aber gut, die Frage nach den Stärken der Ehe steht nun mal im Raum. Mariel beginnt sich über ihre These von den jeweiligen Handlungssphären auszulassen. So hat sie es schon des Öfteren genannt. Sie ist stolz darauf, dass sie sich als Paar so gut ergänzen: sich gegenseitig belohnen und stützen. Mauricio weiß, dass sie ihn in allen Alltagsdingen für eine Nulpe hält. Aber er weiß auch, dass sie ihn als Anwalt respektiert. Sie hat es bei ihrem Studium zum Public Accountant nicht über das erste Jahr hinaus geschafft, während er seinen Abschluss gemacht hat und erfolgreich in einer Anwaltskanzlei arbeitet. Das gleicht in ihren Augen vieles wieder aus.

Sie ist also gerade dabei, von den sich ergänzenden Sphären zu erzählen, als die Therapeutin sie höflich unterbricht und fragt, was sie gemeinsam hätten. »Sie beide«, erläutert sie, als Mariel sie verwirrt ansieht. »Ich verstehe sehr gut«, fährt sie fort, »dass jeder seinen eigenen Bereich hat, aber mir ist nicht klar, was Sie miteinander teilen, was Sie gemeinsam angehen, als Paar.« Arme Mariel, denkt Mauricio: Die Tussi hat sie einfach abgewürgt, und jetzt weiß sie nicht, was sie sagen soll. Sie schweigt. Schweigt verwirrt. Mauricio macht keine Anstalten, ihr aus der Klemme zu helfen. Sein eigenes Schweigen und sein dümmlicher Blick haben einen doppelten Vorteil: Einerseits bringt er scheinbar seinen Respekt vor dem zum Ausdruck, was seine bessere Hälfte zu sagen hat; andererseits kann er sich gleichzeitig diebisch freuen, dass Mariel, die so sehr darauf bestanden hat, ihre Probleme vor einem völlig fremden Menschen auszubreiten, sich in dieser unangenehmen Situation wiederfindet.

Als sie wieder im Auto sitzen, macht Mariel ein Siebentageregengesicht, was Mauricio dazu animiert, sie zu fragen, was sie von der Therapeutin hält. Und tatsächlich: Mariel explodiert, zerreißt die Frau geradezu in der Luft. Was sich diese blöde Kuh einbilde, mit dieser Großkotzigkeit, mit dieser »Ich versteh dich«-Brille, mit diesem Scheißnotizbuch, in das sie wer weiß was notiert. Wie kommt die dazu, daran herumzumäkeln, wie ich meine Beziehung führe? Mauricio beschränkt sich darauf, immer nur zu nicken und in allem ihrer Meinung zu sein. Irgendwann wagt er sogar einen Vorstoß, macht eine sarkastische Bemerkung, die Mariel nicht übel aufstößt, sondern, ganz im Gegenteil, köstlich amüsiert. Am Ende äffen sie gemeinsam die Psychologin nach, ihre sanfte Art, ihr feierliches Gesicht, und lachen sich kaputt.

Als sie zu Hause ankommen, sind sie regelrecht euphorisch. Mauricio gibt Mariel wie nebenbei einen Kuss, gegen den sie sich nicht wehrt. Sie nehmen sich gegenseitig in den Arm, ziehen sich aus und schlafen miteinander, so hingebungsvoll, dass Mauricio ganz baff ist. Ein Happy End! Die Paartherapie hat sich als Eintagsfliege entpuppt, und der Akteneintrag Soledad ist zwar nicht gestrichen, aber doch im Archiv verstaut. Eines aber hat er gelernt: Er wird nie wieder Kurznachrichten speichern.

21

Mit der Waschanlage geht es steil nach oben. Überraschenderweise hat sich Cristo als geborener Unternehmer entpuppt. Es begann damit, dass er den wartenden Kunden Kaffee anbot. Und jetzt, vier Monate später, betreibt er einen gut sortierten Maxikiosk. Und auch die Autowäscher machen ihren Job ausgezeichnet. Die Nachfrage ist so groß geworden, dass Ruso einen weiteren Mitarbeiter einstellen musste. Er hat sich für einen Neffen von Molina entschieden, einen dünnen Lulatsch, der ein so hübsches Gesicht hat, dass alle ihn nur Feo nennen, den Hässlichen.

Einen Nachteil hat der Erfolg allerdings: Es ist komplizierter geworden mit den PlayStation-Meisterschaften. Sie tun, was sie können, aber zur Rushhour müssen alle schuften, da bleibt keine Zeit. Manchmal spielen sie nach Geschäftsschluss noch zwei Stündchen. Und an Regentagen.

Feo erweist sich als harter Brocken. Dass aus einem Turnier zu viert eines zu fünft wird, ist noch das geringste Problem. Viel schlimmer ist Feos Spielverständnis, das allen auf die Nerven geht. Er stellt nämlich acht Verteidiger auf. Und nur einen Stürmer. Auch ihr Gentleman's Agreement interpretiert er auf seine Weise: Jeder Mitspieler hat das Recht, einen Spieler zu erfinden – »zusammenzustellen« im Insiderjargon –, den er mit allen Fähigkeiten ausstatten darf, die ihm so einfallen. Alle – Cristo, Molina, Ruso, Chamaco – basteln sich einen perfekten Stürmer zusammen: wendig, schnell, beidfüßig, gute Schusstechnik. Nicht so Feo. Feo bastelt sich einen Superverteidiger: großgewachsen, muskulös, robust. Und mit diesem Frankenstein macht er jeden Angriff zunichte. Die anderen werfen ihm diese Mauertaktik vor, diesen Catenaccio, diese Ergebnisorientiertheit. Diese hässliche Spielweise, die auf ein Eins-zu-null abzielt. Aber Feo ist das egal, er sagt dann nur, dass naive Schönspielerei eben nicht sein Ding ist, dass er seinen Gegnern lieber den Arsch aufreißt. Und die anderen müssen ihm zähneknirschend Recht geben, weil er fast immer gewinnt.

An einem Donnerstag, an dem es heftig gewittert und Castelar fast in Regen ertrinkt, macht Ruso *tortas fritas*, und Chamaco bringt Würste mit, die er im Juli zubereitet hat, und die fünf stürzen sich in ein langes Turnier, bei dem jeder gegen jeden spielt, mit Rückspiel. Feo beginnt gegen seinen Onkel und führt bald eins zu null. Als Ruso aus dem Hinterzimmer kommt, mit einer neuen Runde Weizenfladen, und die beiden so sieht, hat er einen Geistesblitz. Endlich, das ist die Lösung! Jetzt weiß er, was sie mit Pittilanga machen müssen.

»Was bin ich nur für ein Idiot!«, ruft er. Die anderen beachten ihn kaum, weil sie ihren Chef und seine Neigung zum Melodramatischen schon kennen. Stattdessen schnappen sie sich lieber schnell eine *torta frita*, bevor sie kalt wird.

Aber dann stellt Ruso das Tablett auf den Tisch, geht hinter die Theke, öffnet die Registrierkasse, flucht, weil nur ein paar kleine Scheine drinliegen, und klopft sich die Hosentaschen ab, ob da noch ein bisschen Geld ist. Weil alle sein Verhalten so merkwürdig finden, stellt Feo das Spiel auf Pause. Cristo übernimmt die Rolle des Betriebsrats und fragt Ruso, welche Tarantel ihn gestochen habe. Ruso sieht sie nur mit großen Augen an.

»Ich kann jetzt nicht, Cristo. Erklär ich euch, wenn ich wieder da bin.«

»Wieder da?«

»Ich muss nach Santiago del Estero. Mir ist da was eingefallen.«

»Nach Santiago? Schon wieder?«, fragt Cristo.

Aber die Frage bleibt ihm Raum stehen, weil Ruso sich wortlos eine alte Zeitung über den Kopf hält, nach draußen geht und tänzelnd den Pfützen ausweicht, damit seine Turnschuhe nicht nass werden.

22

Als der Bus in das gefühlt tausendste Dorf hineinfährt, platzt Ruso der Kragen. Er geht zum Fahrer und fragt, wann sie denn endlich da seien. »Gegen Mittag«, antwortet der, und Ruso kehrt missmutig auf seinen Platz zurück.

Diese Scheißkreditkarte. Wieso hat das blöde Ding bloß nicht funktioniert? Dann hätte er wieder *Sleep Business Bus* oder *Class* oder *Flash* oder wie das heißt fahren können und wäre in zwölf Stunden da gewesen. So aber sitzt er sich schon seit sechzehn Stunden den Hintern breit in dieser Klapperkiste, die jedes jemals auf einer Landkarte verzeichnete Dorf der Provinzen Santa Fe, Córdoba und Santiago del Estero ansteuert.

Aber sie hat eben nicht funktioniert. Die Verkäuferin

am Busbahnhof von Morón hat es zweimal versucht und sie ihm schließlich mit einem Gesicht zurückgegeben, als hätte er Lepra. Ruso hatte tief in seinen Hosentaschen kramen müssen, damit es wenigstens für den *Executive Service* reichte. *Executive*, so ein Scheißdreck, denkt er jetzt, wo es fast elf Uhr ist und der Bus in Dorf Nummer tausendeins einfährt. Ruso hätte sich gern das komplette Training angesehen, dann gut gefrühstückt und Pittilanga in Ruhe auf das vorbereitet, was er ihm zu sagen hat, aber das kann er sich jetzt abschminken.

Um fünf nach halb eins trudelt der Bus endlich in Santiago del Estero ein. Ruso springt in ein Taxi und fleht den Fahrer an, ihn für zehn Pesos so nah wie möglich ans Stadion zu bringen, mehr habe er nicht. Wenigstens das klappt: Er erwischt einen gutherzigen Menschen, der den Taxometer bei zehn Pesos ausmacht und ihn trotzdem hinfährt.

Ruso rennt den Weg vom Eingang zum Stadion. Zum Glück ist das Training noch nicht zu Ende. Als er ankommt, lässt er sich erschöpft auf eine Tribünenstufe sinken. Aus der Ferne grüßt ihn der Großvater des linken Verteidigers. Ruso winkt zurück, aber er ist so fertig, dass er kein Wort hervorbringt. Zu allem Übel hat er auf dem Herweg seine Jacke anbehalten, so dass er jetzt, wo die Sonne auf ihn herabbrennt, schwitzt wie ein Schwein. Seine Laune ist am Tiefpunkt: Wie soll er sich von den drei oder vier Pesos, die er noch in der Tasche hat, ein Mittagessen kaufen? Wie soll er die Zeit bis zum Abend überbrücken, wenn sein *Executive Class* zurück nach Morón fährt? Und ob der Kredit auf seinem Handy reicht, um Mónica Bescheid zu sagen?

In diesem Moment pfeift Bermúdez das Trainingsspiel ab. Ruso weiß, dass es jetzt erst richtig knifflig wird: wenn er gleich zu Pittilanga geht, ihm unschuldig ins Gesicht lächelt und vorschlägt, sich in Ruhe zu unterhalten.

Dollars

An dem Abend, als Mono ihnen von dem Treffen mit seinen Schweizer Chefs erzählte, brauchten Fernando und Ruso einige Minuten, um das Gehörte zu verdauen.

»Hab ich das richtig verstanden?«, hakte Fernando nach. »Die wollen dich zum Regionalleiter machen?«

»Ja.«

»Die wollen fusionieren, und du sollst Argentinien, Uruguay und Chile übernehmen?«

»Genau.«

»Da kriegst du bestimmt ein Mordsgehalt. Noch mehr als sowieso schon. Richtig?«

»Stimmt. Ich hab zwar nicht gefragt, aber ich gehe davon aus.«

Fernando hielt inne.

»Und trotzdem hast du dir Bedenkzeit bis morgen ausgebeten«, fuhr er schließlich fort.

»Genau.«

Wieder schwiegen alle, bis Ruso ein Gedanke kam. »Du überlegst, ob du nicht lieber den Job behältst, den du jetzt hast?«

»Nein. Das steht nicht mehr zur Debatte. Entwe-

der ich werde Regionalleiter oder die schmeißen mich raus.«

»Die schmeißen dich raus?«

»Wie viel würdest du kriegen?«, fragte Fernando.

»Richtig, Ruso, die geben mir einen Tritt in den Hintern. Mit entsprechender Entschädigung.«

»Dann bist du ja arbeitslos.«

»Gut kombiniert, Watson.«

»Wie viel würdest du kriegen«, fragte Fernando noch einmal.

»Was meinst du? Die Entschädigung oder das neue Gehalt?«

Fernando gab ihm mit einer Geste zu verstehen, dass ihm schnurz war, worauf Mono seine Frage bezog.

»Wie gesagt, nach dem Gehalt hab ich nicht gefragt. Fest steht nur, dass ich viel reisen müsste. Nach Chile und Uruguay, klar, aber vielleicht auch nach Paraguay. Und ich frag mich: Was ist dann mit Guadalupe? Ihre Mutter macht mir jetzt schon das Leben schwer. Schränkt die Besuchszeiten ein, wann immer sie kann. Wenn ich jetzt auch noch ständig unterwegs bin, wird es nur noch schlimmer. Jedenfalls geh ich davon aus.«

Da war was dran. Genauer wollten sie es lieber nicht wissen, aber da war was dran.

»Und die Entschädigung?«, fragte Fernando.

»Jetzt nähern wir uns dem entscheidenden Punkt«, sagte Mono so bestimmt, dass Fernando der Verdacht kam, sein Bruder habe die Entscheidung längst getroffen, wolle nur noch ihren Segen haben. »Die Leiterin der Personalabteilung hat es mir grob ausgerechnet. Übrigens total nett, die Frau. Sieht außerdem super aus.«

»Kenn ich sie?«, fragte Ruso plötzlich interessiert.

»Ich glaub schon. Alicia heißt sie. Sie war auf der Jahresabschlussfeier, zu der ich dich mitgenommen hab. Eine Dunkelhaarige, groß …«

»Also nicht die kleine Blonde?«, fragte Ruso, der seine Worte mit einer plastischen Geste begleitete.

»Und was kam bei der Rechnung raus?«, versuchte Fernando den Faden wiederaufzunehmen.

»Nein, die Blonde, auf die du so scharf warst, das war Gladys, vom Vertrieb. Wie gesagt, die, von der ich spreche, ist dunkelhaarig und groß.«

»Was hatte sie an?«

»Mono, ich hab dich was gefragt«, ging Fernando sanft dazwischen.

»Was weiß ich, Mann. Üblich sind um die zwei Jahre … Ein grünes Kleid, glaube ich. Mit einem tiefen Ausschnitt.«

»Nicht rot?«

»Nein, Ruso. Die mit dem roten Kleid war Gladys, die Blonde …«

»Krieg ich vielleicht mal eine Antwort!«

Mit seinem Wutausbruch erreichte Fernando endlich, dass die anderen den Mund hielten. Andererseits starrten sie ihn an wie einen Außerirdischen. Kurz dachte Fernando daran, sich zu rechtfertigen: dass es hier schließlich um Monos berufliche Zukunft ging und ihm, Fernando, folglich die körperlichen Vorzüge irgendwelcher Arbeitskolleginnen scheißegal waren. Aber die vielen Jahre als Bruder des einen und Freund des anderen hatten ihn gelehrt, dass jeder Versuch sinnlos wäre: Für die beiden war die Entschädigung nicht wichtiger als die Klärung der Frage, wer Gladys war und wer Alicia. Deshalb beschränkte sich Fernando darauf, Mono in die Augen zu sehen, um eine Antwort zu erzwingen.

»Also, diese Frau aus der Personalabteilung meinte, so Pi mal Daumen, dreihundert-, dreihundertzehntausend.«

»Pesos?«, fragte Ruso und riss die Augen auf.

»Nein, Dollar.«

»Meine Fresse«, kam es Ruso aus tiefster Seele.

23

Pittilanga setzt sich zu Ruso in den Schatten und sieht ihn verwundert an. »Hätte nicht gedacht, Sie so schnell wiederzusehen.«

»Ich hab dir doch gesagt, dass ich öfter mal vorbeikommen würde.«

»Öfter mal, ja, aber Sie waren ja erst Freitag hier.«

»Stimmt auch wieder.«

Ruso rutscht das Herz in die Hose. Ihm wird klar, dass er tausendzweihundert Kilometer zurückgelegt hat, ohne einen blassen Schimmer zu haben, wie er die Sache anpacken soll.

»Also, am Freitag, da hab ich dich spielen sehen, und …«

Der Junge sieht ihm in die Augen, sagt aber kein Wort.

»Wie lief deine Woche so?«

Stirnrunzeln, Verwunderung, ein Anflug von Misstrauen. Aber er antwortet. »Was weiß ich. Wie immer.«

Pittilanga starrt seine verdreckten Fußballschuhe an, zupft einen losen Faden aus seinem Strumpf, klopft auf dem Boden unter der Auswechselbank seine Stollen ab. Da hat Ruso eine Idee, vielleicht nicht die beste, aber immerhin eine Idee. Der Junge soll selber erzählen. Vielleicht ergibt sich dabei eine Gelegenheit.

»Sag mal, Mario. Wie siehst du dich selbst?«

»Wie meinen Sie das?«

»Wie du dich siehst. Als Fußballspieler. Was deine Karriere angeht.«

»Worauf wollen Sie hinaus?«

»Auf gar nichts, mein Junge. Interessiert mich einfach. Wenn ich wissen will, wie's dir geht, wen soll ich da fragen, wenn nicht dich?«

Pittilanga setzt sich etwas anders hin, sieht in Richtung Kabinentür. Er fühlt sich unwohl, denkt Ruso, so allein mit einem fremden Menschen.

»Was weiß ich … Was soll ich da sagen …«

Ich weiß es auch nicht, denkt Ruso, aber du musst mir eine Brücke schlagen, damit ich das Thema anschneiden kann, ohne dass du sauer wirst und mich zum Teufel jagst.

»Wie sieht's aus mit deinen Plänen? Als Fußballer, mein ich. Bist du hier zufrieden? Würdest du lieber bei einem größeren Club spielen? Wieder bei Platense, zum Beispiel?«

»Ja klar. Darauf arbeite ich hin. Jeder Spieler will in seiner Karriere was erreichen.«

Standardantwort eines Spielers, der es geschafft hat oder kurz davor steht, es zu schaffen, denkt Ruso. Und Pittilanga ist weder das eine noch das andere. Ruso ist also wieder bei null.

»Und Sie? Wie sehen Sie mich?«, geht Pittilanga zum Gegenangriff über. Ruso erschrickt über diese unerwartete Initiative.

»Ich?«

»Ja, Sie.«

Ruso wird klar, dass er sich selbst in die Bredouille gebracht hat.

»Na ja, was soll ich sagen …«

»Sagen Sie einfach, was Sie denken.«

Ruso zögert, fuchtelt mit den Händen. Dann fängt er an. »Ich sehe, dass du es wirklich willst, dass du dich ernsthaft bemühst, dich im Training richtig reinhängst.«

Ganz schlechter Start. Auch er produziert nur Worthülsen.

»Aber ich bin ein Desaster.«

»Ein Desaster? Nein. Wieso?«

»Was bin ich dann?«

Du bist eine Mogelpackung, ein Rumpelfüßler, ein Dreihunderttausenddollarreinfall, denkt Ruso.

»Äh … Du bist ein junger Kerl, der noch dazulernen muss, der seinen Weg sucht, der den Sprung in den Profifußball schaffen will. Das bist du.«

Pittilanga lächelt freudlos, bückt sich, um die Schnürsenkel seiner Fußballschuhe zu lösen. »Warum sagen Sie mir nicht die Wahrheit?«

In Pittilangas Stimme liegt jetzt etwas Resigniertes. Er hat die Deckung gesenkt, die Tür zur Wahrheit aufgestoßen. Ruso beschließt, die Gunst der Stunde zu nutzen, bevor sich diese schwachsinnige Idee, die ihn erneut nach Santiago del Estero geführt hat, als das erweist, was sie ist: eine schwachsinnige Idee.

»Meiner Meinung nach liegt es weder an deiner Einstellung noch an deiner Technik noch an deiner Fitness.«

»Woran dann?«

Ruso sucht nach den richtigen Worten, findet sie aber nicht. »Ich hab dich mir angeschaut, gründlich angeschaut. Neulich, als wir zu dritt da waren, in 9 de Julio. Und auch heute.«

»Und?«

Jetzt oder nie.

»Hast du schon mal daran gedacht, als Verteidiger zu spielen?«

Pittilanga runzelt die Stirn, aber er ist nicht sauer – noch nicht, denkt Ruso –, sondern vor allem verblüfft.

»Wie, als Verteidiger?«

»Als Verteidiger, Junge. Du weißt doch, was ein Verteidiger ist. Als Innenverteidiger, um genau zu sein.«

»Natürlich weiß ich, was ein Verteidiger ist! Wollen Sie mich verarschen? Verteidiger? Ich? Ich bin Stürmer. War immer Stürmer. Schon als kleiner Knirps.« Jetzt schwingt in seiner Stimme Ungeduld mit, Stolz, auch Ärger.

»Nicht aufregen, Mario, vergiss es einfach.« Ruso hebt die Arme, um die Situation zu entschärfen. Aber es ist nur eine Geste. Er weiß, dass es jetzt kein Zurück mehr gibt.

»Sie kommen hierher, quatschen mich voll, spielen den Dummen und schlagen mir dann aus heiterem Himmel vor, ich soll's mal als Verteidiger probieren. Sagen Sie doch gleich, dass Sie mich für einen Loser halten. Einen totalen Loser. Ist auch schon egal.«

»Noch mal: Hast du's schon mal probiert?«

»Hab ich nicht und werd ich auch nicht!«

»He, he, he ... Ist ja gut. Reg dich nicht auf, Junge.«

»Ich soll mich nicht aufregen? Sind Sie mein Berater oder sind Sie mein Feind? Ah, jetzt verstehe ich ...« Pittilanga kneift die Augen zusammen und nickt, als wäre ihm etwas klar geworden. »Jetzt weiß ich, was los ist. Sie haben eine Anfrage. Und jetzt wollen Sie mich umfunktionieren.«

»Was?«, fragt Ruso, der nun seinerseits nichts mehr kapiert.

»Ich wette, jemand hat Ihnen ein Geschäft vorgeschlagen, und jetzt wollen Sie mich bequatschen. Aber nicht mit mir. Wenn ich eines nicht bin, dann blöd. Kapiert?«

Ruso seufzt. Eine Schwachsinnsidee wie diese kann ja nur so enden. »Nein, Junge. Das hast du falsch verstanden oder ich hab mich nicht richtig ausgedrückt. Tu einfach so, als hätte ich nie was gesagt.«

»Einen Scheiß werd ich tun!«

Es ist das erste Mal, dass es so aus ihm herausbricht, denkt Ruso. Die Tür geht auf, und Pittilangas Mannschaftskollegen kommen aus der Kabine und machen sich frisch geduscht und umgezogen auf den Heimweg. Eine leichte Brise wirbelt die trockenen Blätter auf.

»Hör zu«, sagt Ruso ganz ruhig. Er hat beschlossen, die Wahrheit zu sagen, und allein schon der Gedanke, die Wahrheit zu sagen, beruhigt ihn. »Kann sein, dass ich keine Ahnung hab vom Fußball, dass ich ein Idiot bin, dass ich lieber den Mund halten sollte.«

»Ja, gut möglich.«

Ruso verzieht das Gesicht, übergeht aber die Beleidigung. »Trotzdem werd ich dir jetzt zwei Dinge sagen. Zwei Dinge, über die du mal nachdenken solltest.«

»Sind Sie jetzt beleidigt?«

»Nein, überhaupt nicht«, erwidert Ruso und meint es auch so. »Also, erstens: Die Transferrechte hat ein gewisser Alejandro Raguzzi gekauft. Das weißt du, oder?«

»Ja.«

»Gut. Mono – für uns hieß er nämlich nicht Alejandro, für uns war er immer Mono –, Mono war eigentlich gar kein richtiger Spielerberater. Er hat selber mal Fußball gespielt. Ganz gut sogar. Als rechter Innenverteidiger. Aber nach der A-Jugend war Schluss. Danach hat er studiert, Informatik. Hatte richtig Köpfchen. Außerdem war er mein bester Freund. Na ja, jedenfalls hatte er einen gut bezahlten Job, und als man ihn rauswarf, hat er eine fette Entschädigung kassiert. In dem Moment hat Salvatierra ihm von dir erzählt, und Mono hat dich kurz entschlossen gekauft. Damals warst du gerade in den Kader für die WM in Indonesien berufen worden. Tja, und letztes Jahr hat er Krebs gekriegt. Sieben Monate später war's vorbei.«

Ruso verstummt. Das Leben eines Menschen ist so unbedeutend, dass sich seine Biografie in fünf Minuten packen lässt, egal, wie sehr die, die noch da sind, ihn auch lieben. Fünf Minuten. Höchstens.

»Und wir drei haben noch weniger Ahnung von dem Geschäft als Mono. Überhaupt sind wir nur deshalb eingestiegen, weil wir versuchen wollen, das Geld irgendwie wiederzukriegen. Mono hat nämlich alles in deine Transferrechte investiert. Und er hat eine kleine Tochter … Ist nicht deine Schuld, ich weiß. Ich sag dir's nur, damit du verstehst.«

»Okay, Chef. Tut mir leid. Aber ich wüsste nicht, was ich da tun kann.«

»Wie gesagt, ist nicht deine Schuld. Aber tun kannst du schon was. Hör zu, Mario, machen wir uns nichts vor: Du bist nicht gut genug für die erste Liga. Für hier reicht's, aber was ist morgen? Du bist nur ausgeliehen, und irgendwann musst du zurück zu Platense. Platense wird dir sofort die Freigabe erteilen, die du dir dann sonstwo hinstecken kannst. Und damit sind auch die dreihunderttausend futsch. Ich kann mir schon vorstellen, was du jetzt denkst. Ist nicht dein Problem, sondern unseres. Aber ich sag dir eins: Würden wir nicht da mit drinhängen, würd ich dir auch nichts anderes sagen.«

»Glaub ich nicht.«

»Stimmt. Wahrscheinlich würd ich es dir nicht direkt ins Gesicht sagen. Aber nur, weil ich's nicht übers Herz bringen würde. Nur deshalb. Und nicht, weil ich glaube, dass du es in die erste Liga schaffen kannst. Und wenn du ehrlich bist, glaubst du es selber nicht.«

Pittilanga sieht zur Kabinentür, als hätte er Angst, Bermúdez könnte alles hören. Aber außer ihnen beiden ist keiner da.

»Ich glaube, Sie verstehen mich nicht. Ich ... Ich kann nichts anderes. Seit zehn Jahren hänge ich mich voll rein. Ich bin von der Schule abgegangen. Wegen des Trainings. Und trainieren tue ich, seit ich elf bin. Das ist richtige Arbeit. Immer musste mich jemand zum Training bringen. Mein Vater. Oder mein älterer Bruder. Und das bedeutete meistens Stress für meinen Vater, weil er alles unter einen Hut bringen musste: Arbeit, Trainigszeiten, Spiele. Sie … Für Sie ist Fußball Spaß. Für mich ist es Arbeit. Ich muss damit mein Brot verdienen. Weil ich nichts anderes kann.«

»Genau deswegen …«

»Von denen, die in der C-Jugend mit mir angefangen haben, wissen Sie, wie viele davon heute noch dabei sind?«

»Ich versteh dich, wirklich …«

»Drei. Gerade mal drei. Dabei waren viele von denen besser als ich, richtige Cracks. Und trotzdem haben sie irgendwann einen Tritt in den Arsch gekriegt.«

»Wer sagt dir, dass du nicht bald selbst an der Reihe bist?«

Ruso will Pittilanga nicht beleidigen. Und Pittilanga versteht es auch so. Er schweigt nicht, weil er sich ärgert, sondern weil ihm keine Argumente mehr einfallen.

»Stand heute: Glaubst du, es reicht für die erste Liga?«

»Für die erste Liga vielleicht nicht. Aber für die zweite. Dort würde das Geld auch stimmen.«

»Da bin ich mir nicht so sicher.«

»Weil es Ihnen nichts nützt. Wenn ich immer nur um den Aufstieg mitspiele, verdienen Sie nicht so viel an mir.«

»Und du glaubst, du würdest gut verdienen, oder was?«

»Das nicht. Aber es würde reichen, um eine Weile weiterzumachen.«

»Und dann? Ich sag dir, was dann ist. Dann steckst du in der Sackgasse. Dann stehst du vor dem Nichts. Oder willst du vielleicht einen Kiosk aufmachen?«

»Warum nicht?«, begehrt Pittilanga auf. »So ein Kiosk ist eine ehrenwerte Sache! Sie haben ja keine Ahnung, wo ich herkomme. Keine Ahnung haben Sie. Für Sie ist ein Kiosk ein Scheiß, aber für mich wär's voll okay.«

Gar nicht dumm, der Junge, denkt Ruso und bedauert, so unklug vorgegangen zu sein. Er wollte ihn mit dem Kiosk nicht kränken. Jeder hat eben seinen Horizont.

»Was ich sagen will«, erklärt Ruso besänftigend: »Du hast eine echte Chance. Vorausgesetzt, du bist flexibel.«

»Sicher. Indem ich mich aufopfere und zum Verteidiger mutiere. Der neue Pasarella.«

»Warum nicht?«

»Weil ich nicht zum Verteidiger tauge.«

»Zum Stürmer auch nicht. Oder siehst du das anders?«

»Sie können mich mal.«

»Was hast du zu verlieren?«

»Zeit. Chancen.«

»Chancen?«, erwidert Ruso mit Ironie in der Stimme. Er zeigt auf die mickrige Tribüne, den trostlosen Rasen, den kaputten Zaun, die schwindsüchtigen Pappeln, die sich an der Mauer der Gegentribüne festzuhalten scheinen. »In diesem Scheißteam zu spielen, in diesem Scheißstadion: Das nennst du eine Chance?«

Pittilanga brummt verächtlich, spuckt auf den Boden. Eine Minute lang sehen beide zu, wie die Erde die Spucke aufsaugt.

»Statt dich aufzuregen, denk lieber mal ein bisschen nach. Willst du wirklich hier enden? Ich hab mir dich genau angesehen. Oder besser: wir. Mein Geschäftspartner Fernando hat ganze Partien gefilmt.«

»Ich weiß. Hab ihn gesehen.«

»Aha. Ich hab mir alle Aufnahmen angeschaut, von vorne bis hinten. Ich will hier nicht den Allwissenden spielen, aber ich glaub, ich weiß, wo das Problem liegt.«

»Ach, ja? Haben Sie's gerochen, oder was?« Pittilanga zeigt auf Rusos Nase und lacht spöttisch.

Ruso bringen nur wenige Sachen auf die Palme, aber ein Kommentar über die Größe seiner Nase gehört dazu. Er spürt, wie die Wut in ihm hochkocht, eine Wut, die in den tiefsten Tiefen seiner Seele versteckt ist, die sich schon auf der Herfahrt bemerkbar gemacht hat, bei diesem sechzehnstündigen Höllentrip in einer Klapperkiste, und seither stetig gewachsen ist.

»Hör zu, Kleiner. Dafür brauch ich meine Nase nicht, da genügen meine Augen. Ich hab nämlich schon Fußball verfolgt, bevor du überhaupt an Fußball gedacht hast. Bevor du überhaupt geboren warst. Bevor der löchrige Präser fabriziert wurde, mit dem dein Alter dann dich fabriziert hat.« Ruso atmet tief durch. Was er gerade gesagt hat, tut ihm kein bisschen leid. Dieser Rotzlöffel.

»Von mir aus kannst du dir bis zum Sankt-Nimmerleins-Tag einbilden, ein guter Stürmer zu sein. Oder eher doch nicht, schließlich bist du nur noch ein knappes Jahr ausgeliehen, dann geht's zurück zu Platense. Und dort wird dich keiner auch nur mit dem Arsch angucken. Im Gegenteil, rausschmeißen werden sie dich, und zwar hochkant.«

»Aber –«

»Nichts aber. Du und das Tor, ihr werdet in diesem Leben keine Freunde mehr.«

»Neulich hab ich einen reingemacht.«

»Ein Tor alle zehn Spiele. Und außerdem: Die Tore, die du machst, die mach ich auch. Mit diesem Bauch, mit diesen kaputten Knien und mit meinen einundvierzig Jährchen auf dem Buckel mach ich die.«

Die Tür geht auf, und heraus kommt Bermúdez, der ihnen zuwinkt und verschwindet. Ruso winkt zurück und sieht wieder Pittilanga an, der nach wie vor auf den Boden starrt.

»Bei dir ist das Tor wie vernagelt. Vielleicht bist du fünf Zentimeter zu groß gewachsen. Oder fünf Zentimeter zu klein. Oder du hast ein paar Kilo zu viel auf den Hüften. Im Fußball entscheidet manchmal eine Kleinigkeit. Es schaffen eben nicht viele. Wer's schafft, der hat das gewisse Etwas. Und dieses gewisse Etwas, das hast du nicht. Jedenfalls nicht im Strafraum. Jetzt denkst du wahrscheinlich: Was weiß dieser Blödmann mit dem Zinken im Gesicht denn schon? Viel, sehr viel, kann ich dir nur sagen. Was mein eigenes Leben angeht, da bin ich genauso ein Blindfuchs wie jeder andere. Aber was das Leben von anderen angeht, da sieht's schon anders aus. Das kannst du mir glauben. Ich weiß, wie die Leute sind. Ich hör nämlich zu. Und beobachte. Deshalb kannst du dir ein für alle Mal merken: Als Stürmer wirst du es nicht schaffen. Da kannst du noch so sehr rumheulen. Du bist einfach nicht zum Stürmer geboren.«

Pittilanga nimmt die Fußspitze zu Hilfe, um sich die Schuhe abzustreifen. Er starrt immer noch auf den Boden. Ab und zu schnaubt er. Ob aus Frust, Ärger oder Ohnmacht, ist Ruso nicht klar.

»Aber wie gesagt, und das mein ich ganz im Ernst: Hinten hast du eine Chance. Du kannst mich ruhig auslachen. Egal. Das zeigt nur, dass du noch grün bist hinter den Ohren. Oder keine Ahnung hast. Jedenfalls hast du noch nicht richtig drüber nachgedacht. Du solltest es mal ausprobieren. Nicht als Außenverteidiger. Dafür bist zu groß. Und zu langsam. Du würdest die Stürmer nur von hinten sehen. Aber als Innenverteidiger. Was ist dir lieber: links oder rechts?«

Pittilanga verzieht den Mund, als wäre es ihm egal. »Ich hab noch nie als Innenverteidiger gespielt.«

Ruso hat die richtige Antwort parat. Er zögert, weil er noch Skrupel hat, aber nur kurz. »Eigentlich spielst du jede Partie als Verteidiger. Allerdings für den Gegner.«

So. Jetzt ist es raus. Jetzt darf sich der Junge aufregen. Zu seiner Überraschung fängt Pittilanga an zu lachen. Es klingt wie ein Schnauben, aber es ist ein Lachen.

»Warum fickst du dich nicht selbst ins Knie?«, flucht er schließlich, aber Ruso spürt, dass er eigentlich gar nicht wütend ist.

»Das werd ich öfter gefragt, aber lass uns beim Thema bleiben. Im Ernst: Weißt du, was mich auf die Idee gebracht hat, dass du ein guter Innenverteidiger werden könntest?«

Pittilanga sieht ihn an. Er ist jetzt nicht mehr sauer, wie Ruso immer deutlicher spürt, er ist neugierig.

»Weil du weißt, wie's im Strafraum zugeht. Du machst zwar keinen rein, aber es ist trotzdem dein Terrain. Du weißt, wie das ist, wenn dich jemand bedrängt, an dir zieht, dich fast umrennt. Du weißt, wie klein das Tor plötzlich sein kann, wenn man schießt, wie weit entfernt. Dass man einen trockenen Mund kriegt, wenn es wieder mal nicht geklappt hat und die ganze Tribüne murmelnd flucht. Wie groß die Torhüter sein können bei einer Eins-zu-eins-Situation, wenn sie den Winkel verkürzen. Wie sich das anfühlt, wenn man bei einer Flanke zum Kopfball hochsteigt und einen Ellenbogen reingerammt kriegt. All das weißt du. Du machst zwar keinen rein, aber du kennst alle Tricks.«

»Aber ich bin Stürmer.«

»Du WARST Stürmer! Kapiert? Man kann sich auch ändern! Außerdem liegt dann die Verantwortung bei den anderen. Nicht bei dir, sondern bei den Gegnern. Also umgekehrt wie jetzt. Als Stürmer musst du den Ball in einem sieben auf zwei Meter großen Quadrat versenken.«

»Das ist kein Quadrat, das ist ein Rechteck.«

»Gratuliere! An dir ist ein Mathematiker verlorengegangen, du Schlaumeier. Du weißt ganz genau, was ich meine. Ein Stürmer muss das Runde ins ›Eckige‹ kriegen. Und dieses Eckige ist sieben Meter lang. Nur sieben Meter, hätte ich fast gesagt. Und in der Mitte steht auch noch einer: der Torwart. Ein Verteidiger hingegen, der Typ, der dir jedes Wochenende auf die Pelle rückt, hat links und rechts fünfzig Meter zur Verfügung, um den Ball irgendwie wegzukriegen. Verstehst du? Wenn du als Stürmer das Tor nicht triffst, wirst du ausgepfiffen. Hab ich Recht? Wenn du hingegen als Verteidiger den Ball in die Wolken drischst, um eine brenzlige Situation zu bereinigen, klatschen alle. Kannst du mir folgen?«

Das ist der Kern seiner Theorie. Es ist das erste Mal, dass er sie laut formuliert, aber es ist diese Idee, die ihm seit gestern im Kopf herumschwirrt. Und gekommen ist sie ihm, als er die *tortas fritas* aus der Küche getragen und Feos unfehlbare PlayStation-Strategie gesehen hat.

»Ich kann das nicht«, sagt Pittilanga und reißt Ruso aus seinen Gedanken. »Ich wurde als Mittelstürmer geholt. Ich kann nicht plötzlich hinten spielen.«

»Es ist keine Frage des Könnens, sondern des Wollens.«

»Keine Chance. Bermúdez bringt mich um, wenn ich ihm mit so was komme.«

»Bermúdez? Den überlass ruhig mir.«

»Sie kennen ihn nicht. Der Typ hat nicht alle Tassen im Schrank.«

»Keine Sorge. Darum kümmere ich mich schon.«

Pittilanga sieht ihn an. Grinst. Ruso ahnt, dass es lange, lange her ist, dass jemand diesem Jungen einen Gefallen getan hat.

24

Nach der feurigen Wiederversöhnung kehrt zwischen Mauricio und seiner Frau wieder Alltag ein. Wenn es doch mal zum Streit kommt, weiß Mauricio die Theorie der unterschiedlichen Sphären zu nutzen, mit der Mariel die Therapeutin zu blenden versucht hat.

Sie sind ein gutes Team. Ergänzen sich. Sind sich mit ihren jeweiligen Stärken gegenseitig eine Stütze. Sind wie ein kleines Unternehmen mit hoher Wachstumsrate. Ein Vorzeigeunternehmen. Wer ein Paar danach beurteilt, ob es sich gut unterhalten kann und tiefe Gefühle füreinander empfindet, hat sie nicht alle. Besser, man zieht handfeste Kriterien heran. Wo standen sie vor sieben Jahren?

Sie waren frisch verheiratet, ihre Wohnung in Morón war winzig und die Hypothek erdrückend. Und wo stehen sie heute? Heute muss Mariel sich nicht mehr die Beine ausreißen. Das ist doch was. Ein zählbarer Erfolg. Sie kann sich voll und ganz darauf konzentrieren, schlank, hübsch und gesund zu bleiben, aber das hat natürlich auch seinen Preis. Ist eine Investition. Er wirft ihr das nicht vor. Im Gegenteil. Ihm gefällt, was er sieht. Wie viele seiner Freunde können das schon behaupten? Oder wie viele von Mariels Freundinnen! Die meisten sehen aus wie ihre ältere Schwester. Ihre zehn, ja fünfzehn Jahre ältere Schwester. Oder ihre Tante.

Sie sind ein Team. Ein echtes Team. Sie versteht doch, was er damit sagen will, oder? Ein Team, in dem jeder das tut, was er am besten kann. In dem sich beide ergänzen. Unschlagbar sind. Egal, mit wem sie es zu tun kriegen.

Sie kennt seine Schwächen. Er will sie auch gar nicht verleugnen. Aber sie gehen einher mit gewissen Stärken. Er ist ungeduldig, ja. Hysterisch, würde sie sagen. Ja, stimmt, er ist hysterisch. Aber positiv gedeutet bedeutet es auch, dass er Mumm hat. Sich immer an die vorderste Front begibt. In einer Anwaltskanzlei ist das Gold wert. Oder etwa nicht? Er ist ein Egoist. Ja. Da hat sie Recht. Aber welcher Stürmer ist kein Egoist? Das liegt in seiner Natur. Aber dieser Egoismus geht einher mit Disziplin, Engagement, Ehrgeiz. Ehrgeiz im positiven Sinne. Der Ehrgeiz, es weit bringen zu wollen. Sie soll sich doch nur mal umschauen, sagt Mauricio. Das Haus. Die beiden Autos. Er zwinkert ihr schelmisch zu, als Streit aufzuflackern droht. Während er aufzählt, was sie alles erreicht haben, streift er ihre Brüste. Die haben auch eine Stange

Geld gekostet. Die beste Investition seines Lebens, fügt er schnell hinzu. Aber billig waren sie nicht, ihre neuen Glöckchen. Mariel lächelt.

Alles bestens also. Und die Krönung: Die Fruchtbarkeitsbehandlung ist abgeschlossen, sie können jetzt loslegen. Mauricio ist happy. So, wie sich die Dinge manchmal gegen einen zu verschwören scheinen, können sie auch so zusammenwirken, dass alles gut wird. Nur um ein Beispiel zu nennen: An dem Tag, an dem Mariel ihn in der Kanzlei besucht hat, um ihm das mit der Fruchtbarkeitsbehandlung zu erzählen, wollte es der Zufall, dass Soledad einen freien Tag hatte, um eine Prüfung abzulegen. Die Geschichte ist zwar längst beendet, aber es war trotzdem gut, dass sich die beiden nicht über den Weg gelaufen sind. Nichts soll ihre Freude trüben.

Ungleichheiten

Als Mono mit der Sprache rausrücken musste, wie hoch die Entschädigung ausfallen könnte, war es ihm fast peinlich. Fernando wusste, warum. Von den vieren war Mono derjenige, der am meisten Geld verdiente. Mit Abstand. Mauricio verdiente auch nicht schlecht, aber erst seit Neuestem. Er hatte sein Studium zur selben Zeit abgeschlossen wie Mono, aber er war nicht so talentiert. Er musste sich alles hart erarbeiten, opferte Wochenenden und Feiertage. Inzwischen hatte er zwar in einer großen Kanzlei Fuß gefasst. Seine Chefs hielten große Stücke auf ihn, und die Zukunft sah rosig aus. Aber Mauricio war nicht relevant, zumal er an dem Abend nicht dabei war. Es ging um Ruso und um Fernando. Die armen Schlucker der Clique. Fernando wusste nicht genau, wie viel sein Bruder verdiente – die peinliche Frage danach hatte er immer vermieden. Aber natürlich war es lächerlich, sein Lehrergehalt mit dem eines IT-Managers zu vergleichen. Und Ruso, tja, der war sowieso ein hoffnungsloser Fall.

Manchmal fragte sich Fernando, wie sich eine Freundschaft halten konnte, wenn das Leben so unterschiedlich verlief. Als Kinder waren sie alle gleich gewesen. Mittelschicht, Vorstadt, Siebzigerjahre. Die Väter Büroangestellte, Ladenbesitzer, Werkstattbetreiber. Die Mütter Hausfrauen. Aber jetzt, dreißig Jahre später, bewegten sie sich in völlig unterschiedlichen Sphären. Man musste sich nur Monos Wohnzimmer ansehen, in dem sie an diesem Abend saßen. Er hatte das Haus zwar nur gemietet, aber allein das Wohnzimmer war so groß wie Fernandos ganze Wohnung. Trotzdem konnte man nicht behaupten, dass sich an ihrem Verhältnis etwas geändert hätte. Sie redeten noch wie früher. Sie waren noch so offen miteinander wie früher. Sie hatten an denselben Dingen Spaß wie früher. Die Unterschiede zeigten sich nur in solchen Momenten. Mono hatte Angst, dass es Ruso die Sprache verschlagen könnte, wenn er hörte, wie viel Kohle seinem Freund als Entschädigung zustand.

Ruso manövrierte sich spielend leicht aus diesen stürmischen Gewässern. Erst war es ein kurzes »Ha«. Dann folgte ein »Haha«, das in ein »Hahahahaha« überging. Schon das erste Ha hatte genügt, um Mono anzustecken, was wiederum Rusos Lachen befeuerte. Und so weiter.

Am Ende war es zu einer regelrechten Lachorgie ausgeartet, die Fernando, wie er aus Erfahrung wusste, nicht unterbrechen durfte, auch wenn der gesunde Menschenverstand nahelegte, dass es sinnvoller wäre, sich weiterhin über Monos Zukunft zu unterhalten. Er durfte es nicht unterbrechen, denn damit würde er nur erreichen, dass sie ihr Gelächter auch noch auf ihn ausdehnten und die Spirale sich endlos weiterdrehte.

Deshalb schwieg er und sah zu, wie die anderen lachten. Eines musste er zugeben: Die beiden Spaßvögel lachen zu sehen war ein Spektakel, das sich immer wieder lohnte.

25

Weil Ruso so drängt und wenig Verkehr ist, sind sie früher dran als gedacht. Rusos unschuldiger Dackelblick verrät Fernando, dass er etwas verheimlicht. Geheimnisse konnte Ruso noch nie für sich behalten. Deshalb wollte beim Truco, wo man gut lügen können muss, auch nie jemand ein Team mit ihm bilden, außer Mono früher. Sie parken in der Nähe des Stadions und setzen sich auf der Tribüne nach ganz oben, um einen möglichst guten Überblick zu haben. Ruso fällt auf, wie geschickt Fernando mit der Kamera hantiert.

»Wenn ich nach fünfzehn Spielen immer noch nicht wüsste, wie man filmt, würde ich mir die Kugel geben. Ich versteh nur nicht, warum ich unbedingt dieses Spiel aufnehmen soll. Es wird durchs Filmen ja auch nicht besser.«

Ruso deutet aufs Spielfeld. Die Mannschaften laufen auf, Pittilanga ist dabei.

»Gott sei Dank«, sagt Fernando. »Letztes Jahr bin ich bis Trenque Lauquen gefahren, nur um zu erfahren, dass Pittilanga sich in der Woche davor verletzt hatte.«

»Hast du mir schon erzählt.«

»Tausendzweihundert Kilometer für nichts und wieder nichts. Und auf der Heimfahrt hat es geschüttet wie aus Kübeln.«

»Ja, ja, hast du mir schon erzählt.«

»Dann erzähl ich dir's eben noch mal. Und du machst ein mitleidiges Gesicht und sagst: ›Du Armer‹.«

»Du Armer.«

Pittilanga sieht zur Tribüne, wo zehn Hansel der Heimmannschaft die Gastmannschaft lustlos beschimpfen. Er hebt den Arm und winkt den Freunden zu. Fernando ist überrascht, weil der Junge sonst nie grüßt. Als die Spieler sich auf ihre Positionen begeben, bleibt Pittilanga, der den Torwart warmgeschossen hat, hinten stehen.

»Was macht der denn? Hast du das gesehen, Ruso?«

»Hm.«

»Was soll denn das? Weißt du, was das soll?«

»Abwarten.«

Fernando bemerkt, dass Ruso weder überrascht noch nervös ist, und schon gar nicht alarmiert. Da liegt also der Hund begraben.

»Ich glaub's nicht, Ruso. Du wusstest davon.«

»Hm.«

»Jetzt ist endgültig Hopfen und Malz verloren. Eine Katastrophe. Das darf doch nicht wahr sein.« Fernando kann es nicht fassen. »Seit wann weißt du davon? Wer hat das entschieden?« Er springt auf. »Ich geh runter und red mit dem Trainer.«

»Jetzt nerv nicht rum, Fernando. Setz dich wieder hin und wart erst mal ab.«

Das Spiel beginnt. Am Anfang ist es wie eine Blaupause dessen, was sie all die anderen Male gesehen haben. Der Rasen ist ein Kraterfeld, der Ball vollzieht willkürliche Flugbahnen, wird blind nach vorne gedroschen, und alle hinterher: ein Attentat auf den guten Geschmack. Neu, anders, beunruhigend ist nur, dass Pittilanga letzter Mann ist, sich immer auf Höhe des eigenen Strafraums aufhält. Nach minutenlangem Geplänkel im Mittelfeld spielt die Heimmannschaft plötzlich einen Steilpass auf ihren Mittelstürmer. Er ist klein und wendig. Fernando weiß, dass Pittilanga, dieser tapsige Bär, ihm nie und nimmer wird folgen können. Als der Stürmer den Ball unter Kontrolle bringt, mit dem Rücken zum Tor, senst Pittilanga ihn um.

»Jetzt guck dir das an: einmal am Ball, und schon gibt's Freistoß«, sagt Fernando, oder murmelt es vielmehr, schließlich müssen die anderen auf der Tribüne nicht unbedingt mitkriegen, dass sie für die Gastmannschaft sind.

»Hm«, brummt Ruso nur.

Fernando sieht zu Bermúdez, der mit verschränkten Armen an der Seitenlinie steht. Er hat seinem neuen Innenverteidiger keine Vorwürfe gemacht, wirkt nicht beunruhigt.

»Bermúdez weiß Bescheid?«

»Hm.«

»Ist das alles, was du zu sagen hast? Hm?«

»Abwarten«, sagt Ruso erneut, während er gedankenverloren an seinen Fingernägeln kaut und das Spiel betrachtet.

Zum Glück geht der Freistoß drüber. Pittilanga entfernt sich wie die anderen vom Strafraum. Weil die Heimmannschaft ein bisschen besser ist oder zumindest ehrgeiziger, greift sie immer stürmischer an, mit immer mehr Mann. Atlético Mitre hingegen zieht sich immer weiter zurück. Doch im Gegensatz zu den sechzehn Spielen, die Fernando bisher gesehen hat, fängt Mitre sich nicht gleich in den ersten Minuten ein Tor. Und auch wenn es ihm schwerfällt, es zuzugeben: Der Hauptverantwortliche dafür ist kein Geringerer als Mario Juan Bautista Pittilanga. Seit seinem Anfängerfehler, der ihm in der fünften Minute eine gelbe Karte eingebracht hat, findet er sich immer besser zurecht, entschärft Flanken, unterbindet Dribblings, erstickt Vorstöße im Keim.

Natürlich ist er immer noch der limitierte Klotz, den Fernando kennt, bringt keinen vernünftigen Pass zustande, aber das macht nichts. Seine Verteidigerkollegen haben sich schnell daran gewöhnt, dass er die Drecksarbeit erledigt, dass er grätscht und die Angriffe stoppt. Sie unterstützen ihn dabei, den Ball aus der Gefahrenzone zu bringen. Erstaunt stellt Fernando fest, dass der Torwart ihm sogar Beifall spendet und dass auch seine Mitspieler ihm aufmunternde Worte zurufen.

Fernando dreht sich zu Ruso um. »Wieso wusstest du davon?«

Ruso gibt ihm mit einer Geste zu verstehen, dass er nicht gestört werden will, und deutet auf die Kamera, die

Fernando vor lauter Verblüffung nicht eingeschaltet hat. »Jetzt film endlich. Um den Rest kümmert sich schon Ruso.«

»Rück endlich raus mit der Sprache!«

Ruso sieht weiterhin ungerührt zum Spielfeld.

»Um es kurz zu machen«, sagt er schließlich in einem Ton, als musste er erst lange in sich gehen. »Ich hab mit ihm gesprochen. War nicht einfach. Ich musste ihn regelrecht bequatschen. Weißt du, mit welchem Argument ich ihn am Ende überzeugt habe?«

»Du wirst es mir sicher gleich sagen.«

»Mit dem Scharniervergleich.«

»Was?«

»Ist ganz einfach: Ob man Angreifer oder Verteidiger spielt, ist, wie eine Tür in die Scharniere oder aus den Scharnieren zu heben.«

»Ich versteh nur Bahnhof.«

»Deswegen bin ja ich auch Unternehmer und du nur Lehrer, mein Lieber.«

»Ich versteh wirklich nur Bahnhof.«

»Hast du schon mal eine Tür ausgehängt?«

»Klar.«

»Gut. Und hast du auch schon mal eine eingehängt?«

»Ja.«

»Eine Tür in die drei Scharniere hineinzuheben ist tausendmal schwieriger, als sie aus den drei Scharnieren herauszuheben. Hab ich Recht?« Ruso legt eine Kunstpause ein. »Beim Fußball ist es genauso. Als Verteidiger hängt man die Tür aus, und als Angreifer hängt man sie ein.«

Fernando überprüft, ob die Kamera scharf gestellt und der Akku voll ist. »Weißt du was, Ruso?«

»Was?«

»Ich weiß manchmal nicht, ob du ein Genie bist, obwohl du nur Stroh im Kopf hast, oder ob selbst das Stroh in deinem Kopf nicht verhindern kann, dass ab und zu so etwas wie Genie aufblitzt.«

Ruso dreht sich um und sieht ihn an. »Dass ich schlicht ein Genie sein könnte, ist dir wohl noch nie in den Sinn gekommen?«

Fernando grinst. Am liebsten würde er Ruso umarmen, ihm sagen, wie gern er ihn hat. Aber er wird einen Teufel tun.

»Nein.«

»Was du über mich denkst: schlimm.«

26

»Zwei Sachen, Mauricio: Sabino sagt, er sei im Fall Muñoz als Kläger zugelassen worden und würde gern einige Punkte mit dir durchsprechen.«

»Okay, Sole, soll vorbeikommen.«

»Halt, stopp. Die zweite Sache: Dein Freund Fernando wartet draußen auf dem Flur.«

»Aha. Lass mich kurz nachdenken.« Mauricio überlegt. Das letzte Mal haben sie sich vor einem Monat gesehen, zu Rusos Geburtstag. Ohne Stress. Distanziert, aber ohne Stress. Okay, jetzt weiß er, wie er es handhaben wird.

»Sole, pass auf: Schick Fernando rein und sag Sabino, er soll in einer halben Stunde vorbeikommen.«

»Mach ich.«

Er legt auf. Wie gut, dass er sie behalten hat. Als die Bombe mit Mariel geplatzt ist, wollte er Soledad abschieben. Es tat ihm in der Seele weh, doch es schien ihm die einzige Lösung. Aber dann hat er es sich anders überlegt und es mit ihr besprochen. Sie verstehen sich fast blind, die Zusammenarbeit läuft wie geschmiert. Und tatsächlich klappt alles wie am Schnürchen. Keine Klagen, keine Szenen.

Die Tür geht auf, und herein kommt Fernando in Stadionkluft: abgetragene Jeans, verwaschener Pullover, Sportschuhe aus Leinen. Unterrichtet er etwa in dieser Aufmachung? Mauricio denkt zurück an seine Lehrer in San José. Andere Zeiten, ja, aber was für ein Unterschied. Er steht auf, sie umarmen sich, klopfen sich auf die Schultern.

»Wie geht's, Fer?«

»Ganz gut. Und dir?«

»Alles okay. Viel Arbeit.«

»Hast du das mit Pittilanga schon mitgekriegt?«, kommt Fernando gleich zur Sache.

»Ruso hat neulich was erzählt. Von wegen, dass der Junge jetzt auf einer anderen Position spielt. War ganz begeistert. Ehrlich gesagt, hab ich nur mit halbem Ohr zugehört. Du weißt ja, wie Ruso ist.«

»Stimmt, aber diesmal ist was dran.«

»Tatsächlich?«

Fernando fasst zusammen: Rusos Fahrt nach Santiago del Estero, das Gespräch mit dem verunglückten Nachwuchstalent, mit dem Trainer, die Ergebnisse des Experiments.

»Er ist kein Beckenbauer, aber er schlägt sich wacker«, schließt Fernando.

»Ehrlich gesagt, bin ich ziemlich überrascht. Auch froh, aber vor allem überrascht. Hätte ich nie gedacht.«

»Ich auch nicht. Aber es läuft wirklich gut.«

Das Gespräch gleitet dahin wie die Filzpantoffeln, die Mauricio als Kind immer anziehen musste, wenn der Boden frisch gebohnert war. Wie fortfahren? Zuhören? Fragen?

»Meinst du, wir kriegen ihn dadurch besser verkauft?«

»Ich denke schon. Er spielt jetzt seit sechs Partien auf der neuen Position. Wir haben alles gefilmt, Ruso und ich. Immer abwechselnd. Im ersten Jahr musste ich ja alles allein machen, aber jetzt hilft mir Ruso.«

»Klar, verstehe. Aber der Job, weißt du, und meine Frau.«

»Nein, nein, darauf wollte ich nicht hinaus.«

Das ist ja zu schön, um wahr zu sein. Fernando scheint ihm tatsächlich keine Vorwürfe zu machen. Trotzdem fragt sich Mauricio, ob das stimmt oder ob es nicht vielmehr so ist wie in den Horrorfilmen, die Mariel so gerne schaut: Genau in dem Moment, in dem alles gut zu sein scheint, greifen die Vampire an oder taucht plötzlich ein Wahnsinniger mit einer Kettensäge auf.

»Es ist nur so, dass Ruso sich ein bisschen zu sehr reinhängt. Er ist so stolz auf seine Eingebung, dass er kaum zu bremsen ist. Wenn er so weitermacht, jagt ihn Mónica noch aus dem Haus.«

»Ist also immer noch kompliziert?«

»Du weißt ja, wie Ruso ist. Jedenfalls haben wir sechs

Partien im Kasten. Oder fünf, weil Pittilanga neulich einen üblen Stiefel zusammengekickt hat, in General Pico. Mamma mia, war das schlecht.«

Mauricio lächelt. General Pico? Ihr seid allen Ernstes nach General Pico gefahren? Ihr habt sie ja nicht mehr alle, liegt es ihm auf der Zunge, aber er kann es sich gerade noch verkneifen. Wieso sich verraten? Warum die beiden zu Helden erklären? Das machen sie ja schon von allein, ohne seine Hilfe. Vor allem Fernando. Trotzdem fühlt er sich unwohl. Irgendwie getrieben, auch traurig. Schuldgefühle? Bei der Vorstellung, dass diese beiden Spinner durchs halbe Land tingeln, um diesen Kerl zu filmen. Am schlimmsten ist nicht mal die Tatsache, dass sie es tun. Am schlimmsten ist, dass sie es auch noch genießen. Jedenfalls Fernandos zufriedenem Gesicht nach zu urteilen.

»Und nun?«, fragt Mauricio, um sich aus dieser Situation hinauszumanövrieren, um das Päckchen wieder loszuwerden, das er nicht tragen will.

»Tja, jetzt wird's kompliziert, Doktor.«

Mauricio ruft sich in Erinnerung, was er über komplizierte Verhandlungen gelernt hat. Die Kanzlei hat ihn einmal auf ein Seminar geschickt. Ein Amerikaner, Experte in *councelling*. Zwei Kreise: In den einen kommt alles, was okay ist, in den anderen das, was nicht okay ist. Immer mitdenken und entscheiden, was in welchen Kreis gehört.

»Schieß los.«

»Ich glaube, es könnte klappen. Als Verteidiger kriegen wir ihn verkauft.«

»Klingt gut.« Mauricio legt es in den Okay-Kreis.

»Letztes Jahr hab ich jede Menge Klinken geputzt, bei Unternehmern, Spielerberatern, der ganzen Mischpoke. Und mich dabei zum Affen gemacht. Bei denen brauch ich mich nicht mehr blicken zu lassen.«

Alarm: Will Fernando, dass er an seiner Stelle die Verhandlungen führt? Die Kanzlei berät auch Größen aus der Fußballwelt, aber davon will Mauricio lieber die Finger lassen. Man scheißt nicht dort, wo man isst. Ab in den Nicht-okay-Kreis.

»Ruso und ich haben uns eine Menge Gedanken gemacht.«

Nächste Gefahrenstufe. Die beiden Spinner haben etwas ausgeheckt, und Fernando ist nicht hier, um ihn um Rat zu fragen, sondern um ihm mitzuteilen, was längst beschlossene Sache ist. Und dass er es ihm mitteilen will, kann nur bedeuten, dass sie ihn für irgendwas brauchen. Die Alarmglocken schrillen immer lauter.

»Wir haben uns überlegt, dass wir über die Medien gehen sollten.«

Mauricio kann es nicht fassen. Über die Medien?

»Bei Ruso in der Waschanlage läuft den ganzen Tag dieser Sportsender.«

»Cosmos?«

»Genau. Und da gibt's am Mittag doch diese Sendung mit Armando Prieto.«

»Stimmt.« Mauricio ist verwirrt. Er weiß nicht, in welchen Kreis er diesen Teil des Gesprächs tun soll.

»Mittags ist er im Radio, abends im Fernsehen. Überregional.«

»Und ihr wollt erreichen, dass er über Pittilanga spricht«, tastet Mauricio sich vor.

»Genau! Aber allem Anschein nach ist dieser Prieto ein Riesenarschloch.«

»Hab ich auch gehört.«

»Also dachten wir, wir könnten ihm vielleicht ein Stück vom Kuchen anbieten, damit er Pittilanga ins rechte Licht rückt. Polaco würde den Kontakt herstellen.«

Mauricio denkt fieberhaft nach. Was wollen sie bloß von ihm? Fernando spürt, dass er zögert, und erläutert, dass dieser Prieto wie nebenbei erwähnen soll, dass es da in der dritten Liga einen tollen Verteidiger gibt, einen Geheimtipp, ein Juwel.

»Ruso und ich sind überzeugt, dass es fast immer so läuft. Bestimmt gibt es Journalisten, die es weiterverbreiten, gegen Bezahlung, versteht sich. Man muss nur die Boje auswerfen und warten, bis jemand anbeißt. Und da kommst du ins Spiel.«

Mauricio atmet kaum noch. Inzwischen schrillen die Alarmglocken in ihm so laut, dass es ihm nicht einmal in den Sinn kommt, diese schiefe Metapher zu korrigieren: Man wirft einen Köder aus, keine Boje. Aber für diese Art von Wortklauberei ist jetzt eh keine Zeit. Im Prinzip ist der Plan nicht schlecht, er hat nur einen Haken: Woher das Geld nehmen, um den Journalisten zu schmieren? Als er begreift, ist ihm, als hätte Fernando geschickt eine Granate auf den Tisch platziert und den Zündring gezogen. Reiß dich zusammen, sagt er sich. Nur nicht panisch werden.

»Was das Geld angeht, da haben wir gedacht, wir könnten vielleicht zu einer Vereinbarung gelangen wie damals mit Bermúdez.«

Vorsichtige Entwarnung. Vielleicht geht es doch nicht

darum, die »Mauricio Bank« anzuzapfen, ohne das Geld je zurückzahlen zu können.

»Aber wir wissen nicht, wie viel wir auf den Tisch legen müssen. Und dabei könntest du uns helfen. Du kennst dich bei diesen Deals viel besser aus als wir.«

Mauricio ist jetzt so erleichtert, dass er nicht einmal Lust hat, sich beleidigt zu fühlen. Die Bemerkung über sein Expertenwissen könnte man auch übersetzen als: Du kennst dich doch in Sachen Bestechung bestens aus. Ist das ihre Vorstellung von Rechtsbeistand? Na, prima.

»Hör zu, Fer. Wir könnten es folgendermaßen machen.« Das ist der Moment für die erste Person Plural: um sich solidarisch zu zeigen, um das Team zusammenzuschweißen. »Wir könnten ihm zehn Prozent anbieten. In diesem Stadium wäre eine konkrete Summe kontraproduktiv. Wenn nämlich am Ende nicht genug dabei rumkommt, sitzt man in der Klemme. Wenn man die Sache über einen Anteil regelt und der Rubel rollt, sind alle zufrieden. Mit anderen Worten: Wenn nur ein paar Kröten rausspringen: Pech gehabt, hier hast du deinen Anteil und tschüss.«

»Wir müssen also rund dreihundertfünfzigtausend rausschlagen, damit wir Bermúdez und diesem Typen die Kommission zahlen können?«

»Hast du nicht gesagt, dass Pittilanga ein guter Verteidiger ist?«

»Ja, schon ...«

»Fünfunddreißigtausend für einen Job, bei dem man sich nicht die Hände schmutzig machen muss und nicht den Hauch eines Risikos eingeht: Was will man mehr?«

»›Nicht den Hauch eines Risikos‹: Das hast du schön gesagt.«

»Siehst du?«, lässt sich Mauricio auf das Spiel ein. »Du hast wohl gedacht, dass nur Lehrer rhetorisch was draufhaben.«

»Da ist noch was anderes«, fährt Fernando fort. Mauricio stellt das Geplänkel sofort ein und fährt die Deckung wieder hoch. »Mit Prieto haben wir bereits Kontakt aufgenommen, das hat Polaco für uns erledigt. Immerhin.«

»Super.« Super?

Und jetzt will Prieto sich mit uns treffen, in einem Restaurant in Puerto Madero, am Samstag, nicht diesen, sondern nächsten.«

Erneut Gefahr. Mauricio hat den Überblick über seine Kreise verloren, aber wenn Fernando jetzt von ihm verlangt, das Treffen mit dem Journalisten zu übernehmen, wird er nein sagen, nein, nein und nochmals nein. Keine Chance. Also: nicht okay.

»Und?«

»Ruso und ich haben uns überlegt, dass ich den Typen irgendwie beeindrucken muss.«

Ich? Dann wird also Fernando hingehen. Gott sei Dank.

»Sicher. Gute Idee.«

»Wenn ich so hingehe«, sagte Fernando und zeigt auf das, was er anhat, »dann wird das nichts. Wenn ich hingegen einen feinen Zwirn anhätte wie du, italienischer Maßanzug …«

»›Feiner Zwirn‹? Da kommt der Lehrer in dir durch«, nimmt Mauricio die Witzeleien von vorhin auf. Alles wieder gut.

»Schon möglich. Wenn du mir also einen Hauch von feinem Zwirn zur Verfügung stellen könntest …«

»Ha, ha, sehr witzig«, kommentiert Mauricio, der dieses Spiel mit den Auslassungspunkten allerdings lieber wieder beenden würde.

»Außer dem Anzug bräuchte ich auch noch ein gescheites Auto. Mit meinem Fiat Duna beeidrucke ich jedenfalls niemanden. Oder doch, aber in die falsche Richtung.«

»Du willst meinen Wagen haben?«

»Na ja, Ruso und ich dachten, wenn wir mit einem Audi A4 vorfahren, wäre das ein interessanter Knalleffekt.«

Mauricio geht im Geiste seine beiden Kreise durch. Er hatte Angst, dass sie Geld von ihm leihen wollten. War aber nicht so. Er hatte Angst, dass er die Verhandlung führen sollte. War aber nicht so. Ihnen den Audi zu leihen scheint ihm ein akzeptabler Preis, um gut aus der Sache rauszukommen.

»Okay, Fer – Prieto wird Augen machen.«

Als stünde es in einem Drehbuch, in dem es vor glücklichen Fügungen nur so wimmelt, kommt genau in diesem Augenblick Soledad herein, um Bescheid zu geben, dass Sabino draußen wartet. Fügungen, die Mauricio das Gefühl verleihen, dass das Leben perfekt ist.

27

Um Viertel vor neun steht er bei Mauricio auf der Matte und klingelt. Mariel macht ihm auf.

»Hallo, ich bin das Mädchen, das sein Kleid für den Abschlussball abholen will«, witzelt er.

»Hallo, Fernando. Wie geht's?«, antwortet Mariel, als hätte sie seinen Scherz nicht gehört. »Komm rein. Mauri schläft noch.«

Er folgt ihr durchs Wohnzimmer in die Küche. Sie trägt ein hellgrünes Sportensemble. Fernando fragt sich – leidenschaftslos, nüchtern wie jemand, der eine rein theoretische Überlegung anstellt –, wie es wäre, mit dieser Frau Sex zu haben. Es ist nicht das erste Mal, dass er sich solche Gedanken macht. Die Frage war öfters aufgekommen in Gesprächen mit Mono, als er noch lebte, und auch mit Ruso. Aber sie wurden sich nie einig. Die beiden anderen – rein triebgesteuert, wie Fernando immer konstatierte – hatten sich klar dazu bekannt, dass sie sie gern mal so richtig durchvögeln würden. Und sie hatten sich gewundert, dass er Einwände vorgebracht hatte. Sie sei hübsch, ja, sehr hübsch sogar, hatte er argumentiert. Ein Knaller, hatten sie ihn verbessert. Okay, ein Knaller, hatte er zugegeben. Hast du dir mal ihre Augen angesehen?, hatten sie ihn gefragt. Die sind toll, hatte er bestätigt. Und ihre Brüste, ihre Taille, ihren Arsch? Supersexy, hatte er zugegeben. Die anderen hatten mit lüsternem Blick genickt. Trotzdem, hatte er angeführt, sie sei ihm ein bisschen zu – und hier hatte er Schwierigkeiten gehabt, das richtige Wort zu finden – »puppenhaft«. Keine gute Wahl, denn die beiden Clowns hatten sich abgeklatscht, weil sie das »puppenhaft« sofort mit aufblasbaren Sexpuppen in Verbindung gebracht hatten, mit denen sie – ihren Beckenbewegungen nach zu urteilen – einige Erfahrungen hatten, zumindest in der Fantasie. An diesem Punkt hatte Fernando es aufgegeben und ihnen zugestimmt: Ja, sie sei süß, was zum Vernaschen, damit die beiden Riesenbabys Ruhe gaben.

»Hier ist der Anzug«, sagt Mariel und mustert ihn mit einem Expertenblick. »Ich hab den ausgesucht, weil er um die Schultern rum etwas breiter ist. Da bist du etwas muskulöser als Mauricio.

»Klar, ich bin ja auch ein Wassersportfanatiker. Kanufahren auf dem Morón und so.«

»Was?« Sie sieht ihn an und lächelt, damit sein Witz nicht wieder ins Leere läuft. Aber dann fährt sie einfach fort: »Ich hab ihn noch schnell zur Reinigung gebracht.«

Okay, Mariel, keine Witze mehr. Er ist vielleicht nicht der geborene Komiker, aber diese Frau ist einfach penetrant unnahbar. Penetrant unnahbar, das trifft es genau, aber er ist froh, dass er es nie in Gegenwart von Monito oder Ruso gesagt hat, die hätten nur wieder dreckig gelacht. Eine hübsche Frau, Punkt. Oberflächlich. Oder besser gesagt: hohl. Reine Form, null Substanz.

Fernando zieht sich in aller Ruhe an. Es hat schon so lang keinen Anzug mehr getragen, dass er anfangs nicht mehr weiß, wie man eine Krawatte bindet. Aber was er am Ende im Spiegel erblickt, stellt ihn zufrieden. Mit dieser Rasur, mit dieser Frisur, mit diesem Anzug und diesen Schuhen sieht er aus wie ein Manager. Ähnlich genug jedenfalls, um ihm ein bisschen die Angst zu nehmen. Er hängt seine Sachen auf den Bügel und legt seine Sportschuhe in die Schachtel. Mariel, die auf ihn gewartet hat, isst einen Diätjoghurt.

»Passt alles?«

»Ja, perfekt.«

»Willst du deine Sachen nicht lieber hierlassen?«

»Nein, die nehm ich lieber mit. Ich hab mit Mauricio noch nicht ausgemacht, wann und wo ich ihm sein Auto zurückgebe.«

Auf der Treppe ertönen Schritte, und kurz darauf tritt Mauricio ein, in Morgenmantel und Schlappen, die Haare zerzaust.

»Wie geht's, Fer? Na, mein Schatz?«

»›Mein Schatz‹? Bin ich damit gemeint oder sie?«, fragt Fernando gespielt beleidigt.

»Sie, aber nur weil sie anwesend ist, du Dummerchen.« In vielem ist Mauricio ein Idiot, aber eins muss man ihm lassen: Humor hat er. Fernando breitet die Arme aus, um sein Outfit vorzuführen. »Und? Was sagst du?«

»Du bist wunderschön, Fer. Prieto wird vor dir auf die Knie gehen«, sagt Mauricio und schenkt sich einen Kaffee ein.

Fernando sieht zu Mariel. Sie kratzt gerade ihren Joghurt aus und scheint ganz woanders zu sein. Weit weg. Oder nirgends. Was für eine hohle Nuss, denkt er wieder und erklärt das Thema damit für beendet.

»Wie machen wir das mit dem Auto?«, fragt er. »Ich würde vorschlagen, ich bring's dir gleich danach vorbei. So gegen zwei oder drei.«

»Wann ist euer Treffen? Um zwölf? Das kann sich ziehen. Lass es uns so machen«, sagt Mauricio, gähnt und setzt sich vor seine Tasse an den Tisch. »Komm in den Tennisclub. Wir nehmen Mariels Auto.«

»Aber von fünf bis sechs haben wir doch ein Spiel, Mauri.«

»Macht nichts«, sagt Fernando mit einem gewissen Unbehagen. »Wenn ich früher da bin, warte ich auf euch und reiße eine Frau auf. Ist in dieser Aufmachung bestimmt kein Problem.« Er will noch etwas hinzufügen, von wegen dass manche Frauen den ganzen Tag sinnlos dort herumhängen, aber er verkneift es sich, weil er Angst hat, dass Mariel es als Angriff auf ihre hellgrüne Schönheit auffassen könnte.

»Alles klar.« Mauricio zeigt auf ein Regal: »Da liegt der Schlüssel vom Audi.«

»Fahr lieber du ihn aus der Garage. Ich habe ein gestörtes Verhältnis zum Rückwärtsgang. Zum ersten Gang eigentlich auch, aber da fahre ich wenigstens vorwärts.« Mauricio steht der Schreck ins Gesicht geschrieben. »Ist nur ein Scherz, du Depp.«

Mauricio grinst. Mariel zupft sich eine Fluse von ihrer Jacke. Bestimmt ist ihr der »Depp« übel aufgestoßen, nicht, weil er es zu ihrem Mann gesagt hat, sondern weil er es gewagt hat, so ein Wort in ihrer Küche auszusprechen. Ihm ist inzwischen klar, warum ihn diese Frau so nervös macht: weil sie so ruhig ist, so distanziert, so kühl. Das ist schlimmer als jede Hochnäsigkeit. Es gibt einem das Gefühl, dass man stört, dass man überflüssig ist, wie eine Tasche, die irgendwo abgestellt wurde. Er fragt sich, ob sie mit allem so umgeht, was nicht zu ihrer Welt gehört, oder nur mit dem, was Mauricio aus seiner vorigen Welt mitgebracht hat. Seine Vergangenheit. Seine Freunde.

»Komm trotzdem mit raus zur Garage. Vielleicht hast du ja noch einen allerletzten Tipp«, sagt er, bemüht, seine Stimme neutral klingen zu lassen, offiziell, büromäßig, bevor er sich von ihr verabschiedet. »Ciao, Mariel.«

»Ciao, Fernando.«

Sein

»Weißt du, was ich mit einer Entschädigung von dreihunderttausend Dollar machen würde?«, fragte Ruso, der vor Lachen noch ganz außer Atem war.

»Ja, Ruso. Scheiße bauen«, antwortete Fernando für seinen Bruder.

Die beiden sahen ihn an. Ruso war kein bisschen beleidigt, sah nur Mono an, und Mono ihn. Dann brachen sie wieder in Gelächter aus, das sie nur vorübergehend aussetzten, um sich gegenseitig zu versichern, dass Fer vollkommen Recht hatte, dass Ruso die dreihunderttausend garantiert in den Sand setzen würde. Als sie kaum noch Luft kriegten, hielt Fernando den Moment für gekommen, um wieder etwas ernster zu werden.

»Ein erkleckliches Sümmchen, aber ich verstehe nicht, welchen Vorteil es für dich haben sollte, wenn sie dich entlassen. Warum nimmst du die Beförderung nicht einfach an?«

Mono presste die Lippen zusammen, rieb sich die Hände und hielt den Blick gesenkt, als hätte sein Bruder ins Schwarze getroffen, aber den eigentlichen Punkt verfehlt. Fernando sah Ruso an, der in die gleiche Kerbe schlug.

»Fernando hat Recht. Dreihunderttausend sind ein ziemlicher Batzen, aber wenn du für die Mexikaner arbeitest, verdienst du doch auch haufenweise Kohle, oder?«

»Stimmt schon«, gab Mono widerwillig zu. »Aber ihr müsst bedenken, dass ich ständig auf Reisen wäre, von Pontius zu Pilatus. Das wäre ganz schön kompliziert. Und dann ist da auch noch Guadalupe.«

»Was wird kompliziert? Abgesehen von der Kleinen, meine ich.«

»Alles, Ruso. Ich kann nicht mehr so einfach meine Mutter besuchen, euch sehen, ins Stadion gehen. Mir geht's gut, so wie's ist. Ich hab keine Lust, mich aufzureiben. Verstehst du?«

»Klar.« Ruso widersprach nur ungern, und schon gar nicht, wenn es sich um seinen besten Freund handelte.

Eine Weile lang saßen sie schweigend da, jeder in Gedanken versunken.

»Was denkst du?« Mono hatte die Frage direkt an seinen Bruder gerichtet, wie einen Peitschenhieb, als wäre er sicher, dass Fernando Vorbehalte hatte, die man besser gleich klärte. »Raus mit der Sprache.«

»Ich kenne dich, als hätte ich dich selber auf die Welt gebracht. Und deshalb weiß ich auch, dass du gerade den Dummen spielst. Da ist irgendwas, was du nicht sagst, oder ich kapier's einfach nicht.«

»Was kapierst du nicht?«

»Mono, du bist rein in die Verhandlung mit dem Gedanken, dass sie dich wahrscheinlich rauswerfen wollen. Und raus mit einer Beförderung und Gehaltserhöhung. Aber statt zu feiern sitzen wir hier, weil du ›uns was er-

zählen willst‹. Na, gut, dann erzähl endlich, hör auf, um den heißen Brei herumzureden.«

Schweigen. Bis Ruso wieder das Wort ergriff. »Er hätte Psychologe werden sollen, oder?«

»Ja, da hätte er sich dumm und dämlich verdient. Priester wär aber auch gegangen. Hast du nie daran gedacht, Priester zu werden?«

Fernando lächelte. »So scharfsinnig bin ich gar nicht. Ihr seid einfach nur so plump und so leicht zu durchschauen.«

Ruso schrie auf, spielte den Empörten und sah Mono an, weil er davon ausging, dass der mitspielte. Aber dem war nicht so. Sein Freund saß angespannt da, als würde er mit sich ringen und wüsste nicht, wie er anfangen sollte.

»Fernando, du kennst mich von Geburt an«, sagte er schließlich.

»Genau.«

»Wenn du auf den Punkt bringen müsstest, wer ich bin. Was würdest du sagen?«

Fernando sah Ruso an.

»Du brauchst gar nicht Ruso anzuschauen. Was ich meine, ist: Mauricio ist Anwalt. Wenn man fragt: Was ist Mauricio? Dann lautet die Antwort: Anwalt. Bei dir genauso. Fernando ist Lehrer. Nicht erst seit heute. Nicht, weil du unterrichtest. Du warst schon immer Lehrer. Verstehst du?«

»Nein.«

»Tu nicht so blöd. Du verstehst mich genau. Schon als Kind hast du immer alles gewusst. Aus Scheiß haben wir dich tausend Sachen gefragt, und du hattest immer eine

Antwort parat. Als hätte von Geburt an festgestanden, dass du mal Lehrer wirst. Es ist Teil deines Wesens. Versteht du?«

»Sagen wir ja.«

»Bei Mauricio ist es genauso. Er fällt immer auf die Füße. Hat immer das bessere Argument.«

»Und war schon immer ein Schisser«, fügte Ruso hinzu.

»Eben«, bestätigte Mono.

»Und ich?« Ruso fragte so begeistert, so naiv, dass Fernando dachte, was er immer dachte: dass er ihm am liebsten einen Kuss auf die Stirn geben würde. »Was bin ich?«

»Du bist … Ein andermal, Ruso.« Mono wollte sich nicht ablenken lassen, sonst hätte er die Gelegenheit genutzt, ihn ein bisschen zu ärgern. Stattdessen wandte er sich wieder Fernando zu: »Also, noch mal. Wer bin ich?«

Fernando nahm sich Zeit. Worauf wollte sein Bruder hinaus? Dann sagte er das Erstbeste, was ihm einfiel:

»Du bist IT-Ingenieur.«

»Nein! Bin ich nicht!« Mono sprang auf, als müsste er sich unbedingt bewegen, damit er weiter argumentieren konnte. »Das sagst du nur, weil dir nichts Besseres einfällt. Du weißt doch, wie ich IT-Ingenieur geworden bin. Das haben wir dir tausendmal erzählt.«

»Soll ich's noch mal erzählen?«, bot sich Ruso an.

»Ich weiß nicht, worauf du hinauswillst, Mono. Ich …«

»Ich will nur, dass du meine Frage beantwortest. Und sag nicht wieder Ingenieur. Von einem Ingenieur habe ich in etwa so viel wie von einer japanischen Geisha.«

»Soll ich dir den Kimono holen?«

»Halt die Klappe, Ruso. Ist doch so, oder nicht?«, sagte er an seinen Bruder gewandt. Fernandos Schweigen deutete er als Zustimmung. »Und wenn ich kein Ingenieur bin, was bin ich dann?«

Fernando suchte Hilfe bei Ruso. Aber dem stand die Ratlosigkeit ins Gesicht geschrieben.

»Du weißt es nicht!«, sagte Mono schließlich. »Du kannst mir diese Frage nicht beantworten. Keine Angst, es liegt nicht an dir. Ist nicht deine Schuld. Es liegt an mir. Und genau das ist der Punkt.«

28

Ein makellos gekleideter Kellner hält ihm die Schwingtür auf, damit er sich nicht selbst bemühen muss. Fernando erinnert sich an eine Szene aus *Titanic*: Leonardo DiCaprio, der arm ist wie eine Kirchenmaus, aber einen Smoking trägt, betritt mit fürstlichem Gehabe den Speisesaal der ersten Klasse. Und die Kellner, die sich von seinem Auftreten blenden lassen, behandeln ihn wie einen hohen Herrn. Hier ist es genauso. Allerdings hofft Fernando, dass sein Abenteuer nicht so tragisch enden wird: tiefgefroren im Nordatlantik. Er nennt seinen Namen und wird an den Tisch geführt, den er reserviert hat. Prieto ist natürlich noch nicht da.

Es ist ein Fenstertisch, mit Blick auf die Docks. Als er sich setzt, wird ihm schlagartig klar, dass er einen schweren Fehler begangen hat. Die anderen Gäste – es sind noch nicht viele, dafür ist es noch zu früh – sind alle sportlich gekleidet. Elegant, aber sportlich. Es ist Samstag. Und er ist ein Vollidiot, weil er wie für einen Arbeitstag angezogen ist. Er ruft sich innerlich zur Ruhe. Schluss jetzt mit diesem Gedankenkarussell. Augen zu und durch, wie seine Oma immer gesagt hat.

Ein Kellner kommt, und er erklärt ihm, dass er auf jemanden wartet. Man schenkt ihm ein Glas Rotwein ein und serviert ihm ein Brotkörbchen und einige Schälchen mit Leckereien. In zehn Minuten hat er alles verputzt. Er sieht sich um und schimpft sich selber aus wegen seiner Gefräßigkeit. Hier isst man langsam, nicht mit dem Hunger eines Schiffbrüchigen. Er will die Krümel von der Tischdecke wischen, um die Spuren seiner Fressorgie zu beseitigen, aber sie bohren sich nur tiefer in den Stoff. Am Ende sieht alles genauso aus wie am Anfang. Er schaut auf die Uhr. Halb eins. Verdammt. Schon eine halbe Stunde Verspätung. Er muss auf die Toilette, aber traut sich nicht, weil er Angst hat, dass Prieto auftaucht, den leeren Tisch sieht und wieder abzieht.

Schließlich kommt Prieto, mit vierzig Minuten Verspätung. Der Kellner begrüßt ihn wie einen Stammgast und zeigt zu dem Tisch, an dem Fernando wartet. Fernando steht auf, um dem Journalisten die Hand zu geben. Er wird einen Teufel tun und ihm die Verspätung vorwerfen. Bei dieser Verhandlung sitzt er am kürzeren Hebel. Außerdem ist Zuspätkommen ein Nationalsport. Für einen Argentinier gibt es nur ein noch größeres Vergnügen: wie eine gesengte Sau zu fahren und die anderen dabei zur Schnecke zu machen.

Wie dem auch sei, da steht Armando Prieto. Nicht

sehr groß, nicht mehr ganz jung, das Haar grauer, als es im Fernsehen den Anschein hat, aber mit der typischen Solariumsbräune. Er trägt ein helles Hemd mit hochgekrempelten Ärmeln und eine passende Bundfaltenhose. Klar, es ist Samstag. Fernando kommt sich in seinem Geschäftsanzug wieder vor wie eine Schießbudenfigur.

»Du bist also ein Freund von Polaco«, sagte Prieto schließlich und macht dem Kellner ein Zeichen.

»Ja, wir kennen uns schon ewig. Aus dem Viertel.« Er muss nicht gleich alle Karten auf den Tisch legen und ihm verraten, dass Polaco eigentlich kein Freund ist, sondern nur ein Bekannter, den er noch dazu verabscheut. Trotzdem wundert er sich, dass Spitznamen ein solches Eigenleben entwickeln. Dieser Typ weiß nicht, kann nicht wissen, dass sein Bruder Salvatierra den Spitznamen »Polaco« verpasst hat, vor dreißig Jahren, aufgrund der fälschlichen Annahme, dass alle blonden Menschen aus Polen stammen.

»So, so«, sagt Prieto, um etwas zu sagen. »Trinkst du auch ein Glas Wein?«

Fernando nickt und gibt ihm zu verstehen, dass er einen aussuchen soll. Prieto hebt die Karte in Richtung Kellner und wählt eine Flasche aus, die über hundert Pesos kostet. Anschließend bestellen sie das Essen.

»Ich weiß nicht, ob Salvatierra dir erzählt hat, wie die Sache steht«, beginnt Fernando, um sich dem Thema anzunähern. Er fragt nicht, ob er ihn duzen darf, er tut es einfach, weil er spürt oder glauben will, dass das Duzen eine gewisse Nähe erzeugt.

»Ein bisschen was hat er mir erzählt: dass du die Transferrechte besitzt, du und ein paar Freunde.«

»Genau. Ich und noch zwei andere. Der Junge heißt Pittilanga.«

»Genau. Spielt in der dritten Liga. Als Stürmer.«

»Eigentlich nicht.«

Typisch, dass Salvatierra, dieser Hohlkopf, Pittilanga als Stürmer vorgestellt hat. Aber wenn er jetzt mit dem Positionswechsel anfängt, gesteht er als Erstes eine Schwäche ein. Wieder einmal hat er das Gefühl, ein miserabler Zauberer zu sein, dessen Tricks man mühelos durchschaut. Aber er nimmt den Kampf an und schildert den Fall präzise und direkt. In zehn, ja fünf Minuten hat er Pittilangas Biografie abgehakt, seine Zeit bei der U-17, sein Stillstand hinterher, seine Ausleihe. Und dann klärt er die Verwirrung in Sachen Position auf. Er hat den Eindruck, dass Prieto seine knappe Darstellung schätzt. Ist eben ein beschäftigter Mann, denkt Fernando, jemand, der keine Zeit hat, um lange drum herumzureden. Er beglückwünscht sich selbst zu seiner Strategie. Zu etwas muss es ja nütze sein, dass er fast täglich vor vierzig Jugendlichen steht, die wild entschlossen sind, in ihrer Ignoranz zu verharren. Wenn er es schafft, die Aufmerksamkeit eines solchen Publikums auf sich zu ziehen (und sei es für Sekunden), dann ist so ein einzelner Typ doch kein Problem, der noch dazu – sollten sie zu einer Einigung gelangen – ein hübsches Sümmchen abkassiert.

»Und ihr wollt nun …«, wirft Prieto den Köder aus, als Fernando fertig ist.

»… dass der Name ein bisschen lanciert wird.«

In diesem Augenblick kommt das Essen. Prieto schenkt Wein nach. Fernando ist so nervös, dass er keinen Hunger hat, aber er isst, um Prieto nicht den Appetit zu verderben.

»Furchtbar, diese Fußballwelt, nicht?«, sagt Prieto, während er das Fleisch schneidet.

»Das weißt du besser als wir. Von außen betrachtet …«

Prieto rollt mit den Augen, als hätte er so viel Erfahrung damit, dass er es kaum in Worte fassen kann. »Es geht immer nur ums Geld. Immer.«

Fernando nickt. Unwillkürlich denkt er an die letzten Gespräche mit Mono. Sie haben viel über Independiente gesprochen. Über seine Liebe zu diesem Club. Über seine nostalgische Sehnsucht nach den glorreichen Zeiten. Über das Auf und Ab dieser lächerlichen Begeisterung, die sie geteilt haben. Wie hätte Mono wohl auf so einen Satz reagiert?

»Und heute mehr denn je. Als ich angefangen habe – ist schon ewig her –, war's noch anders.« Sein Handy klingelt, und er dreht es zu sich her, um zu sehen, wer anruft. »Entschuldige mich einen Augenblick, bitte. Ja, was gibt's? Beim Mittagessen, ein Termin. Sag an.«

Während er spricht, holt Prieto einen elektronischen Terminkalender hervor und klickt die folgende Woche an.

»Warte. Nein, am Montag spreche ich über die Partien vom Wochenende. Das ist gebongt. Am Mittwoch ist Pokal. Wenn River verliert, hab ich genug Stoff für Donnerstag. Aber wenn River gewinnt … Am Freitag?«

Fernando kann Schrift auch mühelos lesen, wenn sie auf dem Kopf steht. Er hat es sich antrainiert, weil er so die orthografischen Grausamkeiten seiner Schüler besser aufspüren kann, sie sozusagen auf frischer Tat ertappt. In der Spalte für Dienstag liest er: *Spekulieren über erneuten Verkauf von Riquelme nach Europa.* Prieto drückt mit seinem Stift auf Mittwoch, wo noch nichts steht.

»Nein, das mit Riquelme lanciere ich am Dienstag, weil da sonst nichts los ist. Jetzt geht's noch um den Mittwoch.«

Fernando hört zwar die schrille Stimme am anderen Ende der Leitung, kann aber nichts verstehen. Scheint eine Art Souffleur zu sein, der die Themen für die Radiosendung vorschlägt. Bestimmt nennt Prieto ihn lieber »Produzent«. Produzent von Pipifax, denkt Fernando. Am Dienstag werden Tausende von Leuten über Riquelme debattieren, ob er verkauft wird, und wenn ja, wohin. Und alles wegen eines Gerüchts. Lächerlich. Fehlt nur noch der Aufreger für den Mittwoch.

»Nein! Das mit dem Ball hatten wir doch erst! Du musst dir die Sachen aufschreiben, Nacho.« Prieto klingt jetzt vorwurfsvoll. »Sonst reitest du mich irgendwann in die Scheiße. Erinnert du dich nicht mehr, dass wir zwei, drei Torhüter live angerufen und nach ihrer Meinung gefragt haben? Siehst du? Solche Sachen musst DU im Kopf haben, nicht ich.«

Er schweigt eine Weile, starrt die Tischdecke an. Es ist, als wäre Fernando überhaupt nicht da. Besser so, denkt Fernando. Er wüsste nicht, was für ein Gesicht er machen soll.

»Ah, das ist gut.« Prieto richtet sich auf, als wäre er plötzlich begeistert. Dann schreibt er etwas in seinen Kalender: *Größe der Tore.* »Ja, hab ich verstanden, aber … Ja, gar nicht schlecht. Meinst du?« Prieto fängt an, mit einem Stück Kartoffel herumzuspielen, lässt es durch die Soße gleiten. »Ja, gefällt mir, gefällt mir gut.«

Er schreibt wieder etwas in den Kalender: *Tor vergrößern. Debatte. Zuhörer. Meinung der Spieler?*

»Okay, Nacho. Mission erfüllt. Ja, ja. Wir sehen uns morgen im Sender, um neun. Ciao. Ja, ja. Ciao.«

Er wendet sich wieder Fernando zu, der zu der traurigen Einsicht gelangt ist, dass er nicht der einzige mittelmäßige Zauberer ist, dessen Tricks leicht zu durchschauen sind.

Eine Weile meidet Prieto das Thema Pittilanga, wodurch Fernando sich aber nicht aus der Ruhe bringen lässt. Sie plaudern über Fußball, Politik, Journalisten, Fernsehsendungen. Eigentlich plaudert nur Prieto, und Fernando beschränkt sich auf die Rolle des Sparringspartners. Am Anfang findet er das Gespräch sogar interessant, nutzt die Gelegenheit, um Fragen zu klären, die er sich schon ein Leben lang gestellt hat. Aber dann lässt seine Neugier nach, weil Prieto zwei Fehler in sich vereinigt, die er hasst: Er redet, ohne sich auch nur im Geringsten dafür zu interessieren, wen er vor sich hat; und er doziert über alles Mögliche, als hätte er die Weisheit mit Löffeln gefressen. Der geborene Experte. Der Alleswisser. Ein typischer Argentinier, der Blitz möge uns treffen, denkt Fernando, dem Prieto immer unsympathischer wird. Die Anekdoten, die der Journalist zum Besten gibt, und die Erinnerungen, die er heraufbeschwört, gehen so nahtlos ineinander über, dass er sie schon tausendmal erzählt haben muss. Ein Kinofilm, der schon so oft gezeigt wurde, dass es nur noch blitzt und knistert.

Erst als der Kaffee serviert wird, legt Prieto eine Pause ein und sieht ihn an, als wäre ihm gerade aufgegangen, dass er auch noch da ist. Immerhin, er hat bemerkt, dass er ein menschliches Wesen vor sich hat und kein Mikrofon.

»Gut, Fernandito.« Schlechter Start, denkt Fernando, der es hasst, wen Leute seinen Namen verniedlichen, um eine Vertrautheit vorzugaukeln, die überhaupt nicht besteht, weil Vertrautheit Zuneigung voraussetzt. »Jetzt erzähl mir mal genau, was du dir so vorgestellt hast mit diesem Pintalingi.«

»Pittilanga.«

»Genau. Pittilanga. Merkwürdiger Name.«

Fernando räuspert sich. Jetzt kommt der schwierigste Teil. Er ist kein guter Geschäftsmann, schon gar nicht, wenn es um ein windiges Geschäft wie dieses geht.

»Wir wollen Pittilanga lancieren«, erklärt Fernando, und beglückwünscht sich insgeheim zu dem schönen Wort »lancieren«, »als wäre er ein Geheimtipp. Einer, der auf dem Sprung zu einem großen Club ist.«

»Aha«, erwidert Prieto nur. Fernando verflucht ihn innerlich. Dem Blödmann ist wohl die Lust aufs Monologisieren vergangen.

»Und dafür, Armando«, erklärt Fernando und fragt sich amüsiert, ob er ihn nicht Armandito nennen sollte, »brauchen wir jemanden, der für ihn die Werbetrommel rührt. Wer wäre besser dafür geeignet als du? Ehrlich, es gibt niemanden in Argentinien, der so viel Einfluss hat wie du, was sag ich, in ganz Südamerika.« Niemanden, der so korrupt, so armselig und so schmierig ist, dass er auf ein solches Angebot eingehen würde, denkt er.

»Wie habt ihr euch das vorgestellt?«

Gut um den heißen Brei geredet. Um die einzige Frage, die wirklich zählt: Wie viel springt für mich heraus?

»Tja, Armando, wie gesagt, wir haben da nur wenig Erfahrung. Wir wissen natürlich, dass diese Art von Werbung ihren Preis hat. Dass es sie nicht ganz gratis gibt. Und das ist auch völlig okay, nicht, dass wir uns da missverstehen.«

»Also, Fernando, nimm's mir nicht krumm, aber was ich dir jetzt sage, ist nur zu deinem Besten«, beginnt Prieto, stützt sich mit den Ellenbogen auf den Tisch und breitet die Hände aus, als wäre er die Unschuld in Person. »Die Welt des Fußballs ist ein übles Milieu, ein sehr übles sogar. Das reinste Haifischbecken. Man muss schon ziemlich schlau sein, um nicht gefressen zu werden. Die guten alten Zeiten sind vorbei. Bolzplatz, Kicken, der ganze nostalgische Quatsch. Heutzutage sind alle Profis. Alle. Auf dem Platz und außerhalb des Platzes. Über den Jungen hab ich mich natürlich erkundigt, diesen Pintilaga. Ich weiß also auch, dass ihr ihn schon überall angeboten habt.«

Schon wieder, denkt Fernando. Wenn er dieses »überall angeboten« hört, kommt er sich jedes Mal vor, als wäre er nackt auf einer dieser Riesenwerbetafeln der Avenida 9 de Julio abgebildet. Früher oder später erinnert ihn jeder an diese Aktion, jeder.

»Also, damit wir uns nicht falsch verstehen: Ich meine nur, dass es nicht leicht ist. Du hast es ja selbst erlebt: Niemand rührt auch nur einen Finger, wenn dabei nichts für ihn rausspringt. Allen geht es nur ums Geld.

Die Zeiten, als Fußball noch reine Herzenssache war, die sind ein für alle Mal vorbei. Wenn es sie denn je gegeben hat. Dass früher alles besser war, sauberer, ist auch so ein Ammenmärchen. Die Sachen kamen nur nicht alle raus. Heute haben die Jungs eine Kamera am Arsch kleben, und zwar vierundzwanzig Stunden am Tag. Da kann man eben nichts mehr verbergen. Die Sache ist ganz einfach: Entweder du spielst mit oder du bist raus aus dem Geschäft. Entweder du hältst dich an die Regeln oder du landest auf dem Abstellgleis. Und mit Regeln meine ich nicht Anstandsregeln, nicht diesen Quatsch von wegen Fairness, wie früher im Viertel, Ehrenkodex, Freundschaft, Solidarität, dieser ganze Scheiß. Nein, ich spreche von Businessregeln. Kannst du mir folgen?«

Kann er? Ja, er kann, wenn auch lustlos. Er muss an Mono denken. Seine Liebe zu Independiente. Was hat er sich für sie gefreut, wie sehr hat er gelitten, noch auf dem Sterbebett. Was für ein Idiot sein Bruder doch gewesen ist. Was für Idioten sie alle sind. Sogar Mauricio hinter seiner zynischen Maske.

»Also«, sagt Prieto nach einer kurzen Pause, und Fernando stellt sich vor, wie er die Kuchengabel nimmt und sie in eine dieser sorgfältig manikürten Hände rammt, sollte dieser Kerl noch einmal einen Satz mit »also« beginnen. »Fußball, das ist Show. Show, mit der man Geld verdienen kann. Und diejenigen, die das große Geld verdienen, bestimmen, wie der Hase läuft. Hab ich mich klar ausgedrückt?«

So klar, dass einem das Kotzen kommt, denkt Fernando und nickt.

»Gut. Du musst dir vor Augen halten, dass ich einiges

zu verlieren habe. Wer heutzutage in den Medien arbeitet, hat nur ein Kapital: sein Image. Seine …«

Er wird es sagen, dieser Wichser wird es tatsächlich sagen.

»… Glaubwürdigkeit.«

Er hat es gesagt. Dieser Oberwichser hat es tatsächlich gesagt!

»Wenn ich in die Welt posaune, dass dieser Pintilinga ein Juwel ist, muss da auch was dran sein.«

»Ist es, Armando. Wenn du willst, schicke ich dir ein paar Videos.«

»Nein, Fernando. Ich hab keine Zeit, mir irgendwelche Spiele von Atlético Mitre anzuschauen. Auf dich muss ich mich verlassen können, auf dich.«

»Kannst du, keine Angst, ich …«

»Und noch was. Was extrem Wichtiges. Auf gar keinen Fall darf ich mit dem Verkauf des Spielers in Verbindung gebracht werden können. Auf gar keinen Fall. Sonst kannst du das Ganze vergessen.« Zum ersten Mal ist Fernando verunsichert. Bis dahin ist alles so verlaufen wie geplant. Ekelhaft, aber wie geplant.

»Sorry, aber das müsst ihr irgendwie regeln. Ich kann nicht warten, bis ihr den Jungen nach Polynesien oder an die Desamparados de San Juan vertickert habt.« Er beugt sich über den Tisch rüber.

»Also …« Schon wieder dieses »also«! »Es kann ja nicht sein, dass ich dich jede Woche anrufe und nachfrage, ob das Geschäft über die Bühne gegangen ist. Oder dass im Vertrag steht: *Zehn Prozent für den Journalisten, der in Radio und Fernsehen Werbung für uns gemacht hat.* Das lassen wir schön bleiben, mein Junge.«

»Mein Junge.« Fernando kann nicht umhin, diese Anrede zu bewundern. Sie bringt es auf den Punkt. Mit ihr stellt dieses Arschloch unmissverständlich klar, wie das Kräfteverhältnis zwischen ihnen tatsächlich ist. Kein trügerisches Fernandito mehr, kein korrektes Fernando. Nein. Jetzt ist er »mein Junge«. Ein Grünschnabel, der ein interessantes Geschäft vorschlägt – mit ein paar Schwachpunkten zwar, aber daran soll es nicht scheitern. Der Herr Journalist hat Geduld, weist ihn auf diese Schwachpunkte hin, schlägt ihm Lösungen vor. Sei nicht blöd, mein Junge, hör auf mich, mein Junge. Von mir kannst du lernen, wie es läuft, mein Junge.

»Das müssen wir unter der Hand ausmachen. Jetzt gleich. Danach können wir über Details reden.«

Prieto dreht sich leicht nach links, um den Kellner zu rufen und noch einen Kaffee zu bestellen. Fernando räuspert sich und setzt sich aufrecht hin. Ein Gutes hat es ja, wenn man als kleiner Junge behandelt wird, denkt er: Es bleibt einem gar nichts anderes übrig, als in die Richtung loszurennen, in die die Erwachsenen zeigen.

29

Als Prieto das Restaurant verlassen hat, sieht Fernando auf die Uhr: Punkt drei. Mauricio hatte Recht. Alles in allem hat das Treffen drei Stunden gedauert. Er ruft den Kellner und bittet um die Rechnung. Sie kommt mit einem Glas Sekt aufs Haus. Kurz ist er versucht, dem Kellner zu sagen, er soll den Sekt wieder mitnehmen und ihn von der Rechnung abziehen. Dreihundertachtzig Pesos. Die spinnen wohl. Als er das Trinkgeld ausrechnet, wird ihm fast schlecht. Zehn Prozent, das sind fast vierzig Pesos. Nicht mit ihm. Er ringt sich dazu durch, vier Hundertpesosscheine auf das Tablett zu legen. Die Quittung nimmt er mit, wobei es keine Quittung ist, denn unten steht: *Gilt nicht als Rechnung*. So ein edles Restaurant und trotzdem Beschiss bei der Steuer. Scheißland. Trotzdem steckt er die Quittung in die Hosentasche, für den Fall, dass einer seiner »Partner« die Ausgaben überprüfen will. Eine Vorsichtsmaßnahme, die völlig sinnlos ist, weil sie ihm garantiert keine Verschwendungssucht vorwerfen werden. Aber er ist so wütend, dass er sich über irgendjemanden aufregen muss, und seine Freunde fallen ihm nun mal als Erstes ein. Er ist wieder mal allein, denkt er im Masochismus-Modus. Wie in den Monaten, in denen er Tore filmen wollte, die Pittilanga einfach nicht geschossen hat. Wie bei den Treffen, bei denen man ihn nur verarscht hat. Wo waren seine Freunde denn, als er eine Kröte nach der anderen schlucken musste, die der berühmte Armando Prieto ihm serviert hat? Mauricio krault sich den Bauch im Tennisclub. Und Ruso in seiner versifften Waschanlage.

Kaum ist er draußen, nähert sich auch schon ein Lakai und fragt ihn nach dem Schlüssel, um ihm den Wagen zu bringen. Dem muss er auch ein Trinkgeld geben. Wie viel? Proportional zur Rechnung? Zum Wagen, in den er gleich einsteigen wird? Er holt einen Zehnpesosschein heraus und gibt ihn dem jungen Kerl, der den Wagen bringt und ihm die Tür aufhält. Ob dessen »Danke« wirklich Dank ausdrückt oder sarkastisch gemeint ist, darüber denkt er lieber nicht nach. Langsam fährt er los, mehr mit sich selbst beschäftigt als mit dem Straßenverkehr.

Er steht wieder am Anfang. Oder schlimmer noch. Je mehr Optionen verpuffen, desto schwieriger wird es. Er biegt in Richtung Fluss ab, überquert eine der Drehbrücken. Obwohl es wolkig und kühl ist, sind in der Costanera Sur Leute unterwegs, die joggen, Fußball spielen oder einfach nur auf Klappstühlen herumsitzen. Er hält an und stellt den Motor ab.

Er bereut, dass er kein Handy hat. Dabei muss er dringend mit Ruso sprechen. In seinem Kopf nimmt eine Idee Formen an, aber er traut sich nicht, sie zu Ende zu denken, ohne Ruso um Rat gefragt zu haben. Er kneift sich mit Daumen und Zeigefinger in den Nasenrücken, weil ihn das normalerweise beruhigt.

»Hallo, Schätzchen. Ist dir nicht langweilig?«, flüstert ihm plötzlich jemand ins Ohr.

Sein Herz tut einen Satz. Er zuckt zurück und dreht den Kopf zum Fenster. Als sie seinen Gesichtsausdruck sieht, tritt die Frau, die sich in den Wagen gelehnt hat, einen Schritt zurück.

»Ups, ich hab dich wohl erschreckt, Schätzchen! Entschuldige!«

Das Herz klopft ihm bis zum Hals, während er die Frau näher in Augenschein nimmt: lange Haare, dunkle Augen, stark geschminkt, dazu große Brüste, die von dem orangefarbenen trägerlosen Top kaum im Zaum gehalten werden. Unwillkürlich nähert Fernando sich dem Fenster, um sich die Beine anzusehen. Lang, kräftig, männlich. Mahlzeit, denkt er, und lehnt den Kopf an die hyperbequeme Stütze.

»Du wirkst ein bisschen angespannt, Schätzchen.«

Fernando überlegt, was er antworten soll. Er will nicht beleidigend wirken, aber wie soll er klarmachen, dass sein Samstagnachmittagsprogramm kein Schäferstündchen mit einem Transvestiten vorsieht, der in der Costanera Sur auf den Strich geht. Also hebt er die Hand, lächelt verlegen und tastet nach dem Zündschlüssel.

»Darf ich einsteigen?«

»Lieber nicht.«

»Bist du so in Eile, dass du nicht mal fünf Minuten erübrigen kannst?«

»Nein, wirklich nicht. Trotzdem danke.«

»Nichts zu danken, Schätzchen. Dann eben ein andermal«, antwortet er oder sie, zieht eine Schnute und legt einen theatralischen Hüftschwung hin.

Fernando stellt den Motor an, während der Transvestit auf das nächste Auto zugeht, das etwa fünfzig Meter entfernt parkt. Plötzlich hat er eine Idee. Er hupt. Der Transvestit dreht sich um, lächelt und trippelt auf seinen Stöckelschuhen zurück. Fernando will erst gar keine Missverständnisse aufkommen lassen.

»Ich wollte dich um einen Gefallen bitten«, sagt er rasch. »Wie heißt du?«

»Celeste. Und du?«

»Fernando. Entschuldige, ich will nicht nerven, aber ich hab kein Handy und müsste dringend jemanden anrufen.«

Celeste tritt einen Schritt zurück und betrachtet ostentativ den Wagen. Dann sieht er wieder zu Fernando, mit einem »Ich glaub dir kein Wort«-Gesicht.

»Das Auto ist geliehen. Ich schwör's. Und ich hab wirklich kein Handy.«

»Was für ein altmodisches Kerlchen. Zauberhaft. Gibt dir so einen Retrotouch. Steht dir gut.«

Fernando lächelt. »Ich hab keine Ahnung, was zwei Anrufe kosten können. Schlag ruhig noch was drauf. Plus die Zeit, die ich dich von der Arbeit abhalte.«

Celeste sieht ihn an, als stünde sie kurz vor der Lösung eines Rätsels. Dann kramt sie in ihrer kleinen Handtasche und holt ein goldenes Telefon hervor, das ganz flach ist und nagelneu aussieht. Sie verdreht das Handgelenk, als sie es ihm reicht, und wackelt wieder mit den Hüften.

»Heute ist dein Glückstag, Süßer. Telefonier ruhig, ist mit Vertrag.«

Fernando betrachtet das Gerät. Bildet er sich das nur ein oder hat das Ding tatsächlich keine Tasten? Celeste merkt, dass er zögert. »Ach, Schätzchen. Dich hat man wohl auch tiefgefroren wie Walt Disney. Gib her. Welche Nummer soll ich wählen?«

Fernando nennt ihr die Nummer der Waschanlage. Celeste tippt sie ein, und als sie den Wahlton hört, gibt sie ihm das Handy zurück.

»Hallo, Cristo. Ich muss mit Ruso sprechen. Sofort. PlayStation hin oder her. Es ist dringend.« Er wendet sich wieder Celeste zu und gibt ihr zu verstehen, dass sie die Zeit mitstoppen soll. Celeste winkt ab.

»Hallo, Ruso. Hör zu, ich hab nicht viel Zeit. Nein. Ist voll schiefgegangen. Deswegen rufe ich dich an. Du musst mit deinem Bruder sprechen. Hat er immer noch dieses Geschäft in Warnes?«

Celeste tritt ein Stück zurück, wahrscheinlich, um nicht zu stören. Dann geht sie zweimal um das Auto herum, bewundert das Design, die Chromfelgen, die perfekte Innenausstattung. Am Ende lehnt sie sich an die Kühlerhaube.

»Ruf ihn noch mal an. Ich kann nicht warten. Halt, Moment.« Er wendet sich an Celeste. »Kannst du mir deine Nummer geben?«

Celeste sagt sie ihm, und er wiederholt sie.

»Ja, ich weiß, dass das eine Handynummer ist. Nein, natürlich nicht meine. Ich hab mir nur eins geliehen. Das erklär ich dir später. Also, ich warte. Ah, noch was: Das hier ist absolut wichtig. Das musst du hinkriegen, Ruso. Wenn nicht, sind wir am Arsch.«

Er legt auf und hält Celeste das Handy hin.

»Nein, mein Schatz. Wenn er dich sowieso zurückrufen muss, behalt es lieber gleich.«

Fernando stellt sich zu Celeste und lehnt sich ebenfalls an die Kühlerhaube. Er fragt sich, worüber er reden soll. Er will nicht unhöflich sein, aber hat keinerlei Erfahrung mit Transvestiten. Wie kann er das Eis brechen? Bestimmt nicht mit einer Bemerkung wie: Gehst du immer in der Costanera auf den Strich? Celeste erlöst ihn aus seiner Not.

»Tolles Auto, Süßer.«

»Ja, ein Traumwagen. Gehört einem Freund von mir.«

»Willst du mir diesen Freund nicht mal vorstellen?«

Fernando deutet ein Lächeln an. »Du hast mich gerettet.«

»Und das, obwohl du nicht mal eine Runde mit mir

drehen wolltest. Das wäre deine wirkliche Rettung gewesen, Ferchu. – Worüber lachst du?«

»Über das Ferchu. War mal mein Spitzname. So hat mich schon ewig niemand mehr genannt.«

»Deine Frau sagt nicht Ferchu zu dir?«

Fernando hat keine Lust, Auskunft über sein Privatleben zu geben. »Nein. Sie sagt Fernando.«

»Wie förmlich!«

Da hat sie Recht. Vielleicht hab ich mich deshalb so schnell von ihr getrennt, denkt Fernando. Ein Auto fährt vorbei, darin eine Familie. Der Vater starrt Celeste lange an. Ebenso der Sohn, der hinter ihm sitzt. Sie müssen ein denkwürdiges Bild abgeben, wie sie da an einem Herbstnachmittag um halb vier am Kühler eines schicken Audi lehnen.

»Arschlöcher«, schimpft Celeste. »Tun empört, aber von dreien, die einen anglotzen, kommt einer unter der Woche wieder und trieft vor Geilheit.«

»Echt?«

»Wenn ich's dir sage.«

Fernando bemerkt, dass Celeste ihre Fingernägel grellrot lackiert hat. »Schöne Fingernägel. Lässt du sie dir oft machen?«

»Ah, ein Charmeur«, dankt sie mit einem strahlenden Lächeln. »Ich wohne mit einer Freundin zusammen, die hier ganz in der Nähe anschaffen geht. Wir helfen uns gegenseitig. Bei allem. Enthaarung, Fingernägel ... Sonst: Oje, oje!«

»Kann ich mir vorstellen.«

Fernando sieht sie an. Denkt an den täglichen Aufwand, den Celeste betreiben muss, um Celeste zu sein.

An die Kraft des Begehrens. Den unbedingten Willen, zu dem zu werden, der man sein will. Das Handy reißt ihn aus seinen Überlegungen. Bevor er irgendeinen Quatsch anstellt, lässt er lieber Celeste machen. Sie drückt irgendwohin und gibt ihm das Handy zurück.

»Hallo«, sagt Fernando. »Ja. Hast du mit ihm gesprochen? Sicher? Ihm alles erklärt? Wenn nicht, dann … Mit wem muss ich sprechen? Nein, ich hab nichts zu schreiben. Warte …«

»Sag's einfach laut«, bietet Celeste an. »Ich hab ein fotografisches Gedächtnis. Sagt man das nicht so, wenn man sich an alles erinnert, was man hört?«

»Terrada 2345!«

»Terrada 2345. Gebongt.«

»Ich ruf dich später noch mal an, Ruso. Und erklär dir alles.«

Diesmal traut er sich, den roten Knopf zu drücken, um das Gespräch zu beenden. Dann gibt er Celeste das Handy zurück.

»Was bin ich dir schuldig, meine Liebe?«

»Gar nichts. War doch nur ein kleiner Gefallen.«

»Nein, sag schon.«

»Lässt du dir einen Gefallen bezahlen?«

»Nein.«

»Siehst du. Ich auch nicht.«

»Aber ich hab bestimmt Kunden abgeschreckt.«

»Ach was. War 'ne kleine Erholungspause für mich.«

Zurückkehren

Das Telefon klingelte, aber keiner der drei rührte sich, um ranzugehen. Irgendwann machte der Anrufbeantworter klick, aber der Anrufer hinterließ keine Nachricht. Fernando wusste nicht, ob er reden oder schweigen sollte. Was war so schlimm daran, IT-Ingenieur zu sein? Er verstand diese Identitätskrise seines Bruders nicht.

»Schau mich nicht so an, Fernando. Versuch lieber, mich zu verstehen. Ich hab einfach das Gefühl, und das schon seit längerem ...« Mono fuchtelte mit den Händen in der Luft herum, als wären dort die Worte zu greifen, die er brauchte. »Kennst du das? Wenn du dich verirrst? Das merkt man ja nicht gleich. Man kommt nicht an eine Kreuzung und sagt: ›Hier, genau hier, verirre ich mich gerade.‹ Man geht weiter und weiter, glaubt, dass man einigermaßen richtig geht, bis man irgendwann innehält und sich sagt: ›Ich hab mich verirrt. Ich hab keinen blassen Schimmer, wo ich bin.‹ Genau so geht's mir grade.«

Fernando nickte, sagte aber immer noch nichts. Und nicht nur, weil er seinen Bruder nicht unterbrechen wollte, jetzt, wo er einen Weg gefunden hatte, sich die Sache von der Seele zu reden, sondern auch, weil er überrascht war. Er war nicht vorbereitet auf diesen Seelenstriptease. Oder vielmehr darauf, dass ausgerechnet Mono diesen Striptease hinlegte. Hätte Mauricio erzählt, was Mono gerade erzählt hatte: geschenkt. Mauricio war neurotisch genug, um mit so was anzukommen. Aber Mono? Seit wann machte sich sein Bruder so einen Kopf? Es hörte sich an, als würde Ruso einen Vortrag über den Existenzialismus bei Sartre halten. Beide waren einfache Men-

schen. Von einer Einfachheit, die Fernando großartig fand. Geradezu bewunderte. Da war nichts Gekünsteltes. Nichts Pseudokompliziertes. Die Dinge beim Namen nennen, das war ihr Motto. Fernando liebte sie genau deswegen, weil sie dem, was er unter Reinheit verstand, am nächsten kamen, auch wenn es kitschig klang.

»Dass du mir nicht sagen kannst, was ich bin, bestätigt nur, was ich denke. Verstehst du? Ich war nicht immer so. Ich bin jetzt so. Seit Jahren. Seit mehreren Jahren. Seit vierzehn Jahren, um genau zu sein.«

Allmählich begann Fernando zu begreifen. Er hatte schon lange nicht mehr darüber nachgedacht. Es tat ihm leid für seinen Bruder. Wäre es ihm bewusst gewesen, hätte er ihn fragen können, hätte er ihm zuhören können.

»Ich WAR mal was. In der Schule, in der neunten, zehnten Klasse, da war ich was. Ich … Was war ich?«

»Fußballer.«

Fernando stammelte es fast, musste es aber nicht wiederholen, weil alle das Gleiche dachten. Keiner sagte etwas. Vielleicht erging es Ruso ähnlich wie ihm. Vielleicht war auch er plötzlich traurig geworden, weil er tief in der Seele einen Schmerz entdeckt hatte, einen alten, nie ganz verheilten Schmerz.

»Genau. Kam dir ganz spontan über die Lippen, oder? Ich war Fußballer. Bis zu dem Tag, als man mich rausgeworfen hat. Seither nicht mehr. Fußballer war das Letzte, was ich war. Seither bin ich nichts mehr.«

»Moment. Jetzt mach mal halblang.« Er hatte Mitgefühl für seinen Bruder, respektierte seine Trauer, aber das war jetzt ein bisschen übertrieben. »Du hast eine Tochter, die dich liebt.«

»Darum geht's jetzt nicht.«

»Worum dann?«

»Um mich als Person. Um mich und um das, was ich hier und heute habe.«

»Was du hast? Ein Haus, zum Beispiel.«

»Ist gemietet.«

»Aber du kannst es kaufen, wenn du willst. Und schau dir deinen Wagen an. Hör also auf, so einen Stuss zu reden.«

»Ich red keinen Stuss. Und du komm mir nicht mit Geld. Du kennst mich doch, du weißt doch, dass mir Geld am Arsch vorbeigeht.«

»Du bist also neuerdings ein Menschenfreund.«

Kaum hatte er es gesagt, bereute er es schon. Warum hatte er das getan? Seine Bemerkung war nicht nur ungerecht, sie war auch schrecklich. Mono hatte ihnen schon tausendmal bewiesen, dass Geld kein Thema für ihn war. Er hatte gern welches. Er gab gern welches aus. Wie jeder andere auch. Aber er war kein Geizhals und kein Materialist. Warum also hatte er es gesagt?

»Ich hab dich unterbrochen. Erzähl weiter«, lenkte Fernando schließlich ein, was für ihn äußerst unüblich war. Mehr an Entschuldigung würden seine Freunde nie zu hören kriegen.

»Wie gesagt, ich lebe seit zwanzig Jahren planlos dahin. Dass ich dabei zufällig einen Haufen Kohle verdient habe, ändert nichts daran. Ich will nicht den Rest meines Lebens so verbringen. Ich will was anderes machen. Will wieder jemand sein. Verstehst du?«

Das war nicht der Moment, um zu streiten.

»Ja, tue ich.«

»Erzähl weiter«, meldete sich nun auch Ruso zu Wort. Er beugte sich vor, weil er spürte, dass sie sich dem wesentlichen Punkt näherten.

Fernando wurde klar, dass es Mono einzig und allein darum ging, ihn von dem zu überzeugen, was er sich überlegt hatte. Ruso war nur ein treuer Soldat und stand immer an seiner Seite, egal, für welche Sache gekämpft wurde.

»Genau, Monito. Erzähl weiter«, sagte auch Fernando resigniert.

»Um beruflich noch mal ganz von vorne anzufangen, dafür bin ich zu alt.«

»Klar.«

»Ich muss aber gar nicht ganz von vorne anfangen, ich habe ja einen Beruf, hatte immer einen.«

»Aha. Wenn ich das richtig verstehe, willst du es als Verteidiger bei Excursionistas versuchen ... Sprich: da weitermachen, wo du aufgehört hast.«

»Nein, du Idiot. Ist zwar ein fürchterliches Gebolze in der ersten Liga, aber ich weiß, dass ich mit siebenunddreißig nichts mehr reißen kann.«

»Also?«

»Trotzdem, Fußball ist mein Leben.«

»Spuck's endlich aus.«

Mono und Ruso wechselten einen Blick, der Fernando verriet, dass jetzt die dramatische Enthüllung kam. Er machte sich auf das Schlimmste gefasst.

»Erinnerst du dich noch an Polaco Salvatierra?«

»Um Gottes willen!«, sagte Fernando nur, als er diesen Namen hörte. Er hatte verstanden.

30

Mariel ist leicht sauer, als sie den Tennisplatz verlässt, aber Mauricio beschließt, nicht weiter darauf einzugehen. Wenn sie seine Gründe verstehen will, gut. Wenn nicht, kann sie ihn mal. Ist ihm scheißegal. Deshalb wartet er, bis Artuondo und seine Gespielin ihre Sachen in die Taschen gepackt haben, lobt den Aufschlag des Richters vom Obersten Finanzgerichtshof, bewundert im Stillen die Beine seiner sehr jungen Begleiterin und lädt die beiden ins Clubcafé ein, um nach dem Duschen noch etwas zu trinken. Zum Glück nehmen sie die Einladung an. Mauricio entschuldigt sich und eilt seiner Frau nach, die strammen Schrittes in Richtung Umkleide marschiert. Kurz vor der Tür holt er sie ein.

»He, mach nicht so ein Gesicht«, sagt er und packt sie am Arm.

»Lass mich los. Ich dachte, du wärst bei deinen neuen Freunden.«

»Wir wollen gleich noch was trinken, also sei nicht so, die Sache ist fast geritzt.«

»Wie bin ich denn?«

Bin ich mit einem Mann verheiratet, oder was?, fragt sich Mauricio. Er übt sich in Geduld.

»Mariel, es geht hier ums Geschäft, nicht um Spaß. Wenn du unbedingt gewinnen willst, melden wir uns bei einem Turnier an und fegen unsere Gegner einen nach dem anderen vom Platz. Aber nicht heute.«

»Ich versteh trotzdem nicht, warum wir sie gewinnen lassen mussten.«

»Ach, Mariel. Niemand verliert gern. Und noch viel

weniger, wenn er eine junge Freundin hat. Ich muss den Mann bei Laune halten. Seine Gnaden.«

»Seine Freundin war doch bester Laune. Und du hast ihr die ganze Zeit auf die Brüste gestarrt.«

»Fang nicht wieder damit an, ich bitte dich.«

»Nein, klar, wär ja auch peinlich, wenn die Frau des Anwalts vor der Umkleide eine Szene macht.«

»Übertreibst du nicht ein bisschen? Denk doch mal nach, worüber wir hier streiten.«

Mariel atmet tief durch. Es hat den Anschein, als wollte sie die Sache beenden, aber noch hat sie einen Pfeil im Köcher.

»Bist du denn sicher, dass du weißt, worüber wir hier streiten?«

»Ja. Du bist ehrgeiziger als ich, was einiges heißen will. Und du erträgst es nicht, dass ich die anderen habe gewinnen lassen.«

Aus den Augenwinkeln sieht er, dass die Sieger sich nähern. Mariel, die es ebenfalls bemerkt hat, setzt ein strahlendes Lächeln auf, reckt den Hals und haucht ihm einen Kuss auf die Lippen. Dann verschwindet sie in der Umkleidekabine. Mauricio fragt sich, warum sie nicht immer so sein kann, so klar, so klug. Er tut so, als hätte er den Richter und seine Freundin nicht gesehen, und betritt seinerseits die Herrenumkleide. Er lässt sich auf dem Weg zur Dusche einholen, denn jetzt beginnt die eigentliche Partie, die Partie, die er unbedingt gewinnen will. Natürlich kommt er nicht direkt zum Punkt, sondern wählt einen Umweg, der beiden erlaubt, so zu tun, als gäbe es keine Hintergedanken. Um das Terrain vorzubereiten, machen sie ein bisschen Smalltalk. Plaudern über Arbeitsstress, Anhörungen, den neuesten Stand im Fall Naviera Las Tunos. Geschafft: Der Name ist gefallen, der Rest wird sich ergeben. Das Gespräch plätschert so dahin. Wird immer wieder unterbrochen, weil Mauricio dem Richter einige Clubmitglieder vorstellt, die für ihn interessant sein könnten. Wenn sie den Faden erneut aufnehmen, dann wieder über einen Umweg, ganz langsam, damit niemand beleidigt sein muss oder erschrickt. Als sie sich die Haare kämmen und die Reißverschlüsse der Taschen zuziehen, steht die Vereinbarung im Wesentlichen. Fristen, Zahlen, Prozente, besondere Aufmerksamkeiten für den Herrn Richter und die Buchhaltungsexperten.

Sie verlassen die Umkleide und gehen in Richtung Clubcafé. Die Frauen werden bestimmt noch eine Weile brauchen. Mauricio nutzt die Gelegenheit, um die junge Tennispartnerin zu loben, die sein Gegner sich da zugelegt hat. Er formuliert es absichtlich so, damit der alte Lüstling sie seinerseits loben kann. Und damit sich selbst.

Als er die Schwingtür durchquert, erblickt er an einem Tisch in der Nähe des Eingangs Fernando. Natürlich, das hat er völlig vergessen. Sie hatten ja ausgemacht, dass er den Audi im Club vorbeibringt und er ihn dann nach Hause fährt. Was ihm jetzt gar nicht mehr passt. Seine Gäste Mariel zu überlassen, bis er wiederkommt, wäre grob unhöflich, auch wenn der Deal vereinbart ist. Außerdem wohnt Fernando nicht gerade um die Ecke. Eine Stunde würde es bestimmt dauern, bis er wieder da ist. Unmöglich. Fernando muss warten. Wahrscheinlich hat er eh nichts Besseres zu tun. Genau. Er wird ihn bitten zu warten, bis er sich loseisen kann, ein Stündchen oder so.

Nein. So einfach ist es nicht. Womöglich will Artuondo mit ihnen essen gehen, und das könnte er unmöglich ausschlagen. Am besten nimmt Fernando Mariels Peugeot. Genial. Nebenbei lässt ihn das auch noch wie einen treuen Freund dastehen. Er tippt dem Richter auf die Schulter, damit er stehenbleibt. Fernando wirkt in seinem Anzug völlig deplatziert. Als käme er von einer Beerdigung. Oder einer Hochzeit.

»Doktor, darf ich Ihnen einen Freund vorstellen: Fernando Raguzzi«, sagt er und wendet sich um: »Fernando, das ist Dr. Anibal Artuondo, Richter am Finanzgericht.«

Fernando gibt dem Richter die Hand, zieht aber leicht die Braue hoch und sieht Mauricio in die Augen, nur kurz, nur den Bruchteil einer Sekunde, als gäbe er ihm bei einem Kartenspiel ein geheimes Zeichen. Das hat ihm gerade noch gefehlt, denkt Mauricio, dass Fernando den Moralapostel spielt. Womöglich fragt er gleich, wie er dazu kommt, mit einem Richter Tennis zu spielen. Immer auf dem hohen Ross. Immer auf dem Gipfel moralischer Überlegenheit. Mauricio macht das ganz krank. Außerdem werden Mariel und die junge Maus gleich kommen. Dieses Quintett muss er unbedingt verhindern.

»Alles okay mit dem Wagen, mein Lieber?«, fragt er einen Tick schriller, als ihm lieb ist. Ganz ruhig, ermahnt er sich selbst.

»Ja, bestens«, antwortet Fernando, der wirkt, als würde er auf etwas lauern.

Worauf?

»Er bringt mir meinen Audi zurück, den ich ihm geliehen habe«, erklärt Mauricio dem Richter.

»Sie haben einen Audi, Guzmán? Wann leihen sie mir den mal?«

»Ha, ha! Soweit ich gesehen habe, sind Sie auch nicht gerade auf zwei Beinen unterwegs, Doktor!« Mauricio überlegt, wie viel der protzige SUB von Artuondo wohl gekostet hat. So viel wie der Audi wahrscheinlich. Oder ein bisschen weniger vielleicht. Kein guter Zeitpunkt für Hahnenkämpfe.

»Ich muss kurz mit dir reden«, sagt Fernando.

»Würde es dir was ausmachen, den Peugeot von Mariel zu nehmen? Aníbal und ich haben zwar noch nichts ausgemacht, aber es kann gut sein, dass wir zusammen essen gehen, und –«

»Danke, gern. Aber vorher muss ich noch was mit dir besprechen. Dauert nicht lang.«

»Ich setze mich schon mal an den Tisch dort und warte auf dich«, entschuldigt sich der Richter. »Muss dringend meine Flüssigkeitsspeicher auffüllen.«

»Na klar, Aníbal.« Mauricio hat bemerkt, dass der Richter ihn geduzt hat. Großartig, aber zum falschen Zeitpunkt. Warum muss Fernando ausgerechnet jetzt aufkreuzen? Er muss ihn so schnell wie möglich loswerden. Er soll kurz sagen, was er will, und dann verschwinden. In scherzhaftem Ton wendet er sich an den Richter: »Der Barmann ist ein netter Kerl. Sag ihm, du brauchst was für deinen Flüssigkeitshaushalt, dann mixt er dir was.«

Der Richter geht an den Tresen. Mauricio wendet sich an Fernando und murmelt mehr, als dass er spricht: »Fer, das kommt mir gerade ein bisschen ungelegen. Wärst du mir sehr böse, wenn wir's auf morgen verschieben? Dann ist Sonntag, und wir haben alle Zeit der Welt.«

»Muss heute sein, Mauricio, tut mir leid. Setzen wir uns lieber. Ich mach's kurz, versprochen.«

»Aber –«

»Es ist zu deinem Besten.«

Bei Mauricio schrillen alle Alarmglocken. Er sieht Fernando prüfend an, vielleicht ist sein feierlicher Ton ja als Witz gemeint, aber er kann keine Anzeichen dafür erkennen. »Zu seinem Besten«? Wie soll er das verstehen? Sie setzen sich. Mauricio sieht Fernando an, als wäre er ein böses Omen. Raus mit der Sprache.

»Was ist passiert? Ist es schiefgegangen?«, fragt er. Fernando soll endlich mit der Sprache rausrücken und dann Leine ziehen.

»Schiefgegangen würde ich nicht sagen. Lief zwar nicht optimal, aber auch nicht katastrophal.«

»Geht's vielleicht ein bisschen deutlicher? Hat er sich aufgeregt, weil du ihn bestechen wolltest? Vielleicht warst du zu direkt, zu –«

»Überhaupt nicht. Er war begeistert. Das war nicht das Problem.«

»Was dann? Hat er übertriebene Forderungen gestellt? Darüber kann man ja reden ...«

»Mauricio, der Typ wollte keine Beteiligung. Er wollte klingende Münze.«

»Klingende Münze?«

»Ja, Mauricio. Bargeld. Cash. Sofort.«

»Aber das geht nicht. Und ist auch nicht üblich.«

»Nicht üblich? Woher weißt du, was üblich ist?«

Das Gespräch hat sich in einen geflüsterten Streit verwandelt. Mauricio wirft einen Blick in Richtung Artuondo, der friedlich mit den Eiswürfeln seines Whiskys klimpert. Dann wendet er sich wieder Fernando zu. Sie mustern sich über den Tisch hinweg. Die Kellnerin, die für ihren Bereich zuständig ist, kommt zu ihnen und hält ihnen die Karte hin.

»Nein danke. Ich sitze da drüben«, sagt Mauricio und zeigt zum Richter. Wie lange quatschen sie schon? Und wann kommt endlich Mariel und kümmert sich ein bisschen um Artuondo?

»Ich hätte gern einen Kaffee«, sagt Fernando und wendet sich dann wieder Mauricio zu. »Hör zu, Mauricio. Ich bin nicht hier, um mit dir darüber zu streiten, ob ich mit diesem Typen gut verhandelt habe oder nicht. Er sitzt eben am längeren Hebel. Entweder es läuft so, wie er es will, oder es läuft gar nicht.«

»Tja, manche Dinge laufen dann halt nicht.«

Fernando sieht ihn wieder an, bevor er antwortet. »Vielleicht fällt dir ja noch eine Lösung ein, irgendeine Alternative.«

Mauricio schluckt und hält seinem Blick stand, antwortet aber nicht. Was kommt jetzt? Eine Forderung?

»Es ist ganz einfach. Prieto will Kohle sehen, im Voraus. Nicht erst, wenn der Verkauf zustande kommt.«

»Wie viel?«

»Zwanzigtausend Dollar.«

»Was?«

»Zwanzig Mille.«

»Wie viel?«

»Wie oft willst du mich das noch fragen? Zwanzig Mille bleiben zwanzig Mille, egal wie oft du mich fragst.«

Sie schweigen wieder. Fernando hebt den Kopf, blickt über Mauricios Schulter hinweg und grüßt, ohne zu lächeln. Mauricio dreht sich um. Mariel und Artuondos Freundin sind eingetroffen. Mauricio sieht seine Frau an und hofft, dass sie ihn auch ohne Worte versteht. Sie erwidert seinen Blick und geht direkt zum Richter. Braves Mädchen. Artuondo lächelt den beiden Frauen zu und setzt sich aufrecht hin. Mauricio hört zwar nicht, was gesprochen wird, aber offenbar erzählt der Richter von seiner unverhofften Begegnung mit Fernando, denn alle drei wenden den Kopf in seine Richtung. Mauricio winkt und gibt zu verstehen, dass er gleich dazustoßen wird.

»Wie willst du so viel Geld auftreiben?«

Fernando verzieht das Gesicht. Wenn er weiter den geheimnisvollen Wichtigtuer spielt, beschließt Mauricio, wird er ihn zum Teufel jagen.

»Deine Konjugationsform bereitet mir Sorgen, Mauricio.« Jetzt macht er auch noch einen auf ironisch. »Es geht nicht darum, wie ›ich‹ das Geld auftreibe, sondern wie ›wir‹ das Geld auftreiben.«

»Du glaubst doch wohl nicht, dass ich zwanzigtausend Dollar auf den Tisch legen kann? Einfach so?«

»Ich etwa? Oder Ruso?«

»Hör zu, Fernando. Jetzt ist nicht der richtige Augenblick. Der Typ da wartet auf mich, und ich hab meinen Kopf ganz woanders. Ich ruf dich morgen an, okay?«

»Nein. Wir brauchen jetzt eine Lösung.«

»Unmöglich.«

»Wieso?«

»Hast du sie noch alle? Kommst hier reinspaziert und

sagst mir, der Typ will nächste Woche zwanzigtausend Dollar sehen.«

»Nicht nächste Woche. Morgen.«

»Du hast ihm doch wohl nicht zugesagt?«

»Wenn du eine bessere Idee hast: Ich bin ganz Ohr. Und Prietos Handynummer hab ich auch. Du kannst ihn also gerne anrufen und was anderes vorschlagen.«

»Was anderes vorschlagen? Warst du wirklich so bescheuert, ihm zuzusagen?«

»Ja, war ich. Aber weil du ja so ein schlaues Kerlchen bist, hast du bestimmt eine bessere Lösung in petto, wie wir Pittilanga verkaufen können und uns nebenbei zwanzig Mille sparen.«

Mariel sieht ostentativ zu ihm herüber. Mauricio hebt den Daumen, um ihr anzuzeigen, dass alles okay ist. Die dämlichste Geste der Welt.

»Wie gesagt, das will gut überlegt sein.«

»Es gibt nichts zu überlegen. Meine Frage ist ganz einfach: Hast du zwanzigtausend Dollar, damit wir mit diesem Arschloch ins Geschäft kommen? Die kriegst du natürlich wieder, sobald wir den Jungen verkauft haben.«

»Das ist nicht dein Ernst.«

»Das ist mein voller Ernst. Ja oder nein?«

»Das kannst du nicht ernst meinen. Woher soll ich denn zwanzigtausend Dollar nehmen?«

»Was weiß ich. Vielleicht hast du ja irgendwo Geld investiert.«

»Nein, hab ich nicht.«

»Auch keine zehntausend? Oder fünftausend?«

»Nein, verdammt noch mal!«

Fernando sieht ihn ungerührt an. Taxiert ihn. »Verstehe.«

»Was verstehst du?«

»Dass du nicht so viel Geld hast. Ist ja nicht deine Schuld.«

»Meine Schuld? Worauf willst du hinaus?«

»Auf das Ende der Geschichte. Danach lasse ich dich in Ruhe.«

»Welches Ende?«

»Nach dem Treffen mit Prieto hab ich gedacht: Das war's. Ich hab keine zwanzigtausend. Ruso noch viel weniger. Und du hast sie auch nicht, wie du mir gerade bestätigt hast.«

»Jetzt komm schon zur Sache.«

»Tu ich ja gerade, Mauricio. Ich musste also eine Lösung finden. Tatsächlich ist es doch so, dass du die zwanzigtausend sehr wohl hast. Oder hattest.«

In diesem Augenblick – vielleicht, weil Fernando einen so ernsten Ton angeschlagen hat oder weil das Klima zwischen ihnen immer frostiger geworden ist oder weil die Dinge in seinem Kopf sich manchmal ordnen, bevor er sie benennen kann – nimmt Mauricio die Schlüssel wahr, mit denen Fernando die ganze Zeit herumgespielt hat. Erst jetzt sieht er sie wirklich. Zwei zylindrische Schlüssel, der eine golden, der andere silbern. Es sind Fernandos Haustürschlüssel. Nicht die des Audi.

»Ich weiß nicht, wovon du redest«, sagt er schließlich matt.

»Oh doch. Oder du kannst es dir zumindest denken. Jedenfalls verrät mir dein Gesicht, dass du es im Grunde schon kapiert hast.« Fernando macht wieder eine Pause.

Dann fährt er fort: »Ich bin nach Warnes gefahren. Mir wurde jemand empfohlen, und ich bin hingefahren.«

»Empfohlen? Wer hat dir jemanden empfohlen?«

»Chamaco. Der Junge, der bei Ruso arbeitet. Jedenfalls betreibt dieser Typ, der Bekannte von Chamaco, ein florierendes Geschäft mit Ersatzteilen. Außerdem gehört ihm der größte Schrottplatz von Buenos Aires.«

»Moment, Moment.« Mauricio hat das Gefühl, als würde der Boden unter seinen Füßen nachgeben.

»Natürlich ist der Audi mehr wert als zwanzigtausend. Aber was sollte ich machen? Er wollte mir partout nur fünfzehn geben. Die andern fünf muss ich irgendwie anders zusammenkratzen.«

In Mauricio steigt Wut auf. Aber er kann jetzt keine Szene machen. Nicht vor Artuondo, auch wenn der schon drei Whiskys intus hat und gerade den vierten in Angriff nimmt. Am meisten empört ihn, dass Fernando das ganz genau weiß. Dass sie genau deswegen hier sitzen, hier an diesem Tisch.

»Reg dich nicht auf, Mauricio. Bis jetzt bist du gut weggekommen. Mehr als gut.«

»Du bist vielleicht ein Arschloch.«

Fernando macht wieder eine Pause und sieht ihn an. Nicht zornig. Lediglich konzentriert. Als würde er die Beleidigung in eine lange Liste eintragen. Eine alte Liste.

»Ich bin nicht hier, um mich mit dir zu streiten. Von mir aus kannst du mich verfluchen, aber es gab keine andere Lösung. Deswegen habe ich dich erst gefragt, ob du das Geld hast. Hast du nicht. Oder eben doch, in Form des Audi. Du brauchst dich nicht als Opfer stilisieren, schließlich ist der Wagen versichert. Du musst nur drei Tage warten mit der Anzeige.«

»Entweder spinnst du oder du bist dümmer, als ich gedacht habe.«

Wieder legt Fernando ein Pause ein, bevor er antwortet. »Vielleicht beides. Aber lass uns beim Thema bleiben. Der Typ mit dem Schrottplatz braucht drei Tage. Entweder um den Wagen abzuwracken oder um ihn nach Paraguay zu schaffen.«

»Das heißt, mein Audi ist bei diesem Verbrecher, und der wird damit in den nächsten Tagen nach Paraguay fahren? Und ich habe die zivilrechtliche Verantwortung dafür?«

»Nicht so laut. Mir ist es ja egal, aber diesen Leuten könnte eine Szene unangenehm sein. Es war nicht so geplant, Mauricio, ich schwör's. Nicht, dass wir dir was schuldig wären. Im Gegenteil. Wir haben noch einiges gut bei dir.«

»Wie meinst du das?«

»Belassen wir es lieber dabei.«

»Du, dein Bruder und dein Freund gehen mir gehörig auf den Sack.«

Fernando räuspert sich. Er stellt die leere Tasse auf den Unterteller. Scheint nachzudenken.

»Ich dachte«, sagt er dann, »mein Bruder, mein Freund und ich wären auch deine Freunde. Aber vielleicht befindest du dich ja mitten in einem Reevaluierungsprozess.«

Wieder macht er eine Pause, als wollte er Mauricio die Gelegenheit zur Gegenattacke geben. Als nichts kommt, fährt er fort: »Du musst nur mitspielen. Drei Tage lang. Am Dienstag meldest du dein Auto gestohlen. Bestimmt stellt deine Versicherung dir einen Ersatzwagen, bis du das Geld ausgezahlt kriegst.«

»Ist dir überhaupt klar, in was du mich da reinziehst? Weißt du, was mir blüht, wenn ich keine Anzeige erstatte und diese Typen den Audi für einen Banküberfall oder eine Entführung nutzen? Ist dir das klar oder bist du zu dumm dafür?«

»Letzteres hast du mich eben schon gefragt. Ja, ich bin zu dumm dafür. Aber das ist ein anderes Thema. Ich kann dir nur eines versichern: Wenn du den Wagen jetzt als gestohlen meldest, dann handelst du dir einen Riesenärger ein. Mir auch, aber du kommst auch nicht ungeschoren davon. Es sind doch nur drei Tage. Wenn sie das Auto hier auseinandernehmen und den Peilsender entsorgen, haben wir sofort Ruhe. Wenn sie es an die Grenze schaffen, dauert es eben drei Tage.«

»Wer hat dir eigentlich das Recht gegeben, mich in diese illegalen Machenschaften zu verwickeln?«

Er hat nicht geschrien, aber es wirkt so. Jedenfalls drehen sich die Leute am Nachbartisch zu ihnen um. Fernando ist nach wie vor die Ruhe selbst.

»Stimmt. Ich habe dich in ein unsauberes Geschäft verwickelt. Aber unsaubere Geschäfte, das ist doch dein täglich Brot, oder etwa nicht?« Fernando sieht zum Richter, dann wieder zu Mauricio. »Der Unterschied besteht nur darin, dass du dir in unserem Fall die Verbrecher nicht selber aussuchst.«

Fernando steht auf, zieht einen Zehnpesosschein aus der Hosentasche und legt ihn auf den Tisch. Dann zeigt er auf den Anzug, den er trägt. »Den bringt dir Ruso dieser Tage vorbei. Ich war leider so blöd und hab meine

Sachen im Kofferraum liegenlassen«, erklärt er. Als er bereits an der Tür ist, deutet er auf seine Beine: »Ich hab also auch was verloren. An meiner Jeans hab ich nämlich sehr gehangen.«

Unternehmer

Zwei Tage nach dem Gespräch, bei dem Mono Fernando von seinem Plan unterrichtet hatte, fuhr er mit Ruso zu Salvatierra.

Salvatierra empfing sie in einem weißen Leinenanzug, der ihm ein bisschen zu groß geworden war, als ob auch er den fetten Jahren und tollen Weibern nachtrauerte. Er bot ihnen Bier, Limo und kalten Tee an. Mono entschied sich für eine Limo. Ruso für Tee. Er hasste Tee, aber er war neugierig, weil er ihn noch nie kalt getrunken hatte.

Die Sessel waren breit, mit weißem Leder bezogen. Richtig bequem saß man nicht, dafür waren sie zu niedrig. Außerdem rutschten die Polster weg, wenn man sich bewegte. Ruso brauchte ewig, bis er eine einigermaßen stabile Sitzposition gefunden hatte. Nur um festzustellen, dass er in dieser Position kaum das Glas Tee halten konnte, das auch noch zu beschlagen begann.

Mono räusperte sich und machte eine ausladende Geste. »Schönes Zimmer, Polaco. Hast du das selbst eingerichtet?«

Salvatierra blickte sich missmutig um, als hätte erst die Bemerkung seines Besuchers ihn veranlasst wahrzunehmen, wie es bei ihm zu Hause aussah. Die Wände waren weiß gestrichen und die Decken hoch, typisch für diese alten Häuser. An der größten Wand hing ein überdimensionales Poster der argentinischen Jugendnationalmannschaft bei der WM in Katar. Was kein Zufall war. Drei der Spieler hatte Salvatierra vertreten, als das Schicksal ihm noch gewogen gewesen war und die Zukunft Triumph und Reichtum verheißen hatte. An den anderen Wänden hingen eingerahmte Trikots. Alles Originale, einige von argentinischen Clubs, andere von europäischen. Unterschrieben waren sie mit dickem Filzstift, von den Spielern, die sie getragen hatten, natürlich ebenfalls nur solche, die Salvatierra vertreten hatte. Ruso nippte an seinem Tee, während er wie ein dummes Schaf auf diesen Hemd gewordenen Lebenslauf starrte, mit dem Salvatierra sein Selbstwertgefühl aufzupäppeln versuchte.

»Neulich, als wir uns zufällig in der Metzgerei getroffen haben, hast du mir erzählt, dass du in der Fußballwelt immer noch Kontakte hast«, kam Mono schließlich zur Sache.

»Ja, stimmt«, antwortete Salvatierra und setzte sich aufrecht hin, als dürfte man nicht so schlaff durchhängen, wenn man über Geschäfte sprach. »Ich weiß nicht, woran ihr gedacht habt, wie gut ihr informiert seid. Ob ihr investieren wollt oder ...«

»Das hab ich noch nicht entschieden. Ich wollte dich erst mal um Rat fragen, wo du doch Agent bist –«

»Unternehmer«, fiel ihm Salvatierra ins Wort. »Es mag dir vorkommen wie Haarspalterei, aber Unternehmer trifft es am besten. Ein Agent vertritt nur und erhält dafür eine Kommission. Ein Unternehmer übernimmt noch weitere Aufgaben. Manchmal vertritt er einen Spie-

ler auch. Ein Unternehmer kümmert sich praktisch um alles. Er kauft, verkauft, verleiht Spieler, vermittelt zwischen Clubs. Mit anderen Worten: handelt mit Kapital, nämlich mit den Spielern. Investiert, wenn man so will. Ich weiß nicht, ob ich mich klar ausdrücke.«

»Klarer geht's nicht«, beruhigte ihn Ruso, der den Eistee eklig fand, aber trotzdem weiter daran nippte, um nicht unhöflich zu sein.

»Deshalb hab ich euch auch gefragt –«

»Die Fragen musst du ihm stellen«, bremste ihn Ruso. »Er hat die dreihunderttausend Dollar. Ich bin arm wie eine Kirchenmaus.«

Salvatierra wandte sich Mono zu und sah ihn anerkennend an.

»Dreihunderttausend? Nicht schlecht für den Anfang, Mono, nicht schlecht.«

»Du sagst also, man sollte investieren.«

»Langfristig bringt nur das wirklich Geld, Mono. Alles andere ist viel Aufwand für wenig Geld, verstehst du?«

»Das hab ich ihm auch gesagt«, preschte Ruso wieder vor und legte die Zitronenscheibe neben das Glas, um sie später auszusaugen.

»Aber du selbst hast anders angefangen«, hakte Mono nach, der Schritt für Schritt vorgehen wollte.

»Weil ich keine Kohle hatte.« Salvatierra lachte. »Aber richtig Geld verdient hab ich erst, als ich Spieler gekauft und wieder verkauft hab.«

»Du bist ja auch ganz gut damit gefahren«, schaltete sich Ruso wieder ein. Er war so begeistert, dass er imaginäre Glieder zu einer Kette reihte: »Erst warst du Vertreter, dann Unternehmer, dann …« Er hielt inne und wurde

rot – auch die anderen verfielen in ein peinliches Schweigen –, weil ihm bewusst wurde, welche Glieder nach »Vertreter« und »Unternehmer« kamen: »Krimineller«, »Verurteilter«, »Häftling« und »Gastgeber bei Muttern«.

»Es lief gut, bis es schlecht lief«, nahm Salvatierra das Gespräch wieder auf. Er klang ehrlich zerknirscht, wie jemand, der sein Debakel nicht unter den Teppich kehren will. »Eigentlich rede ich nicht darüber, was damals passiert ist, aber weil ihr mir so viel Vertrauen entgegenbringt, will ich ehrlich zu euch sein.« Er machte eine Pause, als legte er sich seine Beichte zurecht. Dann fing er an: »Es ging alles rasend schnell. Zu schnell. Wahrscheinlich … wahrscheinlich hab ich mich auf die falschen Leute eingelassen. Was sage ich: Zweifellos hab ich mich auf die falschen Leute eingelassen. Aber als mir das klar wurde, war es schon zu spät, da konnte ich nicht mehr raus, ohne als Verräter abgestempelt zu werden. Da hieß es Augen zu und durch, die Suppe auslöffeln, die ich mir selber eingebrockt hatte.«

Er wischte sich mit der Hand übers Gesicht, als wollte er eine Fliege verscheuchen. Oder böse Erinnerungen.

»Glaub mir, Mono. Als Agent reißt du dir den Arsch auf und bist trotzdem immer nur der Fußabtreter. Für Spieler, Clubleitung, Familienangehörige … für alle. Als Unternehmer hast du alles selber in der Hand. Wenn du tatsächlich über Kapital verfügst, würde ich an deiner Stelle keine Sekunde zögern.«

Mono stellte sein Glas Limo auf die Papierserviette, um den Beistelltisch zu schonen. »Und wie muss ich da vorgehen?«

»Es gibt zwei Möglichkeiten«, begann Salvatierra, der

so tat, als würde er die wachsende Achtung seiner Gesprächspartner nicht bemerken: »Entweder du erwirbst eine prozentuale Beteiligung an einem teuren Spieler oder du kaufst die kompletten Rechte an einem nicht so teuren. Und damit wir uns nicht falsch verstehen«, fügte er hinzu, hob den Zeigefinger und sah abwechselnd beide an: »›Nicht so teuer‹ heißt nicht unbedingt ›nicht so gut‹. Ganz im Gegenteil.«

Er stand auf, ging zu dem Poster an der Wand und strich mit der Hand darüber, als müsste er einen Fleck oder ein Spinnennetz entfernen.

»Also. Wenn du zu mir kommst und sagst: ›Polaco, ich will einen Anteil am Pocho Insúa kaufen (nur so zum Beispiel, denn der Pocho gehört mir nicht) … Wie viel ist der Pocho heute wert? Drei Millionen? Okay. Dreihunderttausend, das sind zehn Prozent, du könntest also zehn Prozent an Insúa kaufen. Das Problem ist nur, dass du die Fäden nicht selber in der Hand hast. Das kannst du dir bei dieser Variante abschminken.«

»Und die andere Option?«

»Du kaufst hundert Prozent an einem Nachwuchsspieler. Nicht an irgendeinem Nachwuchsspieler, sondern an einem, der so gut ist, dass er zwei Jahre später für ein Heidengeld nach Europa verkauft wird. Und wer kriegt dann den ganzen Kuchen?«

Er strich sich das Haar nach hinten, das noch genauso blond war wie mit acht Jahren. Und auch diese Riesenzähne hatte er noch.

»Im Grunde ist es die ewig alte Frage. Was ist besser? Der Schwanz des Löwen zu sein oder der Kopf der Maus? Diese Frage musst du dir beantworten.«

»Nehmen wir mal an, ich hab alles richtig verstanden«, sagte Mono und machte ein schlaues Gesicht.

»Dann ist die Sache klar«, erwiderte Salvatierra bestimmt und legte eine Kunstpause ein, die Ruso dazu nutzte, die Zitrone auszusaugen und die Schale in das leere Glas zu werfen. »Du musst die Transferrechte an Mario Juan Bautista Pittilanga kaufen.«

31

Fernando hat sich mit Lourdes verabredet, in der Bar an der Plaza von Ituzaingó, am späten Freitagnachmittag, weil sie sich, wie sie ihm erklärt hat, nicht früher von der Arbeit loseisen kann.

Trotzdem kommt sie fast eine halbe Stunde zu spät. Fernando beschließt, sich nicht darüber aufzuregen, obwohl Unpünktlichkeit ihn normalerweise auf die Palme bringt. Er muss bei diesem Gespräch so gelassen wie möglich sein. Als Lourdes ihm endlich gegenübersitzt, fragt sich Fernando, was Mono jetzt, zehn Jahre später, von der Frau denken würde, mit der er ein Kind gezeugt hat.

Man kann nicht sagen, dass sie gealtert ist. Sie ist … wie alt? Fünfunddreißig? Sechsunddreißig? Sieht noch jung aus. Ist nach wie vor hübsch. Hat eine gute Figur, trotz ihrer zwei Schwangerschaften. Fernando rechnet aus, wie alt Guadalupes kleiner Bruder ist, den Lourdes mit dem Schweizer hat. Sechs. Matías ist jetzt sechs.

»Wie geht's den Kindern?«, fragt er, um das Eis zu

brechen. Lourdes reagiert erleichtert, ihr Gesicht entspannt sich.

»Gut, sehr gut. Sind bei Claudio.«

Claudio ist der neue Mann an Lourdes' Seite. Der Mann nach dem Schweizer. Seit zwei Jahren ist sie nun mit ihm zusammen. Fernando hätte gern gefragt, wie es so läuft, aber dafür ist ihr Umgang nicht vertraulich genug. Er hofft, dass alles okay ist. Nicht um Lourdes willen, gegen die er nach wie vor einen tiefen Groll hegt wegen all dem Schmerz, den sie seinem Bruder zugefügt hat. Aber um Guadalupes willen. Sie soll in guten Verhältnissen aufwachsen, so etwas wie eine Familie haben, denkt Fernando, der in diesen Dingen eher altmodisch gestrickt ist.

»Und bei dir?«, fragt Lourdes, als müsste sie den Regeln der Höflichkeit Genüge tun.

»Gut, kann nicht klagen«, antwortet Fernando und überlegt, wie er das Thema anschneiden soll.

»Und deiner Mutter?«

»Auch gut. So weit«, erwidert Fernando, der lieber nicht zu sehr ins Detail gehen will.

Was wäre ins Detail gehen? Meine Mutter? Verbittert, halsstarrig, wütend, gleichgültig gegenüber allem und jedem, was nicht ihren Hass auf die Welt nährt oder dem ehrenden Gedenken an ihren Sohn dient.

»Ich wollte mich mit dir treffen, weil ich gern etwas besprechen würde, das mit Guadalupe zu tun hat.« Lieber gleich auf den Punkt kommen, denkt sich Fernando.

»Wegen der Besuchszeiten, da habe ich mit dem Anwalt gesprochen, und –«

»Warte, hör mir erst mal zu«, fällt Fernando ihr ins Wort. Höflichkeit ist eine Tugend, ja, aber das bedeutet noch lange nicht, dass man sich für dumm verkaufen lassen muss. Oder einschüchtern.

»Ich weiß, dass Mono und du da einigen Stress hattet«, beginnt er.

»Einigen Stress« – schöner Euphemismus für all das Gezerre, all die Ängste, all die bitteren Momente. Und all die Drohungen und Anzeigen, mit denen diese Hexe seinen Bruder schikaniert hat.

»Deswegen habe ich ja –«

»Lass mich bitte ausreden. Jetzt, wo Mono tot ist, müssen wir eine andere Besuchsregelung finden. Die Kleine hat ein Recht darauf, ihre Großmutter und ihren Onkel zu sehen.«

»Dagegen wehre ich mich ja auch nicht, aber es wäre mir trotzdem lieber, du besprichst das mit meinem Anwalt.«

»Dein Anwalt geht mir gewaltig auf den Sack, Lourdes. Genau dafür bezahlst du ihn ja. Mit Geld, das du Mono aus der Tasche gezogen hast.«

Fehler, denkt Fernando, kaum hat er es gesagt. Mit energischen Gesten steckt Lourdes Handy, Sonnenbrille und Autoschlüssel in ihre Handtasche und macht Anstalten zu gehen.

»Entschuldige. Das ist mir so rausgerutscht.«

Lourdes wirft ihm einen vernichtenden Blick zu, stellt ihre hektische Betriebsamkeit aber ein. Fernando hält dem Blick stand und denkt wieder: armer Mono.

»Begraben wir die alten Geschichten. Was jetzt zählt, ist die Zukunft.«

»Ich bezweifle, dass wir uns da verständigen können.«

»Wenn wir pragmatisch denken, schon. Pragmatisch und ehrlich.«

Sie streicht ihr Haar zurecht.

»Dann lass uns erst mal was klarstellen. Du kannst mich nicht ausstehen, und ich kann dich nicht ausstehen. Es hat keinen Sinn, nach den Gründen zu suchen. Fakt ist nur: Wir haben praktisch nichts gemeinsam.«

Lourdes sieht ihn mit großen Augen an. »Brutale Ehrlichkeit, wie man so sagt.«

»Wie man so sagt, ja. Eines haben wir allerdings sehr wohl gemeinsam.«

»Ach ja? Was soll das sein?«

Fernando geht Lourdes' sarkastischer Ton gehörig auf die Nerven, aber er reißt sich zusammen, um nicht die Beherrschung zu verlieren. Wenn er es bei seinen Schülern schafft, dann schafft er es auch bei dieser blöden Kuh. Er atmet zweimal tief durch. Schon besser.

»Hör zu, Lourdes. In meinen Augen bist du kalt, berechnend, manipulativ, hysterisch, sexuell frustriert, neurotisch, egoistisch, verlogen ...«

Entgegen seiner Erwartung unterbricht Lourdes ihn nicht, sondern wartet, bis ihm die Wörter ausgehen. Oder die Lust.

»Und du denkst garantiert ähnlich oder schlimmer über mich. Aber das tut jetzt nichts zur Sache. Wichtig ist, dass du eine gute Eigenschaft hast. Eine sehr gute.«

»Was du nicht sagst.«

»Ja, das sage ich. Ich bin überzeugt, dass du Guadalupe sehr liebst.«

Lourdes sieht ihn unverwandt an. Fernando erwidert

ihren Blick. Tränen treten ihr in die Augen, und Fernando schaut weg. Fremde Tränen rühren ihn, und er kann es sich jetzt nicht leisten, gerührt zu sein.

»Stimmt's oder stimmt's nicht?«

»Natürlich stimmt das.«

»Siehst du. Und ich liebe sie auch. Oder besser: Wir lieben sie auch. Mit ›wir‹ meine ich Ruso, Mauricio und mich.«

»Die drei Musketiere«, spottet Lourdes.

»Wir lieben sie so sehr, dass wir dir einen Vorschlag machen wollen. Dir, nicht deinem Anwalt. Wenn du mitmachst, muss alles unter uns bleiben. Wenn der Typ sich da einmischt, können wir das Ganze vergessen.«

»Klingt ja gerade so, als würdest du mir was Illegales vorschlagen.«

»Überhaupt nicht. Sondern eine Einigung unter Gentlemen. Oder vielmehr zwischen einer Dame und drei Gentlemen.«

»Ich höre.«

»Mauricio, Ruso und ich planen eine Investition, eine große Investition.«

»Komm mir lieber nicht mit Wörtern wie ›Investition‹. Das erinnert mich nur daran, dass ich von Alejandros Entschädigung keinen Peso gesehen habe.«

Wirst du eigentlich nie Mono sagen, du blöde Ziege?, denkt Fernando. Er nimmt einen Schluck von dem Wasser, das mit dem Kaffee serviert worden ist. Alle haben ihn Mono genannt. Sogar die Schweizer. Alle, nur nicht Lourdes. Als hätte sie von Anfang an klarstellen wollen, dass nichts von dem, was Mono jenseits von ihr war, irgendetwas bedeutete, zu irgendetwas nütze war.

»Er wurde nicht rausgeschmissen. Mono hat von sich aus gekündigt.«

»Mein Anwalt sagt, dass in solchen Fällen immer Geld fließt. Ein Haufen Geld.«

Stimmt, denkt Fernando. Dreihunderttausend Dollar ist ein Haufen Geld.

»Dein Anwalt irrt sich.«

»Glaub ich nicht.«

»Willst du behaupten, ich lüge?«

Der Ton ist wieder rauer geworden, aber das stört Fernando nicht. Ihm kommt diese Spannung eher gelegen. Denn er lügt ja tatsächlich, und lügen macht ihn nervös. Weckt Schuldgefühle in ihm. Schuldgefühle gegenüber dieser Frau, die jeden Kontakt zwischen seinem Bruder und Guadalupe zur Schikane gemacht hat? Schuldgefühle gegenüber diesem Flittchen, das sich bereits, als es mit Mono zusammen war, heimlich mit dem Schweizer getroffen hat, da ist Fernando sich sicher. Schuldgefühle gegenüber dieser Schlampe?

»Ich behaupte gar nichts.«

»Aha.«

Sehr gut, denkt Fernando. Offenbar hat er den in seiner Würde beleidigten Mann gut gespielt.

»Die Kohle, um die es hier geht, hat nichts mit Mono zu tun. Woher sie kommt, geht dich nichts an. Für dich ist nur wichtig, dass alles legal ist. Völlig legal.«

»Das glaub ich dir sogar«, sagt Lourdes und bricht überraschend in Gelächter aus. »So feige, wie ihr seid, würdet ihr euch nie auf dubiose Geschäfte einlassen.«

Fernando ruft sich einen Spruch in Erinnerung, den er oft anwendet, wenn er vor seinen Schülern steht: Wer zuletzt lacht, lacht am besten. Wer zuletzt lacht, lacht am besten. Wie ein Mantra. Du hältst uns also für drei Schwachmaten? Gut so, Lourdes. Gut so. Denn von der Kohle wirst du garantiert keinen einzigen Peso sehen.

»Umso besser. Jedenfalls wollen wir, dass das Geld Guadalupe zugutekommt.«

»Von wie viel Geld reden wir?«

»Ich bin nicht autorisiert, dir das zu sagen.«

Lourdes verzieht spöttisch das Gesicht, als wäre ihr die Antwort ein bisschen zu feierlich geraten.

»Ich darf nicht und ich will nicht, weil du den Hals nicht vollkriegen kannst, weil es dir immer nur ums Geld geht. Ich habe nämlich Angst, dass du rumzickst und alles ruinierst. Also stell dich darauf ein, dass du von dem Geld keinen Peso sehen wirst. Wir wissen ja auch nicht, ob du mit diesem Claudio zwei Monate oder vierzig Jahre zusammen sein wirst. Oder ob du dich nächste Woche in einen Norweger verliebst und mit ihm durchbrennst. Verstehst du? Oder ob dir die Schweizer eine Beförderung anbieten und dich in eine Niederlassung in Scheißdiewandanlandia schicken und du plötzlich nach Scheißdiewandanlandia ziehst und Guadalupe mitnimmst.«

»Was glaubst du eigentlich, mit wem du es zu tun hast?«

»Mit dir, Lourdes, aber lass uns beim Thema bleiben. Bleiben wir bei dem, was uns verbindet. Du liebst Guadalupe über alles, und wir tun es auch.«

Fernando schweigt eine Weile, wartet ab, ob etwas von ihr zurückkommt, aber sie schweigt ebenfalls. Sehr gut. Er hat die Zügel in der Hand. Sitzt fest im Sattel.

»Du kriegst von uns einen monatlichen Betrag ausgezahlt, beginnend in einigen Monaten. Zusätzlich zur Rente, versteht sich.«

»Was muss ich dafür tun?«

»Gar nichts. Mit dem Geld wirst du dafür sorgen, dass Guadalupe auf eine gute Schule geht. Eine gute Schule, wohlgemerkt, keine schicke Schule, auf der man nichts lernt. Egal wo, Hauptsache, gut. Manche sind gar nicht mal so teuer.«

»Wollt ihr mir vorschreiben, auf welche Schule ich Lourdes zu schicken habe?«

»Du darfst durchaus deine Meinung äußern. Aber sieh es mal so: Wir sind für Guadalupe wie ein Vater. Statt einen Vater hat sie eben drei Väter. Jedenfalls hat dieser dreifaltige Vater die gute Eigenschaft, jeden Monat tausend Dollar zu überweisen.«

»Tausend Dollar?«

»Tausend Dollar. Monat für Monat. Bis Guadalupe einundzwanzig ist.«

Schweigen. Trotz des Rauchverbots holt Lourdes eine Zigarette heraus, zündet sie an und nimmt einen tiefen Zug.

»Jetzt mal Klartext: Wie viel Geld habt ihr?«

Im Moment: gar keins, du dumme Nuss. Aber das wird sich ändern, denkt Fernando. Hoffe ich jedenfalls.

»Das ist unsere Sache. Und wenn die Kleine einundzwanzig wird, regeln wir alles mit ihr persönlich.«

»Habt ihr eine Bank überfallen oder was?«

Nein, du blöde Kuh. Wir haben die Transferrechte für einen Spieler, der zwei linke Füße hat und den Ball nicht im Tor unterbringt.

»Nein, nein. Alles legal. Bis Guadalupe einundzwanzig ist, erhält sie über dich hundertzehntausend Dollar. Aber eins muss dir klar sein: Wenn du Mist baust, bist du raus. Wenn du dich auf ein Arschloch einlässt, der die Kleine schlecht behandelt, oder was auch immer, dann hat sich die Sache. Dann frieren wir das Geld ein und geben es Guadalupe, wenn sie volljährig ist.«

»Und warum wartet ihr nicht gleich bis dahin?«, fragt sie provozierend.

»Darüber haben wir tatsächlich nachgedacht, weil wir dir nicht trauen. Aber es geht uns darum, dass Guadalupe eine gute Schulbildung erhält, sich auch mal was leisten kann. Übertreiben darf sie es natürlich nicht. Aber sie soll jetzt schon was haben von dem Geld. Mono wäre das auch recht gewesen.«

»Ich weiß nicht«, sagt Lourdes, aber dieses »Ich weiß nicht« klingt in Fernandos Ohren wie ein »Warum eigentlich nicht«.

»Noch was: Wir entscheiden nicht nur, wie das Geld eingesetzt wird und wo die Kleine zur Schule geht, wir wollen auch ein großzügiges Besuchsrecht, für meine Mutter und für uns drei. Und mit Besuchsrecht meine ich auch Ferien, Ausflüge und so weiter.«

Der Kellner kommt und weist Lourdes darauf hin, dass sie hier nicht rauchen darf. Widerwillig drückt sie die Zigarette in der leeren Tasse aus.

»Wir wollen auch mitentscheiden, wie lang sie abends wegdarf. Jetzt ist sie noch klein, aber irgendwann kommt es auf uns zu, Clubs, der erste Freund und all das.«

»Was glaubt ihr eigentlich? Dass ich nicht auf sie aufpassen kann?«

»Überhaupt nicht, Lourdes. Ist uns auch egal. Oder

ist uns nicht egal. Wir wissen, dass du gut für sie sorgst. Aber wir wollen auch für sie sorgen. Wenn du das Geld willst, musst du ein gemeinsames Sorgerecht akzeptieren. Und mit gemeinsam meine ich uns drei. Kapiert?«

Lourdes nimmt die Handtasche vom Stuhl und stellt sie auf den Tisch. Öffnet sie. Holt mechanisch die Zigaretten und das Feuerzeug heraus, bemerkt es und steckt beides wieder ein, legt die Handtasche auf einen anderen Stuhl.

»Euch muss eurerseits klar sein: Wenn ihr das Geld auch nur einen Monat nicht zahlt, platzt der Deal.« Wieder sieht sie ihn mit funkelnden Augen an. Voller Hass. Verbitterung. »Einmal keine Kohle, und das war's. Capito?«

»Ja. Wird allerdings noch zwei oder drei Monate dauern, bis wir das Geld flüssig haben.«

»Ich hab Zeit. Bis dahin kriegt ihr die Kleine allerdings nicht zu Gesicht.«

»Darf ich dich daran erinnern, dass meine Mutter ein Besuchsrecht hat?«

Lourdes nimmt wieder ihre Handtasche und verschränkt ihre Arme darum wie zu einem Schild. »Deine Mutter ja. Ihr nicht.«

Fernando gibt dem Kellner mit einer Geste zu verstehen, dass er die Rechnung bringen soll. Während er wartet, sieht er Lourdes an. Bis wann hat Mono diese Frau geliebt? Bis sie ein Paar waren und sein Leben ein Horrortrip wurde? Bis zu ihrer Trennung? Oder hat er sie bis zuletzt geliebt? Bis zu seinem Tod? Was hat ihm den Kopf verdreht? Was hat er in ihr gesehen? Welche guten Eigenschaften hat er ihr angedichtet? Ist das Liebe? Dass man einer Frau gute Eigenschaften unterstellt, nur weil man sie begehrt, weil man sie haben will?

»Okay«, sagt er, als er zahlt. »Solange wir das Geld noch nicht haben, bleibt alles wie gehabt. Sobald wir die erste Rate zahlen, tritt unsere Vereinbarung in Kraft. Einverstanden?«

»Einverstanden«, antwortet Lourdes, steht auf und geht.

32

»Findest du es nicht ein bisschen riskant, Lourdes jetzt schon eine monatliche Zahlung in Aussicht zu stellen?«, fragt Ruso freundlich, während er gerade mit einem Putzlappen die Scheinwerfer eines karamellfarbenen Fiat Idea sauber wischt. Fernando steht neben ihm. Er erschrickt über das plötzliche Zischen des Hochdruckreinigers, den Chamaco in Gang gesetzt hat, um den Schmutz des nächsten Autos zu lockern. Feo schäumt währenddessen die feuchte Karrosserie ein.

»Nein.«

Die Antwort fällt so knapp und endgültig aus, dass Ruso innehält und ihn ansieht.

»Weißt du, warum ich's schon jetzt gemacht hab? Weil ich mehr Angst davor hatte, mit dieser blöden Kuh zu verhandeln«, erklärt Fernando, »als mit irgendwem über Pittilanga. Jetzt bin ich beruhigt. Ich weiß zwar, dass mir noch einiges ins Haus steht. Oder uns. Aber das hab ich schon mal hinter mir.«

Ruso macht sich daran, die Scheinwerfer abzutrocknen.

»Und es hat gutgetan«, fährt Fernando fort. »Es war, als würde ich das Happy End einer Geschichte vorwegnehmen, in der alles schiefzugehen scheint, verstehst du? Wenn dieser ganze Stress zu einer Vereinbarung mit Lourdes führt, dann ist alles gut. Dann lohnt es sich. Am Ende will ich bei dem ankommen, was schon passiert ist. Verstehst du?«

Ruso richtet sich auf und stöhnt, weil ihm der Rücken wehtut. »Absolut.« Er legt sich den Putzlappen über die Schulter.

»Dein Hemd wird nass«, sagt Fernando.

Ruso belässt den Lappen, wo er ist. »Stimmt, Mama. Aber mir ist heiß, und ich danke Gott für das kühle Nass.«

»Du bist ein Idiot.«

»Und du ein Zwangsneurotiker.«

Ruso macht sich auf in Richtung Büro.

»Komm, ich mach uns einen Mate«, sagt er auf der Schwelle.

Salto

»Scheint mir keine gute Idee.«

»Was scheint dir keine gute Idee?«

»Dass du mit Polaco Geschäfte machen willst.«

»Ich hab doch gar nicht gesagt, dass ich mit ihm Geschäfte machen will.«

»Verkauf mich nicht für blöd, Mono. Das hast du sehr wohl gesagt.«

»Ich hab dich nur gefragt, ob du dich an ihn erinnerst.«

»Ach so. Du wolltest nur mein Gedächtnis ein bisschen auffrischen. Erzähl mir keinen Scheiß.«

»Nehmen wir mal an, ich hab tatsächlich darüber nachgedacht. Was soll an Polaco schlecht sein?«

»Fragst du das im Ernst?«

»Absolut.«

»Er war im Gefängnis, Mono.«

»Aber nicht wegen Betrugs.«

»Stimmt. Nur wegen Autodiebstahls, Drogen und einiger anderer Kleinigkeiten.«

»Aber er wurde nie verurteilt.«

»Monito, er saß zwei Jahre im Knast. Das kann nicht dein Ernst sein.«

»Zwei Jahre Knast, ohne verurteilt worden zu sein, Fernando!«

»Woher willst du das wissen? Hat er dir das gesagt?«

»Ja. Und?«

»Sei nicht so naiv, Mono. Was soll er dir denn sonst sagen?«

»Warum nicht die Wahrheit?«

»Na schön. Nehmen wir mal an, er hat die Wahrheit gesagt: Er saß trotzdem im Knast.«

»Na und? Hat jemand, der im Knast saß, kein Recht auf eine zweite Chance?«

»Hab ich nicht gesagt.«

»Du hast doch mal im Gefängnis unterrichtet? Warum, wenn man fragen darf?«

Fernando antwortet nicht sofort, wie um ein Gespräch zu beenden, das aus dem Ruder gelaufen ist und keinen Sinn mehr hat.

»Worüber reden wir hier eigentlich, Mono?«

»Darüber, dass ich Polaco Salvatierra anrufen will und du das für keine gute Idee hältst.«

»Okay, Mono, mal sehen, ob ich das richtig verstanden habe. Du wirst bald eine Menge Kohle kassieren. Und statt das Geld auf die Bank zu tun, willst du es in einen Spieler investieren.«

»Auf die Bank tun? Spinnst du? Hast du schon vergessen, was damals bei der Staatspleite los war?« Mono fügt an Ruso gewandt hinzu: »Mein Bruder scheint auf einem anderen Planeten zu leben.«

»Okay, nicht auf die Bank«, gesteht Fernando zu. »Aber man muss das Geld ja nicht gleich zum Fenster rausschmeißen.«

»Wer sagt, dass die Investition in einen Spieler rausgeschmissenes Geld ist?«

»Du hast keine Ahnung, wie es in dieser Welt zugeht, Monito.«

»Und ob ich Ahnung habe. Schließlich war ich jahrelang Teil dieser Welt.«

Warst du nicht, dachte Fernando. Sein Bruder hatte an der Peripherie dieser Welt gelebt, nicht im Zentrum. War bis ins Vorzimmer gelangt, weiter nicht. Und als er eintreten wollte, hatte man ihm die Tür vor der Nase zugeknallt. Das war das Problem. Monos Begeisterung, sein Eifer, sein Ungestüm hatten etwas von einer Wiedergutmachung, von einer offenen Rechnung. Aber er brachte es nicht übers Herz, es ihm zu sagen.

»Warum schaust du dich nicht auch noch anderweitig um? Oder meinst du, Polaco ist der Einzige, der dir helfen kann?«

»Genau!«, rief Mono, als hätte er nur darauf gewartet, dass das Gespräch an diesen Punkt gelangt. »Er ist der richtige Mann zur richtigen Zeit.«

»Verstehe ich nicht.«

»Polaco war zwei Jahre im Knast. Aber er hat immer noch gute Kontakte. Und Spieler an der Hand.«

»Ach Mono. Glaubst du nicht, das hat sich nach zwei Jahren im Bau ziemlich relativiert?«

»Verträge sind Verträge. Und Verträge haben Laufzeiten. Du brauchst gar nicht so zu gucken, Fernando. Es ist so. Ich hab mich erkundigt.«

»Bei wem? Bei Polaco?«

»Nein, bei anderen Leuten.«

»Und warum machst du dann nicht mit denen Geschäfte?«

»Weil es ein Vorteil ist, dass Polaco angeschlagen ist.« Er wandte sich an Ruso: »Ist das so schwer zu verstehen?«

Ruso sagte lieber nichts. Das waren Familienangelegenheiten. Außerdem musste Mono ihn nicht überzeugen. Er war schon überzeugt.

»Ich finde es zu riskant.«

»Okay, es ist riskant. Aber hohes Risiko bedeutet auch hohe Rendite. Und da ist noch was.«

»Was?«

»Lourdes würde endlich aufhören mit ihren Schikanen, wenn ich Kohle hätte. Meinst du nicht?«

»Monito, Kohle hast du doch jetzt schon. Und schikanieren tut sie dich trotzdem.«

»Schon. Aber wenn ich noch mehr Geld hätte, richtig viel Geld« – Fernando hob die Hand, um ihn zu bremsen, aber Mono redete einfach lauter, weil er nicht unterbrochen werden wollte – »wenn ich richtig viel Geld hätte, würde ich vielleicht das Sorgerecht kriegen. Verstehst du?«

Fernando sah seinen Bruder an, der sich in seinen Augen etwas vormachte. Mono konnte noch so viel Geld anhäufen, das Sorgerecht würde er nie und nimmer kriegen. Lourdes war eine böse Hexe, aber die Kleine behandelte sie gut. Es fiel ihm schwer, es zuzugeben, aber er musste anerkennen, dass sie eine gute Mutter war. Oder anders ausgedrückt – denn um eine gute Mutter zu sein, müsste sie sich auch dem Vater des Mädchens, also seinem Bruder gegenüber, korrekt verhalten, und das tat sie nicht, ums Verrecken nicht –: Sie sorgte gut für Guadalupe. Auf eine egoistische Art, die Mono ausschloss, wo es nur ging. Aber kein Richter der Welt würde sich dadurch umstimmen lassen. Oder vielleicht doch, vielleicht war Fernando nur ein Pessimist, ein blöder Miesepeter, vielleicht nahm er seinem Bruder grundlos den Wind aus den Segeln.

Mono setzte sich wieder Fernando gegenüber und sah ihm direkt in die Augen.

»Und wenn ich es tatsächlich hinkriege? Wenn ich es mit Polacos Hilfe tatsächlich hinkriege?«

33

Sie sitzen im Büro der Waschanlage. Cristo braut Mate, aber eher lustlos. Die Blätter sind längst ausgelaugt. Die anderen beiden sind so abwesend, dass sie sich nicht beschweren und einfach am Trinkhalm ziehen, wenn sie an der Reihe sind. Draußen legen Chamaco, Molina und Feo bei einem Auto letzte Hand an.

Fernando versucht zu verstehen, was im Radio gesprochen wird. Das Gerät ist zwar ziemlich laut gestellt, aber durch die Autos, die draußen vorbeifahren, und den Lärm, den die Waschanlage veranstaltet, versteht man trotzdem nicht immer alles.

»Bist du sicher, dass Prieto heute schon loslegt, Fer?«

»Nein. Ich hab ihm zwar vorgestern das Geld gebracht, aber sicher bin ich nicht.«

»Hat er irgendwas unterschrieben, dass er das Geld gekriegt hat?«, fragt Cristo, während er mit dem Trinkhalm in den feuchten Mateblättern stochert, um noch die letzten Inhaltsstoffe herauszupressen. »Ist schließlich ’ne ganze Stange Geld.«

»Ja, Cristo. Er hat mir eine Quittung unterschrieben, auf der steht: *Bestechungs- und/oder Schmiergeld betreff öffentliches Lob für Mario Juan Bautista Pittilanga dankend erhalten.*«

»Ja klar – blöd von mir.«

Sie hören wieder aufmerksam zu. Prieto spricht von den Problemen bei River Plate. Eine halbe Stunde schon.

»Seid ihr sicher, dass der Typ wirklich so viele Zuhörer hat?« Cristo streckt die Beine aus und versucht, mit dem Fuß den Mülleimer zu angeln und zu sich heranzuziehen, damit er nicht aufstehen muss. »Wenn ihr mich fragt, ist dieser Prieto ein totaler Langweiler.«

»Stimmt. Aber die Leute mögen seine Sendung. Auch wenn es kaum zu glauben ist«, erwidert Fernando.

»Moment, Moment, von Fußball hat er wirklich Ahnung«, mischt sich Ruso ein.

»Ach was.«

»Doch, Fer. Er mag zwar ekelhaft sein wie eine Riesenkakerlake, aber er hat Ahnung.«

Fernando macht eine abschätzige Handbewegung und versucht sich wieder auf die Sendung zu konzentrieren, aber in diesem Moment zieht Cristo den Mülleimer heran und veranstaltet damit einen Höllenlärm.

»Willst du nicht auch noch vor meinen Ohren mit Zellophanpapier rumrascheln? Ich mein ja nur, falls es dir hier zu still ist.«

»Welche Laus ist dir denn über die Leber gelaufen?«

»Gar keine, du Blödmann. Ich versuche nur zuzuhören, während ihr ständig rumquasselt.«

Ruso und Cristo sehen sich an und sind sich wie immer einig: lieber die Klappe halten. Schließlich hat Fernando die Drecksarbeit erledigt. Erst den Journalisten schmieren, dann den Audi verhökern und es schließlich Mauricio verklickern. Aufgaben mit steigendem Schwierigkeitsgrad. Und als Zugabe musste er auch noch diesem Halunken Prieto das Geld vorbeibringen, der ihn behandelt hat wie der König einen Untertanen. Nicht mal nachgezählt hat er das Geld. Das war am Dienstag. Und bis jetzt hat er Pittilanga noch mit keinem Wort erwähnt.

»Und du hast dir die Sendung wirklich jeden Tag angehört, Ruso?«

»Ja. Am Montag hat er die Spiele vom Wochenende kommentiert. Am Dienstag ewig über Boca gequatscht.«

»Und gestern war das mit der Größe der Tore dran, richtig?«

»Genau. Woher weißt du das?«

Fernando überlegt, ob er seinen Freund darüber aufklären soll, was für ein falscher Fuffziger Prieto ist. Er entscheidet sich dagegen. Dann ertönt der Ein-Uhr-Piep, und es kommen die Nachrichten. Missmutig rutscht Fernando auf seinem Stuhl hin und her.

»Immer mit der Ruhe. Die Sendung geht ja noch eine Stunde«, versucht Ruso ihn aufzumuntern.

»Schon. Aber mein Gefühl sagt mir, dass es wieder nichts wird.«

»Heute Abend ist auch noch eine Sendung«, erinnert Cristo. »Vielleicht sagt er es ja da.«

»Ich kann es mir nur so erklären, dass er den Hals nicht vollkriegt und mehr Geld will«, sagt Fernando düster.

»Nein, Fer. Er steckt doch kein Geld ein und hält sich dann nicht an die Vereinbarung. Nein, er will uns nur ein bisschen zappeln lassen.«

Sie sehen sich ratlos an.

»Hast du noch mal mit Mauricio gesprochen?«, fragt Ruso schließlich – mehr, um das Gespräch wieder in Gang zu bringen, als um von der allgemeinen Verunsicherung abzulenken.

»Nein. Seit Samstag im Tennisclub nicht mehr. Hat er sich bei dir gemeldet?«

Ruso muss an die stumme Wut in Mauricios Augen denken, als er ihn am Montag in der Kanzlei besucht hat.

Er selbst hatte am Schreibtisch gelehnt, während Mauricio sich an ein Bücherregal gepresst hatte. Vorwürfe hatte er ihm keine gemacht, jedenfalls nicht direkt. Er hatte ja keine Beweise gegen ihn, weil Fernando darauf geachtet hatte, ihn da nicht mit reinzuziehen. Trotzdem ging Mauricio wahrscheinlich davon aus, dass er Bescheid wusste. Aber er hatte keine Beweise, und wenn er keine Beweise hatte, setzte seine Anwaltsdenke ein und bremste ihn (gerade eben so, aber sie bremste ihn). Er hatte sich damit begnügt, über Fernando zu schimpfen, so erbittert und geduldig zu schimpfen, dass Ruso es als Aufforderung interpretiert hatte, als sein Sprecher zu fungieren, der seine Vorwürfe und Drohungen Wort für Wort wiedergeben sollte. Doch entgegen seinen Gewohnheiten behält Ruso diesmal lieber alles für sich.

»Gestern hab ich noch mal mit ihm telefoniert, und da hat er mir gesagt, dass er den Wagen als gestohlen gemeldet hat«, sagt Ruso nur. Mauricio hatte noch hinzugefügt: »Hoffentlich finden sie das verschrottete Auto, damit ihr alle in den Knast wandert, angefangen mit diesem Arschloch, den du deinen Freund nennst.« Aber auch das behält Ruso lieber für sich.

»Wahrscheinlich ist der Wagen längst in Paraguay.«

»Oder ausgeweidet.«

»Genau. Oder ausgeweidet. Ich glaub eher, sie haben ihn nach Paraguay geschafft. War ja funkelnagelneu.«

Ruso sieht Fernando an. Er kennt die Symptome seiner Nervosität: an der Daumenkuppe knabbern, auf den Tisch klopfen, als wäre er ein Klavier, aber mit der kindischen Vorgabe, nie angrenzende Finger zu benutzen, also: Daumen, Ringfinger, Zeigefinger, kleiner Finger, Mittelfinger, Daumen, Ringfinger, Zeigefinger, kleiner Finger, Ringfinger. Immer schneller. Aber er bemerkt noch etwas. Eine Angst, die er bei ihm nicht kennt, eine Verunsicherung. Sein Freund ist ein ordnungsliebender, vorausschauender, organisierter Mensch. Ruso bewundert ihn deswegen. Nicht nur deswegen, aber auch. Diese Fähigkeit, sich rechtzeitig auf etwas einzustellen, gerüstet zu sein für alle Eventualitäten. Manchmal wundert er sich, dass Fernando ihn als Freund akzeptiert. Ihn, den Großimprovisator. Der selbst während des Improvisierens noch alles falsch macht. Aber dem Fernando, den er heute vor sich hat, ist die Wirklichkeit über den Kopf gewachsen. Wie jemandem, der sonst Schach spielt und auf einmal Seven-Eleven spielen soll. Vielleicht ist das ein blödes Bild, aber ihm fällt kein besseres ein.

»Was starrst du mich so an?«, fragt Fernando plötzlich und hört in dem Moment mit dem Trommeln auf, als er den Ringfinger aufsetzt.

Ruso schüttelt den Kopf und sieht zur Wanduhr. Dann zu Cristo. »Kannst du mal lauter stellen, Cristo.«

Cristo nickt und dreht am Knopf. *Wir schalten jetzt zum Training von River Plate*, sagt Prieto gegen Ende des Jingles, das er immer benutzt.

»Wie lange will dieser Blödmann denn noch über River quatschen?«, fragt Fernando wie zu sich selbst.

Nach verrichtetem Auftrag setzt Cristo sich wieder hin. Die Stimme des Journalisten ist jetzt klar und deutlich zu hören. *Ich habe Ventura in der Leitung*, sagt Prieto.

»Wer ist Ventura?«, fragt Cristo.

»Ein Außenreporter bei River, der immer vom Training berichtet«, erklärt Ruso.

Gibt's was Neues, Ventura? Stille, immer wieder unterbrochen von Stimmfetzen. *Kriegen wir diese Leitung heute noch hin?* Prietos Stimme ist umgeschlagen, klingt jetzt genervt. *Während unsere Superhirne von der Produktion diesen peinlichen Fehler beseitigen, darf ich Ihnen erzählen …* Er beendet den Satz nicht. Ruso hat Mitleid mit dem armen Produktionstechniker, der wahrscheinlich gerade Prietos geballten Zorn abkriegt.

Ich möchte Ventura fragen, vorausgesetzt, er kann irgendwann in diesem Leben noch mal auf Sendung gehen, ah, gerade höre ich, dass die Leitung jetzt steht. Hoffen wir das Beste. Ventura, können Sie mich hören? »Ausgezeichnet, Armando. Hören Sie mich auch?« Ausgezeichnet, Ventura, äfft Prieto ihn nach, der offenbar noch einige Galle zu spucken hat. *Ich hatte gerade gefragt, ob es bei River etwas Neues gibt. »Wie jeden Donnerstag hat die Mannschaft hinter verschlossenen Türen trainiert, aber ich habe hier die wahrscheinliche Mannschaftsaufstellung für das Spiel gegen –« Moment, Moment*, unterbricht ihn Prieto. *Zur Mannschaftsaufstellung können wir später noch kommen. Ich wollte erst mal hören, ob es Neuigkeiten gibt, Neuigkeiten im Hinblick auf die Zukunft.*

Der arme Ventura verstummt, als wüsste er nicht, was er mit dieser Frage anfangen soll. Ruso bemerkt, dass Fernando aufgesprungen ist, wie wenn Independiente einen vielversprechenden Angriff startet. Prieto fährt fort: *Sie dürfen nicht vergessen, dass die Saison bald zu Ende geht. Was River nur recht sein kann. Aber ich habe läuten hören, mein Wertester, dass River einen Transfer plant, und was für einen ...«*

Jetzt springt auch Ruso auf.

»Ich weiß nicht, worauf Sie hinauswollen, Armando, aber angeblich soll ein Stürmer, der in Europa spielt, ein Ex-River ...« Kalt, Ventura, ganz kalt. Oder anders gesagt: Der Spieler, von dem ich gehört habe, spielt hier. Oder nicht direkt hier, jetzt, wo ich darüber nachdenke ... »Sie meinen hier in Argentinien?« Ach, Ventura. Eigentlich sollte es ja so sein, dass Sie, ein Mann, der jeden Tag vor Ort ist, ein absoluter Kenner, mich informiert, und nicht, dass ich Sie informiere. Im Hintergrund hört man Gelächter, offenbar Mitarbeiter des Studios, die sich über die sarkastische Bemerkung amüsieren. *»Also, angeblich gibt es da bei Banfield einen Mittelfeldregisseur, der ...« Immer noch kalt, Ventura. Wenn Sie so weitermachen, gefrieren Sie noch zu einem Eisblock, zumal Sie sich ja in der Nähe des Flusses aufhalten, wo es sowieso kälter ist als anderswo in der Stadt. Sind Sie auch warm genug angezogen? Ich frage nur, weil mir Ihre Gesundheit sehr am Herzen liegt, Ventura ...*

Wieder Gelächter im Studio. Ruso fragt sich, ob dieser Prieto an diesem Tag ein besonders großes Arschloch ist oder ob er sich immer so aufführt und er es bisher nur nicht bemerkt hat. *»Also, vielleicht könnten Sie mir ein bisschen auf die Sprünge helfen?«* Der Stimme des armen Kerls verrät, dass er zwischen Resignation und Ärger schwankt. *Ganz ruhig, Ventura, ich helfe Ihnen gern auf die Sprünge, damit sie sich auf den Fluren ein bisschen umhören und das Gerücht verifizieren können. In letzter Zeit hat River Probleme in der Verteidigung,* *große Probleme. Ein Insider des Clubs, ein echter Insider, hat diesen Samstag zu mir gesagt … Haben Sie wirklich nichts davon gehört, Ventura?* Wieder Gelächter im Studio. Wo *war ich? Ach ja, man hat mir gesagt, dass sie bei River jemanden auf dem Schirm haben, ihn schon seit längerem beobachten, einen jungen Kerl, der in der dritten Liga spielt, als Innenverteidiger. Brauchen Sie weitere Informationen, Ventura, oder reicht das, um loszulegen? »In der dritten Liga? Komisch, dass ein so großer Verein wie River jemanden aus der dritten Liga im Visier hat …« Ich weiß, mein Guter, ich weiß. Aber es ist eben ein ganz spezieller Fall. Die Transferrechte liegen bei einem Zweitligaclub, einem Zweitligaclub aus dem Großraum Buenos Aires … »Ehrlich gesagt, bin ich ziemlich überrascht, Armando.« Ich weiß, Ventura, ich weiß. Deshalb führe ja auch ich durch die Sendung und Sie frieren sich da draußen den Allerwertesten ab, mein Junge. Aber meine Information stammt aus einer guten Quelle, einer sehr guten Quelle. Sonst würde ich Sie Ihnen gar nicht weitergeben. Sie kriegen von mir die Puzzleteile. Zusammensetzen müssen Sie sie selbst. Der Spieler, von dem ich spreche, ist zwanzig oder einundzwanzig. Und er war mit der U-17 bei der WM in Indonesien.* Ruso und Fernando sehen sich an. Cristo hebt die Arme. *Meinen Sie Felipe Castaño, Fernando?« Lassen Sie mich ausreden, Ventura. Felipe Castaño ist es nicht. Castaños Zukunftsaussichten sind eher düster, Ventura. Jedenfalls heißt der Spieler, den ich meine, anders. Er heißt … Ja, wie heißt er nur? Vielleicht sollten wir das noch offenlassen. Beenden Sie erst mal Ihren Bericht, Ventura. »Armando, jetzt spannen Sie mich aber ganz schön auf die Folter.« Machen Sie sich keine Gedanken, junger Freund. Ihre Ignoranz – wenn Sie mir dieses Wort erlauben – ist verständlich. Ich weiß es auch nur, weil ich am Wochenende einen Termin hatte. Ganz ehrlich, ich war selber überrascht. Natürlich habe ich nach diesem Termin erst mal überprüft, ob es auch stimmt. Und tatsächlich, dieser Insider von River war bestens informiert. »Ein Verteidiger, sagen Sie.« Innenverteidiger. Eine originelle Geschichte, Ventura. Dieser Junge hat in der Jugendnationalmannschaft gespielt, als Mittelstürmer. Aber vor einiger Zeit wurde er zum Innenverteidiger umfunktioniert, und dort kommt sein Talent erst richtig zur Geltung. »Verraten Sie mir wenigstens, bei welchem Club er spielt, wenigstens das, Armando.« Sie haben Recht, Ventura. Wenn sie so weiterschuften, holen Sie sich noch einen Leistenbruch. Ein Club im Nordwesten ... »San Martín de Mendoza?« Ach, Ventura. Ich fürchte, Sie müssen noch mal die Schulbank drücken. Geografie. Mendoza liegt in Cuyo, nicht im Nordwesten. Ich spreche von der Heimat des Caudillo Manuel Taboada, Ventura. »Äh ...« Ventura, Ventura ... Wie ich sehe, ist Geografie nicht das einzige Fach, in dem Sie schwächeln. Ein bisschen Geschichtsunterricht würde Ihnen ebenfalls guttun. »Gymnasia y Tiro de Salta?« Ach, Ventura. »Atlético Mitre? Spielt er in Santiago del Estero?« Na endlich, Ventura. Bei Atlético Mitre. Wo wir schon mal so weit sind, kann ich Ihnen auch noch den Rest erzählen. »Wenn Sie wollen, recherchiere ich den selbst.« Nein, nein, mein Lieber. Jetzt ist es schon fast raus. An Atlético Mitre ist er nur ausgeliehen. Die Rechte liegen bei Platense. Und der Spieler heißt ... Er heißt … Kommen Sie immer noch nicht drauf? »Ehrlich gesagt, nein, Armando … »Ist auch kein Wunder. River geht in der Sache sehr verschwiegen vor. »Hier weiß man davon nichts, Armando, ich schwöre …« Top-secret, Ventura. Absolute Geheimhaltung. Wir hingegen sind der Öffentlichkeit verpflichtet. Nicht der Clubführung. Wir führen ja keinen Club. Tut mir leid, wenn wir River damit das Leben schwermachen, aber wir können ja keine Exklusivmeldung zurückhalten, oder, Ventura? »Sicher, Armando, so ist es.« Die Clubführung wird natürlich behaupten, dass da nichts dran ist. Trotzdem stimmt, was ich sage. Darauf können Sie sich verlassen. Meine Quelle ist zuverlässig. Tun Sie mir einen Gefallen, Ventura. »Ja, Armando.« Konfrontieren Sie die Verantwortlichen von River damit. Fragen Sie nach dem Spieler. Nennen Sie seinen Namen. Anschließend schildern Sie mir die Reaktion. Man wird Sie in den Boden stampfen wollen. Vielleicht wäre es besser, ich schicke Ihnen jemanden, zum Geleitschutz …* Wieder Gelächter, die eine oder andere spöttische Bemerkung. *Erst muss ich mir Sorgen machen, dass Sie sich bei der Kälte noch den Tod holen. Und jetzt habe ich Angst, dass Sie Prügel beziehen. Das ist das Letzte, was ich will. Kann ich mich darauf verlassen, dass Sie sich nicht verprügeln lassen? »Keine Angst, Armando.« Na, gut. Aber sagen Sie hinterher nicht, ich hätte Sie nicht gewarnt, mein junger Freund. Und jetzt gehen Sie. Suchen Sie jemanden von der Clubführung. Fragen Sie ihn nach Mario Juan Bautista Pittilanga. Soll ich den Namen noch mal sagen? Pittilanga. Auf geht's, mein Guter. Und danach melden Sie sich noch mal bei mir.*

Mono lernte Lourdes kennen, als er bei den Schweizern anfing. Lourdes leitete den Produktionsbereich des Labors, wodurch sie öfter miteinander zu tun hatten, um sich abzustimmen und Strategien zu verfeinern. Beim vierten oder fünften Treffen fasste sich Mono ein Herz und fragte sie, ob sie mit ihm ausgehen wolle.

Leider – wie Fernando später immer wieder betonte – sagte diese Lourdes nein. Leider, weil Mono damals einigen Erfolg bei Frauen hatte und es nicht mehr gewohnt war, eine Abfuhr zu erhalten. Hätte sie ja gesagt – lamentierte Fernando, wenn er wieder mal sinnlos die Ereignisse rekonstruierte –, wäre nichts weiter passiert. Sie wären ein oder zwei Mal essen gegangen, vielleicht auch ins Bett, und dann: Abflug. Schließlich sah Lourdes zwar ganz gut aus, aber sie war keine Frau, die einem den Schlaf raubte. Doch die Abfuhr des Fräuleins spornte Mono an, trieb die Erwartungen ins Unermessliche. Und weil sie ihr Nein mit den traurigen Augen vom Typ »Wer weiß welches schmerzhafte Geheimnis sich in diesem Herz verbirgt?« untermalte, wurde diese Frau für Mono zu einer Obsession, teils, weil ihn unmögliche Unterfangen schon immer gereizt hatten, teils, weil es jeden Mann ärgert, wenn er eine Abfuhr erhält.

Er warb um sie, bestürmte sie, verführte sie, er bequatschte sie, umgarnte sie, verzauberte sie, er bezirzte sie, überzeugte sie von der Tiefe seiner Gefühle und der Ernsthaftigkeit seiner Absichten, bis sie schließlich nachgab und sich von ihm zum Essen ausführen ließ.

Überglücklich bereitete Mono den Abend vor, als gälte es die Festung von Curpaytí zu stürmen. Er überließ nichts dem Zufall: Aftershave, Restaurant, Wildblumen, Unterwäsche von schlichter Eleganz. Wenn er nicht auch noch eine Mariachiband auftreten ließ, dann nur, weil man ihm die Telefonnummer zu spät gab und die Musiker bereits einen Auftritt bei einer silbernen Hochzeit in Lomas del Mirador zugesagt hatten.

Trotzdem verlief der romantische Abend, den Mono bis ins kleinste Detail vorbereitet hatte, nicht gerade ideal. Als ihr neuer Verehrer sie bei Kerzenlicht bat, ihm ihr Herz auszuschütten (Mono war felsenfest davon überzeugt, dass er am besten den tiefsinnigen Frauenversteher gab, um die Tür zu ihrem Herzen aufzustoßen), brach sie in Tränen aus und erzählte ihm von ihrer unglücklichen Liebe zu Ianich Letoin, einem der Schweizer Ingenieure der Firma. Dieser Letoin war nicht nur Schweizer, pummelig, rothaarig und käsebleich – wie Mono dachte, während er ihr zuhörte –, sondern, wie ihm Lourdes mit schluchzendem Schluckauf gestand, auch verheiratet.

Als Fernando am nächsten Tag von den näheren Umständen des Treffens erfuhr, riet er seinem Bruder, die Finger von der Frau zu lassen. Er handle sich nur Ärger ein und solle sich lieber eine andere suchen. Aber es war nichts zu machen. Mono hatte sich unsterblich in diese blöde Kuh verliebt. Und er schwebte auf Wolke sieben, weil das lange Zuhören und Trösten im ersten Teil des Abends mit Streicheleinheiten im zweiten Teil belohnt worden war. Was Mono als einen durchaus angemessenen Preis erachtet hatte.

34

Im Klassenzimmer ist lediglich Fernando zu hören, wie er die Gänge zwischen den Schulbänken abschreitet. Als er wieder vorne ankommt, dreht er sich um und betrachtet seine Schüler, die gerade einen Test schreiben. Ohne sie aus den Augen zu lassen, geht er rückwärts und lehnt sich neben der Tafel an die Wand, was er sofort bereut: Bestimmt ist jetzt sein ganzer Rücken voller Kreide. Zum tausendsten Mal fragt er sich, welcher seiner Kollegen so blöd ist, den Kreideschwamm an der Wand auszuklopfen, statt irgendwo draußen an der frischen Luft.

Cáceres hebt die Hand. »Kommen Sie, Lehrer.«

»Gleich noch mal, Cáceres. Sprich mir nach: ›Herr Lehrer. Könnten Sie bitte mal kommen?‹«

»Bitte, Lehrer. Kommen Sie.«

Hätte schlimmer ausfallen können, denkt Fernando und geht zu ihm.

»Was bedeutet ›erahnen‹?«

»Es bedeutet, etwas bemerken, was noch nicht wirklich zu sehen ist. Verstehst du?«

»Nein.«

»Hm ... Es bedeutet, dass etwas, das du vorher nicht sehen konntest, sichtbar wird. Ahnen, das heißt, du bemerkst etwas oder beginnst etwas zu bemerken. Etwas, das du nicht verstanden hattest und zu verstehen beginnst. Hast du's einigermaßen verstanden?«

Cáceres nickt und wendet sich wieder dem Test zu, der ihm, wie Fernando vermutet, eine miserable Note einbringen wird, so etwa zwischen einem und drei Punkten.

Zwei Dinge stehen fest: Er ist ein Miesepeter und Pedant und die Direktorin und die Vizedirektorin sind zwei Idiotinnen. Außerdem sind die meisten seiner Kollegen absolute Trottel, angefangen mit dem Blödmann, der den Trockenschwamm an der Wand ausklopft, so dass er sich gerade seinen letzten halbwegs präsentablen Pullover versaut hat. Eine weitere Hand hebt sich.

»Was ist, Mendoza?«

»Erah...«

»Erahnen.«

»Genau. Was bedeutet das?«

»Alle mal herhören«, sagt er laut, damit alle es mitkriegen. »Erahnen bedeutet: etwas sehen oder anfangen, etwas zu sehen, etwas bemerken, auf eine Lösung kommen, etwas erkennen, was einem vorher nicht bewusst war. Alles klar? Mendoza, hast du's auch verstanden?«

»Ja, Lehrer. Danke.«

Während er überlegt, an welcher Stelle des Tests er dieses Verb benutzt hat, schreckt ihn ein Vibrieren am Gürtel auf: sein Handy. Der Anruf bringt ihn aus dem Konzept, aber er schiebt es darauf, dass er das Handy noch nicht lange hat und nicht richtig damit umzugehen weiß. Es ist eine sehr lange Nummer, viel länger als normal. Plötzlich erkennt er an den ersten Ziffern, dass es die Vorwahl von Santiago del Estero sein könnte.

»Hört mal, Leute. Ich erhalte gerade einen wichtigen Anruf. Würde es auch stören, wenn ich rangehe?«

Allgemeines Kopfschütteln.

»Gehen Sie ruhig ran, Lehrer. Aber vielleicht besser auf dem Gang, da ist der Empfang besser«, schlägt Sierra vor, was ihm einige Lacher einbringt.

»Danke für den Tipp, Sierra. Aber wenn ich jetzt rausgehe, kommst du womöglich in Versuchung, bei jemandem abzuschreiben. Und weil du nicht weißt, bei wem du abschreiben sollst, und vor allem nicht, was, wirst du nur nervös. Also bleibe ich lieber hier.«

Er zieht sich in eine Ecke zurück, für den Fall, dass einer der Schüler tatsächlich nachdenkt und sich gestört fühlen könnte.

»Hallo.«

»Hallo. Ich würde gern mit Fernando sprechen. Fernando Raguzzi.«

»Am Apparat.«

»Ah. Hier ist Bermúdez, der Trainer von Mitre.«

»Ach! Wie geht's? Gibt's ein Problem?«

»Gut. Nein, nicht direkt ein Problem. Eher Neuigkeiten.«

»Neuigkeiten? Cáceres, schau gefälligst auf dein eigenes Blatt. Entschuldigen Sie, Bermúdez. Wo waren wir stehengeblieben?«

»Wenn es ungünstig ist, rufe ich gern später noch mal an.«

»Nein, nein, keine Sorge. Was wollten Sie sagen?«

»Gerade hat mich der Präsident darüber informiert, dass jemand aus Europa angerufen hat. Aus der Ukraine. Man will wissen, wie viel der Junge kosten soll, Pittilanga.«

»Was?«

»Ein Anruf. Aus der Ukraine. Wegen des Jungen. Den Namen konnte ich mir nicht merken. Nur, dass die wissen wollten, was er kosten soll.«

Fernando schluckt. Er lehnt sich wieder an die Wand.

Diesmal ist es ihm egal, ob auf seinem Pullover Kreide hängenbleibt.

»Hallo? Sind Sie noch dran?«

»Doch, doch, Bermúdez.« Seit anderthalb Jahren wartet er auf diesen Anruf, und jetzt weiß er nicht, wie er reagieren soll. »Die werden sich wieder in Verbindung setzen, oder?«

»Bestimmt. Ich habe denen Ihre Nummer gegeben. Ihre und die von Daniel. Wollte nur, dass Sie Bescheid wissen. Vielleicht sind Sie ja interessiert.«

»Na ja, im Prinzip schon. Kommt natürlich auf das Angebot an.« Er ist geistesgegenwärtig genug, die Form zu wahren. »Doch, doch, wir sind durchaus interessiert.«

»Na, gut. Ich will Ihnen nicht länger Ihre Zeit stehlen.«

»Ich bitte Sie! Danke für den Anruf.«

»Keine Ursache.«

»Ciao, Bermúdez. Und danke noch mal.«

»Ciao. Alles Gute.«

Fernando steckt das Handy zurück in das Etui. »Entschuldigt die Störung, aber das war wichtig.«

»No problem, teacher«, antworteten mehrere.

Er bemerkt, dass er sich jetzt so richtig mit Kreide eingesaut hat, und klopft sich energisch ab.

»*Teacher*, kommen Sie mal.«

Fernando hebt den Blick. Es ist Yanacón, die ihn da gerufen hat.

»Könnten Sie bitte mal kommen, Herr Lehrer?«, verbessert sich das Mädchen, ohne dass er es ihr sagen muss. Sehr schön. Die gute Erziehung in Argentinien lebt also noch. Er geht zu ihr.

»Was bedeutet ›erahnen‹?«

35

Mauricio erklärt ihnen alles klar und deutlich, spickt dabei auf einige Notizblätter, die er aus seinem Aktenkoffer geholt hat, fasst die möglichen Szenarien zusammen. Ruso findet seine kühle Art befremdlich, aber sie ist ihm lieber als die befürchteten Wutausbrüche und Vorwürfe. Schließlich sehen sich Mauricio und Fernando zum ersten Mal seit der Geschichte mit dem Audi vor zwei Monaten. Zwei Monate? Sind schon wieder zwei Monate vergangen? Wie merkwürdig doch die Zeit ist. Manchmal zieht sie sich wie Kaugummi, manchmal verflüchtigt sie sich einfach. So wie jetzt.

Vielleicht ist die Zeit deshalb so schnell vergangen, weil die beiden ihn als Nachrichtenboten missbraucht haben, als Laufburschen, um die Sintflut an Grüßen, ironischen Kommentaren und Provokationen zu übermitteln. Er hat es mit sich machen lassen, weil ihm nichts anderes übrigblieb oder weil er die Hoffnung hatte, sie könnten sich vielleicht wieder versöhnen. Die schlimmsten Vorwürfe und Beleidigungen hat er lieber für sich behalten, um die beiden voreinander zu schützen. Mauricio hat er zum Beispiel verheimlicht, dass Fernando bei jeder Gelegenheit darüber gespottet hat, wie viele Sorgen Mauricio sich macht, ob die Versicherung auch tatsächlich bezahlt, und dass er ihm jeden Verrat unter die Nase gerieben hat, jeden Mangel an Solidarität. Fernando wiederum hat er unterschlagen, wie sehr sich Mauricio darüber aufgeregt hat, dass er die Untersuchung der Versicherung über sich ergehen lassen musste, die ihn wegen des Diebstahls in die Mangel genommen hat, jedes Detail wissen wollte, weil sie sich nicht erklären konnte, wieso die GPS-Ortung nicht funktioniert hat, obwohl sie doch den Signalsender selbst eingebaut hatte.

Daniel hat zu allem ja und amen gesagt, und jetzt ist er froh darüber. Wenn seine Ausweichmanöver, Ausfallschritte und unzähligen Halblügen dazu beigetragen haben, dass sich die Gemüter beruhigen und sich die alten und neuen Wunden schließen, hat sich die Mühe gelohnt. Zumindest sitzen sie wieder alle am selben Tisch wie zivilisierte Menschen, hören sich an, was Mauricio an Informationen zusammengetragen hat.

»Soweit ich es in Erfahrung bringen konnte, sind diese Leute aus Dnipropetrowsk seriös. Sie haben schon mehrere Spieler gekauft und gehen dabei immer gleich vor.«

»Wie?«, fragt Fernando.

»Sie setzen sich zuerst mit dem Club in Verbindung und dann mit dem Spielerberater. Wenn es keinen Spielerberater gibt wie in unserem Fall, dann mit den Besitzern der Transferrechte.«

»Über eins haben wir noch gar nicht gesprochen, aber ich will schon mal mein Interesse anmelden«, mischt sich Ruso ein. »Ich will derjenige sein, der mit dem Jungen in die Ukraine fährt, wenn er die Verträge unterzeichnen muss.«

Die anderen beiden sehen sich an, lächeln aber nicht. Offensichtlich steht ihnen nicht der Sinn nach Scherzen.

Mauricio fährt fort: »Die Verhandlungen finden in Buenos Aires statt. Die haben hier eine Art Agenten, einen Vermittler, der alle Fragen im Vorfeld klärt. Wenn es zu einer Einigung kommt, schicken sie zwei oder drei

Vertreter der Clubführung, um alles rund zu machen und den Vertrag zu unterzeichnen.«

»Dann müssen wir diesen Vertreter kontaktieren.«

»Hab ich schon gemacht«, antwortet Mauricio mit einer solch eisigen Höflichkeit, dass es Ruso fast wie eine Beleidigung empfindet. »Karmasov heißt der Mann. Er hat mich neulich angerufen.«

Ruso erschrickt, weil er nicht gedacht hätte, dass die Dinge schon so weit fortgeschritten sind. Fernando verzieht keine Miene, aber Ruso ist sich sicher, dass er den Gleichgültigen nur spielt, damit Mauricio sich ja nichts einbildet.

»Geboten hat er zweihundertzwanzigtausend«, verkündet Mauricio.

»Wie hast du reagiert?«, fragt Ruso.

»Ich hab ihm gesagt, dass wir ihn auf gar keinen Fall für unter vierhunderttausend verkaufen.«

»Wie bitte? Er ist doch höchstens dreihunderttausend wert!«

»Lass ihn ausreden, Ruso«, bremst Fernando.

»Was er wirklich wert ist, wissen wir nicht.«

»Aber garantiert keine vierhunderttausend.«

»Man nennt das ›verhandeln‹«, erwidert Mauricio betont geduldig. »Er macht ein Angebot, ich sage, das ist zu wenig, er erhöht sein Angebot, wir halten dagegen, und am Ende einigen wir uns irgendwo in der Mitte. Dreihunderttausend müssen schon drin sein.«

»Und wie geht's jetzt weiter?«, fragt Fernando. Ruso hat den Eindruck, dass er nur deshalb aufs Tempo drückt, weil er Mauricio die Initiative entziehen will, ihm seine Rolle als gerissener Hund nicht gönnt.

»Wenn wir uns mit den Ukrainern treffen, werden sie mit der Summe ein bisschen raufgehen. Auf zweihundertfünfzigtausend vielleicht. Wir lehnen wieder ab, sagen, dass wir ihn unter dreihundertfünfzigtausend nicht abgeben. Und irgendwann sind wir dann bei der Summe, die wir haben wollen.«

»Aber ... Was, wenn sie einen Rückzieher machen?«, fragt Ruso, dem die Männlichkeitsspielchen der anderen herzlich egal sind.

»Warum sollten sie einen Rückzieher machen?«

»Weil sie vielleicht noch andere Jungs auf dem Zettel haben.«

»Natürlich haben sie das. Oder meinst du, diese Typen kommen extra aus der Ukraine, um einen einzigen Spieler zu verpflichten? Die kaufen nicht nur Pittilanga und reisen wieder ab. Die haben einen großen Geldkoffer dabei und holen sich die Jungs im Dutzend.« Mauricio hebt und senkt die Hand wie eine Schneidemaschine. »In Serie. Pittilanga ist nur einer von vielen. Manche spielen dann tatsächlich bei Dnipro Dnipropetrowsk, andere werden irgendwohin ausgeliehen. Pittilanga ist Teil eines ganzen Pakets. Nur wegen ihm wären sie garantiert nicht hier angetanzt. Verstehst du, Ruso?«

An der Satzmelodie erkennt Ruso, dass er mit ja antworten soll, aber tief in ihm macht sich eine absurde Enttäuschung breit. Irgendwie nimmt das der Situation den Glanz.

»Und dann sind da auch noch die fünfzehn Prozent, die dem Jungen angeblich zustehen.«

»Was für fünfzehn Prozent?«, fragt Ruso.

»Warum angeblich?«, fragt Fernando.

Mauricio verzieht missmutig das Gesicht, nicht sehr, aber deutlich erkennbar.

»Von der Transfersumme stehen dem Spieler fünfzehn Prozent zu«, erklärt er an Ruso gerichtet. »Und ›angeblich‹, weil weniger Geld für Guadalupe übrigbleibt, wenn wir ihm die Kommission tatsächlich zahlen. Wenn wir dreihunderttausend rausholen, dann sind fünfzehn Prozent fünfundvierzigtausend. Die Kleine bekäme also statt dreihunderttausend nur zweihundertfünfundfünfzigtausend. Und was wir an Steuern abführen müssen, ist auch noch nicht geklärt.«

Schweigen. Ruso spürt, wie unwohl Fernando sich fühlt. Er will das Beste für Guadalupe, aber er will auch nicht Pittilanga übervorteilen.

»Ich bin dagegen«, murmelt Fernando schließlich.

»Wogegen?«

»Dem Jungen die fünfzehn Prozent vorzuenthalten.«

Wieder Schweigen. Mauricio sieht Ruso an, hofft auf eine Solidaritätsbekundung, aber Ruso bleibt stumm.

»So ist es eben«, argumentiert Mauricio. »Wenn der Junge in Europa spielen will, soll er ruhig seinen Teil beitragen. Schließlich wird er in Euros bezahlt.«

»Hat die Ukraine den Euro?«, fragt Ruso.

»Ist doch völlig egal.« Mauricio will vermeiden, dass das Thema sich auswächst.

»Wenn du meinst«, lenkt Ruso ein, weil er Mauricio nur zu gern Recht gibt. Sie sind so weit gekommen, sind so nah dran an dem, was sie sich vorgenommen haben.

Doch in diesem Moment ergreift Fernando wieder das Wort. »Der Junge hat sich uns gegenüber immer korrekt verhalten.«

»Na und?« Mauricio muss sich schwer zusammenreißen. »Hat Mono sich ihm gegenüber etwa nicht korrekt verhalten? Oder wir? Wäre ein bisschen Entgegenkommen wirklich zu viel verlangt?«

»Ein bisschen Entgegenkommen? Immerhin hat er zugestimmt, sich vom Stürmer zum Verteidiger umfunktionieren zu lassen. Hat seinen Stolz runtergeschluckt. Wieder von null angefangen.«

Was Fernando da sagt, stimmt. Ruso schämt sich, weil er nicht genauso gedacht hat. Manchmal kann Fernando unerträglich sein mit seiner Ehrlichkeit, mit seiner Aufrichtigkeit, die jede Widerrede wie ein moralisches Vergehen erscheinen lässt. Ohne es zu wollen, gibt er einem das Gefühl, ein moralischer Versager zu sein. Deshalb ist Ruso manchmal versucht, sich auf Mauricios Seite zu schlagen, wenn der mal wieder genervt ist vom Gutmenschen der Vorstadt, wie er Fernando nennt. Aber nur manchmal.

Mauricio verzieht wieder missmutig das Gesicht. »Wie ihr wollt«, sagt er schließlich und sieht Ruso an, als wolle er ihm zu verstehen geben, dass jetzt der Moment gekommen sei, ihn zu unterstützen. »Aber wenn wir dem Jungen fünfzehn Prozent geben, geht das entweder vom Geld für Guadalupe ab oder gefährdet den ganzen Deal.«

Bevor Ruso den Mund aufmachen kann, fügt Fernando hinzu: »Und dann ist da auch noch Bermúdez.«

»Was ist mit Bermúdez?«, fragt Mauricio, dem jetzt fast der Kragen platzt.

»Wir haben ihm zehn Prozent dafür geboten, dass er den Jungen als Verteidiger spielen lässt.«

»Was? Hast du sie noch alle?«

Ruso beschließt einzugreifen. Besser, Mauricio legt sich mit ihm an. »Irgendwie musste ich ihm die Sache ja schmackhaft machen, Mauri. Sonst ... Wie hätte ich ihn sonst überzeugen sollen?«

»Was glaubst du eigentlich? Dass das hier ein Spiel ist? Dass das Geld von Himmel fällt?«

»Nein, aber ...«

»Ruso hat Recht.« Wieder klingt Fernando unerbittlich, aber diesmal ist ihm Ruso dankbar dafür. »Hätte er nicht diese tolle Idee gehabt, hätten wir uns den Transfer längst sonstwo hinstecken können. Längst.«

Mauricio murmelt etwas, so leise, dass nicht klar ist, ob er nachdenkt oder sie beschimpft. Er kritzelt etwas in sein Notizbuch. »Entscheidet euch. Entweder fünfzehn Prozent für Pittilanga oder zehn für Bermúdez. Beides geht nicht, dafür ist der Kuchen nicht groß genug. Das wären fünfundsiebzigtausend weniger für die Kleine.«

Er hat Recht. Ruso weiß, dass er Recht hat. Er sieht Fernando an, der seinem Blick standhält. Wenn er sich doch nur überzeugen ließe. Wenn er doch bloß ein Mal von seinem Schülerehrenkodex abrücken würde.

»Na ja, Fer, da ist schon was dran ...«, versucht es Ruso vorsichtig.

»Mag sein«, erwidert Fernando schließlich. Ruso glaubt, so etwas wie ein Einlenken wahrzunehmen. Kaum merklich, aber real. »Dann müssen wir uns wohl mit den Typen zusammensetzen und ausloten, was geht.«

»Genau«, stimmt ihm Ruso zu, der immer etwas braucht, an das er glauben kann. »Erst mal Verhandlungen aufnehmen, dann weitersehen. Irgendwie kriegen wir das schon hin.«

36

»Hallo, Estela. Humberto hat nach mir verlangt?«

»Ja, Doktor. Gehen Sie rein.«

Mauricio will es nicht in den Kopf, wieso sein Chef sich ausgerechnet diese Sekretärin ausgesucht hat. Estela ist sechzig und hat den Körper eines Innenverteidigers. Dabei ist Williams doch der Hauptpartner der Kanzlei.

Als er eintritt, telefoniert Williams gerade. Wie immer. Mauricio hat ihn noch nie bei etwas anderem überrascht. Nie liest er eine Akte, nie setzt er ein Schriftstück auf. Nicht einmal mit dem Computer verschwendet er seine Zeit. Er stammt aus einer anderen Generation. Das muss es sein. Die jüngeren Partner faulenzen auch hin und wieder, sitzen am Computer und tun nur so, als würden sie arbeiten. Williams hingegen weiß nicht mal – das hat er selbst zugegeben –, wo die Enter-Taste ist. Seine Stärke ist das Telefonieren. Das Telefon ist praktisch die Verlängerung seines Arms.

Mauricio hat deswegen nicht weniger Respekt vor ihm. Williams strahlt Würde aus, eine gelassene Überlegenheit. Alles an ihm beeindruckt: die nicht sehr zahlreichen grauen Strähnen, die gepflegten Fingernägel, der perfekte Krawattenknoten, die gut aussehenden Fältchen. So möchte Mauricio auch altern. Ignacio und Gonzalo, die anderen beiden Partner, können ihm nicht das Wasser reichen. Sie sind zwar gleichberechtigt, aber ihnen fehlt der Charme. Das Charisma. Sie scheffeln viel Geld, fahren protzige Autos, aber Williams spielt in einer anderen Liga. Und in dieser Liga will Mauricio auch mal spielen. Irgendwann.

Mit einer Geste fordert Williams ihn auf, Platz zu nehmen. Er telefoniert noch immer, lacht. Hört mehr zu, als dass er spricht. Macht nur gelegentlich eine Bemerkung. Schließlich verabschiedet er sich mit ein paar warmen Worten und wendet sich Mauricio zu.

»Wie geht's, Mauricio?«

»Gut, Humberto. Sie wollten mich sprechen?«

»Ja. Willst du was trinken?«

»Danke, aber ich hatte gerade einen Kaffee.«

»Na schön.« Williams sieht ihn schweigend an.

Muss was Wichtiges sein, denkt Mauricio. Dieses »Na schön« ist eine Einleitung, ein Prolog.

»Darf ich dir einen Rat geben?«, fragt Williams, ohne den Blick abzuwenden.

»Natürlich, sicher, warum nicht«, stammelt Mauricio.

»Es ist so ... Wie alt bist du noch gleich?«

»Vierzig.«

»Vierzig. Sehr schön. Denk daran, dass dir diesen Rat ein Mann gibt, der dreißig Jahre älter ist als du. Ein älterer Herr also.«

Wenn Mauricio nicht so nervös wäre, würde er ihm Honig ums Maul schmieren. Würde ›Von wegen älterer Herr‹ sagen. Oder eine andere Floskel. Aber er kann nicht. Worauf will Williams bloß hinaus?

»Ein guter Anwalt bewahrt immer einen kühlen Kopf. Immer. Wer sich aufregt, hat verloren. Kannst du mir folgen?«

»Ja.«

»Gut. Im Grunde sage ich dir nichts Neues. Ich weiß ja, wie du arbeitest. Deswegen sind wir auch so daran interessiert, dass sich deine Situation in der Kanzlei verbessert. Sonst kämen wir gar nicht auf die Idee, dich genauer zu beobachten.«

»Sind wir«, »kämen wir gar nicht auf die Idee«. Es sind scheinbar harmlose Formulierungen, und doch klingen sie merkwürdig distanziert, wie eine vage Drohung, was sich Mauricio allerdings nicht erklären kann.

»In manchen Dingen bist du noch etwas ... unerfahren. Ich weiß auch nicht, wie ich es ausdrücken soll. Ein bisschen ...« – Williams scheint nach dem Wort zu suchen, das am wenigsten kränkt – »weich. Diese Sache mit dem Spieler, den du um jeden Preis verkaufen willst, du und deine Sandkastenfreunde.«

Mauricio rutscht das Herz in die Hose. Erstes Problem: Woher weiß Williams das mit Pittilanga? Zweites Problem: Wieder diese Wortwahl, diese tückische Wortwahl: »um jeden Preis«; und vor allem »Sandkastenfreunde«, was nach Vorstadtkindheit klingt, nach Teenagern, die nie wirklich aus ihrem Viertel rausgekommen sind. Er räuspert sich, aber er kann nicht verhindern, dass seine Stimme wie erwürgt klingt.

»Also, das ist ein Thema ...«

»Du fragst dich vielleicht, wie dieser alte Esel von dem Treffen im Hotel Miranda weiß, neulich, gegen fünf.«

Natürlich fragt er sich das. Zerbricht sich den Kopf darüber. Wäre er nicht so nervös, würde er es auch zugeben. Und Williams dafür bewundern, dass er seine Fühler überall hat.

»Aber ...«, stammelt Mauricio und hält inne. Warum »aber«? Was hat das Wort »aber« mit dem zu tun, was Williams gerade gesagt hat. Nichts. Idiot.

»Kormasov, der Russe, der als Unterhändler auftritt, ist ein Freund von Fernando Vidal, den du ja auch kennst.«

»Ja, klar.« Mauricio kann sich nicht erinnern, aber das ist egal. Ob er ihn kennt oder nicht, spielt keine Rolle. Wichtig ist nur, dass er ja sagt, damit der Erzählfluss nicht unterbrochen wird.

»Vidal kennt sich bei Boca bestens aus. Und dieser Russe verdient sein Geld mit Spielerverkäufen nach Europa. Vor allem in die kleineren Ligen. Jedenfalls habe ich Fernando neulich im Club getroffen, und er hat sich an dich erinnert, hat mir von dem Deal erzählt, den du da anstrebst.«

Williams macht eine Pause, grinst und mustert ihn: den Hamster, wie er sich im Laufrad abmüht.

»Ich gebe dir jetzt einen Rat. Nur einen Rat. Nimm ihn an oder lass es bleiben. Jedenfalls hat es nichts mit dem Job zu tun.«

Von wegen, du alter Lügner, denkt Mauricio. Es hat sehr sehr wohl mit dem Job zu tun. Und wie es mit dem Job zu tun hat. Er streitet es zwar ab, aber gerade das spricht Bände. Williams richtet sich auf und stützt sich mit den Ellenbogen auf den Schreibtisch. »Ich weiß nicht, ob dir klar ist, was du da für ein Juwel in Händen hast. Dein Spieler –«

»Eigentlich ist das nicht ›mein‹ Spieler. Gekauft hat die Transferrechte –«

»Ja, mein Lieber, das weiß ich doch alles. Offiziell gehört er einer Margarita Nuñez de Raguzzi.«

Mauricio nickt und hätte beinahe erklärt, dass es sich dabei um Monos Mutter handelt, aber er reißt sich zusammen.

»Was hast du mit der Sache zu tun?«

»Ich?« Blöde Frage, die nur verrät, wie nervös er ist, wie unsicher. »Nichts, Humberto. Ich kenn einfach die Leute dahinter. Die sind aus Castelar. Aus dem Viertel, in dem ich aufgewachsen bin. Ein Bekannter von mir hat die Transferrechte erworben, und als er gestorben ist, hat er seiner Mutter –«

»Ja, ja, ein gewisser Alejandro Raguzzi. Ein Freund von dir?«

»Nein«, antwortet Mauricio so schnell, dass er seinem Chef fast ins Wort fällt. »Ein Bekannter von früher, aus der Nachbarschaft, wie gesagt.«

»Gut. Prima.«

Williams blättert in seinem Notizblock zwei Seiten zurück und nimmt einen Füller zur Hand. Seine beiden einzigen Arbeitsutensilien.

»Hier habe ich mir alles notiert«, sagt er. Was Mauricio sieht, sind ein paar Wörter und Zahlen, und drum herum das typische Gekritzel, das Williams fabriziert, wenn er telefoniert. »Pittilanga, Jahrgang 86, ausgebildet bei Platense. U-17-WM in Indonesien, ausgeliehen an Mitre aus Santiago del Estero. So weit alles richtig?«

Mauricio räuspert sich zum hundertsten Mal. »Ja, Humberto. Denke schon.«

»Nach der Ausleihe wird er zu Platense zurückkehren.«

»Vermutlich. Da bin ich ehrlich gesagt nicht auf dem neuesten Stand.«

»Macht nichts. Ich schon. Ein anderer Freund von mir ist im Präsidium vom Platense, also weiß ich aus zuverlässiger Quelle, dass man dort keinerlei Interesse mehr an dem Jungen hat. Mit anderen Worten: Man wird ihm die Freigabe erteilen. Kannst du mir folgen?«

Wie merkwürdig. Plötzlich ist Williams ein Experte in Sachen Pittilanga. Eine Art Fernando, nur dreißig Jahre älter und besser gekleidet.

»Und wenn er die Freigabe erhält, nützt er der guten Frau nichts mehr, die die Transferrechte hält. Richtig?«

»Kann schon sein. Wie gesagt, ich hab nur am Rande damit zu tun.«

»Jedenfalls bietet sich uns hier eine große Chance.«

Mauricio ist verblüfft von diesem plötzlichen Wechsel in die erste Person Plural. »Uns?«

»Wir warten ab, bis dieser Pittilanga die Freigabe erhält. Wert des Spielers: null Pesos. Dann warten wir weitere zwei Monate ab. Diese Frau (oder wer immer dahintersteckt, denn die Gute scheint mir nur ein Strohmann zu sein) sitzt in der Tinte. Wir lassen noch mal zwei Monate vergehen. Oder vier. Und dann schlagen wir zu, bieten ihr für den Jungen zwanzigtausend Dollar an. Verstehst du?«

Das Handy klingelt, aber Williams drückt den Anrufer weg. Nachdem Mauricio den ersten Moment der Überraschung überwunden hat, beginnt er die perfekte Logik dahinter zu erahnen. Oder wie Williams selbst es formuliert: Es geht nie um die Sache, es geht immer um die Höhe der Summe.

»Sobald wir die Transferrechte besitzen«, fährt Williams fort, »stechen wir ein bisschen ins Wespennest. Ich weiß schon, wen ich mit ins Boot holen muss, damit sich die Sache wirklich lohnt. Wer dreihunderttausend sagt, sagt auch vierhunderttausend. Vierhunderttausend, die

Hälfte für dich, die Hälfte für mich. Oder eine halbe Million, wer weiß. Je nachdem, wie gut wir verhandeln. Vidal hat mir erzählt, dass der Junge jetzt auf einer anderen Position spielt. Und sich dort wesentlich besser schlägt.«

»Ach ja? Wusste ich gar nicht ...«

»Ich habe keine Ahnung vom Fußball. Interessiert mich auch nicht. Vielleicht weil ich selber nie gespielt habe. Ich weiß nur, dass wir aus zwanzigtausend locker zehnmal so viel machen können. Oder fünfzehnmal so viel. Zwanzigmal. Habe ich mich deutlich genug ausgedrückt?«

»Doch, doch, aber ...«

»Hör zu, Mauricio, mein Lieber. Wichtig ist nur, dass du nichts unternimmst, bis Platense die Freigabe erteilt. Und dass diese Bekannten von dir nicht auf irgendwelche komischen Ideen kommen. Denn das wär's dann. Dann wären wir wieder bei null. Statt dreihunderttausend oder vierhunderttausend Dollar wären wir wieder bei null. Verstehst du?«

»Ja, Humberto, natürlich.«

»Du musst mir dein Wort geben, Guzmán«, sagt Williams abschließend und lächelt sanft und offenherzig.

Ein Meister seines Fachs. Seit drei Jahren hat er ihn nicht mehr beim Nachnamen genannt. Seit sich Mauricio von den anderen Junganwälten abheben konnte. Es fing damit an, dass er ihn beim Vornamen genannt hat. Ihn näher zu sich geholt hat. Den Aufstieg ermöglicht. Ihm das Gefühl gegeben hat, zur Familie zu gehören. Mit Dingen, die für sich sprachen: dem eigenen Büro, der eigenen Sekretärin und vor allem dem Gehalt. Aber eben auch, indem er ihn Mauricio genannt hat. Diese flüchtige

Rückkehr zu seinem Nachnamen ist alles andere als ein Zufall. Damit stellt er die Rangordnung wieder her. Damit stellt er wirkungsvoll klar, wer welche Position einnimmt. Mauricio hält seinen Blick, so lang er kann, was nicht gerade lang ist. Irgendwo da liegt das Geheimnis des Alten. Irgendwo da, wo man auch mit einem noch so schicken Anzug, einer noch so teuren Rolex und noch so engelhaften Händen nicht hinkommt.

Mauricio kehrt in sein Büro zurück und denkt fieberhaft darüber nach, was Williams gesagt hat. Oder eher: befohlen hat. Er kommt sich vor, als wäre er gerade die Treppe hinuntergefallen und müsste sich abtasten, um festzustellen, ob er sich etwas gebrochen hat. Es ist nichts passiert, was nicht wiedergutzumachen wäre. Williams hat ihm nichts vorgeworfen. Wie auch, schließlich wusste er nicht, dass er interessiert war. Jetzt liegen die Dinge anders. Aber bis jetzt gibt es keinen Grund zur Klage. Gut so. Gut auch, dass er seine Freunde als Bekannte ausgegeben hat. Sehr gut sogar. Schnelle Reflexe. Aber ab jetzt muss er höllisch aufpassen. Mit Williams ist alles okay. Sein Chef hat ihm nicht gedroht, hat nur ein bisschen Druck ausgeübt, was nicht das Gleiche ist. Außerdem hat er ihm ein gemeinsames Geschäft vorgeschlagen. Man muss wissen, wem seine Loyalität zu gelten hat. Demjenigen, der einem das Gehalt bezahlt. Und nicht diesen groß gewordenen Jungs, die einem alte Fotos vor die Nase halten, damit man Mitleid kriegt; die einen in was reinziehen wollen, nur weil man drei oder vier Kindheitserlebnisse teilt, an die man sich auch noch falsch erinnert.

»Woher weißt du, dass es wirklich deins ist?«, fragte Mauricio mit dieser brutalen Direktheit, mit der er immer die Probleme anderer anging, als verschaffe ihm das Zeit, sich um die wirklich wichtigen Dinge zu kümmern. Verwirrt sah Mono erst Fernando und dann Ruso an, die plötzlich lieber zu Boden oder nach draußen schauten.

Die Frage war berechtigt. Hart, aber berechtigt. Mono hatte sie zusammengetrommelt, weil es Neuigkeiten gab. Lourdes war schwanger, im zweiten Monat schwanger, um genau zu sein. Und sie hatte vorgeschlagen, zusammenzuziehen. Fernando hatte den Impuls unterdrückt, seinem Bruder eine zu scheuern, und gefragt, ob sie nicht aufgepasst hätten. Erst hatte Mono ja gesagt, dann nein, dann mehr oder weniger, mit einer Verwirrung im Gesicht, die Fernando auch bei seinen Schülern sah, wenn er diese Frage stellte. Nur dass seine Schüler fünfzehn waren und nicht dreißig wie sein jüngerer Bruder, der Idiot.

In die eingetretene Stille hinein hatte Mauricio seine vergiftete Frage gestellt, die sich tief im Inneren alle drei stellten. Oder besser gesagt: alle vier, denn Mono antwortete nicht sofort. Und als er es schließlich doch tat, sagte er: »Ich glaube schon.« Und in diesem »Ich glaube schon« waren alle ungeklärten Probleme enthalten, über die sich sowohl er als auch die anderen so ihre Gedanken machten: dass Lourdes sich nach wie vor mit dem Schweizer traf; dass sich ihre Beziehung zu Mono am Rand der Legalität bewegte; dass ihre Treffen zu chaotisch, geheim und improvisiert waren, um sich auch nur über irgendetwas sicher sein zu können; dass nicht klar war, mit welchem Status sie offiziell unter einem Dach wohnen sollten; dass diese Lourdes der Inbegriff von Unklarheit, Vagheit und »Ich bin mir bei überhaupt nichts sicher« war; und dass bei diesem Stand der Dinge Mauricio nicht damit einverstanden war, dass Mono mit Lourdes zusammenzog. Und Fernando erst recht nicht.

Nur Ruso riet ihm dazu. Als Fernando fragte, warum, sagte er schlicht: »Weil er sie liebt.« Er sagte es, ohne sich umzudrehen, ohne ihnen in die Augen zu sehen, weder Fernando, der vor Wut fast platzte, noch Mono, der ihm dankbar war. Ruso war alles andere als sicher, ob es das Beste war für seinen besten Freund. Er spürte nur, was sich Mono wünschte, nämlich diese Frau ganz zu erobern, sie ganz für sich zu haben, und er kannte ihn gut genug, um zu wissen, dass Mono überzeugt war, alle Zweifel und Unklarheiten aus der Welt räumen zu können. Und glücklich zu sein.

37

Ein Jahr, sieben Monate und siebenundzwanzig Tage nach Monos Tod fahren Fernando Raguzzi, Daniel Gutnisky und Mauricio Guzmán mit dem Fahrstuhl in den zwanzigsten Stock des Hotels Miranda, wo die Präsidiumsmitglieder von Dnipro Dnipropetrowsk aus der Ukraine auf sie warten, um den Vertrag über den Transfer des argentinischen Fußballspielers Mario Juan Bautista

Pittilanga zu unterzeichnen. Keiner sagt etwas, bis Ruso auf ihr Spiegelbild zeigt und grinst. »Ein guter Tag, um zu sterben«, zitiert er den Helden eines Films, an dessen Namen er sich nicht erinnert, aber es gelingt ihm eh nicht, den anderen ein Lächeln ins Gesicht zu zaubern.

Als sich die Fahrstuhltür öffnet, kann Ruso einen Ausruf der Bewunderung nicht unterdrücken. Durch die Fensterfront bietet sich ihnen ein Blick auf das Naturreservat Reserva Ecológica, die Docks von Puerto Madero, die Frachtschiffe, die zwischen den Bojen träge ihre Bahn ziehen. Fernando tippt ihm leicht auf die Schulter, damit er seiner Begeisterung nicht ganz so laut Ausdruck verleiht, schließlich müssen die Ukrainer ja nicht gleich bemerken, dass sie Amateure sind.

Fernando muss plötzlich an die Schule in Moreno denken, an der er Spanisch unterrichtet. Die zerbrochenen Fensterscheiben, die kaputten Lampen, die wackligen Tische. Scheißland, sagt er sich, wie immer in solchen Fällen. Seine Empörung ist nicht vollkommen berechtigt, aber er braucht sie, um seine Nerven zu beruhigen. Wie einen Sandsack, auf den man eindreschen kann.

Mauricio betritt den Versammlungsraum, die anderen folgen ihm. Fernando zählt schnell durch: sieben Leute. Hinter ihm murmelt Ruso: »Zumindest haben sie ihre Maschinengewehre nicht gezückt.«

Er muss grinsen. Seit einer Woche witzelt Ruso, dass diese Typen in Wahrheit von der russischen Mafia sind und nur ihr Geld waschen wollen. Und dass sie ihre Killer losschicken werden, um sie abzuknallen, sobald sie merken, dass Pittilanga ein Rumpelfüßler ist. Unmerklich wendet Fernando sich ihm zu und murmelt leise: »Die benutzen keine Maschinengewehre, Ruso. Die erwürgen einen mit einem Stück Draht.«

Mauricio schüttelt bereits Hände. Es sind drei Ukrainer. Oder vier, wenn man den Vermittler Karmasov mitzählt, der in Buenos Aires wohnt. Oder ist er Russe? Fernando glaubt sich zu erinnern, dass Mauricio gesagt hat, er sei Russe. Karmasov stellt alle einander vor, dolmetscht.

Mario Pittilanga steht ein bisschen weiter hinten, neben einem Mann, der so groß und so dunkelhäutig ist wie er selbst, aber wesentlich dicker und um die fünfzig. Der Junge stellt ihn vor: sein Vater. Überrascht ergreift Fernando die weiche Hand, die ihm Pittilangas Vater ohne zu lächeln entgegenstreckt. Logisch, dass er hier ist, denkt Fernando, aber es fällt ihm schwer, ihn in die Szene zu integrieren, die er sich seit zwei Wochen in seinen schlaflosen Nächten ausmalt. Pittilanga senior und junior sind die beiden Einzigen, die keine Krawatte anhaben. Der Sohn trägt Sportklamotten mit dem Emblem von Atlético Mitre, der Vater ein langes Hemd, dessen oberster Knopf gelöst ist. Unten hat er es in die Jeans gesteckt, die ihm viel zu eng ist, so dass sein Bauch noch dicker wirkt, als er sowieso schon ist.

Sie setzen sich. Auf der einen Seite des rechteckigen Tischs die Ukrainer aus Dnipropetrowsk, auf der anderen Seite sie drei. An einem Kopfende Pittilanga und sein Vater, am anderen der Vermittler und Dolmetscher. Nachdem alle es sich bequem gemacht haben, herrscht kurz Stille. Dann ergreift Mauricio das Wort.

»Gut. Zunächst möchte ich Ihnen danken, dass Sie den weiten Weg hierher auf sich genommen haben, um dieses Geschäft zu einem guten Abschluss zu bringen. Und dafür, dass Sie so viel Vertrauen in Mario setzen, dem wir das Allerbeste für diese neue Etappe seiner Karriere wünschen.«

Karmasov beugt sich vor und dolmetscht. Die Ukrainer sind ganz Ohr, sehen Mauricio an und nicken von Zeit zu Zeit. Ruso macht Fernando ein Zeichen und beugt sich hinter Mauricios Rücken zu ihm. Fernando neigt sich ihm entgegen.

»Merkst du, wie die Russen reden?«, flüstert Ruso mit einem schelmischen Grinsen.

»Was?«

»Erinnert mich an diese Comedyserie aus Uruguay, *Hupumorpo*?«

Fernando ist kurz baff. Ruso ist wirklich ein Kind. Ein Quatschkopf mit der Konzentrationsfähigkeit eines Einzellers. Sie führen hier Verhandlungen über dreihunderttausend Dollar, für die sie sich fast zwei Jahre den Arsch aufgerissen haben, und er hat nichts Besseres zu tun, als ihn an eine Comedyserie aus den Siebzigern zu erinnern?

»Wie hießen die noch gleich?«, fragt Ruso.

»Wer?«, fragt Fernando zurück, bereut es aber sofort. Was sollen die Ukrainer von ihnen denken, wenn sie die ganze Zeit hinter dem Rücken ihres Chefunterhändlers tuscheln?

»Die beiden Komiker aus Uruguay, Mann. Die haben mal einen Sketch gespielt, in dem sie sich als Russen ausgaben, als KGB-Agenten, dabei haben sie nur Unsinn gequasselt. Erinnerst du dich nicht mehr?«

Doch, tut er. Aber er sagt es nicht, um Ruso nicht auch

noch zu ermuntern. Vielleicht hört er dann ja von selbst auf zu nerven.

»Einer hieß Espalter. Und der andere?«

Tja, war wohl eitle Illusion.

»Lass gut sein, Ruso.«

»Sag. Espalter und ...«

Fernando überlegt, welche Alternativen er hat. Wenn er antwortet, gibt Ruso vielleicht Ruhe. Wenn er nicht antwortet, nervt er garantiert weiter.

»Almada.«

»Almada!«, wiederholt Ruso und nickt zufrieden.

Fernando richtet sich auf in der Hoffnung, dass Ruso es ihm nachtun wird. Mauricio hat eine Mappe aufgeschlagen und verteilt Exemplare der Verträge, die er vorbereitet hat. Jemand klopft Fernando auf die Schulter. Schon wieder Ruso, der sich erneut hinter Mauricios Rücken zu ihm hingebeugt hat.

»Jetzt hör endlich auf«, zischt Fernando und sieht in böse an.

»Nur noch eins. Wer war wer?«

Fernando kann es nicht fassen. »Wie, wer war wer?«

»Wer hat den Russen gemimt, Mann? Espalter oder Almada? Oder waren es beide?«

Genervt will Fernando ihn gerade zusammenscheißen, als jemand seitlich von ihm sagt: »Einen Augenblick.« Es ist Pittilangas Vater.

Fernando sieht ihn an. Alle sehen ihn an. Die Verträge liegen ausgebreitet vor ihnen wie ein Satz Spielkarten.

»Ich werde nicht zulassen, dass mein Sohn über den Tisch gezogen wird«, erklärt Pittilanga senior und zeigt anklagend mit dem Finger auf sie. Auf sie drei.

Der Übersetzer stockt. Ruso vergisst vorübergehend den Sketch aus *Hupumorpo*. Fernando kommt es vor, als würde der Boden unter ihm wegbrechen. In den schlaflosen Nächten der letzten Wochen hatte er ausführlich Gelegenheit, seinen Ängsten freien Lauf zu lassen: dass die Ukrainer es sich anders überlegen, dass Mauricio zu überheblich agiert, dass Pittilanga auf der Hin- oder Rückfahrt eines Spiels plötzlich tot umkippt. Aber das hier wär ihm im Traum nicht eingefallen. Er sieht Mauricio an. Der bleibt stumm. Warum sagt er nichts?

»Wovon reden Sie da?«, fragt Fernando schließlich, weil Mauricio nach wie vor den Mund nicht aufmacht.

»Ich rede von euren Tricksereien. Davon rede ich«, erwidert Pittilanga senior. Fernando sieht, dass Pittilanga junior den Blick gesenkt hält.

Der Dolmetscher übersetzt. Die Ukrainer sehen sich erst gegenseitig an, dann Pittilanga senior. Ruso macht große Augen und sieht seinerseits alle andern an. Fernando spürt: Wenn er den Typen weiterreden lässt, war's das. Warum sagt Mauricio nichts? Er beschließt einzugreifen.

»Hören Sie. Wir können uns gern ein andermal zusammensetzen und alles besprechen. Aber jetzt führen wir wichtige Verhandlungen. Mario ist alt genug, um selber zu entscheiden, wie es mit seiner Karriere weitergehen soll. Wenn Sie uns also entschuldigen würden …«

»Gar nichts werde ich, du blonder Schnösel.«

Fernando spürt, wie sich seine Gesichtshaut rötet. Aber er ist entschlossen, nicht die Beherrschung zu verlieren. Er sieht Mauricio in die Augen. »Ich fände es gut, wenn nur diejenigen mit am Tisch säßen, die direkt beteiligt sind. Was meinst du?«

Mauricio nimmt sich Zeit, bevor er antwortet.

»Dieser Herr«, sagt er schließlich, »ist direkt beteiligt.«

Dann schweigt er wieder. Das Gemurmel der Übersetzung klingt wie ein verzerrtes Echo. Fernando hat es so sehr die Sprache verschlagen, dass er nicht einmal fragen kann, wie Mauricio das meint.

»Mario ist zwanzig Jahre und sieben Monate alt«, erläutert Mauricio, als wäre das die entscheidende Information und damit völlig klar, was Sache ist.

»Na und? Hast du nicht gesagt, dass man mit achtzehn berechtigt ist, einen Vertrag zu unterschreiben?«

»Schon. Aber um das Land zu verlassen, braucht man die Einwilligung der Eltern. Bis man volljährig ist, also einundzwanzig.«

Fernando rechnet nach. In Pittilangas Fall sind das noch fünf Monate. In fünf Monaten hat die Spielzeit längst begonnen, ob in der Ukraine, in Acapulco oder auf dem Mars. Diese Leute werden nie und nimmer so lange warten. Scheiße, verdammte Scheiße. So kurz vorm Ziel. Verzweifelt wendet er sich an Pittilangas Vater. Dass Mauricio schweigt, kommt ihm immer merkwürdiger vor.

»Entschuldigen Sie, aber finden Sie nicht, dass –«

»Deine Entschuldigung kannst du dir sonst wohin stecken«, schneidet ihm der Mann das Wort ab und sieht ihn wütend an. »Du denkst wohl, ich bin von vorgestern? Und merke nicht, dass ihr mich verarschen wollt?«

Diesmal bleibt die Übersetzung aus. Trotzdem beschweren sich die Ukrainer nicht, denn die Gesten und Blicke sprechen für sich. Fernando sieht Mauricio an, der wiederum Pittilanga senior ansieht, als wäre nichts geschehen. Der Sohn hält den Blick nach wie vor gesenkt.

»Ich werde Ihnen nicht erlauben, dass –«

»Du hast mir gar nichts zu erlauben, du Glatzkopf«, sagt Pittilanga senior und steht auf. Fernando steht ebenfalls auf. Ruso auch. Mauricio hingegen macht nur eine vage Handbewegung. »Warum erzählst du diesen Herren nicht, was Sache ist? Warum? He?«, wendet sich Pittilanga senior an die Ukrainer. »Mein Sohn – ich weiß nicht, ob Sie das wissen –, mein Sohn war mit der U-17 bei der WM in Indonesien. War einer von den zwanzig Jungs damals.« Er bewegt den Kopf hin und her, als wäre ihm das Hemd am Hals zu eng. »Einer von zwanzig aus ganz Argentinien. Und als er wieder daheim war, haben diese Typen die Transferrechte gekauft.«

»Hat Alejandro Raguzzi die Transferrechte gekauft.«

»Ist mir scheißegal. Fakt ist, dass ihr drei sie jetzt habt und ihn verscherbeln wollt.«

»Verscherbeln? Verscherbeln??« Fernando spürt, wie er an seine Grenzen kommt. Ruso versucht, ihn am Arm zu packen, aber er reißt sich los.

»Genau: verscherbeln, du Arschgeige«, erwidert Pittilanga senior. »Du hältst mich wohl für einen Vollidioten? Der nicht weiß, wie viel ein Spieler heutzutage wert ist? Nur weil ich nicht studiert habe, lasse ich mich noch lange nicht verscheißern!«

Bleich, aber mit ruhiger Stimme wendet Fernando sich an den Dolmetscher: »Bitte sagen Sie den Herren, dass ich mich für diesen Vorfall entschuldige. Für diesen Irrsinn.«

»Irrsinn? Ich zeig dir gleich, was Irrsinn ist, du Abzocker!«, brüllt Pittilanga senior und schlägt mit beiden Händen auf den Tisch. Die Ukrainer stehen auf. Nur Mauricio und Mario Pittilanga sitzen noch. »Und was soll überhaupt dieser Schwachsinn, ihn als Verteidiger spielen zu lassen? He? Was soll der Scheiß?«

Diesmal übersetzt der Dolmetscher, was in den Gesichtern der Urkainer sofort Wirkung zeigt. Obwohl er völlig außer sich ist, bemerkt Pittilanga senior, dass er einen wunden Punkt getroffen hat, und nimmt es als Ansporn, endgültig zum Angriff zu blasen.

»Das haben Ihnen diese Scheißkerle nicht erzählt, stimmt's«, wendet er sich direkt an die Vertreter aus Dnipropetrowsk. »Nein. Natürlich nicht. Da haben sie lieber schön die Klappe gehalten. Mein Junge ist nämlich Stürmer. Ich …« Er hält inne, als fehlten ihm zum ersten Mal die Worte. »Ich hab ihn selbst ausgebildet. Zum Stürmer. Mittelstürmer. Von klein auf. Von klein auf hab ich ihn ausgebildet. Und jetzt kommen diese Arschlöcher an und reden ihm allen möglichen Schwachsinn ein!«

»Ich fürchte, dass wir unter diesen Bedingungen –«, sagt Mauricio emotionslos.

»Die Bedingungen könnt ihr euch in den Arsch schieben!«

Pittilanga senior will sich auf sie stürzen. Er wirft den Stuhl um, schiebt den Tisch beiseite. Fernando bereitet sich auf die Attacke vor. Wenn schon, denn schon. Wenn er schon eine in die Fresse kriegen soll, will er wenigstens auch selber austeilen. Aber es kommt nicht so weit, weil Pittilanga junior aus seiner Starre erwacht, aufspringt und sich seinem Vater in den Weg stellt. Er legt ihm die flache Hand auf die Brust, als müsste er einen Zug stoppen oder eine einstürzende Wand abstützen. Und der

Vater lässt es mit sich machen, obwohl er nach wie vor brüllt, immer wütender brüllt.

»Wie ihr diesen Schwindel aufzieht, weiß ich nicht. Ich weiß nur, dass ihr die große Kohle abzocken wollt!«

»Große Kohle? Hast du sie noch alle, du Vorstadtneger?«

Es ist das erste Mal, dass Fernando jemanden mit diesem Wort beschimpft. Kaum hat er es gesagt, bereut er es, fühlt sich schuldig, macht sich Vorwürfe. Erneute Attacke von Pittilanga senior, erneutes energisches Eingreifen von Pittilanga junior, der immer noch keinen Ton gesagt hat.

»Wir versuchen, dem Jungen eine Zukunft zu ermöglichen!«, sagt Fernando so schnell, dass er fast über seine eigenen Worte stolpert. Hauptsache, es erlöst ihn aus dieser Situation, Hauptsache, es übertüncht, was er gerade von sich gegeben hat. »Hast du vergessen, wo er gespielt hat, bevor wir ihn unter unsere Fittiche genommen haben?«

»Das war nur vorübergehend.«

»Noch ein paar Monate, dann ist das Leihgeschäft beendet! Dann ist er frei. Vogelfrei!«

»Eierfrei!«

»Eierfrei und allesfrei! Oder glaubst du wirklich, Platense will ihn wiederhaben?«

»Wenn nicht Platense, dann eben ein anderer Club!«

»Jemanden in seinem Alter? So einen …« Fernando kann sich gerade noch rechtzeitig bremsen. Beinahe hätte er »So einen Rumpelfüßler« gesagt.

Wieder Schweigen. Der Dolmetscher klingt jetzt nervös. Die Ukrainer beschränken sich nicht mehr nur aufs

Zuhören, sie fragen auch nach. Und treffen Entscheidungen. Fernando hätte heulen können, denn er weiß, wie diese Entscheidungen aussehen. Innerhalb von fünfzehn Minuten ist alles den Bach runtergegangen.

»Dr. Guzmán«, sagt der Dolmetscher schließlich an Mauricio gerichtet. »Unter diesen Umständen scheint es uns nicht möglich ...« Die Aussprache des Russen hat etwas Metallisches, aber er spricht grammatisch perfekt. »Vielleicht zu einem späteren Zeitpunkt ...«

Die Typen sind höflich. Nur deshalb verlieren sie noch ein paar Worte, bevor sie verschwinden. Aber die Sache ist verloren, und alle acht Personen im Raum wissen es. Fernando lässt sich auf seinen Stuhl fallen und reibt sich das Gesicht, als könnte er sich so aus diesem Albtraum befreien.

»Genau, halt dir schön die Hände vors Gesicht und schäm dich«, sagt irgendwo im Hintergrund der Vater.

Dann hört Fernando Schritte, die um den Tisch herum und an ihm vorbeigehen. Als er die Hände vom Gesicht nimmt, sieht er, dass die Ukrainer, der Dolmetscher und die Pittilangas weg sind. In dem Raum sind nur noch sie drei. Auf dem Tisch verstreut die Verträge.

Fernando tritt ans Fenster und sieht nach draußen. Ruso steht ebenfalls auf, aber er geht zur Ecke, in der das Hotelpersonal einen Tisch mit Kaffee, Getränken und Gebäck vorbereitet hat. Er fragt die anderen, ob sie auch etwas wollen, aber sie sind zu sehr in Gedanken versunken, um ihm zu antworten. Er selbst schenkt sich eine große Tasse Kaffee ein und häuft Gebäck auf einen Teller: Diesen kostenlosen Service wird er sich doch nicht entgehen lassen. Als er sich wieder zum Konferenztisch umdreht, klingelt Mauricios Telefon.

»Hallo?« Der Anrufer schreit fast. »Ja. Ein Termin, Humberto. Doch, doch, alles in Ordnung. Bin schon unterwegs.«

Mauricio klingt fröhlich, energisch, sympathisch, also vermutet Ruso, dass er mit seinem Chef spricht.

»Bestimmt. Wenn Sie Zeit gewinnen wollen, sagen Sie Soledad Bescheid, aber ich sehe da kein Problem. Natürlich. Wie? Ha, ha! Sicher, Doktor. Wiederhören.«

Er legt auf, klappt das Handy zu und legt es auf den Tisch.

»Toll, wie schnell du dich berappeln kannst«, sagt Fernando, der nach wie vor nach draußen starrt, auf die andere Straßenseite.

»Was?«

Fernando wartet kurz, bevor er fortfährt. »Vor fünf Minuten sind zwei Jahre Arbeit im Orkus verschwunden, und du plapperst fröhlich mit deinem Chef, als wäre nichts passiert. Toll.«

Unter anderen Umständen hätte Ruso beruhigend eingegriffen. Einen Witz gemacht. Eine blöde Frage gestellt. Aber er hat keine Lust. Auch er hat die Schnauze voll. Darf er nicht auch mal die Schnauze voll haben?

Mauricio lächelt schwach. »Brauchst du jemanden, mit dem du dich anlegen kannst, Fer? Bitte, nur zu.«

»Mich mit dir anlegen? Überhaupt nicht. Ich freu mich für dich. Beneide dich. So eine verflucht gute Regenerationsfähigkeit hätte ich auch gern.«

»Was soll ich deiner Meinung nach tun? Meinem Chef mein Herz ausschütten?«

Diesmal ist Fernando an der Reihe, schwach zu lächeln. »Herz? Ich wusste gar nicht, dass Anwälte ein Herz haben.«

»Leck mich am Arsch.«

»Leck dich selber. Und erzähl mir nicht, dass sich da drin bei dir was regt. Das glaubt dir sowieso keiner.«

»War ja nicht anders zu erwarten. Der heilige Fernando der Vorstädte ist wieder da.«

»Der Depp der Nation, meinst du wohl.«

Mauricio schüttelt den Kopf und wendet sich an Ruso. »Wenn du noch was zu sagen hast, dann sag es jetzt. Gleich wird er nämlich zu seinem berühmten Opfermonolog ansetzen, und dann kommst du nicht mehr zu Wort.«

Ruso denkt gar nicht daran, etwas zu sagen. Aber wenn er etwas sagen müsste, würde er für Mauricio Partei ergreifen. Fernando übertreibt es mit seiner Wut. In ihr steckt zu viel alter Groll, der hier nicht hingehört.

»Soll ich dir allen Ernstes glauben, dass es in dir drin anders aussieht? Dass es dir nicht scheißegal ist?«, setzt Fernando nach.

»Glaub, was du willst. Ist mir wurscht«, erwidert Mauricio.

Ruso stellt seine halb ausgetrunkene Tasse ab. Lässt auch das restliche Gebäck auf dem Teller liegen. Ihm ist der Appetit vergangen. Trotzdem wird er nicht eingreifen. Sie können ihn mal. Alle beide.

»Dich mit mir anzulegen, beruhigt das deine Nerven, Fernando?«

»Mich mit dir anzulegen?«

»Ja, dich mit mir anzulegen. Ich versteh nämlich nicht,

was du hast. Mein Chef hat mich angerufen, und ich bin rangegangen. Geht dir das so gegen den Strich?«

»Weißt du, Mauri, das mit dem Anruf war halb so schlimm. Aber manchmal reicht ein Indiz als Beweis aus.«

»Beweis für was?«

»Dass es dir scheißegal ist. Und dass du ein Speichellecker bist. Du fährst gleich ins Büro, legst deiner Stute von Sekretärin die Hand auf den Arsch und trinkst einen Kaffee mit deinem Wichser von Chef, diesem Williams. Was du verbockt hast, dürfen dann deine Freunde wieder ausbügeln.«

»Verbockt? Was soll ich verbockt haben?«

»Das fragst du noch? Schon vergessen, was gerade passiert ist?«

Mauricio ist immer noch die Ruhe selbst. »Daran soll ich schuld sein? Merkst du überhaupt, was du da sagst?«

»Wer denn sonst? Ruso? Oder ich?«

»Nein, du Blödmann. Aber ich eben auch nicht. Wer hätte denn ahnen können, dass Marios Vater alles ruinieren würde?«

»Wer? Wer, fragst du? Wer war denn für die rechtliche Seite zuständig?«

»Die rechtliche Seite? Wer hat die Verträge aufgesetzt? Ich! Die Transferdokumente vorbereitet? Ich! Woher hätte ich wissen sollen, dass der ›Vorstadtneger‹ so einen Aufstand machen würde?«

»Jetzt ist das also das Problem, dass ich ›Vorstadtneger‹ gesagt habe.«

»Na ja, hilfreich war's jedenfalls nicht.«

»Klar, hätt ich es nicht gesagt, wär der Verkauf problemlos über die Bühne gegangen. Bist du so blöd oder tust du nur so?«

»Ach, Fernandito! Wann begreifst du endlich, dass das Leben kein Wunschkonzert ist? Man muss ja nur deine Küche gesehen haben, dann weiß man schon, wie du drauf bist.«

»Meine Küche? Was hat meine Küche damit zu tun?«

Mauricio wendet sich an Ruso. »Erinnerst du dich an die Streichhölzer?«

Ruso blinzelt nur.

»Was soll sein mit den Streichhölzern?«

»Er hebt sie auf«, sagt Mauricio an Ruso gewandt, als würde er genießen, dass er damit Fernando noch mehr reizt. »Er hebt tatsächlich die gebrauchten Streichhölzer auf. In einem der beiden Fächer. In dem einen Fach die neuen, in dem anderen die gebrauchten.«

»Halt die Klappe.«

»Für den Fall, dass er mal ein zweites Herdfeuer anmachen muss. Kaum zu glauben, aber wahr.«

»Ich weiß nicht, worauf du hinauswillst.«

»Es spricht Bände über dich, Fernando!« Erst jetzt wendet sich Mauricio wieder an ihn. »Planen. Kontrollieren. Für nichts und wieder nichts! Niemand hebt gebrauchte Streichhölzer auf. Niemand. Wenn sich doch mal der Scheißzufall ergibt, dass man ein zweites Scheißherdfeuer anzünden muss, zündet man eben ein neues Scheißstreichholz an. Auch du, Fernando!«

Fernando sieht ihn wütend an, sagt aber nichts.

»Das Leben ist kein Wunschkonzert, Fernando, das Leben ist Chaos. Du kannst es nicht kontrollieren.«

»Und du schon, du Arschloch?«

»Glaubst du, ich habe weniger Recht, wenn du mich beleidigst?«

Mauricio steht auf und sammelt die Verträge ein.

»Jetzt spielt er auch noch die beleidigte Leberwurst«, sagt Fernando an Ruso gewandt, der es satthat, dass man ihn als stummen Zeugen missbraucht.

»Nein, aber deine Vorwürfe sind ungerecht. Schließlich bin ich kein Hellseher.«

»Nein, das nicht. Aber ich muss dir ständig in den Arsch treten, damit du mal was für uns tust. Und jetzt hast du mal was für uns getan, und schon hast du's verpfuscht.«

»Und du kriegst immer alles glänzend hin, oder was?«

»Nein, aber ich hab mir wenigstens den Arsch aufgerissen, während du dir nur die Eier gekrault hast.«

»Die Eier gekrault? Darf ich dich daran erinnern, dass ich das Geld beigesteuert habe, um Prieto zu bestechen?«

»Das Geld hast nicht du beigesteuert, das Geld hat deine Versicherung beigesteuert. Oder hast du es etwa aus deiner eigenen Tasche bezahlt?«

»Glaubst du etwa, die Versicherungssumme hat gereicht? Ich hab noch einiges drauflegen müssen.«

»Wirklich? Das tut mir aber leid. Bestimmt musstest du zwei Monate lang jeden Tag Polenta essen, um es wieder reinzuholen. Wenn ich mich nicht täusche, hat es sogar für ein neueres Modell gereicht, oder?«

»Zehntausend musste ich drauflegen!«

»Soll ich jetzt aufstehen und applaudieren? Betrachte es als ein kleines Opfer für die Sache. Ruso und ich sind monatelang durch die Pampa gereist, um die Spiele zu filmen. Da bist du ziemlich billig weggekommen, findest du nicht?«

»Hast du schon Heiligenbildchen von dir drucken lassen? Im Ernst, die wären der Renner! Fernando der Märtyrer. Warum versuchst du das nicht mal?«

Fernando verstummt, starrt aus dem Fenster. Er ist rot wie eine Tomate, aber er hält den Blick starr nach draußen gerichtet. Mauricio hat inzwischen die Verträge eingesammelt und macht den Verschluss der Mappe zu. Sein Blick trifft auf Ruso, der ihm solidarisch zuzwinkert. Diesmal war es Fernando, der zu weit gegangen ist.

»Ciao, Ruso«, sagt Mauricio, geht und macht die Tür hinter sich zu.

Fernando wartet lange genug, um nicht denselben Fahrstuhl nehmen zu müssen.

Dann sagt auch er »Ciao« und geht.

Ruso lässt sich auf einen der Stühle sinken, auf dem vorhin die Ukrainer gesessen haben. Nach einer Weile geht die Tür auf und ein Page schaut herein. Als er Ruso dort sitzen sieht, will er die Tür wieder schließen, um ihn nicht zu stören, aber Ruso winkt ihn herein.

»Komm ruhig rein, Junge«, sagt er mit düsterer Stimme. »Wir sind hier fertig.«

38

Ruso öffnet den Kühlschrank und bleibt in Gedanken versunken stehen. Starrt die Fächer an, das Essen, die Flaschen. Warum ist er an den Kühlschrank gegangen?

»Mach schon, Papa.«

Ruso dreht sich zum Tisch um. Mónica und die Rusitas sehen fern. Lucrecia hat den Arm erhoben, in der Hand ein leeres Glas. Saft. Er soll den Saft holen, deshalb ist er an den Kühlschrank gegangen. Er nimmt den Tetrapack, geht zu ihnen und schenkt allen ein.

»Wurde der nicht in der letzten Folge umgebracht?«

»Nein, Papa. Das war sein Zwillingsbruder«, klärt ihn Ana auf.

»Der sah genau gleich aus«, ergänzt Lucrecia.

»Klar, sind ja auch Zwillinge.«

»Schschsch«, zischt Mónica und hebt die Hand, ohne den Blick vom Bildschirm zu wenden. »Nicht so laut, Dano.«

Ruso gehorcht. Der Anschiss stört ihn nicht. Im Gegenteil. Mónica hat ihn bei seinem Kosenamen genannt, und das bedeutet, dass das Universum in den richtigen Bahnen verläuft. Sofort rügt er sich selbst: Er darf sich nicht so leichtfertig freuen. Eigentlich ist Ruso ein unverbesserlicher Optimist. Aber nicht, wenn es um die Gesundheit der Mädchen und die Stimmung seiner Frau geht. Weil er sie zu sehr liebt. Wenn die Mädchen eine Erkältung haben, fürchtet er eine Lungenentzündung. Wenn sie Fieber haben, betet er und bedauert, dass es in seiner halb ererbten, halb gewählten Religion keine letzte Ölung gibt wie bei den Katholiken. Seit seine Töchter auf der Welt sind, ist das so. Und bei seiner Frau ist es ähnlich. Immer fürchtet er das Schlimmste. Da kann es noch so gut laufen, wie jetzt: Der Schmerz und die Entfremdung lauern hinter jeder Ecke.

Das Telefon klingelt. Ruso schiebt den Stuhl nach hinten, aber Mónica legt ihm die Hand auf den Arm und hält ihn zurück. »Wart erst mal ab, wer das ist.«

Ruso betrachtet Mónicas Finger. Er liebt es, wenn sie ihn berührt. Das Klingeln hört auf, als der Anrufbeantworter anspringt. Sofort ertönt die Stimme eines Mannes, eines jungen Mannes.

»Hallo. Ich würde gern mit Daniel sprechen. Hier ist Pittilanga. Mario Pittilanga. Ich –«

»Hallo!« Ruso ist die zwei Meter zum Telefon fast geflogen. »Daniel hier. Was gibt's, Junge?«

»Schschsch! Ich hör ja gar nichts mehr!«

Daniel nimmt das Telefon mit ins Schlafzimmer der Mädchen und macht die Tür hinter sich zu.

»So, jetzt, Junge. Wie geht's?«

»Äh … so lala. Bin ziemlich sauer, ehrlich gesagt.«

Ruso weiß nicht, was er sagen soll. Auch er ist sauer. Frustriert. Enttäuscht. In den zwei Nächten seit dem fatalen Treffen mit den Ukrainern konnte Ruso nur schwer einschlafen. Sehr schwer. Bei ihm ein Zeichen dafür, dass er innerlich aufgewühlt ist.

»Du darfst dich jetzt nicht hängenlassen, Mario. Irgendwann finden wir schon was für dich.«

»Okay, aber wäre gut, wenn es nächstes Mal besser klappen würde, wenn …«

»Hör zu, Mario, ich hab dir doch erklärt, dass wir keine Unternehmer sind, dass …«

»Weiß ich, Ruso. Ich mein auch mehr Ihren Freund, den Anwalt.«

Ruso runzelt die Stirn. Lehnt einige Kuschelbären an Lucrecias Kissen. Das mag sie so. Was fällt diesem Jungen ein, so über Mauricio zu sprechen?

»Ich versteh nicht …«

»Ich hab mit einem der Jungs gesprochen, die mit mir

bei Platense gepielt haben, und der hat mir gesagt, dass das mit der Volljährigkeit nicht mehr gilt.«

»Wie, nicht mehr gilt?«

»Oder schon noch gilt, aber volljährig ist man mit achtzehn, nicht mit einundzwanzig. Wenn Ihr Freund Anwalt ist, müsste er das doch eigentlich wissen, oder?«

Ruso denkt fieberhaft nach, aber es kommt nichts dabei heraus.

»Noch was«, fügt Pittilanga hinzu, und jetzt ist ihm tatsächlich anzuhören, dass er stinksauer ist. »Warum hat er meinen Vater ausgerechnet am Abend vor dem Treffen angerufen?«

»Wann hat er ihn angerufen?« Ruso lehnt den letzten Bären an das Kissen, aber er kippt um und fällt auf den Boden. Er lässt ihn liegen.

»Dienstagabend.«

»Wollte er dich oder deinen Vater sprechen?«

»Meinen Vater. Ich bin nur drangegangen, weil ich zufällig frei hatte und zu Hause war.«

Wieder denkt Ruso fieberhaft nach, versucht zu begreifen, aber es fällt ihm schwer. Nicht es zu begreifen fällt ihm schwer, sondern es zu akzeptieren. Oder beides.

»Dadurch haben Sie alles ruiniert«, sagt Pittilanga, und wieder ist ihm anzumerken, wie wütend er ist.

»Wodurch?«

»Dass Sie meinen Vater darauf hingewiesen haben.«

»Worauf?«

»Wie, worauf? Dass er seine Einwilligung geben muss, wenn ich das Land verlassen will. Die Sache mit der Volljährigkeit.«

Ruso versucht weiterhin, sich einen Reim darauf zu

machen. Wie kann das sein? Er spürt, dass er zurück an den Anfang gehen und seine Schlussfolgerungen neu überdenken muss. Was er als Pech angesehen hat, als dämliches Verhalten von Marios Vater, stellt sich jetzt ganz anders dar. Als Mauricio, der ein künstliches Problem erzeugt. Als Mauricio, der Gift verabreicht. Aber zu welchem Zweck? Ruso zögert. Sein letztes Fünkchen Verstand sagt ihm, dass der Junge nichts merken darf. »Mauricio hat ihn nur angerufen, um uns bei dem Treffen unnötigen Ärger zu ersparen.«

»Hab ich mir schon gedacht«, antwortet Pittilanga. »Aber wenn Sie mich fragen, wär's besser gewesen, meinem Vater nichts zu sagen.« Pittilanga klingt jetzt nicht mehr so angriffslustig, als hätte es ihn beruhigt, seinem Protest Luft zu verschaffen. »Wollt's nur gesagt haben. Aber okay. Ist halt so, wie's ist. Nützt nichts, sich jetzt noch aufzuregen. Was soll's.«

»Genau. Was soll's. Aber keine Angst, Mario. Irgendwas tut sich schon auf, das versprech ich dir. Wann fährst zu zurück nach Santiago?«

»Heute Abend.«

»Ah, ich dachte, wir könnten noch zusammen einen Kaffee trinken.«

»Beim nächsten Mal.«

»Klar, beim nächsten Mal. Sag rechtzeitig Bescheid, dann machen wir was aus.«

»Okidoki. Bis bald.«

»Mach's gut, Mario. Und gute Fahrt.«

Er hört, wie ihn die Mädchen rufen.

»Ja, ich komme!«, sagt er, aber er hat das Gefühl, dass er nie wieder aufstehen kann.

»Dano! Wo bleibst du denn? Jetzt kommt gleich der beste Teil!«

Soll er es Mónica sagen oder nicht? Und Fernando? Eigentlich will er nicht, aber Fernando ist ein Zauberer, der Gedanken lesen kann. Oder er ein Idiot, dem man alles an der Nasenspitze ansieht. Er geht ins Esszimmer. Stellt das Telefon zurück in die Basisstation. Setzt sich.

»Komm, Papa«, sagt Ana und zieht ihn am Ärmel, während sie auf den Bildschirm starrt.

Ruso betrachtet die drei. Denkt an Fernando. Denkt an Mauricio. Mónica sieht ihn an und runzelt die Stirn. Offenbar macht er ein besorgtes Gesicht. Er lächelt, damit die Falten auf ihrer Stirn verschwinden.

»Ist das der lebende oder der tote Zwilling?«, fragt er die Rusitas.

»Der lebende, Papa. Siehst du nicht, wie er spricht und sich bewegt?«

»Stimmt«, räumt er ein. Die drei sehen zum Bildschirm. Ruso schenkt die Gläser noch mal voll. Und denkt: Manchmal muss man aus Liebe auch etwas verschweigen.

39

Mauricio sieht in seinem Kalender nach: Er hat einen Termin mit Richter Benavente vereinbart, obwohl er zu einer Anhörung muss. Er drückt auf den Knopf der Sprechanlage.

»Ja?« Die Stimme seiner neuen Sekretärin klingt leicht verzerrt.

»Ich hab ein Problem, Natalia. Offenbar –«

»Du hast einen Termin mit Richter Benavente ausgemacht und vergessen, dass du zu einer Anhörung musst, richtig?«

Mauricio lächelt. Diese jungen Dinger sind ein Fluch. Natalia wurde ihm zugeteilt, als Soledad zu Ignacio versetzt wurde. Eine Lösung. Eine Atempause. Das Problem ist nur, dass sie nicht nur genauso effektiv arbeitet wie Soledad, sondern sogar noch appetitlicher ist. Wenn das überhaupt geht, denkt Mauricio und schüttelt den Kopf, weil auch Soledad schon ein heißer Feger war.

»Sag mir, dass du mich retten wirst, Nati.«

»Dann müssen wir wohl das Treffen mit Benavente verschieben …«

Ihre Stimme scheint zu lächeln. Das »Nati« war eine verschlüsselte Botschaft oder, besser noch, eine Vorhut. Dieses Lächeln in der Stimme, das mögliche Erröten im Büro nebenan sind der Beweis dafür, dass die Vorhut lebend zurückgekehrt ist. Keine Minenfelder, keine Heckenschützen. Das Leben ist schön.

»Ausgezeichnet. Ich lege es in deine heiligen Hände, die perfekte Ausrede zu finden.«

Erneutes Lächeln. Und die Hoffnung, dass diese Hände bald nicht mehr ganz so heilig sein werden. Weil die Leitung noch steht, bekommt er mit, dass Natalie mit jemandem spricht.

»Mauricio? Hier ist ein Freund von dir und will dich sehen.«

Mauricio ist kurz beunruhigt.

»Daniel Gutnisky.«

Mauricio seufzt und entspannt sich. »Sag ihm, er soll reinkommen.«

Er steht auf, geht um den Schreibtisch herum und reißt die Tür auf, um Ruso zur Begrüßung zu umarmen. Zu seiner Überraschung steht Ruso schon auf der Schwelle. Er hat nicht das heitere Lächeln auf dem Gesicht wie sonst, sondern wirkt wütend. Und er neigt ihm auch nicht den Kopf entgegen, um ihm einen Kuss auf die Wange zu geben, sondern packt ihn am Revers seines Sakkos (samt Hemdkragen und Krawatte) und hebt ihn hoch. Mauricio packt seinerseits Rusos Arme, weil er ahnt (wegen dieses wütenden Blicks, der Energie, mit der er hochgehoben wird, dem Impuls, der von Rusos Körper ausgeht), dass er gleich rückwärts ins Zimmer geschubst werden wird. Und tatsächlich: Mit einem Schrei, der halb der Anstrengung geschuldet, halb Beleidigung ist, stößt ihn Ruso in Richtung des Schreibtischs, hinter dem Mauricio gerade hervorgekommen ist, um seinen Freund zu begrüßen. Er knallt gegen das polierte Holz, aber nur mit den Füßen, der restliche Körper setzt seinen Flug ungebremst fort, trotz all seiner Bemühungen, das Gleichgewicht wiederzufinden. Schließlich prallt er mit Rücken, Hals und Kopf gegen das Regal mit den bourdeauxfarbenen Bänden der Rechtsliteratur, dann gegen einen Sessel, der umfällt und ihn unter sich begräbt. Während er nicht weiß, wie ihm geschieht, hört er Natalia ungläubig schreien, ja kreischen, und dann sieht er, wie Rusos Beine auf ihn zukommen, wie Ruso den Sessel anhebt, der ihn fast erdrückt, aber auch beschützt; er wird hochgehoben, diesmal von hinten, und dann kommt der nächste Stoß, ein heftiger Stoß, und alles Rudern mit den Armen kann nicht verhindern, dass er diesmal nicht gegen das Regal prallt, sondern gegen die Toilettentür, während Natalia weiterhin kreischt, und schon kommt Ruso wieder auf ihn zu und verdeckt das Licht, das durchs Fenster einfällt, und Mauricio hält sich die Hände vors Gesicht, weil er denkt, dass es gleich Schläge hageln wird, aber dem ist nicht so, denn Ruso nähert nur sein rotes, wutverzerrtes Gesicht und brüllt: Du Arschloch, du gottverdammtes Arschloch, du Verräter, das werde ich dir nie verzeihen.

Dann ist der Spuk vorbei. Rusos Schatten hat sich gelöst, weil Ruso aufgestanden und zur Tür gegangen ist, wo Natalia steht und immer noch kreischt, aber klug und wendig genug ist, um beiseitezutreten und Ruso durchzulassen, der auf die Fahrstühle zustampft. Sie geht zu Mauricio, der schwer in Mitleidenschaft gezogen auf dem Boden liegt, und fragt, ob sie einen Arzt rufen soll, oder die Polizei, oder beides, und Mauricio, der den rechten Arm kaum bewegen kann (weil es die Schulter am schlimmsten erwischt hat, als er gegen das Regal geknallt ist), hebt unter großen Schmerzen die Hand und sagt: Nicht nötig, schon gut, alles okay.

Enttäuschung

Nicht immer ist tiefe Zuneigung ein Garant für etwas. Weder für eine gute Beziehung noch für einen guten Ratschlag an einen Freund. Ersteres stellte Mono fest, nachdem er zwei oder drei Monate mit Lourdes zusammen-

gelebt hatte; Letzteres bemerkte Ruso zur gleichen Zeit, als er einsah, dass sein Rat, Mono solle ruhig mit dieser Frau zusammenziehen, falsch gewesen war.

In den vierzehn Monaten verging keine Woche ohne Streit, in dem sie sich gegenseitig zur Weißglut reizten und sich schreckliche Dinge an den Kopf warfen. Und es verging auch keine Woche, in der sie sich nicht gegenseitig anschwiegen und jeden Blickkontakt vermieden. Natürlich gab es auch gute Tage, innige Versöhnungen, aber sie glichen das Geschrei und die Entfremdung bei weitem nicht aus.

Unterdessen schritt die Schwangerschaft voran, wurde der Bauch immer dicker. Mehr als einmal wunderte sich Fernando über die Hartnäckigkeit der Natur. Lourdes und Mono hassten sich immer mehr, zerschnitten die letzten Bande, die sie noch verbanden. Aber das Kind in Lourdes' Bauch wuchs heran, fand mit unbeirrter Konsequenz seinen Weg in die Welt, ungeachtet des Sturms, der zwischen den beiden Menschen tobte, die es aufziehen sollten.

40

Fernando hebt die Tür ein wenig an, damit sich der Schlüssel drehen lässt, das Holz hat sich verzogen. Im Dunkel der Dämmerung sieht er, dass die Pflanzen im Gang verwelkt sind. Es hat seit Wochen nicht mehr geregnet, und er hat vergessen, sie zu gießen. Ein bisschen fühlt er sich schuldig. Als seine Großmutter noch in dem

Haus lebte, hat sie sich mit der gleichen Sorgfalt um die Beete gekümmert, die sie auch für alles andere verwandt hat. Fernando erinnert sich noch an die Sommernachmittage, an denen sie ihm auftrug, die Beete abzuschreiten und die Pflanzen zu gießen, während sie als Belohnung eine fürstliche Vesper vorbereitete.

Mono hatte sie so leider nicht kennengelernt. Als er alt genug war, setzte ihrer Großmutter bereits eine Arthrose zu, und sie war nicht mehr dieselbe. Vielleicht lag es aber auch gar nicht an der Krankheit, vielleicht hatte die Nähe zwischen ihr und Fernando andere, tiefere Gründe, ihren ähnlichen Charakter, ihre ähnliche Art, die Dinge zu handhaben.

Von wegen ähnliche Art, die Dinge zu handhaben. Arme Oma. Den welken Pflanzen nach zu urteilen, hat sie sich doch den falschen Enkel ausgesucht. Eigentlich hätte er neue setzen müssen. In die Gärtnerei fahren und welche kaufen. Hat er aber nicht: Sich um die Pflanzen zu kümmern empfindet er als Pflicht, ein Tribut an das Andenken an die alte Frau, die er so sehr geliebt hat. Er macht es nicht aus Freude. Und wenn er noch genauer darüber nachdenkt, dann fragt er sich, was er überhaupt aus Freude macht und nicht aus Pflicht. Aber besser nicht zu sehr darüber nachdenken, denn es ist fast dunkel, er hat Halsschmerzen vom Unterrichten und fühlt sich einsam.

Mit der Eingangstür verfährt er ähnlich wie mit der Tür zum Grundstück. Er tritt ein, legt Mantel und Rucksack auf den Tisch und geht zum Bad. Als er am Anrufbeantworter vorbeikommt, bemerkt er, dass das Licht blinkt, und drückt auf den Knopf. Er geht trotzdem ins

Bad und hört sich von dort aus die Nachricht an. Sie ist von Alicia, der Mathematiklehrerin, die ihn bei der letzten Vollversammlung in der Schule vor aller Augen angebaggert hat. Er überlegt, ob es sich lohnt, sie zurückzurufen. Ja, denkt er, aber nicht heute Abend. Lieber morgen.

Er streift sich die Schuhe von den Fersen, geht ins Schlafzimmer und legt sich aufs Bett. Dann schaltet er den Fernseher an und sucht die Sportsender. Im dritten wird eine Partie American Football übertragen. Er nimmt sich vor, eine Weile zuzusehen, vielleicht versteht er dann die Regeln und kann ein bisschen mitfiebern, aber nach fünf Minuten ist ihm sterbenslangweilig. American Football und Baseball, Mamma mia ... Offensichtlich kann eine Nation Supermacht sein, obwohl ihre Lieblingssportarten zum Einschlafen sind. Im vierten Sender stößt er auf Fußball. Endlich. Eine Partie aus Europa. Anhand der eingeblendeten Kürzel versucht er zu erkennen, um welche Mannschaften es sich handelt, aber es gelingt ihm nicht. Auch die Trikots sagen ihm nichts. Bei einer Nahaufnahme fällt ihm ein argentinischer Spieler auf. Wie heißt er noch? Er hat ihn schon tausendmal gesehen. Ex-Central oder Ex-Newells. Wie heißt er noch, verdammt? Er trägt das Haar jetzt länger, bindet es zu einem Zopf. Das Spielt steht null zu null.

Fernando geht zum Kühlschrank, holt ein Bier heraus. Dann legt er sich wieder aufs Bett. Sein Blick fällt auf den Nachttisch. Außer der Lampe stehen dort drei Fotos. Auch als er verheiratet war, standen sie auf seinem Nachttisch. Und jetzt, wo er im Haus seiner Großmutter wohnt, stehen sie wieder da. Die beiden kleineren haben den gleichen Rahmen und sind schwarzweiß: seine Mutter und sein Vater, die ihn stumm anzusehen scheinen. Fernando sieht ebenso stumm zurück. Das dritte Foto ist etwas größer und in Farbe. Er nimmt es, lehnt sich zurück und stellt es sich auf die Brust, um es besser sehen zu können. Vier Jungs im Alter von elf oder zwölf und ein Fußballspieler knapp über zwanzig. Einer der Jungs ist er selbst. Er steht ganz links, aus der Perspektive der Fotografierten betrachtet. Neben ihm steht Ruso. Ganz rechts Mauricio und neben ihm Mono. Der in der Mitte ist Ricardo Enrique Bochini, ihr absolutes Idol. Bochini im Trikot von Independiente. Rot. Aus Baumwolle, wie damals üblich. Rote Hose. Rote Strümpfe, schwarze Fußballschuhe. Auch er lächelt, aber nur mit dem halben Gesicht. Es ist nicht schlecht, dieses Lächeln, aber nichts im Vergleich zu ihrem, das strahlend ist. Sie haben es geschafft. Ein Fotograf von *El Gráfico* hat ihnen den Gefallen getan.

Die Idee hatte Ruso. Wie immer. Und Mono war sofort Feuer und Flamme gewesen. Er hingegen hatte tausend Einwände gehabt. Der Zaun, die Polizeihunde, dass Bochini das nie machen würde, dass sie gar keine Kamera hätten. Mit ihrem grenzenlosen Optimismus wischten Ruso und Mono seine Bedenken einfach beiseite. Und Mauricio? Was hat Mauricio damals gemacht? Wahrscheinlich gar nichts. Oder er hat sich überlegt, wie er Bochini zu einem Foto mit ihm allein überreden könnte. Jetzt werde ich ungerecht, denkt Fernando. Vielleicht betrachte ich den Mauricio von damals durch die Brille des Mauricio, wie er heute ist. Vielleicht war er nicht immer so, vielleicht hat er sich seitdem einfach verändert.

Während Ruso ihn noch zu überzeugen versuchte, kletterte Mono schon den Zaun hinauf. Und ehe sie sichs versahen, war er auf der anderen Seite. Als älterer Bruder blieb ihm nichts anderes übrig, als ihm zu folgen: um ihn zu beschützen oder ihm eine zu scheuern, weil er nicht auf ihn gehört hatte. Vorher aber musste er springen. Als sie auf dem Rasen landeten, kam Independiente aus der Kabine. Ruso beschwatzte den Fotografen. Und Mono Bochini, der sie erst mit einer gewissen Scheu ansah und dann nickte.

Fernando betrachtet die Gesichter näher. Der Fotograf war zur richtigen Zeit am richtigen Ort gewesen. Klar, sagt Fernando sich, als Reporter für den *Gráfico* muss man den Finger immer am Auslöser haben. Alle vier lächeln. Alle fünf, wenn man Bochini mitzählt. Fernando sucht in den Gesichtern dieser Jungs die Erwachsenen, die sie heute sind. Fragt sich, was heute noch so ist wie damals. Was auf der Strecke geblieben ist. Tja, auf der Strecke geblieben ist zunächst mal einer von ihnen. Mono ist nicht mehr da. Das Leben ist ein Scheiß, weil es zulässt, dass ein Junge so glücklich sein kann, mit der Hand auf der Schulter von Ricardo Enrique Bochini, und dass diese Freude dann erlischt und stirbt, einfach so.

Fernando stellt das Foto wieder auf den Nachttisch zurück. Das Spiel im Fernsehen steht immer noch null zu null.

41

»Aber … Hast du nicht gesagt, dass Fernando derjenige war, dem es beschissen ging? Und jetzt sagst du, es war Mauricio. Ich versteh gar nichts mehr.«

Ruso sieht ihm in die Augen. Das ist das Problem, wenn man nur die halbe Wahrheit sagt: Keiner begreift es. Andererseits will er auch nicht die Gerüchteküche anheizen. Wenn er es Mónica nicht gesagt hat, wenn er es Fernando nicht gesagt hat, dann wird er es auch Cristo nicht sagen. Und schon gar nicht, solange alles noch so unklar ist. Er weiß nur, dass Mauricio sie verraten hat, aber er weiß nicht, warum. Es ergibt keinen Sinn.

»Ach, Cristo. Was weiß denn ich. Ist halt eine Scheißsituation.«

Sie schweigen eine Weile. Draußen ackern die Angestellten. Ein Auto fährt vor, und Cristo geht raus, um den Auftrag entgegenzunehmen. Als er wieder zurück ist, verkündet er, dass sie mit dieser Wäsche den Monatsrekord geknackt haben. »Heute ist der fünfundzwanzigste, und wir haben jetzt schon mehr Autos gewaschen als im vergangenen Monat, der bisher unser bester war. Wir werden immer erfolgreicher, Ruso.«

Ruso lächelt, aber es ist ihm anzusehen, dass ihm das auch nicht weiterhilft.

»Was gedenkst du zu tun?«, nimmt Cristo den Faden wieder auf.

»Ich? Nichts. Was soll ich denn machen?«

Cristo setzt sich wieder. Er kennt Ruso nun schon seit vier Jahren, aber so hat er ihn noch nie erlebt. Und das sagt er auch.

»Wie, so?«

»So niedergeschlagen.«

Ruso lacht lustlos. »Darf man nicht auch mal schlecht drauf sein?«

»Klar darf man. Aber du? Du bist doch sonst immer so gut gelaunt. Selbst wenn alles scheiße läuft. Mit der Waschstraße, da hast du doch anfangs auch ziemlich schwarzgesehen, oder?«

»Uh. Wenn du wüsstest, wie ich war, bevor ich die Waschanlage aufgemacht hab. Seither geht's mir so gut wie noch nie. Du hättest mich mal erleben sollen, als ich den Hähnchengrill hatte.«

»Du hattest mal einen Hähnchengrill?«

»Ich hatte schon alle möglichen Geschäfte. Hab ich dir nie davon erzählt?«

»Doch, einiges. Aber nie vom Hähnchengrill.«

»Lieber ein andermal. Wenn ich dir jetzt vom Hähnchengrill erzähle, schmeiße ich dich womöglich mit einem Kuss auf die Stirn raus. Oder halte dir den Hochdruckreiniger an die Schläfe.«

»Trotzdem, komisch, dich so zu sehen. Du bist der Einzige, der eigentlich immer gut gelaunt ist.«

Ruso streckt sich. Es ist ihm etwas unangenehm, dass sie so viel über ihn sprechen.

»Vielleicht hab ich ja eine bipolare Störung. Du weißt schon, wenn's einem dreckig geht und man dann plötzlich wieder die ganze Welt umarmen möchte.«

»Wer's glaubt, wird selig, Mann. In den vier Jahren, die wir uns kennen, hab ich dich noch nie depressiv erlebt.«

»Pech für dich, Cristo. Jetzt kriegst du eben vier Jahre Depri ab.«

Cristo steht auf, weil Chamaco ihm Zeichen macht, dass er ihn braucht, aber er zögert noch, als suchte er nach einem tröstenden Wort. Er findet aber keins oder hat Angst, Ruso zu nahe zu treten. An der Tür begegnet er einem jungen Kerl, großgewachsen, dunkel, Sportkleidung. Weil Cristo nicht weiß, dass es Mario Juan Bautista Pittilanga ist, nickt er ihm nur kurz zu und geht weiter. Pittilanga murmelt Guten Tag und klopft dann zweimal innen an den Türrahmen.

»Was für eine Überraschung! Was gibt's, Junge?« Ruso eilt auf ihn zu und drückt ihm die Hand, überlegt kurz und umarmt ihn dann. »Woher hast du die Adresse?«

»Aus dem Internet.«

»Ich wusste gar nicht, dass wir im Internet sind.«

»Doch. Im Internet findet sich der absurdeste Quatsch.«

»Ich hoffe, du meinst damit nicht diese wunderbare Waschanlage.«

Ruso sagt es im Spaß, und so versteht es der Junge auch, denn er lächelt offen.

»Lust auf ein bisschen PlayStation? Gleich ist Mittag, da machen wir eine Stunde zu und spielen uns die Finger wund. Du könntest mit Feo ein Team bilden.«

»Feo?«

»Ja, der hübsche Kerl da drüben mit dem Staubsauger. Bist du dabei?«

»Also, na ja. Weiß nicht. Vielleicht könnten wir stattdessen einen Kaffee trinken. Gibt's was in der Nähe? Dann könnten wir in Ruhe reden.«

Ruso ist etwas erstaunt über den Vorschlag, aber er nimmt ihn schnell an. Er will nicht, dass der Junge sich unwohl fühlt. Dass sein Vater ein Arschloch ist, dafür kann er ja nichts. Außerdem ist er nicht der Einzige, der in seinem engeren Umfeld mit einem Arschloch zu tun hat.

»Ja, okay. Zwei Straßen weiter ist eine Tankstelle mit einem kleinen Supermarkt. Der hat auch einen Imbiss, wo man sich hinsetzen kann.«

Sie verlassen die Waschanlage, überqueren die Straße und gehen schweigend den Bürgersteig entlang. An der Kreuzung biegen sie ab, sagen aber immer noch kein Wort, als wüssten sie nicht so recht, wie sie das Thema anschneiden sollen. Was immer das Thema ist. Schließlich gibt sich Ruso einen Ruck. »Wie geht's dir, Mario?«

»Gut. Heute Abend fahr ich zurück. Bermúdez hat mir erlaubt, noch ein paar Tage hierzubleiben. Wegen der Familie und so.«

Das Wohlwollen hat seine Gründe, denkt Ruso: zehn Prozent Kommission. Andererseits: zehn Prozent von null. An der Tankstelle kaufen sie zwei Kaffee, die ihnen ein Mädchen mit roter Schirmmütze auf einem Plastiktablett serviert. Weil der Tisch wackelt, müssen sie aufpassen, dass die Tassen nicht überschwappen.

»Achtung: Der Kaffee hier ist wie unraffiniertes Schweröl«, sagt Ruso, nachdem er an seinem genippt hat.

Pittilanga nimmt einen Schluck. »Stimmt. Hoffentlich ist die Toilette offen.«

»Keine Angst. Ich führ dich nur an Orte mit 1-A-Qualität. Schließlich bist du ein Investment. Unser Goldjunge.« Ruso nimmt einen weiteren Schluck. »Worüber lachst du?«

»Über das mit dem ›Goldjungen‹.«

»Ist mir plötzlich eingefallen. So wurde mal ein Spieler von Boca genannt, in den Dreißiger-, Vierzigerjahren. Mir gefällt der Spitzname. Ist doch schön, oder? Unschuldig, was weiß ich. Hab ich mal in einer Erzählung von Soriano gelesen.«

»Wie heißt der?«

»Soriano? Osvaldo. Hast du nie was von ihm gelesen?«

»Nein, der Spieler. Der ›Goldjunge‹.«

»Uh, da fragst du mich was. Liegt mir auf der Zunge ... War ein italienischer Name. Wie deiner, oder?«

»Meiner?«

»Ja. Pittilanga. Ist auch italienisch.«

»Kann sein.«

»Du solltest mal deinen Vater fragen.«

Der Junge verzieht das Gesicht. »Lieber nicht«, sagt er, aber Ruso spürt, dass der Junge genau darüber reden will.

»Ihr seid euch ziemlich ähnlich.« Ruso hebt die Hände, um zu erklären, was er meint: Beide sind groß und breit, richtige Hünen. Auch die dunkle Hautfarbe haben sie gemein, die Haare, die aussehen wie Schweinsborsten. Allerdings fällt ihm nicht ein, wie er Letzteres in Mimik und Gestik übersetzen soll.

»Ja, das sagen alle«, gibt der Junge zu, in einem Ton, der verrät, dass er es nicht gerade als Kompliment versteht.

Sie trinken schweigend den Kaffee zu Ende.

»Ich ... Mein Vater ...« Er stockt, muss neu ansetzen. »Ich hätte nie gedacht, dass mein Vater so einen Aufstand machen würde. Jedenfalls anfangs nicht. Andererseits ist er bei dem Thema schon oft an die Decke gegangen.«

»Bei welchem Thema?«

»Ihr, Bermúdez, das Umfunktionieren zum Verteidiger, der Transfer.«

»Na ja, so ganz ausgegoren war die Sache ja auch nicht.«

»Nein, aber … Du kennst meinen Vater nicht.«

Zum Glück, denkt Ruso, sagt es aber nicht.

»Mein Alter glaubt, ich bin der neue Maradona oder Messi. Oder was weiß ich.«

Pittilanga hält den Blick gesenkt. Aus Scheu, denkt Ruso zunächst. Aus Scham, wird ihm dann klar.

»Na ja«, versucht Ruso zu beschwichtigen. »Väter sind eben so. Jeder Vater glaubt, dass seine Kinder was ganz Besonderes sind.«

»Nein, so mein ich das nicht. Vielleicht auch. Aber ich will noch auf was anderes raus.«

Wieder schweigen sie. Ruso tut der Junge leid, aber er spürt, dass er da allein durchmuss. Wenn er denn kann.

»Mein Vater ist ein bisschen grob gestrickt. Wie ich. Oder schlimmer. Ist nach der Grundschule abgegangen. Ich hab's immerhin bis zur siebten Klasse geschafft. Er nicht. Zu Hause sind wir sechs Geschwister. Erst kamen drei Mädchen, dann ich und mein Bruder, dann noch ein Mädchen. Ich bin also der älteste Sohn.«

»Spielt dein Bruder auch Fußball?«

»Jonathan? Nein, wo denkst du hin … Meine Mutter hat ihn … was weiß ich. Jedenfalls hängt er immer an ihrem Rockzipfel. In der Schule ist er richtig gut. Hat wirklich Grips. Will mal Pfleger werden. Aber meine Eltern streiten immer, weil mein Papa sagt, dass er noch schwul wird, wenn sie ihn weiterhin so verhätschelt.«

»Und? Ist er schwul?«

Pittilanga sieht ihn an, als wäre er sich nicht sicher. »Jedenfalls bin ich für meinen Vater so eine Art ... eine Art ...«

»Vorbild?«

»Vorbild? Nein, eher ... Wie sagt man, wenn jemand will, dass einer das macht, was man selber will? Auf Teufel komm raus? Wenn er nicht lockerlässt?«

»Ich weiß nicht, ob's dafür ein Wort gibt, aber ich versteh dich auch so.«

»Gut. Mein Vater hat mich immer zum Training gebracht, seit der E-Jugend. Mit dreizehn zum Probetraining bei Platense. Und so ging's immer weiter.«

»Man könnte auch sagen, er hat immer an dich geglaubt.«

»Ja, schon, aber es war nicht, wie soll ich sagen, es war nicht positiv. Eher ein Zwang. Verstehst du?«

»Er hat dich gezwungen?«

»Schön wär's! Nein! Ich hab mich selbst gezwungen! Mein Alter hat die Schicht gewechselt, nur damit er mich nachmittags zum Training fahren konnte. Hat um vier Uhr morgens angefangen, jeden Tag, damit er ab Mittag frei hat. Verstehst du? Und später dann, nachdem man ihn entlassen hat, war's noch schlimmer. Da hat er sogar Jobs abgelehnt, weil sie sich mit meinem Training überschnitten haben.«

Das Mädchen von der Kasse geht um ihren Tisch herum zu einem Regal, um es aufzuräumen und zu putzen.

Kurz sind sie abgelenkt, weil sie ihr auf den Hintern starren.

»Konnte deine Mutter denn nicht?«

»Konnte was nicht?«

»Dich hinbringen.«

»Nein. Meine Mutter war diejenige, die uns über Wasser gehalten hat. Mit Putzen. Meinen Vater hat das ganz krank gemacht. Ihm wär's lieber gewesen, sie wäre zu Hause geblieben. Aber das ging nicht. Also hat er alle Hoffnung auf mich gesetzt, verstehst du? Einmal ... Ist nur ein Beispiel. Einmal mussten wir gegen Boca antreten. Alle Jugendmannschaften. Ich war damals vielleicht fünfzehn Jahre alt, jedenfalls noch zu klein, um allein hinzufahren. Wir wohnten ewig weit weg von Platense, ganz zu schweigen von La Boca, wo das Ganze stattfinden sollte. Um zwölf sollten wir da sein, an einem Freitag. Als hätte an einem Freitagmittag niemand was Besseres zu tun. Na ja, irgendeiner in der Familie hat ja immer Zeit und bringt die Kinder hin. Der Vater, der Großvater. Wenn nicht, ein Nachbar. Nur bei uns konnte keiner meinen Vater ablösen. Jedenfalls bringt mich mein Vater hin, pünktlich um zwölf, und wir kommen auf die Liste. Ich hab erst später erfahren, dass er damals gerade in einem Lottoladen angefangen hatte und immer von sechs bis zehn garbeitet hat, weil der Laden am Bahnhof war und die Leute nach der Arbeit schnell noch einen Schein ausgefüllt haben. Viel Kohle gab's nicht, aber besser als gar nichts. Jedenfalls waren wir rechtzeitig da, der Trainer hat uns in die Liste eingetragen und dann erst mal weggeschickt, weil die B-Jugend gerade gespielt hat. Danach war die C-Jugend dran. Dann die D-Jugend. Dann die E-Jugend. Und dann erst wir. Mein Vater wurde immer nervöser, weil er gemerkt hat, dass er nie im Leben rechtzeitig zurück sein würde. Und er konnte ja nicht gleich in der zweiten Woche zu spät kommen. Also saß er den ganzen Nachmittag über wie auf heißen Kohlen. Bis er dann irgendwann eingesehen hat, dass es nicht reichen würde. Er ist zu unserem Trainer hin und hat ihm die Sache erklärt. Weiß gar nicht mehr, wie der hieß, nur noch, dass er ein alter Sack war. Und ein Riesenarschloch. Jedenfalls hat mein Vater ihn gefragt, ob ich gehen darf. Ich hätte meinen guten Willen ja gezeigt. Weißt du, was dieser Scheißkerl gesagt hat? Wenn ich jetzt ginge, bräuchte ich nicht mehr wiederzukommen. So ein Wichser. Kurze Zeit später ist er gestorben. Wahrscheinlich an Verbitterung. Dass solche alten Säcke Jugendliche trainieren dürfen. Jedenfalls mussten wir dableiben. Zurück zu Hause waren wir erst um sieben. Damals hatte mein Vater noch kein Handy. Er hat mich zu Hause abgesetzt und ist zu dem Lottoladen gefahren. War natürlich viel zu spät, aber er wollte trotzdem hin. Die haben ihn gleich wieder nach Hause geschickt. Und nie wieder angerufen. Solche Geschichten kann ich dir tausende erzählen.

»Und während der Spiele« – Ruso spürt, dass er jetzt fragen kann, dass Pittilanga Lust hat, alles zu erzählen –, »hat er sich da sehr eingemischt?«

Pittilanga reißt die Augen auf, hebt aber nicht den Blick. Als könnte er sich leichter einen Ruck geben, wenn er mit dem Tisch spricht.

»Ich hatte oft so einen Kopf«, erklärt er und hält sich die flachen Hände neben die Ohren. »Er war unerträglich. Manchmal ist er die Seitenlinie rauf- und runtergerannt, als wäre er der Linienrichter. In der C-Jugend bekam ich zum Glück einen gescheiten Trainer, der ihn gebremst hat. Wenn nicht … Irgendwann hätte ich ihn noch umgebracht. Und gut war auch, dass ich inzwischen alt genug war, um allein zum Training zu fahren, mit dem Bus. Nur bei den Spielen hatte ich ihn noch am Hals. Aber da hat ihm der Trainer was gegeigt, und das hat geholfen.«

»Und wie sah's mit Jobs aus?«

»Geht so. Jobs eben. Bei uns im Viertel geht's allen so. Früher war's besser, heißt es. Aber heute, heute kriegt man zum Sterben zu viel und zum Leben zu wenig. Aber er hat sich bemüht, was mir ein bisschen Luft verschafft hat. Meine Mutter musste trotzdem weiter putzen gehen. Deswegen gab's oft Zoff. Mein Vater meinte, jetzt, wo er mich nicht durch die Gegend kutschieren musste, wär genug Geld da. Aber sie wollte davon nichts wissen. Hatte den Glauben an ihn verloren. Ist immer noch so. Für mich war's ein Segen, als ich nach Santiago ausgeliehen wurde. Da musste ich mir diese ständige Zankerei nicht mehr anhören.«

»Streiten sie sich oft?«

»Wegen allem möglichen Quatsch. Zum Glück nie lang, ein bisschen Geschrei, und dann legt es sich wieder. Aber irgendwann nervt's. Trotzdem wird man's nicht los. Man wird's einfach nicht los.«

»Was wird man nicht los?«

»Das mit meinem Vater. Dass er immer noch hofft, es hat sich gelohnt. Die vielen Opfer in all den Jahren, dass er mich durchgefüttert hat, dass ich keine Arbeit suchen musste, dass er darauf geachtet hat, was ich esse, all das. Wie war das denn bei deinem Vater? War der auch so?«

Jetzt ist Ruso an der Reihe, die Augen aufzureißen und zu überlegen. »Mein Vater?« Er lächelt. »Nein, der war gutmütig. Zu gutmütig. Manchmal hätte mir eine festere Hand vielleicht gutgetan. Vielleicht wäre ich dann nicht so ein Idiot geworden.«

»Weißt du, was er gemacht hat? Weißt du, was er gemacht hat, als ich zur U-17 berufen wurde?«, unterbricht ihn Pittilanga, nicht mit böser Absicht, sondern weil er die Geschichte unbedingt loswerden muss. Sogar rot ist er geworden. »Mein Alter sitzt immer am Kopfende des Tisches. Wir haben zu Hause einen langen Tisch. Am einen Ende der Fernseher, der immer laut aufgedreht ist, und am anderen Ende er. Der Rest an den Seiten. Meine Mutter, meine Geschwister und ich. Ganz normal vermutlich.« Er hält inne, als würde er von seinen Erinnerungen überwältigt. »Weißt du, was er gemacht hat, als ich zur U-17 berufen wurde? Er hat mich am Kopfende sitzen lassen! Den anderen blieb die Spucke weg. Überleg mal. Ich war sechzehn. Mein Gott, war mir das peinlich. In den Arm nehmen, okay. Mich beglückwünschen. Lachen. Was weiß ich. Aber doch nicht so was. Ich bin doch nicht der Vater. Das wäre ja noch schöner. Ich erinnere mich noch, dass ich meine Mutter angeschaut habe, aber die hat nichts gesagt. Meine Schwestern auch nicht. Was sollten sie auch sagen, wenn meine Mutter keinen Mucks getan hat. Und ich auch nicht. Außerdem war mein Alter glücklich wie ein kleines Kind. Hat gequasselt wie ein Wasserfall. In sechs Monaten würde ich vielleicht schon in Europa spielen, hat er gesagt. Da war's wieder. Hat an mir geklebt wie ein Kaugummi. Training, Spiele, das ganze Programm. Sogar zur WM ist er mitgefahren. Bezahlt hat er das mit Geld, das ihm Salvatierra gegeben hat, dafür, dass ich bei ihm unterschrieben hab.«

Er macht eine Pause. Ruso fällt auf, dass er ihn noch nie so viel hat reden hören.

»Noch einen Kaffee?«

42

»Hör mal.« Ruso sieht auf die Uhr. Ihm ist gerade eine Idee gekommen. »Willst du mit uns zu Mittag essen? Oder hast du schon was anderes vor?«

»Nein«, antwortet Pittilanga. »Oder ja. Ich meine, ich hab nichts vor, will aber auch nicht aufdringlich sein.«

»Wieso aufdringlich? Ich hab dich doch eingeladen, oder nicht? Also sei nicht so, sonst endest du noch wie Fernando.«

»Fernando? Wieso das?«

»Na ja, weil Fernando immer so förmlich ist, so ernst, von wegen dass er nicht aufdringlich sein will. Hast du das noch nie bemerkt?«

»Schon. Scheint aber trotzdem ein guter Mensch zu sein.«

Sie haben den Supermarkt verlassen und stehen auf dem Bürgersteig. Ruso zeigt in die Richtung, die sie nehmen müssen.

»Sind sieben Blocks von hier. Ein guter Mensch? Eine Seele von Mensch!«

»Warum hast du das dann gesagt?«

»Was gesagt?«

»Das über Fernando. Als ob du Zweifel hättest. Entweder ist man ein guter Mensch oder nicht. Findest du nicht?«

Ruso betrachtet ihn. Ihm wird immer deutlicher, dass dieser Junge alles andere als blöd ist.

»Na ja, manchmal ist es halt einfach … zu viel«, sagt er.

Pittilanga sieht ihn verständnislos an. Sie überqueren die Straße.

»Zu verantwortungsbewusst. Zu solidarisch. Zu aufrichtig.«

»Zu viel alles.«

»Genau! Er zwingt einen fast, ihn zu bewundern.«

Schweigend gehen sie zwei Blocks weiter, bis Ruso auf ein Haus auf der anderen Straßenseite zeigt. »Da ist es. Das mit den zwei Stockwerken.«

»Ah. Toll.«

»Wir wohnen oben. Den unteren Teil hat mein Vater gebaut. Den oberen auch, aber erst später, für mich, als ich geheiratet habe. Wenn sie mal nicht mehr wären, sollte ich auch seinen Teil kriegen.« Sie kommen ans Gittertor.

»Und?«

Ruso dreht den Schlüssel im Schloss, überlässt Pittilanga den Vortritt und gibt ihm zu verstehen, dass er die Treppe nehmen soll, die seitlich am Gebäude hinaufführt.

»Meine Eltern waren damals ja schon alt. Für meine Geschwister hatte er bereits gesorgt. War ein fleißiger Jude, immer nur Arbeit, Arbeit, Arbeit. Mein Großvater genauso. Na ja, schlecht ist er nicht damit gefahren.« Ruso hält inne, als sie die Treppe hinaufgehen. Oben auf dem Absatz nimmt er den Faden wieder auf. »Als sie dann gestorben sind, haben sie mir tatsächlich das ganze Haus vermacht. Leider konnte ich es nicht halten und musste den unteren Teil verkaufen.«

»Schade, ist ein richtiges Schmuckstück«

Ruso wartet kurz, bevor er öffnet. Will sich vergewissern, dass Pittilanga ihn nicht auf den Arm nimmt. Nein. Tut er nicht.

»Tja, wenn ich dir eine Liste erstellen würde mit all den Geschäften, die ich schon in den Sand gesetzt habe, die wäre endlos.«

Sie treten ein.

»Meine Frau holt gerade die Mädchen von der Schule ab. Ist gleich wieder da. Mach's dir schon mal bequem.«

Pittilanga setzt sich auf einen der Stühle. Ruso, der an die zierlichen Dimensionen von Mónica und den Mädchen gewöhnt ist, kommt es merkwürdig vor, dass da so ein Koloss an seinem Tisch sitzt. Er öffnet den Kühlschrank und geht in die Hocke, um zu sehen, was er anbieten könnte. Da ist aber nichts. Um es zu überspielen, holt er eine Flasche Sprudel heraus und hält sie Pittilanga hin, der ablehnt. Er schenkt sich selber ein Glas ein und setzt sich.

»Was ist dann passiert?«, fragt er.

»Wie passiert?«

»Nachdem du zum Familienoberhaupt geworden bist.« Ruso nickt in Richtung Kopfende des Tisches.

»Uh ... Danach ging's bergab.«

»Wieso?«

»Weiß ich auch nicht so genau. Ich kam von der WM zurück, wo ich hauptsächlich auf der Ersatzbank saß. Bei Platense hingegen war ich Stammspieler. Zumindest in der B-Jugend. Auch in der A-Jugend lief's gut. Da hat mich auch dein Freund Alejandro gekauft. Mein Vater hat sich ein zweites Loch in den Arsch gefreut.«

»Kann ich mir vorstellen.«

»Nein, kannst du nicht. Du hast ihn ja nur einmal gesehen. Wobei, eigentlich ist er immer so. Der totale Griesgram, nie ein Lächeln. Weißt du, was er mit den fünfzehn Prozent gemacht hat, die ich für den Transfer gekriegt habe? Oder besser den zehn Prozent, denn der Club hat gleich mal fünf in die eigene Tasche gesteckt.«

»Die haben fünf Prozent von deiner Kommission kassiert?«

»Was glaubst du denn? Die sind fix, so fix, dass sie eine Fliege im Flug ficken.«

»Schöner Spruch. Kannte ich noch gar nicht.«

»Hast du noch nie gehört?«

»Nein.«

»Sag ich ständig.«

»Werd ich mir merken. Und dann? Was ist dann passiert?«

»Verwendet hat er die Kohle 1-A. Da gibt's nix. Hat Baumaterial gekauft, noch zwei Zimmer angebaut, die wir unter uns aufgeteilt haben, eins für die Jungs, eins für die Mädchen. Die Älteste war schon ausgezogen, zu ihrem Freund. Sie war schwanger, also brauchte sie Unterstützung. Jedenfalls hat's für die neuen Zimmer gereicht. Und noch so einiges mehr.«

Ruso hat ein schlechtes Gewissen. Pittilanga hat es wirklich ernst gemeint mit dem »Schmuckstück«.

»Blöd war nur, dass danach alles den Bach runterging.«

»Bei dir zu Hause ...«

»Nein. Mit mir. Als Spieler. Ich weiß auch nicht, was passiert ist. In der A-Jugend hab ich plötzlich meinen Stammplatz verloren. Mal hab ich gespielt, mal nicht. Dass ich auf der Bank saß, hat mir schwer gestunken. Und dann haben sie auch noch einen Typen von Colegiales geholt. Albani hieß der, weiß nicht, ob du schon mal von ihm gehört hast.«

»Hat der nicht bis vor kurzem bei Estudiantes gespielt?«

»Genau. Wurde gerade nach Portugal verkauft. Jedenfalls kam der in der A-Jugend zu uns und hat alle anderen in den Schatten gestellt. Mich hat das total runtergezogen. Hab mich mit dem Trainer angelegt. War natürlich nicht so klug.«

»Allerdings.«

»Von da an lief's immer beschissener. Ein Jahr hab ich dort gespielt. Oder ein halbes. ›Gespielt‹ ist allerdings nicht das richtige Wort. Ich hab's nämlich nicht mehr in die Stammelf geschafft. Ums Verrecken nicht. Und ich hab zugenommen. Mich ein paarmal gezerrt. Einmal genau in dem Moment, als ich mich wieder hätte rankämpfen können, weil sie diesen Albani verkauft haben. Es war wie verhext. Dazu Salvatierra im Knast. Vielleicht hätte ich mir jemand anderen suchen sollen. Oder meinen Vater bitten. Aber wir sind in solchen Sachen ein bisschen träge, scheint mir.«

Ruso nickt.

»Ich sah schon kommen, dass sie mir irgendwann die Freigabe erteilen würden. Und was sollte ich mit der Freigabe? Mir in den Hintern stecken ... Also bin ich zu Salvatierra und hab ihm gesagt, er soll mir was suchen, irgendwas, Hauptsache, ich kann spielen. Mitre aus Santiago del Estero war interessiert, also bin ich da hin. Ein Provinzclub, aber wenigstens war ich wieder Stammspieler. Den Rest kennst du.«

Ruso muss grinsen.

»Was ist?«, fragt Pittilanga, der ebenfalls grinst.

»Und jetzt hast du es auch noch mit drei Spinnern zu tun.«

»Genau. Nein, im Ernst. Als ich das mit Alejandro erfahren habe, wollte ich hören, was Sache ist. Über Salvatierra. Ich hatte keinen blassen Schimmer, was ich tun sollte. Also war ich heilfroh, dass ihr aufgetaucht seid, sonst ...«

»Und dann komme ich dir auch noch mit der Idee, dich zum Verteidiger umzufunktionieren.«

»Das kannst du laut sagen. Ich wäre dir am liebsten an die Gurgel gegangen.«

»Hab ich gemerkt. Die Idee hat dir gar nicht gepasst.«

»Wie auch? Ich hab mein ganzes Leben lang als Mittelstürmer gespielt, und dann kommst du und sagst, ich soll's mal als Verteidiger probieren. Was für eine Schnapsidee!«

»So was kann nur einem Fußballgenie wie mir einfallen, Mario.« Ruso setzt sich gerade hin, als wollte er etwas Wichtiges sagen. »Jetzt mal im Ernst: Geht's dir nicht besser?«

»Besser in welchem Sinn?«

»Jetzt hör aber auf. Fußballerisch. Was denn sonst?«

Pittilanga macht eine vage Geste, die Ruso nicht richtig deuten kann.

»Hand aufs Herz. Glaubst du nicht auch, dass du als Verteidiger bessere Chancen hast? Dass wir für dich dann mehr Geld kriegen?«

Dem Gesichtsausdruck nach zu urteilen ist Pittilanga seiner Meinung, aber ein Rest an Stolz verbietet ihm, es auch laut auszusprechen.

»Wichtig ist nur, dass sich was auftut, bevor ich wieder zu Platense muss«, antwortet er schließlich. »Diese Arschgeigen erteilen mir garantiert die Freigabe.«

»Irgendwas wird sich bestimmt ergeben.«

Der Junge sieht ihn lange an.

»Was guckst du so?«

»Du bist kein besonders guter Lügner.«

»Gib mir ein bisschen Zeit. Heute ist nicht mein bester Tag. Aber das gibt sich wieder. Spätestens morgen. Und dann häng ich mich so richtig rein.«

Von der Treppe her ist Getrampel zu hören, dazu eine Frauenstimme, die zur Vorsicht mahnt. Dann steckt jemand einen Schlüssel ins Schloss und öffnet die Tür. Ruso steht auf, ebenso Mario. Ruso stellt sie einander vor. Er weiß, dass dieser unerwartete Gast Mónica nicht stört. Hätte er Fernando, Mauricio oder Cristo mit nach Hause gebracht, hätte er tödliche Blicke geerntet. Von Pittilanga aber hat sie schon so viel gehört, dass sie garantiert neugierig ist. Die Mädchen geben ihm und Pittilanga zur Begrüßung einen Kuss auf die Wange.

»Sind das Zwillinge?«

»Ja. Hab eben einen ganz besonderen Saft.«

»Du Ferkel!«, schimpft Mónica und dreht sich entschuldigend zu Pittilanga um. »Diese geschmacklose Bemerkung macht er jedes Mal.«

Ruso ignoriert sie mit majestätischer Würde und geht ins Bad, um sich die Hände zu waschen. Er muss nicht in sich hineinhorchen, um zu wissen, dass seine Traurigkeit nachlässt, dass er bald wieder der Alte sein wird. Ein Idiot, aber eben der alte Idiot. So mag er sich jedenfalls lieber. Er hört, wie Pittilanga anbietet, den Tisch zu decken. Und plötzlich fällt es ihm wieder ein. Er freut sich so sehr darüber, dass er aus dem Bad rennt, ohne sich die Hände abzutrocknen.

»Jetzt weiß ich's wieder! Lazatti! Der Goldjunge hieß Lazatti!«

43

Fernando betrachtet aufmerksam die Riesenpfütze und versucht sich zu erinnern. Auf dem Hinweg ist er rechts an ihr vorbeigefahren. Er legt den ersten Gang ein und dreht am Lenkrad. Der Wagen steuert nach links und schaukelt leicht, als er das Wasserloch umkurvt. Zwei Querstraßen weiter hält er überrascht an, weil er Ruso die asphaltierte Straße entlanggehen sieht. Er hüpft von einer trockenen Stelle zur nächsten, um sich nicht dreckig zu machen. Fernando lächelt. Er fährt näher an den Rand heran und stellt den Motor ab. Ruso hat ihn nicht bemerkt, weil er die Augen auf den Boden gerichtet hält, auf den Schlamm. Gerade hat er wieder eine trockenere Stelle entdeckt, aber dann stellt er fest, dass es von dort aus nirgendwo weitergeht. Fernando greift nicht ein, sondern beobachtet ihn amüsiert. Ruso hat ihn immer noch nicht bemerkt. Er nimmt Anlauf, um sich über eine Pfütze zu katapultieren. Fernando kann den Sprung nicht sehen, aber offensichtlich ist etwas schiefgegangen, denn Ruso rudert wild mit den Armen, um sein Gleichgewicht wiederzufinden. Fast wäre er gestürzt, aber er kann sich gerade noch in der Vertikalen halten. Mitten in seinem filigranen Rettungsmanöver hebt er den Kopf und sieht Fernando, der dreißig Meter entfernt in seinem Auto sitzt und sich fast totlacht. Ruso winkt ihn zu sich. Fernando gehorcht, hält sich aber in der Straßenmitte, damit er nicht steckenbleibt. Als er bei Ruso ankommt, bremst er und kurbelt das Fenster herunter.

»Hallo, Rusito.«

»Das Hallo kannst du dir sparen. Fahr lieber näher ran.«

»Komm du lieber zu mir.«

»Mach schon, sonst versinke ich noch bis zu den Eiern im Schlamm. Los, fahr ein bisschen näher ran.«

»Geht nicht. Komm du! Sonst stehen wir noch den ganzen Tag hier.«

Ruso zögert noch, als wollte er sich vergewissern, dass Fernando es ernst meint. Dann macht er sich auf den Weg.

»Achtung, Graben«, warnt ihn Fernando.

»Hab ich gesehen«, antwortet Ruso kurz angebunden.

Er tastet sich mit den Füßen vorwärts, sucht die Steinbrocken, die aus dem Wasser ragen. Einige sind groß und ruckeln nicht, andere aber geben unter seinem Gewicht nach und rutschen weg.

»Ich flieg gleich auf die Schnauze.«

»Soso.«

Als einer der Steine besonders wackelt, wäre er tatsächlich beinahe gestürzt. Er reißt die Arme auseinander und umklammert den Kotflügel wie eine Zange. Schließlich schafft er es bis zur Tür, die Fernando bereits geöffnet hat. Er öffnet sie vollends und gleitet auf den Beifahrersitz.

»Langsam, Ruso. Bevor du endgültig einsteigst, zeig erst mal deine Schuhe her.«

»Was ist mit meinen Schuhen?«

»Lass mal sehen. Hab ich's mir doch gedacht! Zieh die Dinger sofort aus.«

»Wieso?« Ruso sieht an sich herunter. »Verdammter Mist! Guck nur, wie ich aussehe!«

Unter den Sohlen pappt glänzender Schlamm, so dick, dass er bis zum Oberleder der Mokassins reicht. Auch der Saum der Jeans ist nass und verdreckt.

»Guck nur, wie ich aussehe«, äfft Fernando ihn mit Flötenstimme nach. Er legt den ersten Gang ein und fährt genauso vorsichtig los wie eben. »Santa Marta ist was für echte Kerle und nichts für Schwuchteln aus Castelar.«

»Wann teeren die endlich die Straße, he?«

Fernando sieht ihn spöttisch an. »Bald, Ruso. Irgendwann bauen wir hier eine exklusive Wohnanlage.«

Ruso murmelt etwas Unverständliches und setzt sich bequemer hin. Die dreckigen Schuhe hat er auf der Fußmatte abgestreift.

»Ich hab's ja immer gesagt: Ich versinke auf dem Weg zur Schule im Schlamm. Verstehst du jetzt, warum ich mir ein Auto gekauft hab?«

»Warum suchst du dir nicht eine andere Schule, eine, die näher liegt?«

»Weil ich hier einen Zuschlag kriege.«

»Viel?«

»Ein Vermögen.«

An der Ampel biegt Fernando in die asphaltierte Straße ein. Als er beschleunigt, löst sich Schlamm von den Reifen und poltert gegen die Kotflügel.

»Jetzt mal im Ernst. Warum suchst du dir nicht eine andere Schule?«

»Dafür brauche ich noch ein paar Dienstjahre«, lügt er. »Was wolltest du eigentlich von mir? Oder hattest du einfach Lust, in Santa Marta Schlickschuh zu fahren.«

»Nein, ich muss was Dringendes mit dir besprechen.«

»Ist Mónica schwanger?«

»Nee, es sei denn, der heilige Geist war wieder aktiv.«

»So schlimm?«

»In letzter Zeit ist sie geschlechtlichen Begegnungen nicht gerade zugeneigt.«

»Ich hab nicht gesagt, dass sie von dir schwanger sein muss.«

»Wie witzig. Nein, ich komme wegen Pittilanga.«

»Ist dir die Lust immer noch nicht vergangen?«

»Doch. Aber irgendwas müssen wir ja tun.«

Ruso hat Recht. Er selbst hat reagiert, wie er immer reagiert: verbittert und deprimiert. Aber es nützt ja nichts: Sie müssen was tun. Zum Glück scheint Ruso eine Idee zu haben. Wenn es nicht irgendein absoluter

Schwachsinn ist, wird er sich drauf einlassen. Sollen auch mal die anderen denken. Sollen auch mal die anderen Entscheidungen treffen.

»Ich hab mich viel mit Cristo unterhalten.«

»Dann ist das Vaterland ja gerettet.«

»Ich mein's ernst.«

»Ich auch. Was habt ihr euch überlegt?«

»Wir haben uns den Kopf zerbrochen und sind zu dem Schluss gelangt, dass wir noch mal was probieren sollten. Was Neues. Damit der Junge es doch noch schafft.«

»Und das wäre?«

»Du kannst dir nicht vorstellen, wie uns die Köpfe geraucht haben.«

»Und?«

»Ewig hab ich mit Cristo gequatscht. Ewig.«

»Und?« Fernando wird ungeduldig, obwohl er genau weiß, dass es nichts bringt. Wenn Ruso etwas erzählt, ist ihm die Form wichtiger als der Inhalt.

»Vor einiger Zeit hab ich zufällig gehört, dass es Firmen gibt, die Statistiken an ausländische Agenturen und Clubs verkaufen. Ich hab dir mal davon erzählt, weißt du noch?«

»Nein.«

»Doch. Dir und Mauricio.«

»Nein.«

»Als wir zum ersten Mal zu Pittilanga gefahren sind, glaube ich. Erinnerst du dich wirklich nicht? Die halten alles über die Spieler fest. Wie oft sie den Ball berührt haben, wie viel Gegner sie ausgetrickst haben, wie oft sie aufs Tor geschossen haben. Und? Kommt's wieder?«

»Nein, Mann!«

»Ich hab's aber erzählt. Dass alles festgehalten wird. Über jeden einzelnen Spieler.«

»Mag sein, aber ich erinnere mich nicht mehr. Wahrscheinlich hab ich dir nicht richtig zugehört.«

»Genau! Das regt mich ja auch so auf! Wenn ich euch was erzähle, könnte ich genauso gut mit einer Wand reden!«

»Mir kommen gleich die Tränen, Ruso.«

»Nein, Mann, im Ernst. Ich rede den lieben langen Tag so viel Scheiß daher, dass mir keiner zuhört, wenn ich mal was Gescheites zu sagen habe.«

»Jetzt übertreibst du aber.«

»Darin seid ihr euch einig, du und dieser Idiot von Mauricio: dass ihr die Einzigen seid, die man ernst nehmen muss. Weil ihr die Intelligenzbolzen seid. Wo das hinführt, hat man ja gesehen.«

Fernando antwortet nicht. Es ist schon was dran an dem, was sein Freund da sagt. Aber er muss trotzdem nicht so empfindlich sein. Sie schweigen eine Weile. So schnell sich Ruso aufregt, so schnell beruhigt er sich auch wieder. Und ihm selbst fällt es schwer, sich zu entschuldigen.

»Also. Was ist nun?«, fragt Fernando, als er das Gefühl hat, dass der kleine Wutanfall vorüber ist.

»Weißt du jetzt wieder, von was für einer Art Firma ich spreche?«

»Ja.«

»Wahrscheinlich legen die nicht über alle Spieler Statistiken an. Aber es gibt sie. Da bin ich mir absolut sicher.«

»Und?«

»Gestern hat's den ganzen Tag geregnet. Und weil wir nichts zu tun hatten, sind Cristo und ich auf das Thema zu sprechen gekommen.«

»Und weiter?«

»Ich sag zu ihm: Wir müssen uns was überlegen. Was anderes. Was Neues. Und bei der Gelegenheit erwähne ich diese Firmen, sage zu Cristo, wie schade, dass wir nicht einfach Pittilangas Daten einschleusen können, damit im Ausland jemand anbeißt.«

»Wie, Daten einschleusen?«

»Na, in die Datenbank. Diese Dinger, wo man den Namen eines Spielers eingibt, und schon werden Informationen ausgespuckt. Wär doch was, wenn wir Pittilanga da eingeben könnten.«

»Die geben sich doch nicht mit Spielern der dritten Liga ab.«

»Cristo meint, man könnte die Daten ja auch frisieren. Verstehst du? So tun, als wäre unser Pittilanga ein Star.«

Fernando sieht ihn prüfend an, ob er das ernst meint. Ja, tut er. Er stellt sich Cristo vor, wie er in einem Trenchcoat mit hochgestelltem Kragen durch eine dieser Firmen schleicht, im Köfferchen ein Mikroprozessor der neuesten Generation. Wie in einem dieser Hightech-Thriller, die im Kabelfernsehen laufen. Es ist lächerlich.

»Mensch, Ruso, das ist doch alles Quatsch mit Soße.«

»Mag sein. Deshalb haben wir die Idee ja auch wieder verworfen.« Ruso macht eine Bewegung, als wische er alle verrückten Ideen vom Tisch. »Wir haben einen ganz anderen Plan.«

Fernando muss über diesen verschwörerischen Tonfall

grinsen. Er sieht zum Seitenfenster hinaus, damit Ruso nicht wieder beleidigt ist. »Ich höre.«

»Cristo und ich haben wirklich gründlich über die Sache nachgedacht, sie von allen Seiten beleuchtet. Bis meine Wenigkeit einen brillanten Einfall hatte, wenn ich so unbescheiden sein darf.«

»Darfst du.«

»Danke. Wir haben es hier mit einem Informationsproblem zu tun.«

»Der Falschinformation.«

»Von mir aus. Der Falschinformation. Wir müssten Falschinformationen in eine Datenbank einspeisen, zu der wir keinen Zugang haben.«

»Genau. Die Frage ist: Wie sollen wir da reinkommen?«

»Eben. Wir kommen nicht rein. Keine Chance.«

Fernando hält an einer Ampel. Er sieht Ruso an, mit einem großen Fragezeichen im Gesicht. Doch Ruso schweigt. Fernando platzt der Kragen. »Willst du mich verarschen, oder was?«

»Überhaupt nicht. Ich warte nur geduldig, bis du die wahre Dimension des Problems erfasst hast. Wir kommen also nicht rein in diese Datenbank. Es ist unmöglich. Jedenfalls für uns. Aber das macht nichts.«

»Weil?«

»Ganz einfach: Wenn wir nicht in die Datenbank reinkommen, um unsere Informationen einzuspeisen, dann schaffen wir eben unsere eigene Datenbank. Ist das nicht genial? Wir betreiben unsere eigene Datenbank und speisen ein, was immer wir wollen.«

»Ich verstehe nur noch Bahnhof.«

»Du brauchst es auch gar nicht zu verstehen. Im Gegenteil, es ist sogar besser, wenn du es nicht verstehst. Das bedeutet nämlich, dass unsere Idee so gut ist, dass sie über deinen mittelmäßigen Verstand hinausgeht.«

44

Als er unter der Markise der Waschanlage ankommt, klappt Fernando den Regenschirm zu, stößt die Tür auf und erblickt eine hochkonzentrierte Belegschaft. Feo und Molina spielen auf der PlayStation: Barcelona gegen Manchester. Feo ist Barcelona und führt eins zu null. Chamaco setzt Mate auf, ohne seinen Blick auch nur eine Sekunde vom Bildschirm zu lösen. Auf der anderen Seite beugen sich Ruso und Cristo über einen zweiten Computer, den sie auf einen kleinen Tisch gestellt haben.

Fernando grüßt und wird zurückgegrüßt.

»Jetzt kannst du ihn ja fragen, Ruso«, sagt Feo, ohne aufzublicken.

Ruso blickt über Cristos Schulter hinweg. »Kennst du jemanden, der Elektrogeräte durch den Zoll schmuggelt?«

»Was?« Schon als Kind hatte Ruso diese Eigenart: direkt ins Gespräch einzusteigen, ohne weitere Erklärungen, einfach an der Stelle, an der er gedanklich gerade steht. Damit bringt er Fernando immer wieder aus der Fassung.

»Mann, diese Typen, die alle möglichen Geräte ins Land schmuggeln: Notebooks, Navis, Handys.«

»Was brauchst du?«

»Ich doch nicht. Die da.« Er zeigt auf seine Angestellten. »Die liegen mir den ganzen Tag auf den Ohren von wegen, dass sie eine PlayStation 3 wollen.«

»Und das da?« Fernando zeigt auf die Konsole, mit der sie gerade spielen.

»Das ist eine PlayStation 2«, erklärt Chamaco in einem »Das sieht man doch«-Ton. Auch Feo und Molina schütteln mitleidig den Kopf. Oder spöttisch.

»Die PlayStation 3 ist einfach besser – oder, Feo?«, schaltet sich Ruso ein.

»Tausendmal besser. – Ja!«, jubelt Feo, weil er Molina gerade mit Hilfe seines Superverteidigers den Ball abgeluchst hat.

»Mit diesem Jungen darf man nicht spielen«, brummelt Molina. »Ich geh lieber raus und schrubbe die Anlage.«

»Prima Idee«, sagt Ruso. »Es hat gerade aufgehört zu regen. Gut möglich, dass gleich Kunden kommen.«

Die Angestellten lassen alles stehen und liegen und gehen raus.

»Wie viel kostet eine PlayStation 3, Ruso?«, fragt Fernando, der sich wegen der permanent prekären Finanzen seines Freundes Sorgen macht.

»Cristo meint, so um die siebenhundert, achthundert Dollar.«

»Wenn jemand sie dir mitbringt, kriegst du sie schon für sechshundert«, erklärt Cristo, ohne vom Bildschirm aufzuschauen.

»Das sind trotzdem noch rund zweitausendfünfhundert Pesos.«

Keiner sagt etwas, was aber nicht daran liegt, dass sie darüber nachdenken, was für ein Irrsinn es ist, so viel Geld für ein Spielzeug rauszuschmeißen, wie Fernando schnell klar wird, sondern weil sie konzentriert verfolgen, was auf dem Bildschirm passiert.

»Und der Computer? Wo habt ihr den her? Sieht aus wie neu.«

»Ist er auch«, bestätigt Cristo. »Den hat dein Freund hier besorgt. Ein Tauschgeschäft.«

»Wie, Tauschgeschäft. Hat er einen Computer gegen Autowaschen getauscht, oder was?«

»Der beschafft dir auch angereichertes Uran, wenn's sein muss. Unglaublich, der Typ. Echt. Ich lerne jeden Tag was von ihm.«

Fernando sieht Ruso an, der sich ein »Ist doch nicht der Rede wert«-Lächeln nicht verkneifen kann.

»Pass bloß auf, Cristo. Als du hier angefangen hast, warst du echt ein guter Junge«, sagt Fernando. Ruso wird dich noch ins Verderben führen.«

»Schon möglich.«

»Hört auf, blöd rumzuquatschen, wir haben Wichtigeres zu tun«, sagt Ruso. »Hol dir einen Stuhl, Fer. Bist du schon auf der Seite, Cristo?«

»Nein. Du hast doch gesagt, ich soll noch warten.«

»Ist ja gut. War nur 'ne Frage.« Er blickt über die Schulter hinweg zu Fernando. »Bereit, mein Lieber?«

»Wann immer du willst.«

»Na dann: Los geht's.«

Der Bildschirmhintergrund wird bläulich grün. Dann tauchen Titel auf, zuerst: *Enge Deckung*. Cristo und Ruso klatschen in die Hände.

»Was soll das bedeuten? *Enge Deckung*?«, fragt Fernando.

Die beiden sehen ihn an, antworten aber nicht. Unter dem Haupttitel taucht ein Untertitel auf. *Entwickelt von Ruscris Communications*. Allmählich beginnt Fernando zu begreifen. Auf dem Bildschirm erscheinen Fotos von Spielern aus unterschiedlichen Mannschaften. Daneben Icons zu verschiedenen Kategorien und ein Suchfeld.

»Nenn mir einen halbwegs bekannten Spieler. Keinen Star, die brauchen wir nämlich gar nicht erst einzugeben.«

»Einer, der gerade aktiv ist?«

»Ja. Und der außerdem in Argentinien spielt.«

»Morel.«

»Morel Rodríguez von Boca?«

»Nein, Morel von Tigre.«

Cristo tippt den Namen ein und drückt Enter. Eine andere Seite öffnet sich, mit einem Foto des Spielers und einer Statistik. Fernando wirft einen kurzen Blick auf die Spalten: Anzahl der Spiele, Siege, Unentschieden, Niederlagen, Tore, Torvorlagen, Serien.

An den Rändern befinden sich weitere Icons. *Spiel für Spiel*, lautet eines.

»Geht's da weiter?«

»Schon, aber …« Cristo klickt das Icon an. Auf dem Bildschirm erscheint eine Baustellenseite. »Fehlt noch einiges an Daten.«

»Du musst dich ranhalten, Cristo. Wir brauchen eine kritische Masse.«

Cristo betrachtet Ruso mit stiller Geduld. »Darf ich dich daran erinnern, dass ich auch noch diese Waschanlage schmeißen muss? Vierzehn Stunden am Tag? Und dass ich eine Frau habe? Einen Sohn?«

»Mein Gott, als ob du dir hier die Beine ausreißen müsstest.« Ruso wendet sich wieder an Fernando: »Die Website hat uns Cristos Schwester gebastelt, aber die Daten eingeben müssen wir natürlich selber.«

»Und woher nehmt ihr die Daten?«

»Wenn's geht, von anderen Webseiten. Wenn nicht, erfinden wir sie.«

»Kriegt man da nicht Ärger?«

»Mann, Fer. Das ist das Internet. Da fühlt sich doch niemand für irgendwas verantwortlich.«

»Na gut. Ruscris Communications heißt ihr also.«

»Nicht schlecht, oder?«, sagt Ruso mit unverhohlenem Stolz. »Und wie findest du den Titel?«

»*Enge Deckung*?«

»Genau.«

Fernando überlegt kurz oder tut wenigstens so.

»Großartig«, sagt er schließlich.

Cristo und Ruso beglückwünschen sich gegenseitig.

»Und Pittilangas Daten?«

Ruso rutscht unruhig auf seinem Stuhl hin und her, wie ein Chefkoch, bei dem man gerade die Spezialität des Hauses bestellt hat. Cristo tippt den Namen in das Suchfeld ein. Ein Foto von Mario taucht auf, im Trikot der Nationalmannschaft, aus seiner Zeit bei der U-17.

»Das Foto hat er uns gegeben«, kommt Ruso Fernandos Frage zuvor.

»Hat er die Webseite schon gesehen?«

»Ob er sie gesehen hat? Er geht zweimal am Tag drauf. Mindestens.«

Fernando rückt näher an den Bildschirm heran, um besser lesen zu können.

»Zweiundvierzig Tore. Das glaubt doch kein Mensch.«

»Wir haben auch die aus den Jugendmannschaften dazugezählt.«

»Aber er spielt doch jetzt als Verteidiger.«

»Ist doch egal. Passarellas Täubchen.«

»Ah. Wer wurde noch mal so genannt? Irgendein junger Spieler von Boca, oder?«

»Samuel?«

»Nein, Cristo. Viel früher.«

»Warte. Liegt mir auf der Zunge.«

»Hört mal.« Fernando will vermeiden, dass sie vollkommen abdriften. »Sind Pittilangas Daten schon in die Rubrik *Spiel für Spiel* eingetragen?«

»Was denkst du denn? Dass wir Pfuscher sind?«

Fernando liest die Seite, die sich gerade aufgebaut hat. »Dreiundvierzig vereitelte Angriffe im Spiel gegen Boca Unidos aus Corrientes? Wer soll das denn bitteschön glauben?«

»Ist dein Freund immer so negativ?«, fragt Cristo.

»Und wie. Ein Fluch.«

»Ich mein's ernst.«

»Schau dir erst mal den Link *Beste Partie* an.«

»Wie?«

»Jeder Spieler hat so einen Link. Zeig ihm mal den von Pittilanga.«

Wieder baut sich eine neue Seite auf, mit den Daten eines vermeintlichen Spiels zwischen Bartolomé Mitre und Santamarina de Tandil vor zwei Monaten.

»Hat die Partie auch wirklich stattgefunden?«

Die beiden sehen ihn an, als hätte er sie beleidigt.

»Natürlich hat die Partie stattgefunden. Wir retuschieren nur die Einzelleistung. Sonst nichts.«

»Na ja, manchmal frisieren wir auch das Ergebnis ein bisschen.«

»Ja, aber nur manchmal.«

Fernando liest. Laut dieser Statistik hat Pittilanga fünfundfünfzigmal den Ball zurückerobert. Davon hat er vierzigmal zu einem Mitspieler gepasst und ist zweimal selbst marschiert. Den Rest hat er ins Seitenaus geklärt. Außerdem haben diese beiden Irren ihm eine Torvorlage und einen Freistoß an die Latte untergeschoben.

»Meint ihr im Ernst, dass irgendjemand das glaubt?«

»Der Glaube versetzt bekanntlich Berge.«

»Ihr spinnt ja.«

»Wie ich gesagt hab: ein Skeptiker. Zeig ihm mal die Rubrik *Wettbewerb*.«

»Was für ein Wettbewerb?«, fragt Fernando neugierig.

»Eine Idee von deinem Freund hier«, erklärt Cristo. »Seiner Meinung nach reicht es nicht, nur Daten anzubieten.«

»Jedenfalls nicht, wenn man nur Infos über Pittilanga präsentiert.«

»Also haben wir uns gedacht, wir suchen uns Mitarbeiter.«

»Lagern die Feldarbeit aus.«

»Los, zeig's ihm.«

Cristo ist zur Homepage zurückgekehrt. Er klickt auf ein Kästchen mit dem Titel: *Hoffnungsvolle Nachwuchsspieler nach der Sportstatistik 2010*. Auf der Seite werden Jugendliche aus dem ganzen Land aufgefordert, sich an dem gleichnamigen Wettbewerb zu beteiligen. Teilnahmebedingung ist das Einsenden von Statistiken aus den Partien der unteren Ligen.

»Ich glaub's einfach nicht. Und da hat tatsächlich jemand was eingeschickt?«

»Du bist ja schlimmer als der heilige Thomas. Wie viele Teilnehmer haben wir bis jetzt, Cristo?«

»Moment. Sechshundertvierundvierzig, Chef.«

»Danke.«

»Das ist doch die reinste Verarsche.«

»Überhaupt nicht. Diese jungen Leute glauben an Ruscris Communications. Sie hoffen darauf, den Preis zu gewinnen. Wie kommen wir dazu, ihnen ihren Traum madig zu machen?«

»Und worin besteht der Preis?«

»Teil der Redaktion von *www.engedeckung.com.ar* zu werden.«

»Ihr habt ja einen Knall.«

»Also«, sagt Ruso, als hätte er ihn nicht gehört, und dreht sich zu Fernando um. »Was meinst du?«

Fernando sieht wieder auf die Webseite. Er glaubt nicht, dass sie zu irgendetwas nütze sein wird. Aber diese glänzenden Statistiken zu Pittilanga haben schon etwas Tröstliches.

»Beeindruckend. Ich weiß allerdings nicht, ob jemand aus dem Ausland wirklich –«

»Moment!«, fällt ihm Ruso ins Wort, als hätte er das Allerwichtigste vergessen. »Zeig ihm die Seite mit den Stars!«

»Aye, aye, Käpten.« Cristo kehrt zum Suchfeld der Seite zurück, gibt drei Wörter ein und drückt Enter. Auf dem Bildschirm erscheint ein Foto, das etwas größer ist als die bisherigen. Es zeigt einen Spieler im Trikot von Deportivo Morón, mit der Nummer fünf. Das Merkwürdige ist nicht das Foto selbst – typische Haltung nach einem Schuss, leicht verdreht, die Muskeln angespannt, die Arme leicht angewinkelt –, sondern das Gesicht: Es ist Rusos. Und oben auf der Seite steht tatsächlich: *Daniel Hugo Gutnisky*.

»Na, was sagst du?« Ruso klopft ihm so heftig auf die Schulter, dass es wehtut. »Sehe ich nicht spitze aus? Was für ein Spieler!«

»Du hast wirklich einen Knall, Ruso.«

»So, und jetzt lies den Lebenslauf. Los.«

Fernando gehorcht. Angeblich ist Ruso zweiunddreißig und spielt im defensiven Mittelfeld bei Deportivo Morón, mit denen er zweimal aufgestiegen ist. Seine Statistik ist noch beeindruckender als die von Pittilanga, da braucht er gar nicht genauer zu lesen.

»Du bist nicht zu retten, Ruso. Was, wenn jemand wirklich auf die Seite geht und diesen ganzen Quatsch liest? Das wär's dann nämlich mit der Glaubwürdigkeit.«

»Du alter Miesepeter. So was lass ich mir doch nicht entgehen. Zeig ihm mal deine Seite, Cristo.«

Darauf hat Cristo nur gewartet. Wieder erscheint ein Spieler in athletischer Pose, wieder im Trikot von Morón, nur diesmal als Stürmer.

»Ich spiel lieber vorn. Hinten, das überlass ich dem da.«

»Cristo wurde zweimal hintereinander Torschützenkönig. Los, zeig's ihm.«

»Schämt ihr euch denn gar nicht?«

»So viel Arbeit, wie wir da reinstecken, ist das doch wohl das Mindeste. He, Cristo! Du hast dir ja seit gestern noch fünfzehn weitere Tore genehmigt!«

»Stimmt nicht!«

»Doch. Ich hab mich gestern von zu Hause eingeloggt, da hattest du hundertzwanzig. Und jetzt hast du hundertfünfunddreißig.«

»Wie soll er denn zu hundertfünfunddreißig Toren gekommen sein?«, sagt Fernando wie ein Prediger in der Wüste.

»Du bist mir vielleicht ein Spaßvogel, Cristo. Wenn du dir hundertfünfunddreißig gibst, gib mir wenigstens achtzig.«

»Nur gegen eine Gehaltserhöhung.«

»Ihr seid so was von daneben, ihr beide«, sagt Fernando und schüttelt den Kopf.

»Okay, Ruso. Wenn du mir schon keine Gehaltserhöhung geben willst, dann lad mich wenigstes zum Grillen ein.«

»Passt dir kommenden Sonntag?«

»Mit Innereien.«

»Die Klassiker.«

»Bries.«

»Vergiss es.«

»Mit Bries oder es bleibt bei deinen siebzig Treffern.«

»Weißt du, wann ich das letzte Mal Bries auf dem Teller hatte? Du willst wohl, dass meine Töchter am Hungertuch nagen.«

»Willst du nun mehr Treffer oder nicht?«

Fernando betrachtet die beiden. Plötzlich sieht er wieder vor sich, wie Ruso sich auf dem Friedhof über ein

Blumenbeet krümmt, mit Augen, die vor lauter Weinen ganz bläulich sind. Es ist schön, ihn wieder so fröhlich zu erleben.

Ruso wendet sich ihm zu, um etwas zu sagen, aber offenbar ist ihm an Fernandos Gesichtsausdruck etwas aufgefallen.

»Was ist denn mit dir los?«

»Mit mir? Nichts. Wieso?«

»Raus mit der Sprache. Mit dir ist doch was.«

»Nein, wirklich nicht. Ich überlege nur, ob ich nicht selber eine Seite will. Wie wär's als Innenverteidiger?«

Guadalupe

Es war ein Mädchen. Guadalupe. Alle – Familie, Freunde, Bekannte – wunderten sich, wie schnell sich die beiden auf diesen Namen geeinigt hatten. Es war – wie Fernando später dachte – wie das Auge des Sturms, dieser Moment falscher Ruhe mitten in einem Orkan. Man sah sie in der Klinik – Lourdes erschöpft, Mono strahlend vor Glück, das Baby kerngesund – und dachte, dass sie vielleicht doch miteinander glücklich werden könnten.

Aber es war nur eine Illusion, die kaum länger dauerte als eine der unzähligen Versöhnungen, mit denen sie sich selbst so oft etwas vorgemacht hatten. Ihr gemeinsames Leben war schnell wieder der alte Albtraum, und er dauerte an, bis Guadalupe sieben Monate alt war. Mehr als einmal suchte Mono Rat bei seinen Freunden. Mauricio schlug sofort eine Trennung vor. Fernando zö-

gerte anfangs. Der Gedanke, dass die Kleine praktisch ohne Vater aufwachsen würde, tat ihm in der Seele weh. Ruso hingegen riet ihm, es weiter zu versuchen, miteinander zu reden, sich Zeit zu lassen. Sie würden schon einen Weg finden. Mono hörte auf ihn, bis er irgendwann nicht mehr konnte. Eines Abends – nicht direkt nach einem heftigen Streit, sondern in dem eisigen, sich tagelang hinziehenden Schweigen danach – bat er Fernando, ihn abzuholen. Er warf seine Sachen in Fernandos Kofferraum, und das war's.

45

Während die endgültige Fassung ausgedruckt wird, knüllt Mauricio die Entwürfe zusammen. Er will sie schon wegwerfen, besinnt sich dann aber anders: formt vier Kugeln und legt sie nebeneinander auf den Schreibtisch, um sie anschließend in Richtung Papierkorb zu werfen, der in der Ecke steht. Die erste Kugel geht knapp vorbei. Bevor er die zweite wirft, knüllt er sie fester zusammen, damit sie besser fliegt. Diesmal prallt sie an die Wand und fällt von dort in den Korb. Jubelnd nimmt er die dritte Kugel zur Hand. Da klopft Natalia an die Tür.

»Besuch für dich. Glaub ich«, sagt sie, als wüsste sie nicht recht, wie sie den Besucher einordnen soll.

»Wer?«

»Salvatierra heißt der Mann. Steht bei mir im Büro und will dich sprechen. Ich hab gefragt, ob er einen Termin hat, aber er sagt nein, es sei was Persönliches.«

Mauricio nickt. Früher oder später musste Salvatierra bei ihm auftauchen. Dann lieber früher als später. Besser, sich das Problem schnell vom Hals schaffen.

»Sag ihm, er soll reinkommen, Nati. Warte. Hier ist das Schreiben in Sachen Tolosa.«

»Ah, prima. Dann schicke ich alles gleich los.«

Kurz darauf tritt Salvatierra ein, und Mauricio begreift sofort, warum Natalia so herumgedruckst hat. Salvatierra trägt eine weiße Hose und ein kariertes Jackett, darunter ein wassergrünes Hemd. Sieht aus wie eine Mischung aus Vorstadtzuhälter und Schwager von Rocky Balboa, denkt Mauricio, während er ihn auffordert, Platz zu nehmen.

»Wie geht's, Mauri?«

Mauri. Ein bisschen sehr vertraut. Niemand nennt ihn so, nur seine Freunde. Und an die will er jetzt lieber nicht denken. Von Fernando hat er nichts mehr gehört seit ihrem Streit im Hotel. Und von der letzten Begegnung mit Ruso tut ihm immer noch die Schulter weh. Außerdem ärgert er sich immer noch, dass er nicht zurückgeschlagen hat. Oder schlimmer: dass Ruso ihn nicht mal wirklich geschlagen, sondern nur geschubst, durch die Luft geworfen hat, als wäre er eine Plastiktüte. Den Kredit, den er ihm gegeben hat, hat er brav abbezahlt. Drei Monate, drei Raten. Nur dass er nicht mehr selber vorbeikommt, sondern einen Angestellten schickt. Und sich eine Quittung geben lässt. Der Idiot.

»Gut, Polaco. Und dir?«

»Kann nicht klagen. Ich hab versucht, dich auf dem Handy zu erreichen.«

»Ach ja? Kann gut sein. Das wurde mir neulich geklaut, und ich hab mir eine neue Nummer geholt«, lügt er. »Ich sag meiner Sekretärin, sie soll dir ein Kärtchen geben. Aber jetzt erzähl: Was führt dich zu mir?«

Bevor Salvatierra zur Sache kommt, krempelt er sich die Ärmel hoch. »Ich hab Neuigkeiten. Wichtige Neuigkeiten. Sehr wichtige Neuigkeiten.«

Mauricio stutzt. Was sollen das für Neuigkeiten sein? Dass seine Mutter ihm hausgemachte Pasta versprochen hat? Oder dass er sich in eine Suchtklinik einliefern lässt?

»Ich hab neulich einen Anruf bekommen. Wegen Pittilanga«, sagt Salvatierra schließlich und sieht Mauricio strahlend an, bis er sich sicher ist, dass die Nachricht Wirkung zeigt. »Aus Saudi-Arabien. Von Al-Shabab. Einem der wichtigsten Clubs dort. Da spielen schon andere Argentinier.«

Mauricio schluckt. Salvatierra reicht ihm einige zusammengefaltete Blätter. Faxe, Fotokopien von Mails auf Englisch, aus Riad. Oben links ziert die Faxe ein Logo, eine Art Wappen. Die Sache scheint sauber.

»Erzähl«, murmelt Mauricio, während er liest.

»Die Typen haben Pittilangas Mappe seit Oktober. Offenbar hatten sie in der Sendung von Armando Prieto von ihm gehört. Erinnerst du dich? Er hat den Jungen damals in den höchsten Tönen gelobt.«

Mauricio hält kurz inne und sieht Salvatierra an. Was für ein naiver Trottel. Rührend. Aber auch beängstigend. Ahnt der etwa nicht, dass Prietos Lobhudelei gekauft war? Sein schwarzer Audi fällt ihm ein, und schon ärgert er sich wieder.

»Und?«

»Damals hatte der Trainer kein Interesse, weil er genügend Verteidiger hatte. Aber sie haben den Jungen im

Hinterkopf behalten. Und irgendwie haben sie auch mitgekriegt, dass er in die Ukraine verkauft werden sollte. Jedenfalls ist ihnen gerade ein Innenverteidiger abhandengekommen, ist nach Frankreich gegangen, glaub ich. Und, na ja …«, stockt er, weil er vor lauter Freude lachen muss. »Dann kamen plötzlich diese Faxe. Ich war so frei, sie zu beantworten, war ja nur eine Kontaktaufnahme. Ah, noch was, die Araber hatten auch eine Statistik parat, von einer Seite im Internet. Weißt du was davon?«

Die Frage bleibt im Raum stehen, Mauricio hat sich wieder den Faxen zugewandt. Sein Englisch ist dürftig, aber es reicht, um zu erkennen, dass stimmt, was dieser Schwachkopf erzählt. In einer der Mails wird die Internetseite erwähnt: *www.engedeckung.com.ar*. Mauricio wundert sich, wo das alles auf einmal herkommt. *Amazing numbers*. Was heißt noch mal *amazing*? Offenbar was Positives. Was genau, weiß er nicht, aber das ist in dem Fall auch egal.

»Um es kurz zu machen: Im letzten Fax fragen sie nach den Konditionen und erwähnen einen argentinischen Unternehmer, der für sie die Vorverhandlungen führt.«

Mauricio räuspert sich und rückt den Knoten seiner Krawatte zurecht. Ticks, in die er verfällt, wenn er Zeit gewinnen will. Er ruft Natalia und hält ihr, als sie in der Tür erscheint, die Faxe und Mails hin.

»Kopierst du bitte diese Dokumente für mich?«, sagt er. Und an Salvatierra gewandt: »Du hast doch nichts dagegen, oder?«

»Nein, nein, überhaupt nicht«, antwortet Salvatierra pflichtschuldig. »Dafür hab ich sie ja mitgebracht.«

Als Natalia wieder weg ist, reibt sich Mauricio das Gesicht. Er versucht nachzudenken. Verdammter Mist. Ausgerechnet jetzt.

»Hast du Fernando schon kontaktiert?«

»Nein, noch nicht. Ich wollte erst mal mit dir reden. Weil du Anwalt bist, dachte ich.«

»Gut gemacht. Und dabei sollten wir es auch belassen. Du weißt ja: Viele Köche …«

»… verderben den Brei«, vollendet Salvatierra, als wäre es eine sprachliche Meisterleistung, auf die er stolz sein darf. Kaum zu glauben, dass dieser Typ mal Spielerberater war. Na ja, so wie kaum zu glauben ist, dass Fernando und Ruso als Spielervermittler auftreten. Oder dass Pittilanga Profifußballer ist.

»Wie sieht denn die Lage bei Platense aus? Was haben die mit dem Jungen vor?«

»Ah, darauf wollte ich gerade zu sprechen kommen!« Salvatierra ist wieder ganz in seinem Element. »Das Ausleihgeschäft an Atlético Mitre endet diese Saison. Der Trainer von Mitre würde ihn gern behalten, aber das geht nicht, weil es bereits das zweite Jahr wäre. Er muss also zurück zu Platense. Platense wiederum hat kein Interesse an dem Jungen, also wird man ihm die Freigabe erteilen. Sollten wir einen Interessenten finden, geben sie bestimmt grünes Licht.«

»Hast du den Leuten von Platense von dem Angebot erzählt?«

Das ist die Eine-Million-Dollar-Frage. Ob man bei Platense Bescheid weiß. Ob Vidal Bescheid weiß. Denn wenn Vidal Bescheid weiß, weiß auch Williams Bescheid. Und wenn Williams Bescheid weiß, wird er bei Gott und der Jungfrau Maria schwören müssen, dass er nichts damit zu tun hat. Rein gar nichts.

»Nein! Bisher weiß nur ich davon. Und jetzt du.«

Mauricio versucht sich nicht anmerken zu lassen, wie erleichtert er ist. Das Ganze ist also nur halb so schlimm. Dann mal ran ans Werk.

»Was dich angeht«, sagt er in einem wesentlich herzlicheren Ton als zuvor, »dich und Pittilanga. Wie seid ihr da verblieben? Ich meine: Bist du noch sein Spielerberater?«

»Na ja, offiziell nicht. Die Verträge waren befristet, und die Frist ist inzwischen abgelaufen.«

»Und ihr habt die Verträge nie erneuert?«

»Nicht formell. Andererseits ist es ja kein Zufall, dass die Saudis sich an mich wenden, Vertrag hin oder her.«

»Sicher«, stimmt Mauricio ihm zu, während seine Miene zum Ausdruck bringt, dass es alles andere als klar ist.

»Warum fragst du?«, sagt Salvatierra.

Mauricio stützt sich mit den Ellenbogen auf den Schreibtisch. Er kriegt es nicht so gut hin wie Williams, aber für diesen Anfänger reicht es.

»Soll ich ehrlich sein?«

»Ja, bitte.«

»Du bewegst dich in einer rechtlichen Grauzone, Polaco. Ich verstehe schon, was du sagst. Aber die Realität ist das eine, und ein Vertrag was ganz anderes. Rein rechtlich betrachtet bist du raus, verstehst du?«

Salvatierra schwitzt. Er blickt nach links und rechts, wie um sich zu vergewissern, dass es für diese Schlussfolgerung keine Zeugen gibt.

»Darüber kann man doch reden. Finde ich.«

»Kann man schon. Aber damit handelst du dir nur Ärger ein. Weil du von vorneherein in einer schwachen Position bist.«

»Mag sein, Mauricio. Aber das ist meine Chance, und um diese Chance werd ich kämpfen.«

»Wenn du jetzt kämpfst, hast du gleich verloren. Vergiss nicht, dass du schon bessere Tage gesehen hast.« Mauricio schweigt und sieht ihn an: dunkle Ringe unter den Augen, gerötete Netzhaut, zitternde Oberlippe. Wie lange wird er es wohl aushalten, bis er fragt, ob er auf die Toilette kann, um sich was reinzuziehen?

»Darf ich dir eine Alternative vorschlagen?«

Salvatierra nickt.

»Hier in der Kanzlei ist man daran interessiert, einen Fuß in die Welt des Fußballs zu kriegen. Um genauer zu sein: mein Chef, der Hauptpartner. Er hat Freunde im Präsidium von River und hat mir gesagt, er würde gern seine Fühler ausstrecken. Da hab ich ihm von dir erzählt. Dass man Leute aus der Branche braucht, wenn man sich ein neues Feld erschließen will. Verstehst du?«

Wieder nickt Salvatierra.

»Vielleicht ergibt sich da mal die Gelegenheit zur Zusammenarbeit. Nicht morgen, nicht übermorgen, aber irgendwann.«

»Meinst du?«

»Bestimmt. Aber jetzt haben wir ein Problem.«

Er hält inne, weil Natalia mit den Papieren zurückkommt. Er dankt ihr, und sie geht wieder. Mauricio gibt Salvatierra die Originale zurück und legt die Kopien auf den Schreibtisch.

»Wie gesagt, wir haben ein Problem. Wenn wir das Geschäft jetzt durchziehen, bist du raus. So steht's nun mal in den Verträgen. Oder vielmehr: steht es nicht in den Verträgen. Offiziell bist du nicht mehr der Spielerberater des Jungen. Dadurch sind uns die Hände gebunden.«

»Kann man denn da gar nichts machen?«

»Eher nicht. Wenn's gleich am Anfang hakt, lässt man's lieber bleiben. Dann akzeptiert man lieber, dass es nicht der richtige Zeitpunkt ist. Für dich, meine ich. Für uns. Außerdem: Es gibt ja keinen Grund zur Eile.«

»Na ja, das Angebot liegt jetzt auf dem Tisch. Wenn der Junge erst mal die Freigabe hat …«

»Wenn die Araber wirklich interessiert sind, können wir sie auch noch ein, zwei Monate zappeln lassen. Vielleicht können wir sogar den Preis noch ein bisschen nach oben treiben.«

Salvatierra macht ein skeptisches Gesicht. »Mm, ich weiß nicht, Mauricio. Wenn die Typen das in den falschen Hals kriegen, haben wir sie zum letzten Mal gesehen. Ich glaube, wir sollten das Eisen schmieden, solange es heiß ist.«

»Hm, kann schon sein«, gibt Mauricio zu. Er muss es anders versuchen. Darf Salvatierra die Sache nicht jetzt schon vermiesen. »Fernando und Ruso hast du noch nicht Bescheid gesagt, richtig?«

»Richtig.«

»Sehr gut. Pass auf, ich werde mit den beiden reden. Überlass alles mir. Das Kind kriegen wir schon geschaukelt.«

Er steht auf, ebenso Salvatierra. Statt ihm die Hand zu schütteln wie bei seiner Ankunft, geht Mauricio um den

Schreibtisch herum, gibt ihm einen Kuss auf die Wange und klopft ihm auf die Schulter.

»Ciao, Mauri. Dann frag ich das Mädchen nach deinem Kärtchen, ja?«

»Tu das. Stehen beide Nummern drauf, die vom Büro und die vom Handy. Ruf mich auf jeden Fall auf dem Handy an, damit ich auch deine Nummer habe.«

Sie verabschieden sich, und Mauricio macht die Tür zu. Wartet eine Weile, bis Salvatierra sicher weg ist. Dann nimmt er die Fotokopien und macht sich auf den Weg zu Williams.

46

Mauricio dreht sich erneut im Bett um, diesmal allerdings zu heftig für den leichten Schlaf von Mariel, die sich brummend auf den Bauch dreht. Er sieht auf die Uhr. Fünf vor halb vier. Möglichst leise nimmt er die Fernbedienung vom Nachttisch, überlegt es sich dann aber anders. Der helle Schein des Bildschirms würde sie aufwecken. Er betrachtet seine Frau im Halbdunkel. Ihr Gesicht ist ihm zugewandt, das zerzauste Haar verdeckt es bis zum Mund. Das Laken reicht ihr bis knapp über die Hüfte.

Er betrachtet Mariel gern im Schlaf. In aller Ruhe. Unverhohlen. Ohne selber betrachtet zu werden. Ohne entdeckt zu werden, würde Fernando denken, wenn er hier wäre. Es ist lächerlich, wie oft er an Fernando denkt, aber er kann nicht anders. Er muss an ihn denken, an ihn und an die anderen. Er hat es sich anders vorgestellt. Leichter.

Die Schulter tut längst nicht mehr weh. Fünf Monate ist es jetzt her, dass er zuletzt von ihnen gehört hat. Trotzdem kriegt er sie nicht aus dem Kopf.

Er seufzt und sieht wieder auf die Uhr. Drei Uhr siebenundzwanzig. Er steht auf, nimmt seine Pantoffeln in die Hand, schleicht sich auf Zehenspitzen aus dem Schlafzimmer, tappt die Treppe hinunter. In der Küche macht er das Licht an und kneift die Augen zusammen, weil ihn die plötzliche Helligkeit blendet. Er schließt die Tür und schaltet den Fernseher ein. Klickt sich durch die Nachrichtensender. Dann durch die Filmsender. Bei den Sportsendern stößt er auf die Partie Temperley gegen Platense, ein Abendspiel der dritten Liga. Natürlich nicht live. Kurz überlegt er, ob er den Computer einschalten soll, um nachzuschauen, wie es ausgegangen ist. Ob Tore gefallen sind, ob es beim null zu null geblieben ist. Nein, ja. Nein. Er beschließt, sich das Spiel anzusehen, als wäre es live.

Ein Grottenkick. Trotzdem tut er sich den Rest der ersten Halbzeit an. Und auch noch die ganze zweite Halbzeit. Es bleibt beim null zu null. Er zappt sich zurück durch die Sportsender. Dann durch die Spielfilmsender. Dann durch die Nachrichtensender. Er geht in den Garten. Es ist kalt. Er spürt das feuchte Gras unter den dünnen Pantoffelsohlen. Kurz vergnügt er sich damit, den Dampf seines Atems zu betrachten. Der Wind muss von Süden her wehen, denn er hört in der Ferne den Zug der Sarmiento-Linie. Ihn fröstelt, und er beschließt, wieder reinzugehen. Sonst holt er sich noch eine Grippe.

Ob er es mal mit einem Glas lauwarme Milch versuchen soll? Er hat gehört, es soll beim Einschlafen helfen. Nein. Er mag keine Milch. Schon gar keine lauwarme. Er sieht auf die Uhr an der Wand. Viertel vor sechs. Er schaltet den Fernseher aus. Bevor er die Treppe hinaufgeht, um sich wieder ins Bett zu legen, zieht er seine Pantoffeln aus, damit Mariel ihn nicht hört.

47

Cristo drückt den Kreuzknopf des Joysticks, damit seine Nummer acht Molinas Stürmer den Ball abnimmt. Geschafft. Er startet einen Angriff. Wieder drückt er den Kreuzknopf, um in die Tiefe zu passen. Dann dreht er an der Bewegungstaste, und sein Stürmer schlägt einen Haken. Molinas Männchen läuft ins Leere. Im Hintergrund hört er, wie die anderen Beifall klatschen und ihn anfeuern. Wieder drückt er den Kreuzknopf, diesmal um eine Flanke zu schlagen. Der Stärkebalken zeigt ihm an, dass sie präzise ist – Cristo neigt dazu, den Knopf zu lang zu drücken, so dass die Flanken zu nah an den zweiten Pfosten segeln – und in der Nähe des Elfmeterpunkts landen wird. Blitzschnell streift er über die R1-Taste, um den Empfänger der Flanke zu wählen. Sein größter Stürmer springt hoch und köpft übers Tor.

»Gut gemacht, Cristo«, beglückwünscht ihn Feo, der hinter ihm steht.

Cristo schüttelt den Kopf. Ihm fehlt die Zeit, um noch den Ausgleich zu schießen. Molina, der unbedingt gewinnen will, lässt den Ball in den eigenen Reihen zirkulieren, um in den letzten Sekunden ja nichts mehr anbrennen zu lassen.

»Sei nicht so ein Schisser«, provoziert ihn Cristo, aber er weiß, dass er ihn damit nicht aus der Ruhe bringen kann.

»Uh, guckt euch mal den Schlitten an, der gerade vorgefahren ist«, sagt Feo.

In diesem Moment beendet der Schiedsrichter die Partie, also legt Cristo den Joystick beiseite und dreht sich um. Ein marineblauer Audi Sport, bei dem einem die Spucke wegbleibt. Am Steuer sitzt ein Typ, der aussieht wie ein Arschloch. Hellbrauner Anzug, himmelblaue Krawatte, weißes Hemd, Aktenkoffer. Chamaco eilt hinaus, um die Schlüssel entgegenzunehmen, aber der Kerl schüttelt den Kopf, lässt sich stattdessen den Weg ins Büro zeigen, kommt auf sie zu. Cristo stellt sich an den Empfang. Ob das ein Steuerprüfer ist? Jemand von der Gemeindeverwaltung? Wenn ja, dann gute Nacht. Mann, Ruso! Er hat's ihm so oft gesagt. So oft gesagt, dass er bald mal seine Bücher in Ordnung bringen muss! Dieser Idiot! Wann wollte er überhaupt wiederkommen?

»Guten Tag.«

»Guten Tag. Was kann ich für Sie tun?«

»Ist Ruso da?«

Cristo spürt, wie ihn eine Welle der Erleichterung durchläuft. Wenn der Typ so nach seinem Chef fragt, ist er garantiert kein Steuerfahnder. Und selbst wenn, wäre er harmlos. Niemand, der Ruso Ruso nennt, wünscht ihm irgendwas Böses.

»Er muss gleich kommen. Können wir dir irgendwie weiterhelfen?«

»Ich bin Mauricio. Ein Freund von ihm.«

Wieder schrillen bei Cristo die Alarmglocken. Es gibt

also doch jemanden, der Ruso Ruso nennt und fähig ist, ihm etwas Böses zu wünschen. Nervös wirft er einen Blick zum Computerbildschirm, wo die blaue Homepage von *Enge Deckung* zu sehen ist. Mauricio sieht ebenfalls in diese Richtung. Obwohl Cristo blitzschnell am Computer ist und den Monitor ausschaltet, weiß er genau, dass dieser Mauricio es gesehen hat.

»Könnte eine Weile dauern. Kann ich ihm was ausrichten?«, fragt Cristo und ärgert sich insgeheim über sich selbst. Idiot! Je natürlicher er wirken will, desto unnatürlicher verhält er sich. An den Äuglein des Anwalts kann er ablesen, dass er ganz genau gesehen hat, was da stand. Und ganz genau gesehen hat er auch die Angestellten der Waschanlage, wie sie mit der PlayStation gespielt haben. Cristo hat keine Angst, dass er es Ruso sofort petzt. Ruso will ja selber spielen, wenn er wiederkommt. Er hat Angst, dass dieser Mauricio es ihm irgendwann aufs Butterbrot schmiert. Wenn Ruso Geld braucht oder so.

»Ich wart auch gern, wenn das okay ist«, sagt dieser Mauricio in seine Gedanken hinein.

Was nun? Einerseits macht es Cristo nervös, dass der Typ da rumsteht wie nicht abgeholt. Andererseits ist es besser, wenn Ruso selber bestimmt, wie er mit dem Besucher verfahren will. Als er schon ja sagen will, kein Problem, er kann gern warten, sieht er durch die Fensterfront, wie Ruso mit einer Zeitung unterm Arm die Straße überquert.

48

Ernesto Salvatierra schiebt den Einkaufswagen mit den Ellenbogen durch den Supermarkt. Er geht die Liste durch, die ihm seine Mutter geschrieben hat, und überlegt, was er bereits in den Wagen gelegt hat und was er noch suchen muss. Mist, er hat den Senf vergessen, aber an dem Ständer mit den Gewürzen ist er schon vorbei. Ist das mit dem Senf wirklich so dringend? Er kehrt zum Hauptgang in der Mitte zurück. Schaut auf den Infotafeln nach. Vier Gänge müsste er zurückgehen.

Da sieht er Ruso, der auf der Höhe des Regals mit den Backwaren auf ihn zukommt. Erst ist seine Miene gleichgültig. Dann macht sich Überraschung breit. Schließlich lächelt er und streckt ihm eine Hand entgegen.

»Polaco! Wie geht's?«

»Gut, Ruso. Erledige grad ein paar Einkäufe. Und du?«

»Ich auch«, antwortet Ruso und zeigt auf die beiden Brote und die Nudelpackung in seinen Händen.

»Nimmst du dir keinen Wagen?«

»Nicht nötig, ist ja nicht viel. Den eigentlichen Einkauf hat meine Frau neulich erledigt, aber irgendwas vergisst man eben immer.«

Salvatierra nickt resigniert. Seine Mutter schickt ihn täglich zum Einkaufen und beklagt sich trotzdem jedes Mal, dass was fehlt.

»Gibt's was Neues, Polaco?«

»Hat dir Mauricio nicht's erzählt?«

Ruso sieht ihn fragend an. »Was erzählt?«

Salvatierras Denkvorgang spaltet sich in zwei Hälften. Einerseits sind da die Neuigkeiten: die Araber, die Mails, die Faxe, das Gespräch mit Mauricio. Andererseits die Ratschläge, die Mauricio ihm mit auf den Weg gegeben hat: verheimlichen, abwarten, schweigen. Salvatierra ahnt, dass er gerade ins Fettnäpfchen getreten ist. Aber wie kommt er da wieder raus?

»Mir was erzählt hat?«, fragt Ruso noch einmal.

Was tun? Salvatierra ist sich bewusst, dass er nicht gerade der Hellste ist, aber es reicht durchaus, um zu erkennen, dass nach einer Ankündigung wie »Hat dir Mauro denn gar nichts erzählt?« eine wichtige Neuigkeit folgen muss. Mit anderen Worten: sich eine harmlose Lüge auszudenken reicht nicht. Außerdem ist er nervlich nicht allzu belastbar. Also lieber die Wahrheit sagen. Aber dann erinnert er sich wieder an Mauricio, wie der ihm eingebläut hat, ja nichts zu sagen. Wie ist er nur in diesen Schlamassel geraten? Alles nur wegen diesem blöden Senf.

49

Sie klingeln, und die Spanierin öffnet ihnen die Tür. Die Frau sieht noch so aus wie vor dreißig Jahren. Sie führt sie ins »Büro«, wo Salvatierra, Pittilanga und Mauricio bereits warten.

Salvatierra begrüßt sie, als wären sie alte Freunde, aber weil sie das nicht sind, wirkt es aufgesetzt. Mauricio beugt leicht den Kopf, steht aber nicht auf. Schade, denkt Fernando, der damals, als Mono starb, davon überzeugt war, dass sie drei der Kleinen einmal gute Onkel sein würden. Aus dem Trio ist ein Duo geworden. Schade. Wieder mal.

Wirklich herzlich begrüßt sie nur Pittilanga, der auch extra aufsteht. Er trägt seine ewigen Sportklamotten – in den Vereinsfarben und mit dem Clubwappen – und wirkt glücklich, geradezu euphorisch.

Bevor er sich wieder setzt, geht Pittilanga zur Wand mit den Postern der Nationalmannschaften und sucht nach dem der WM in Indonesien. Fernando stellt sich zu ihm.

»Welcher bist du, Mario?«, fragt Mauricio von seinem Platz aus.

Pittilanga zeigt auf eine der hockenden Gestalten vorne, betrachtet sich ein Weile und setzt sich dann wieder auf seinen Sessel. Fernando bleibt noch einen Moment stehen. Einige der Jungs auf dem Poster spielen längst in Europa. Zwei oder drei bei argentinischen Clubs. Wieder andere kennt er überhaupt nicht. Die hat der Erdboden verschluckt. Pittilanga hat sich, seit dieses Foto aufgenommen wurde, in der wilden Strömung über Wasser gehalten, die beide Welten trennt: die der Unbekannten von der der Gewinner, die der Ertrunkenen von der der Geretteten. Und in dieser Strömung schwimmt Pittilanga noch immer.

Salvatierras Mutter bringt ein Tablett mit Kaffee und Keksen herein, stellt es auf den Couchtisch und zieht sich mit dem müde wiegenden Gang zurück, den alten Menschen manchmal annehmen.

»Ich schenke ein und ihr reicht durch«, sagt Salvatierra. »Die Araber werden am Donnerstag gegen Nachmittag hier landen. Es schien mir eine gute Idee, das erste

Treffen auf den Freitagvormittag zu legen, um jeden Stress zu vermeiden, sollte das Flugzeug Verspätung haben.«

»Gute Idee«, stimmt Ruso ihm zu. »Bevor wir anfangen, würde ich euch gern was fragen, das nichts mit der Sache zu tun hat. Habt ihr den Film *Der Clou* gesehen?«

»Was?«, sagt Fernando überrascht.

»Hat was mit dem zu tun, was du mir neulich erzählt hast.«

»Muss das jetzt sein, Ruso?«

»Mit Paul Newman und Robert Redford«, meldet sich Mauricio zu Wort.

»Ah, du kennst ihn also?«, wendet Ruso sich ihm zu.

»Ja. Guter Film. Hab ich als Kind gesehen. Im Ocean in Morón, glaub ich.«

»Ich will ja nicht stören, aber könnten wir das mit dem Kino nicht auf ein andermal verschieben?« Fernando denkt gar nicht daran, diesem Idioten von Mauricio Raum zu bieten, um sich in den Vordergrund zu drängen.

»Okay, Entschuldigung«, sagt Ruso.

Es folgt ein längeres Schweigen, das Salvatierra nutzt, um auf das eigentliche Thema zu sprechen zu kommen.

»Ein bisschen hab ich euch zu diesem Treffen zusammengetrommelt, damit wir letzte Details klären können.«

»Ein bisschen oder ganz?«, fragt Fernando, dem das Geschwafel dieses Hampelmanns auf den Senkel geht. Vier Augenpaare richten sich auf ihn. Er winkt matt ab. »Egal. Mach weiter.«

Fernando spürt Rusos Blick, weiß, was er denkt: bloß keine Probleme, bloß kein Streit, bloß die Sache gut über die Bühne bringen. Er hat ja Recht. Aber Fernando kann diesen Emporkömmling einfach nicht ab. Und dass auch

Mauricio da sitzt, in seinem Rechtsverdreheroutfit und mit seinem adretten Aktenköfferchen, trägt nicht gerade zu seiner Laune bei.

»An dem Treffen teilnehmen werden die Verantwortlichen des Clubs Al-Shabab, insgesamt drei Leute: der Präsident, der Schatzmeister und noch einer, dessen Funktion mir nicht ganz klar ist. Und natürlich ihr drei als Bevollmächtigte deiner Mutter, Fernando. Und wir beide, also Mario und ich. So weit alles richtig?«

»Cristo wird auch mit dabei sein«, meldet sich Ruso schüchtern zu Wort.

»Cristo?«, wundert sich Salvatierra.

»Ein Freund, der mit mir zusammenarbeitet. Ich will, dass er mit dabei ist, weil er einen wichtigen Beitrag dazu geleistet hat, dass das hier überhaupt zustande kommt.«

»Er kann doch bei diesem Treffen nicht als dein Freund auftreten, Ruso«, mischt sich Mauricio ein.

»Dann machen wir ihn eben zum Sekretär, Assistenten oder so was«, mutiert Fernando plötzlich zu Cristos Schutzengel. »Ginge es nur um die Verdienste, dürften einige der Anwesenden sich bei dem Treffen überhaupt nicht blicken lassen.«

Mauricio läuft rot an, hält aber den Mund.

»Äh, wenn es ein Problem ist, bringe ich ihn eben nicht mit«, wirft Ruso schlichtend ein.

»Cristo kommt mit, und damit basta«, bestimmt Fernando, der bedauert, dass Mauricio keine Reaktion gezeigt hat. Wie gern hätte er einen Streit vom Zaun gebrochen.

Schweigen macht sich breit.

Fernando setzt sich aufrecht hin. Je länger das Gespräch dauert, desto wütender wird er. Warum, weiß er nicht. Er will es auch gar nicht wissen.

»Eins möchte ich von Anfang an klarstellen«, sagt er schließlich. »Jetzt, wo Mario einundzwanzig ist, wären wir total bescheuert, wenn wir uns diese Gelegenheit durch die Lappen gehen ließen. Wir haben alles im Griff.« Und fügt an Salvatierra gewandt hinzu: »Ist diesmal nicht nötig, dass Marios Vater mit dabei ist, oder?«

Er hat das Gefühl, dass Ruso und Mauricio sich Blicke zuwerfen, die er nicht deuten kann. Er will schon nachfragen, aber da kommt ihm Mauricio zuvor. »Weißt du was? Du gehst mir tierisch auf den Sack.«

»Dito.«

»Leute, bitte …«, hebt Ruso an. »Würdet ihr bitte damit aufhören? Was sollen Mario und Polaco denken?«

Fernando sieht die anderen an. Dass Salvatierra ein entsetztes Gesicht macht, ist ihm völlig egal. Aber auch Pittilanga wirkt nervös. Er versucht sich in ihn hineinzuversetzen. In drei Tagen entscheidet sich seine berufliche Zukunft, und die Typen, die sein Schicksal in der Hand haben, zanken sich wie launische Teenager.

Er hebt entschuldigend die Hand. »Okay. Tut so, als hätte ich nichts gesagt. Das machen wir unter uns aus. Weiter im Text.«

»Gut. Sehr gut. Bestens.« Salvatierra sieht in den Papieren nach, nimmt ein Fax zur Hand. »Die Araber werden uns ein Angebot machen: zweihundertfünfzigtausend Dollar cash.«

»Reicht nicht. Wir brauchen dreihundertfünfzigtausend«, unterbricht ihn Fernando.

»Ja, weiß ich doch!«, besänftigt ihn Salvatierra. »Deshalb bin ich auch dafür, dass wir mit vierhunderttausend anfangen. Wir gehen runter, die gehen rauf. Ich glaube, das könnte klappen.«

»Finde ich gut«, stimmt Ruso ihm zu.

»Von mir aus«, sagt Fernando wieder etwas ruhiger. »Solange am Ende dreihundertfünfzigtausend rausspringen, bin ich einverstanden.«

»Eins noch«, sagt Salvatierra. »Was ist mit den fünfzehn Prozent für Mario und mit meiner Kommission?«

Fernando wendet sich ostentativ Pittilanga zu.

»Hör zu, Mario«, sagt er mit einer Freundlichkeit in der Stimme, die er bisher noch nicht an den Tag gelegt hat. »Dir steht eine Kommission zu, keine Frage. Aber dann müssen wir stärker zocken, denn wir brauchen die ganzen dreihunderttausend für das Mädchen.«

»Wenn sie denn wirklich ganz bei ihr ankommen ...«, murmelt Mauricio in Richtung Wand, aber Fernando hört es. Er hört es und er hasst es.

»Jungs«, sagt Salvatierra, »jetzt, wo wir uns übers Kleingedruckte unterhalten, müssten wir vielleicht ...«

»Ob klein- oder großgedruckt, interessiert mich einen Scheiß«, herrscht Fernando ihn an. »Ich will dreihunderttausend netto. Die fünfzehn Prozent für Mario müssen die Araber eben drauflegen. Und deine Kommission geht mir völlig am Arsch vorbei.«

Unbehagliches Schweigen. Bereits das fünfte Mal. Fernando sieht Ruso an. »Bist du plötzlich stumm geworden oder stimmst du mir zu?«

»Ich? Nein, doch, doch. Mit Mario haben wir ja schon gesprochen. Die dreihunderttausend gehen an die Kleine, komplett. Das hat er begriffen.«

»Also«, fährt Salvatierra fort und sieht jeden Einzelnen an, aber niemand erwidert seinen Blick. »Wenn noch eine Unstimmigkeit besteht, sollten wir sie jetzt ausräumen und …«

Uns nicht vor den Arabern prügeln, ergänzt Fernando innerlich und lächelt spöttisch.

»Was grinst du so?«, fragt Mauricio unwirsch.

Fernando wird ernst, lächelt nicht mehr. »Immer mit der Ruhe«, erwidert er. »Ich weiß, dass du dich ziemlich reingehängt hast, damit diese Verhandlung ein Erfolg wird. Und ich verstehe, dass du ein bisschen nervös bist. Aber es dauert nicht mehr lang, dann werden all deine Bemühungen belohnt.«

»Und du bist der Maßstab, an dem die anderen gemessen werden, ja?«

»Ich? Nein.«

»Scheint aber so.«

Fernando nickt, sagt aber nichts.

»Ihr Lieben, warum belassen wir es nicht dabei.« Ruso ist wie ein Signalwärter, der zu verhindern versucht, dass zwei Lokomotiven ineinanderrasen.

»Wenn du noch was zu sagen hast, dann raus damit«, hebt Mauricio wieder an.

»Ich hätte nur gern gewusst …«

»Was, Fernando? Was hättest du gern gewusst?«

»Warum hast du drei Wochen gewartet, bis du uns über das Angebot für Mario informiert hast? Diese Frage will mir einfach nicht aus dem Kopf.« Er fasst sich an die Schläfe und führt eine Handbewegung aus, als wollte er dort etwas hineindrehen. »Weißt du, es gibt manchmal Sachen, da zermartert man sich regelrecht das Hirn.«

Mauricio betrachtet wieder seine Schuhe.

»Ich mein ja nur. Hätte Ruso neulich nicht zufällig Polaco im Supermarkt getroffen, hätten wir von dem Angebot nie was erfahren. Vielleicht bin ich schon paranoid. Vielleicht hast du die Sache in die Hand genommen, weil ... was weiß ich.«

»Fernando«, mischt sich Salvatierra ein. »Ich wollte nichts vor euch verheimlichen. Was hätte mir das nützen sollen?«

»Es geht nicht um dich«, schneidet ihm Fernando das Wort ab, ohne den Blick von Mauricio zu lösen.

»Nein«, bestätigt Mauricio, der unruhig auf seinem Stuhl hin und her rutscht und missmutig lächelt. »Es geht um mich.«

»Vielleicht gibt es ja einen Grund, warum du uns das alles einen Monat vorenthalten hast, und ich begreife ihn nur nicht.«

»Ich dachte, es wäre besser, wir freuen uns diesmal nicht zu früh.«

»Hast du gedacht? Ganz allein? Seit wann haben wir ausgemacht, dass du ganz allein denkst?«

»Ach, ich wusste gar nicht, dass ich fürs Denken dich brauche. Deine Anleitung, meine ich.«

»Ich sage ja auch nicht, dass du mich um Erlaubnis bitten sollst. Aber ich wüsste eben gern Bescheid.«

»Dich um Erlaubnis bitten? Das wär ja noch schöner. Was bildest du dir überhaupt ein? Dass du die Weisheit mit Löffeln gefressen hast? Du gehst mir entsetzlich auf die Eier. Und jetzt, wo du dich zum Experten in Sachen Spielertransfer gemausert hast, kann ich ja gehen. Du wirst das Kind schon schaukeln. Sonst gehst du eben wieder zurück in deine Scheißschule, wo du irgendwelchen Holzköpfen beibringst, was Subjekt und Prädikat sind.«

»Hör auf, Mauricio!«, versucht Ruso ihn zu bremsen. »Du darfst jetzt nicht einfach gehen. Nicht so.«

»Was glaubst du, wer ich bin? Ein kleiner Junge, der sich von diesem Blödmann zusammenscheißen lässt? Von diesem Idioten, der mit mir schimpft, als wäre er mein Papa? Wir sehen uns Freitag.«

»Aber wir brauchen dich. Wir müssen das zusammen hinkriegen.« Ruso steht auf, wagt aber nicht, Mauricio aufzuhalten, als der in großen Schritten an ihm vorbeistampft. Erst als seine Hand an der Klinke liegt, dreht Mauricio sich noch einmal um.

»Ihr braucht mich nicht, Ruso. Frag den da. Der ist sich selbst genug. Der braucht keinen. Auch dich nicht. Du sagst eben zu allem ja und amen, nur deshalb kommt ihr gut miteinander aus. Bis Freitag.«

Dann geht er und schlägt die Tür hinter sich zu.

50

»Ich hasse diese Aufzüge. Da komme ich mir immer vor wie in einem Aluminiumsarg und kriege … Wie heißt das noch?«

»Klaustrophobie«, erklärt Fernando.

»Genau. Klaustrophobie.«

Sie schweigen, schauen zu, wie die Nummern der Stockwerke aufleuchten.

»Hör mal, Fer.«

»Was, Ruso?«

»Ich hab über die Sache mit den Arabern nachgedacht.«

»Und?« Fernando steckt sich einen Finger in den Hemdkragen – der drückt zwar nicht, aber immer wenn er eine Krawatte trägt, fühlt er sich so unwohl, dass er am Kragen rumfummelt.

»Reiten wir uns da nicht in was rein?«

»Wo rein?«

»Was weiß ich. Das sind doch Moslems ...«

»Na und? Was dagegen?«

»Nein, eigentlich nicht. Aber könnte doch sein ... Ich meine ... diese ganzen Attentate, Bin Laden und so.«

Fernando sieht ihn an. Erkennt, dass Ruso es ernst meint. Und dass die pinkfarbene Krawatte im weißen Deckenlicht des Fahrstuhls glänzt.

»Mach dir keine Gedanken, Ruso. Es gibt Millionen Moslems, die völlig harmlos sind.«

»Sicher? Ich will nicht der russischen Mafia entkommen sein, nur um von islamischen Fundamentalisten massakriert zu werden.«

Fernando legt eine kurze Bedenkpause ein.

»Na ja«, sagt er schließlich. »Wenn ich mir deinen Zinken anschaue, bin ich mir doch nicht mehr so sicher.«

Ruso fasst sich an die Nase. »Wieso? Was ist mit meiner Nase?«, fragt er nervös.

»Bist du sephardischer oder aschkenasischer Jude?«

»Äh, ich weiß nicht. Aschkenasisch, glaub ich. Wieso? Ist das ein Problem?«

»Gott sei Dank.«

»Warum? Was wäre so schlimm, wenn ich Sepharde wäre?«

Fernando verzieht skeptisch das Gesicht. Aber als er sieht, dass Ruso sich tatsächlich Sorgen macht, hat er Mitleid mit ihm und sagt: »Was weiß denn ich!«

»Ich frag dich ganz im Ernst.«

»Und ich antworte dir ganz im Ernst: keine Ahnung.«

Es bimmelt mehrmals, als der Fahrstuhl anhält. Fernando spürt seine Eingeweide, die länger als der Fahrstuhl brauchen, um die Fahrt abzubremsen. Sie werden auf Höhe des Zwerchfells zusammengedrückt, so dass ihm fast schlecht wird. Dann öffnen sich die Türen: ein mit Teppich ausgelegter Flur, Bilder an den Wänden, auf Hochglanz polierter Messing, elegante Stille. Wenn es doch nur schon vorbei wäre.

»Weißt du, wie man sich richtig begrüßt?«, fragt Ruso, während sie den Flur entlanggehen und nach der Nummer suchen, die man ihnen genannt hat.

»Du verneigst dich einfach. Aber pass auf, dass du nicht zu sehr im Profil zu sehen bist. Wegen deines Zinkens«, witzelt Fernando, aber tatsächlich spürt er einen zunehmenden Druck auf der Brust, fühlt Panik in sich aufsteigen. Als sie um die Ecke biegen, kommt er sich plötzlich vor wie eine Labormaus, die durch ein Labyrinth irrt. Kurz darauf meldet sich ein noch tieferer Instinkt: wie im Stadion, wenn eine innere Stimme ihm ins Ohr flüstert, dass Independiente sich gleich ein Tor einfängt.

»He, ich hab dich was gefragt«, beschwert sich Ruso.

»Was?«

»Ob es tatsächlich ein Problem sein könnte, dass ich Jude bin.«

Fernando bleibt kurz stehen. »Nein, keine Angst.«

»Musst du mich ausgerechnet jetzt verarschen? Das hier ist doch kein Spaß.«

»Tja, in solchen Momenten hört der Spaß wohl auf.«

Genauso fühlt es sich an. Wie im Stadion. Er spürt die drohende Niederlage. Im Stadion weiß er wenigstens, mit welchen Ritualen er sich ablenken kann. Die Kappe abnehmen – oder aufsetzen, je nachdem –, zwei Stufen runtergehen oder eine Stufe rauf, den Zug angucken, der hinter der Gegentribüne vorbeifährt, und einen Zauberspruch aus seiner Kindheit aufsagen: »Wenn ich jetzt den Zug angucke, kriegen wir keinen rein.« Aber hier in diesem wattigen Ambiente wirken seine Zaubersprüche nicht. Plötzlich muss er – und das nicht ganz zufällig – an Mauricio denken.

»Was ist mit deinem Freund Mauricio? Kommt er?«

»›Mein‹ Freund? Deiner etwa nicht?«

Fernando antwortet nicht. Also fügt Ruso hinzu: »Ja, müsste schon da sein. Ich hab ihm vorgeschlagen, gemeinsam herzukommen, aber er wollte nicht.«

Fernando nickt. »Warum wohl?«

Ruso klopft an die Tür.

Ein Kraftprotz von zwei Metern Spannweite und mit dem Gesicht eines Serienmörders lässt sie herein. Sie kommen in einen Saal, in dem sechs Personen um einen langen Tisch sitzen. Alle stehen gleichzeitig auf.

Fernando erkennt Pittilanga – wie immer in seinen Sportklamotten –, Salvatierra – im gleichen Anzug wie beim letzten Mal, offenbar ein Überbleibsel aus seinen glorreichen Zeiten – und Cristo, ihren »Sekretär« – in strengem schwarzem Anzug mit einer schmalen, ebenfalls schwarzen Krawatte. Ruso hat letztlich darauf bestanden, dass er teilnimmt, ein bisschen, falls das Thema *Enge Deckung* auftaucht, ein bisschen, weil er ihm den Ausgang dieser Soap nicht vorenthalten will, deren bisherige Folgen er alle gesehen hat.

Nachdem sie ihre Freunde begrüßt haben, wenden sie sich den Arabern zu. Es sind drei, wenn man den Bodyguard an der Tür nicht mitrechnet. Sie sind freundlicher und lächeln mehr als die Ukrainer. Na ja, denkt Fernando, als er sich deren mürrische Gesichter und die kalten Blicke in Erinnerung ruft, sonderlich schwer ist das auch wiederum nicht. Salvatierra stellt alle einander vor. Einer der Araber antwortet in holprigem Spanisch. Die anderen beschränken sich darauf, zum Händedruck zu lächeln. Sie nehmen Platz. Ruso zupft Fernando am Arm und flüstert ihm ins Ohr: »Die haben ja genauso große Nasen wie ich, Mann.«

Fernando hat jetzt keinen Nerv für Witzeleien. Der Türwächter rollt ein Tischchen mit Kaffee, Keksen und Sandwichs herein. Er fragt erst gar nicht, wer möchte und wer nicht, sondern serviert einfach. Niemand traut sich abzulehnen. Als er allen eine Tasse Kaffee vor die Nase gestellt und die Tabletts auf dem Tisch platziert hat, schiebt er das Wägelchen wieder weg und nimmt an der Tür Aufstellung.

»Also«, beginnt Salvatierra, nachdem er sich geräuspert hat. »Zunächst möchte ich Sie im Namen von Mario und mir, seinem Agenten, und auch im Namen von Daniel und Fernando, den beiden Bevollmächtigten der Rechteinhaberin Margarita Nuñez de Raguzzi herzlich in Argentinien begrüßen und Ihnen für Ihr Interesse danken, Mario für den Club Al-Shabab verpflichten zu wollen.«

Der spanischsprechende Araber übersetzt, die beiden anderen nicken ernst.

Irgendetwas liegt in der Luft, denkt Fernando. Ihm ist bewusst, dass es ein abgegriffenes Bild ist, aber ihm fällt kein besseres ein: Irgendetwas liegt in der Luft. Etwas Bedrohliches, etwas, das sich hinter den dicken Vorhängen versteckt, den bequemen Sesseln, auf denen sie sitzen. Etwas, das überall und nirgends ist, etwas, das man erst erkennt, wenn es zu spät ist. Independiente scheint alles im Griff zu haben. Und trotzdem. Da ist etwas. Vielleicht nur ein Zittern in der Luft. In solchen Situationen lädt sich alles mit Bedeutung auf. Ein Einwurf auf Höhe der Mittellinie, ein Gebrannte-Erdnüsse-Verkäufer, dessen Päckchenpyramide einstürzt, weil ein Elastikband seines Tabletts reißt, ein alter Mann mit Baskenmütze, der drei Plätze weiter etwas Unverständliches schnaubt. Und plötzlich entsteht aus dem Einwurf ein Gerangel im Mittelfeld, und aus dem Gerangel ein Steilpass, und aus dem Steilpass eine Flanke, und aus der Flanke ein Kopfball, und schon ist die Tragödie da. Dann nimmt das Etwas Formen an und wird zu allem.

Hier liegt was in der Luft, denkt Fernando wieder, während Salvatierra gestikuliert, argumentiert, lächelt, schmeichelt, vorschlägt, ablehnt, rekapituliert, insistiert. Ein hoffnungsloser Fall, dieser Polaco. Andererseits kann Fernando ihm trotz seines offensichtlichen Abstiegs eine gewisse Würde nicht absprechen. Gut geschnittener Anzug, wenn auch ein bisschen altmodisch, ein bisschen zu weit um die Schultern (zu sehr Neunziger, zu sehr falscher Glanz der Menem-Jahre), die Haare straff nach hinten gegelt, perfekte Rasur. Wären da nur nicht die zwei, drei Stellen, an denen er sich geschnitten hat, wahrscheinlich aus Nervosität. Ein Schiffbrüchiger, der seine letzte Leuchtrakete abschießt, während das letzte Schiff vorüberfährt.

Dann hat Salvatierra gesagt, was er zu sagen hat, und wartet nun seinerseits (alle warten: Ruso, Pittilanga, Cristo, alle außer ihm, der sich kaum aus seinem Knäuel aus Vorahnungen und Zweifeln befreien kann), bis der Präsident von Al-Shabab zu Ende gesprochen und der Mann zu seiner Rechten übersetzt hat.

»Señor Zalhmed sagt, er findet die Summe von vierhunderttausend Dollar ein wenig zu hoch. Trotz der unbestreitbaren Qualitäten von Mister Pittilanga.«

Als der Übersetzer eine Pause macht, sieht Fernando verstohlen zu Ruso rüber und findet bestätigt, was er schon vermutet hat: Ruso sieht mit glänzenden Augen zu Cristo, kann sein Lachen kaum unterdrücken, wäre am liebsten damit herausgeplatzt, weil er dieses »Mister Pittilanga« so urkomisch findet. Und Cristo erwidert diesen Blick mit einem schelmischen Grinsen.

»Deshalb bietet Al-Shahab eine Summe von zweihundertfünfzigtausend Dollar für den Transfer des Spielers.«

Fernando spielt mit seiner leeren Tasse, weil er die anderen nicht ansehen will. Welch ein Glück, dass es Salvatierra ist, der ein »Das ist noch zu wenig«-Gesicht aufsetzen muss, der dagegenhalten muss, um die Summe nach oben zu treiben. Soll er sich seine Kommission verdienen, der Blödmann. Fernando hätte sich am liebsten verzogen.

In diesem Moment beginnt Rusos Handy, das auf dem

großen Tisch liegt, kleine Hüpfer zu machen. Nach einigen Hüpfern setzt der Klingelton ein: »Bombón asesino«. Und wird zu allem Überfluss von Sekunde zu Sekunde lauter. Salvatierra gerät aus dem Konzept, und die Araber sehen das Handy an, als wäre es ein abstoßendes Insekt. Ruso fährt seinen Arm aus, schnappt es sich und hält es sich vor die Nase, um nachzusehen, wer ihn da anruft. Fernando hätte ihn am liebsten umgebracht dafür, dass er so unfähig ist, so augenblicksverhaftet, so zerstreut, dass er überhaupt nicht kapiert, dass er das Ding ausschalten muss. Stattdessen sieht ihn Ruso entgeistert an, will ihm offenbar etwas mitteilen, was er aber nicht kapiert, steht auf und zieht sich in eine Ecke des Saals zurück, um den Anruf anzunehmen. Fernando hat wieder dieses ungute Gefühl, dass sich die Wirklichkeit in zwei Teile teilt, wie auf einem Fernsehbildschirm, wenn beim Kampf um die Meisterschaft zwei Partien simultan übertragen werden. Wieder diese blöde Fußballmetapher. Einerseits ist da Salvatierra, der den Faden wieder aufnimmt und seine Argumente wiederholt, um zu rechfertigen, dass Mario Juan Bautista Pittilanga die vierhunderttausend Dollar wert ist – oder wenigstens dreihundertachtzigtausend; andererseits ist da Ruso, der wie ein bestrafter Schüler in der Ecke steht (ein Schüler von vor fünfzig Jahren, denn heutzutage wird man nicht mehr zur Strafe in die Ecke gestellt), mit dem Gesicht zur Wand, und leise flüstert. Und wie bei dem zweigeteilten Bildschirm versteht Fernando rein gar nichts, weder das auf der rechten noch das auf der linken Seite, weder Salvatierra, der den Arm der Araber fast auf den Tisch gedrückt hat, noch Ruso, der wie eine Vase in der Ecke steht.

Zum Glück beendet Ruso das Gespräch (zum Glück ist nicht der richtige Ausdruck, denn das Gesicht, das er macht, als er sich ihnen wieder zuwendet, das Handy zuklappt, Fernando ansieht, verheißt nichts Gutes, aber wenigstens hat die Schizophrenie des zweigeteilten Bildschirms ein Ende) und setzt sich wieder hin. Er setzt sich und kratzt sich am Kopf, aber nicht wie jemand, den es juckt, sondern wie jemand, der sich die Haare raufen will, sich aber vor fremden Leuten nicht traut. Fernando erkennt trotz der Hand im Gesicht, dass Ruso Tränen in den Augen hat. Er will schon aufstehen und zu Ruso gehen, da holt der einen Kugelschreiber heraus, reißt ein Blatt aus einem Heft, kritzelt einige Worte darauf und schubst es über den Tisch in seine Richtung. So stark schubst er es, dass das Blatt an einer Kante abhebt, so dass Fernando es einfangen und wieder auf den Tisch drücken muss.

Fernando liest: *Das war Williams. Hat angekündigt, dass Mauricio kommt. Wir sollen das Treffen unterbrechen, erst weitermachen, wenn er da ist.* Es steht noch etwas auf dem Zettel, aber Fernando hebt den Blick und sieht Ruso an, weil er nicht versteht, wie Williams dazu kommt, diese Anweisung zu geben. Er weiß nur, dass es ihm Angst macht. Plötzlich fällt ihm auf, wie still es geworden ist. Sein Blick wandert zu Salvatierra, der ihn ansieht, als warte er auf eine Antwort. Und gegenüber sitzen die drei Araber und sehen ihn ebenfalls fragend an, warten ebenfalls, dass er dem Agenten von Mister Pittilanga antwortet. Zum Glück endet hier die Liste derer, die ihn ansehen, denn Cristo und Pittilanga haben ihre Aufmerksamkeit auf Ruso gerichtet, versuchen zu verstehen, was zum Teufel mit ihm los ist, so wie Fernando gerade eben auch, bis er bemerkt hat, dass man ihn was gefragt hat. Zum Glück wiederholt Salvatierra, was er gerade gesagt hat.

»Stimmt doch, Fernando? Dreihundertachtzigtausend Dollar ist unser letztes Wort, oder?«

Fernando schluckt. »Genau. Weiter runter können wir nicht gehen.«

Er sagt es vor allem aus Solidarität mit Salvatierra, obwohl er ihm zu keiner Loyalität verpflichtet ist. Es erscheint ihm unredlich, ihn jetzt hängenzulassen. Schließlich erfüllt Salvatierra einfach nur seinen Part und kann nichts dafür, dass etwas, das in der Luft lag, jetzt hier ist, hier am Tisch, in Rusos weit aufgerissenen Augen, in seinem Raufen der Haare: der Einwurf, aus dem ein Gerangel entsteht und dann der Pass in die Tiefe. Zum Glück ist es das Stichwort, auf das Salvatierra gewartet hat, um seine Argumente noch einmal abzuspulen. Er wendet sich an die Araber, spricht in kurzen Sätzen, damit der Übersetzer hinterherkommt. Fernando wendet sich wieder Ruso zu, berührt ihn am Arm, aber Ruso hat Tränen in den Augen und starrt den Tisch an.

Plötzlich ist Fernando alles egal, die Araber, die Verhandlung, und er fragt Ruso, was verdammt noch mal los ist. Ruso, der nach wie vor die Ellenbogen auf den Tisch gestützt und die Finger in die Haare gekrallt hat, bewegt kaum den Kopf in seine Richtung, als er ihm erklärt, dass Williams über alles im Bilde ist, weil Mauricio es ihm erzählt hat. Er hat mir gedroht, dieser Drecksack, schluchzt Ruso; womit gedroht?, fragt Fernando; dass wir im Knast landen, wenn wir uns nicht zurückziehen und die Verhandlung ihm überlassen; wieso im Knast?, fragt Fernando; was weiß denn ich, Mann, blafft Ruso entnervt, wenn auch leise.

Fernando setzt sich wieder gerade hin, aber nicht, um den Arabern etwas vorzuspielen, sondern weil er seine Gedanken ordnen muss. Doch es gelingt ihm nicht: der Steilpass, der zur Strafraumflanke wird, und die Strafraumflanke zum Kopfball, und er mittendrin, orientierungslos. In diesem Moment klopft es dreimal an der Tür, ein Klopfen, das ihm das Blut in den Adern gefrieren lässt, weil er nur einen kennt, der so klopft: Mauricio.

Der Riese an der Tür tritt beiseite, und herein kommt Mauricio. Er geht zu Salvatierra, der sich leicht verschluckt, als er den Sessel zurückschiebt, um aufzustehen. Sie schütteln sich die Hand, dann stellt Salvatierra Mauricio den Arabern vor. Pittilanga, der am anderen Ende des Tisches stehengeblieben ist, grüßt Mauricio nur mit einem Kopfnicken. Fernando und Ruso sieht er nicht einmal an, obwohl sie direkt zu seiner Linken sitzen.

Das anschließende Schweigen ist so unbehaglich, dass selbst die Araber sich anstecken lassen. Salvatierra rettet die Situation, indem er für Mauricio zusammenfasst, was bislang besprochen wurde. »Aha«, sagt Mauricio immer wieder und macht dazu ein ernstes, unergründliches Gesicht. Als Salvatierra fertig ist, nickt Mauricio. »Danke, Ernesto«, sagt er, und Fernando fällt auf, dass Mauricio Salvatierra bisher noch nie beim Vornamen genannt hat. Es beunruhigt ihn, als würde dadurch Freund von Feind getrennt, als würde dadurch klarer, wer das eine ist, und wer das andere.

»Zuerst muss ich Sie um etwas bitten«, sagt Mauricio sowohl an Salvatierra, als auch an die Araber gerichtet. »Ich muss Sie um Entschuldigung bitten, dass diese Versammlung etwas chaotisch abläuft, und …«

»Wieso chaotisch?«, fährt ihm Ruso rüde ins Wort. Fernando erschrickt über diese Reaktion.

Mauricio sieht ihn kurz an und wendet sich dann wieder den anderen zu. »Wichtig scheint mir zu sein, dass von jetzt an ausschließlich diejenigen mit am Verhandlungstisch sitzen, die dazu auch wirklich befugt sind.«

Salvatierra dreht die Handflächen nach oben, um ihm zu verstehen zu geben, dass genau das doch der Fall ist. Mauricio presst die Lippen aufeinander und neigt unmerklich den Kopf.

»Ernesto, damit diese Verhandlungen zu einem guten Ende gelangen, muss jeder wissen, welche Rolle ihm in dieser Angelegenheit zukommt.« Er legt eine theatralische Pause ein, setzt sich auf den einzigen Sessel, der noch frei ist, und kramt in seinem Aktenkoffer. »Als da wären: der Spieler, sein Agent« – er zeigt jeweils auf die entsprechende Person –, »die hypothetischen Käufer und der Vertreter der Verkäuferin.« Bei Letzterem zeigt er auf sich selbst.

»Was? Was sagst du da?« Rusos Stimme überschlägt sich fast, aber Fernando achtet nicht auf ihn, weil er zu begreifen beginnt und ein eisiger Schmerz sich in ihm breitmacht, eine brutale Enttäuschung. Von seinem Platz aus kann er die Unterschriften des Schreibens erkennen, das Mauricio gerade aus dem Aktenkoffer geholt hat. Eine dieser Unterschriften kennt er in- und auswendig.

»Ansonsten hat hier niemand was zu suchen, der zwar guten Willens sein mag, aber nur die Verhandlungen stört. Um ein Beispiel zu nennen«, sagt er und richtet sich direkt an Salvatierra: »Der Preis, über den hier verhandelt wird, deckt sich nicht mit unserem Erwartungshorizont.«

»Unserem? Wer ist uns?« Ruso erhebt sich etwas aus seinem Sessel. »Wer, verdammt?«

Mauricios Gesichtsausdruck wird hart, als würde er die Kiefer stark zusammenpressen.

»Das will ich gern klarstellen«, sagt er, streckt Salvatierra die Papiere hin und fordert ihn mit einer Geste auf, sie an die Araber weiterzureichen. »Señora Margarita Nuñez de Raguzzi, die rechtmäßige und einzige Inhaberin der Transferrechte an dem Spieler Mario Juan Bautista Pittilanga, ist meine Mandantin.«

»Mag ja sein«, räumt Salvatierra ein, »aber Margarita hat die Vollmacht zu gleichen Teilen an euch drei übertragen.«

»Hatte«, schneidet ihm Mauricio das Wort ab, »hatte.«

Wieder legt er eine Pause ein, die noch theatralischer ausfällt als die vorigen, und tippt mit dem Zeigefinger auf das Schreiben, dessen Unterschrift Fernando bereits gesehen hat, was dazu führt, dass er nicht nachfragt, nicht zweifelt, ja nicht einmal hasst.

»Mit diesem Schreiben«, fährt Mauricio fort, »das ihr euch gern genau durchlesen könnt, überträgt sie mir als Vertreter der Kanzlei Williams & Co. die alleinige Vollmacht. Und diese Vollmacht«, fügt er hinzu und trommelt rhythmisch mit dem Zeigefinger auf die erste Seite, »setzt die bis dahin gültige Vollmacht außer Kraft.«

Eine Weile hört man noch, wie der Übersetzer die letzten Sätze dieser irrsinnigen Szene übersetzt. Dann tritt Stille ein. Salvatierra nimmt den Vertrag und liest.

»Es stimmt. Hier wird dir das alleinige –«

»Und das da ist die Aufhebungsklausel.«

Salvatierra liest die Stelle, auf die Mauricio zeigt. Dann legt er den Vertrag zurück auf den Tisch.

»Stimmt auch«, bestätigt er.

»Von wann ist diese neue Vollmacht?«, fragt Ruso, dessen Gesicht rot angelaufen ist.

Salvatierra blättert zur letzten Seite. »Von gestern.«

»Ich kapier gar nichts mehr, Polaco«, meldet sich Pittilanga, der bis dahin kein Wort gesagt hat.

»Ich auch nicht«, schließt sich Ruso an. »Und ehrlich gesagt macht es mich ganz nervös, dass –«

»Da gibt es nichts zu verstehen«, fällt ihm Fernando ins Wort, der eine seltsame Kälte verspürt, eine Distanz, eine Betäubung, als hätte er schon immer gewusst, dass es einmal so enden würde. »Oder doch. Mauricio hat meine Mutter überredet, eine neue Vollmacht zu unterzeichnen, die die alte außer Kraft setzt. Und mit dieser neuen Vollmacht ist er der Einzige, der Verhandlungen führen darf. Wir sind raus aus der Sache.«

»Was? Wieso?«, fragt Ruso alle und niemanden, mit einem Gesicht, das sich inzwischen dunkelrot gefärbt hat.

»Ich schlage vor, du beruhigst dich erst mal«, hebt Mauricio an.

»Und ich schlage vor, du hältst deine Fresse«, entgegnet Fernando. »Sprich ja nie wieder mit ihm. Nie wieder.«

Mauricio presst die Zähne aufeinander und sieht weg. Fernando wiederum starrt den Tisch an.

»Irgendwie hat dein Freund Mauricio meine Mutter

davon überzeugt, dass ich dabei war, ein schlechtes Geschäft zu machen. Und dass sie uns die Vollmacht entzieht, damit er die Sache in die Hand nehmen kann. Er und sein Chef, dieses Arschloch.«

»Sein Chef?«

»Hast du nicht gehört? Williams, sein Chef.«

»Was hat der denn damit zu tun? Wir drei kriegen es nicht hin, den Jungen zu verkaufen, und plötzlich glaubt er, dass er es allein schafft?«

»Nicht ganz«, erklärt Fernando, der immer klarer sieht, was vor sich geht. »Marios Ausleihe endet bald. Er muss zu Platense zurück, und die erteilen ihm garantiert die Freigabe. Mauricio macht sich an meine Mutter ran und redet der Armen ein, dass dann alles Geld futsch ist. Er schlägt ihr vor, den Schaden zu begrenzen, nur zu begrenzen. Er bietet ihr dreißig-, vierzigtausend Dollar an, steht gut bei ihr da und kauft Pittilanga. Und jetzt will er ihn für das Geld verkaufen, das wir fordern.«

»Dann ist doch alles gut.«

»Nein, Rusito. Vorher war das Geld für uns gedacht. Oder besser gesagt, für Guadalupe. Jetzt werden sie die ganze Kohle selber einstecken.«

»Stimmt das?«, fragt Ruso kaum hörbar, doch Mauricio reagiert nicht. »Ob das stimmt, frag ich dich.«

»Hör mal, Ruso.« Mauricio gibt sich einen Ruck. »Ich schlage vor, du fährst jetzt nach Hause, und wir sprechen ein andermal darüber, wenn du dich beruhigt hast und …«

»Ich hab dich gefragt, ob das stimmt!« Ruso steht auf und ballt die Fäuste. »Ich hab dich was gefragt!«, brüllt er. »Antworte, du Arschloch!«

Fernando legt ihm beide Hände auf die Brust, damit er nicht auf Mauricio losgeht. »Beruhig dich, Ruso.«

»Ich soll mich beruhigen? Wie soll ich mich beruhigen, wenn der da das Maul nicht aufmacht? Antworte endlich, verdammt! Antworte!«

Mauricio steht auf. Seine Stimme ist ruhig, als er sich an Salvatierra und den Übersetzer wendet. »Ich schlage vor, eine Pause zu machen, bis die Bedingungen erfüllt sind, die ich anfangs erwähnt habe.«

»Antworte, verdammt! Sag mir, ob du uns reingelegt hast? Sag's!«

Rusos Stimme überschlägt sich vor lauter Wut. Fernando kann ihn kaum noch festhalten, Cristo muss ihm helfen. Der Hüne vom Eingang öffnet die Tür und lässt zwei weitere Hünen herein, die genauso aussehen wie er. Währenddessen steht Mario Juan Bautista Pittilanga ohne viel Getue auf, geht hinter den Arabern um den Tisch herum, packt Mauricio am Kragen, hebt ihn hoch, um ihn gut ins Visier nehmen zu können, und schlägt zu. Anschließend traktiert er den am Boden Liegenden mit Tritten, bis sich die Sicherheitsleute auf ihn stürzen.

51

Fernando fährt sich übers Kinn, nur leicht, aber er zuckt zusammen.

»Hast du auch eine abgekriegt?«, fragt Ruso.

»Nein. Einer der Gorillas hat mich nur ein bisschen

fest angepackt, als er mich aus dem Zimmer gezerrt hat. War keine Absicht.«

»Von wegen keine Absicht.«

»Wirklich. Wenn einer dieser Typen absichtlich zuschlägt, gehen einem garantiert die Lichter aus.«

»Da magst du Recht haben«, räumt Ruso ein und wendet sich an Cristo. »Und du?«

»Alles okay. Mich haben sie nicht in die Mangel genommen.«

Fernando zeigt mit dem Kinn auf Ruso. Beim Gerangel mit den Sicherheitsleuten hat er mehrere Hemdknöpfe verloren, und jetzt, wo er am Kaffeetisch sitzt, liegt seine pinkfarbene Krawatte direkt auf seinem behaarten Bauch. Als er es bemerkt, stopft er sich den Saum in die Hose. Für die Krawatte fällt ihm keine Lösung ein, also nimmt er sie ab. Eine Weile schweigen sie, starren nach draußen auf den Verkehr.

»Und der Junge?«, fragt Cristo.

»Den hat Salvatierra mitgenommen«, antwortet Ruso. »Die beiden wurden in einen anderen Fahrstuhl verfrachtet.«

»Vor oder nach uns?«

»Keine Ahnung. Nach uns vermutlich. Als ich gepackt wurde, hat Mario immer noch Mauricio vermöbelt.«

»Dann hat er's ihm also so richtig gegeben?«, fragt Ruso kichernd.

»Soweit ich gesehen habe, war es ein richtiges Trittefeuerwerk.«

»So ein Tritt von Mario ist bestimmt nicht von schlechten Eltern.«

»Geschieht ihm recht«, sagt Fernando, der eine kalte Wut verspürt, als käme sie von ganz früher.

Ruso sieht zum Bürgersteig gegenüber, zur Straßenecke, wo der Eingang des Hotels ist.

»Was ist?«, fragt Fernando.

»Nichts«, sagt Ruso.

»Ist Mauricio immer noch nicht rausgekommen?«

»Nein.«

Der Kellner geht an ihrem Tisch vorbei und rempelt Fernando leicht an, unabsichtlich, aber auch ohne die geringsten Anstalten, es verhindern zu wollen, und auch ohne sich hinterher zu entschuldigen. Normalerweise regt sich Fernando über so einen Mangel an Rücksicht fürchterlich auf und protestiert, als würde es irgendwas nützen. Diesmal aber reagiert er nicht. Wer sowieso schon am Boden liegt, auf dem wird auch noch rumgetrampelt.

»Und jetzt?«, fragt Ruso.

»Jetzt? Nichts, Ruso. Wir müssen mit Lourdes reden.«

»Mit Lourdes? Wieso?«

»Weil ich mit ihr vereinbart habe, dass wir ihr jeden Monat Geld für Guadalupe überweisen, damit sie uns im Gegenzug keine Knüppel zwischen die Beine wirft, wenn wir Guadalupe besuchen wollen. Aus der Traum.«

»Und was gedenkt ihr jetzt zu tun, um die Kleine zu sehen?«, fragt Cristo.

Fernando verzieht das Gesicht. »Wird eben wieder ein Riesenstress. Vielleicht müssen wir sogar erneut vor Gericht, um unser Besuchsrecht durchzusetzen.«

»Warum das?«

»Bei meiner Mutter gibt es kein Problem, sie ist die

Oma. Aber ich bin nur der Onkel, das ist was ganz anderes. Ganz zu schweigen von dem da.«

Fernando zeigt auf Ruso, der es als Nichtverwandter noch schwerer haben wird.

»Und wenn ihr einen Anwalt einschaltet?«, hakt Cristo nach, als fiele es ihm schwer zu akzeptieren, dass Justiz und gesunder Menschenverstand sich so schlecht vertragen.

»Lass uns lieber nicht über Anwälte reden«, sagt Fernando, der am Ende ist, fertig mit der Welt.

»Mit Pittilanga hast du nicht mehr gesprochen, oder?«, fragt Cristo nach einer Weile seinen Freund.

»Wann soll ich mit ihm gesprochen haben?«, fragt Ruso zurück.

»Weiß nicht ... Als sie uns rausgeworfen haben.«

»Ich war vollauf damit beschäftigt, mich von einem Orang-Utan am Hemdkragen wegschleifen zu lassen, damit er mir auf Arabisch den Arsch aufreißen kann. Deshalb hatte ich leider keine Zeit, mit dem Jungen zu sprechen, mein lieber Cristo.« Ruso pult eine Krume heraus, die ihm zwischen den Zähnen hängengeblieben ist. »Jetzt müssen wir sehen, was weiter passiert.«

»Was müssen wir sehen?«, fragt Fernando.

»Nichts. Wir müssen eben sehen.«

»Du sprichst in Rätseln.«

»Ich? In Rätseln?« Ruso wendet sich schutzsuchend Cristo zu.

»Na ja, ein bisschen schon.«

Ruso zuckt nur mit den Schultern und schweigt wieder, bis Cristo auf den Bürgersteig gegenüber zeigt. »Da sind sie.«

Auf der anderen Straßenseite geben Salvatierra und Mauricio sich die Hand. Salvatierra verschwindet wieder in dem Gebäude, während Mauricio sich suchend umblickt. Dann überquert er die Straße auf argentinische Art, sprich: schlängelt sich ohne auf Grün zu warten zwischen den Autos hindurch. Fernando meint ein leichtes Hinken wahrzunehmen und erinnert sich an Pittilangas Tritte.

»Kommt er etwa hierher?«, fragt Fernando verdutzt.

»Scheint so«, bestätigt Ruso.

»Ich fass es nicht.« Cristo drückt das Gesicht an die Scheibe, um besser sehen zu können. Dann steht er auf und legt seine Hand auf Rusos Arm. »Er kommt tatsächlich hierher, Ruso. Tu jetzt nichts Unüberlegtes.«

Fernando überlegt, ob er eingreifen soll. Sich hinter verschlossenen Türen mit dem Arschloch von Mauricio zu prügeln, ist eine Sache, sich mitten in einem Café zu kloppen eine ganz andere. Wenn sie nicht aufpassen, landen sie noch im Knast. Ruso reißt sich zwar nicht von Cristo los, starrt aber Mauricio an. Ihre Blicke treffen sich. Fernando nimmt etwas Merkwürdiges wahr. Merkwürdig angesichts der Ausgangslage: Ruso sieht ruhig aus, fast zufrieden.

»Was ist denn mit dir los?«, fragt Fernando und sieht zu Cristo hinüber, ob der ihm die Frage beantworten kann. Aber der schaut genauso verdattert drein.

In diesem Augenblick betritt Mauricio die Bar und kommt direkt auf den Tisch zu, an dem sie sitzen. Entweder hat Cristo in seiner Verblüffung den Griff gelockert oder Ruso hat seine Anstrengung verstärkt, jedenfalls springt er endgültig auf und eilt Mauricio entgegen.

Fernando bleibt sitzen. Cristo will sich ebenfalls erheben, bleibt aber zwischen dem Tisch und dem Stuhl, auf dem Ruso gerade noch gesessen hat, stecken.

»Halt, Ruso! Beruhig dich!«, ruft er ihm hinterher.

Als noch rund drei Meter zwischen ihnen liegen, bleiben Ruso und Mauricio stehen. Es ist Fernando nicht bewusst, aber er spürt etwas, das er nicht mehr gespürt hat, seit er elf Jahre alt war: den Wunsch, den tiefen, archaischen Wunsch, dass sein Freund dem Oberarschloch der Schule die Fresse poliert; dass Mauricio aus der Nase blutet und heult; dass er für all die Erniedrigung, all den Egoismus bezahlt. Ebenfalls nicht bewusst ist ihm, dass er die Fäuste geballt hat, als erwarte er jeden Moment den ersten Schlag. Ruso ist zwar nicht so groß und schwer wie Pittilanga, aber sich prügeln, das konnte er schon immer. Außerdem wirkt Mauricio angeschlagen. Er hat einen Kratzer auf der Stirn und einen auf dem Kinn. Sein zerknitterter Anzug verbirgt wahrscheinlich so einige blaue Flecken. Gib's ihm, Ruso, denkt Fernando, gib's ihm so richtig, damit diesem Arschloch sein selbstgefälliges Lächeln vergeht.

Aber es kommt anders. Ruso und Mauricio mustern sich auf drei Metern Entfernung: Ruso die Hände in die Hüften gestemmt, Mauricio mit schlaff herunterhängenden Armen. Beide lächeln. Breiten die Arme aus. Fangen an zu lachen. Umarmen sich schier endlos.

Mauricio und Ruso lösen ihre Umarmung und reden, ja schreien drauflos, so dass die anderen Gäste sich zu ihnen umdrehen. Aber das scheint sie nicht zu stören. Cristo lässt sich strahlend zurück auf seinen Stuhl sinken und sieht Fernando an, dem die Kinnlade runtergefallen ist. Mauricio und Ruso reden nach wie vor so laut aufeinander ein, dass gut zu verstehen ist, was sie sagen.

»Und?«, fragt Ruso.

»Geschafft.«

»Wie?«

»Alles unter Dach und Fach.«

»Echt?«

»Na sicher, du Pfeife.«

»Du verarschst mich auch nicht?«

»Nein. Das Ding ist im Kasten.«

Sie umarmen sich erneut. Cristo sieht weiter Fernando an, der nach wie vor starr dasitzt.

»Erzähl. Was haben sie gesagt?«

»Am Anfang war's das reinste Chaos. Ich dachte schon –«

»Als wir draußen waren, was ist da passiert?«

»Das erzähl ich doch gerade! Am Anfang haben sie mich überhaupt nicht beachtet und untereinander diskutiert.«

»Hat Mario arg zugelangt?«

»Arg zugelangt? Der Junge ist gemeingefährlich! Wie der mich zugerichtet hat! Mir tut alles weh. Der hat mir garantiert eine Rippe gebrochen.«

»Glaub ich nicht.«

»Oh doch.«

»Du warst schon immer eine Mimose. Erzähl lieber, was passiert ist.«

»Also gut. Nachdem ihr rausgegangen seid –«

»Von wegen rausgegangen: unsanft vor die Tür gesetzt.«

»Ja, ja, ist doch egal.«

»Eben nicht, Mann. Die haben uns regelrecht rausgeprügelt.«

»Was soll das hier sein? Ein Wettstreit, wen es schlimmer erwischt hat? Jetzt nerv nicht rum.«

»Darf man erfahren, warum Ruso sich mit diesem Arschloch so prächtig versteht?«, richtet Fernando sich an Cristo.

Cristo lächelt nur. Fühlt sich wie im siebten Himmel. Als er den Job bei Ruso angefangen hat, hätte er sich nie träumen lassen, dass er so was mal erleben darf. Er überlegt, ob er Fernando aufklären soll. Lieber nicht. Er ist hier nur Zeuge.

»Immer mit der Ruhe. Das wird sich alles noch aufklären.«

»Ich scheiß auf die Ruhe.«

Cristo muss nichts entgegnen, weil Fernando sich wieder den beiden anderen zugewandt hat. Ruso hat gerade eine Hand auf Mauricios Schulter gelegt und führt ihn zum Tisch. Cristo fürchtet, Fernando könnte einen Aufstand machen. Tut er aber nicht. Offenbar ist er noch zu perplex. Ruso zeigt auf einen Stuhl.

»Setz dich da hin, Mauri, dann kann man dich von draußen nicht sehen. Nicht auszudenken, wenn dich die Araber hier erwischen.«

Mauricio gehorcht. Fernando ist immer noch ganz baff.

»Erklärt mir endlich mal einer, was hier läuft?« Fernandos Stimme zittert leicht, als könnte er kaum noch an sich halten.

»Hast du den Film *Der Clou* gesehen?«

Fernando runzelt die Stirn, weil er nun vollends verwirrt ist. Er versucht sich zu fangen.

»Der Film *Der Clou* geht mir am Arsch vorbei, Ruso. Ich will jetzt endlich wissen, was der hier zu suchen hat. Und warum du dich so prächtig mit ihm verstehst, obwohl er uns alles ruiniert hat.«

»Warte«, will ihn Ruso beruhigen. Cristo begreift, dass Ruso die Geschichte auf seine Art erzählen will, in aller Ausführlichkeit, aber dass es nicht leicht wird, den ungeduldigen Fernando im Zaum zu halten.

»Wie oft haben wir den *Clou* gesehen, Doktor?«, fragt Ruso Mauricio.

»Uff. Fünfzigmal bestimmt.«

»Der da«, sagt er und zeigt auf Fernando, »hat ihn auch gesehen. Mit uns. Im Ocean in Morón. Was gar nicht leicht war, wegen der Altersbeschränkung ab vierzehn. Aber er erinnert sich nicht mehr dran.«

»Dabei haben wir den Film dreimal hintereinander geguckt«, trägt Mauricio bei.

»Genau«, bestätigt Ruso. »Aber mit ihm über Filme zu reden ist, wie mit dir über Zweitligafußball zu quatschen, Cristo. Nichts für ungut.«

»Schon verziehen«, sagt Cristo, der kein Problem damit hat, seine Schwächen einzugestehen.

»Woran zum Teufel soll ich mich erinnern?«

»An Paul Newman«, sagt Ruso.

»Und an Robert Redford«, fügt Mauricio hinzu.

»Und der Bösewicht war –«

»Warte, ich hab's gleich … Robert Shaw!«

»Robert Shaw. Meine Fresse, hast du ein gutes Gedächtnis, Mauricio!«

»Ich warte noch immer auf eine Erklärung«, drängt Fernando.

»Kommt, Fer, kommt. Erinnerst du dich noch, dass ich dich neulich nach dem Film gefragt habe?«

»Was? Nein … Wirklich?«

»Siehst du? Du hörst mir nie zu.«

»Doch.«

»Wie man ja jetzt merkt. Ich hab dich wirklich danach gefragt.«

»Hast du nicht.«

»Hab ich oder hab ich nicht, Cristo?«

Cristo nickt. Ruso setzt sich aufrecht hin, weil es ihm einen Heidenspaß macht, den Inhalt des Films wiederzugeben. Auch Cristo richtet sich auf. Er hat es schon zwanzigmal gehört, aber er genießt immer wieder, wie Ruso es erzählt.

»Robert Redford ist ein Trickbetrüger. Dreißigerjahre. Chicago. Ein Trickbetrüger, der mit einem Komplizen arbeitet. Einem Freund. Einem Schwarzen. Groß. Schon etwas älter. Welcher Schauspieler war das noch mal, Mauricio?«

»Uh, jetzt hast du mich kalt erwischt«, antwortet Mauricio und betastet seinen Kratzer am Kinn.

»Egal. Ein Mafioso tötet diesen Freund. Den Schwarzen. Deshalb sucht Robert Redford Paul Newman auf.«

»Um ihn zu töten?«, fragt Fernando.

»Wieso sollte er ihn töten, du Idiot? Nein, um sich mit ihm zusammenzutun! Paul Newman ist nämlich ebenfalls ein Trickbetrüger, nur um Klassen besser. Die beiden tun sich also zusammen, um es dem Mafioso heimzuzahlen. Dem, der den Schwarzen getötet hat.«

»Erinnerst du dich nicht mal mehr an die Musik?«, fragt Mauricio. Der Blick, den Fernando Ruso zuwirft, verrät Cristo, dass es vielleicht nicht der richtige Moment ist, um über Kino zu reden, dass sie Fernando vielmehr schleunigst darüber aufklären sollten, was passiert ist. Aber verklicker das mal Ruso.

»Unser Doktor sagt das nur«, erläutert Ruso, »weil die Musik so bekannt ist. Dada dadah dadah dadah dadadadadadadah dada dah. Bei der Melodie kenn ich jeden Halbton.«

»Ich pfeif auf deine Halbtöne, Ruso!«

»Immer mit der Ruhe. Es ist alles in Butter. Oder, Doktor?«

»Ja.«

»Und diesem Arschloch soll ich glauben?«

»Warum erklärst du es nicht einfach direkt und fertig, Ruso? Vielleicht beruhigt er sich dann«, schaltet sich Cristo ein, der Angst hat, dass die Sache vollends aus dem Ruder läuft.

Ruso zögert, gibt sich dann einen Ruck. »Wie soll ich dir das erklären? Was anfangs ein totales Chaos war, hat sich schließlich in Wohlgefallen aufgelöst.«

»Ah ja?«, sagt Fernando skeptisch.

»Ja, wenn ich's dir sage. Erst kam der da zu mir.«

»Wer?«

»Mauricio. In die Waschanlage. Wann warst du noch mal da?«

»Uh, weiß nicht mehr.«

»Vor drei Wochen«, eilt Cristo ihm zu Hilfe, der sich noch gut erinnert, wie sehr ihm Mauricios Audi imponiert hat.

»Vor drei Wochen also. Wie gesagt, er kam zu mir in die Waschanlage.«

»Wozu?«, fragt Fernando, in dessen Stimme immer noch eine Menge Groll mitschwingt.

»Um zu besprechen, was wir tun könnten«, erklärt Mauricio vorsichtig, als hätte er Angst, dass er gleich wieder angeblafft wird oder Prügel bezieht.

»Warum?«, fragt Fernando nach wie vor feindselig.

»An dem Tag haben wir uns lang unterhalten«, nimmt Ruso den Faden wieder auf. »Damals hatte ich mir gerade den Film noch mal angeschaut.«

»Jetzt fängst du schon wieder damit an!«

»Wie soll ich es dir sonst erklären, wenn mir die Idee doch durch den Film gekommen ist? Diese Typen in *Der Clou*, das sind zwei gewitzte Trickbetrüger, die einen Streit inszenieren, um diesen Kerl einzuwickeln, und …« Ruso hält inne, um sich die Szene zu vergegenwärtigen.

»Und weiter?«, fragt Fernando ungeduldig.

»Wenn ich dir jetzt sage, was ich sagen wollte, nehme ich dir ja das Ende vorweg.«

»Mann, Ruso! Merkst du nicht, dass mir dein Film scheißegal ist?«

»Das sagst du nur, weil du dich nicht mehr erinnern kannst. Wenn ich ihn dir jetzt erzähle und du ihn dann anschaust, wirst du dir in den Arsch beißen. Jetzt musst du nur wissen, dass die Typen, die Filmhelden, sich gegenseitig massakrieren, aber nur scheinbar, dass sie in Streit geraten, weil der eine den anderen reingelegt hat, aber nur scheinbar. Und dass sie sich vor den Augen des Mafioso erschießen. Alles nur zum Schein, verstehst du?«

Bedrückt wendet er sich an Cristo. »Jetzt hab ich ihm das Ende doch erzählt, ich Idiot.«

»Ja, blöd, Ruso, aber so ist das manchmal«, tröstet ihn Cristo, der seine Bedenken gut verstehen kann.

»Soll ich es kurz machen?«, fragt Ruso und sieht Fernando in die Augen. »Ich hab dich angelogen.«

»Was?«

»Ich hab dich angelogen, Mann! Wir haben dich angelogen. Der da auch.«

»Wie, ihr habt mich angelogen?«

»Schon das Treffen mit Polaco im Supermarkt hat so nicht stattgefunden.«

»Nicht stattgefunden?«

»Doch, schon, aber ich hab Polaco nicht zufällig getroffen, sondern absichtlich. So wie Mauricio und ich es abgesprochen hatten. Wir wussten nämlich, dass Polaco ein Geheimnis nicht für sich behalten kann. Außerdem war es so glaubwürdiger.«

»Ihr beide habt euch das ausgedacht?«, sagt Fernando, und Cristo glaubt einen Hauch von Eifersucht zu spüren.

»Wir und der da«, bestätigt Ruso und zeigt auf Cristo, der mit den Schultern zuckt wie die Unschuld vom Lande.

»Dann hast du alles gewusst? Auch das mit der Unterschrift meiner Mutter?«

»Klar hab ich's gewusst. Wichtig war nur, dass du es nicht weißt. Damit deine Wut echt wirkt. Deine und die von Pittilanga natürlich.«

»Pittilanga habt ihr auch nicht eingeweiht?«

»Nein, wir brauchten ein Gleichgewicht.« Ruso hebt

beide Hände auf dieselbe Höhe, um es zu veranschaulichen. »Dass einige es wissen und andere nicht. Dass einige schauspielern und andere spontan reagieren.«

»Polaco?«

»Nein, dem kann man doch nichts erzählen. Als ich ihn im Supermarkt getroffen habe, hat es keine zwei Minuten gedauert, bis er alles ausgespuckt hat, obwohl Mauricio ihn inständig gebeten hat, nichts zu verraten.«

»Wie? Du hast das alles ausgeheckt?« Zum ersten Mal wendet sich Fernando an Mauricio.

»Nein. Als ich Polaco gesagt hab, er soll den Mund halten, gab es noch keinen Plan.«

»Lass mich dir eins erklären«, hebt Ruso an, und Cristo ist erleichtert, weil die Dinge jetzt ihren Gang nehmen. »Ich war derjenige, der zu deiner Mutter gefahren ist, gestern, und sie hat die Vollmacht unterschrieben, ohne irgendwas zu fragen.«

»Sie hat unterschrieben, ohne mich zu fragen?« Fernando klingt gekränkt.

»Sie ist davon ausgegangen, dass es mit dir abgesprochen war.«

»Sie hätte mich anrufen können.«

»Ging nicht.« Ruso zeigt auf Cristo, der es als Aufforderung versteht, seinen Teil der Geschichte beizutragen.

»Um Komplikationen zu vermeiden, haben wir ihr Telefon abgestellt.«

»Wie, abgestellt?«

Cristo macht eine Schnittbewegung.

»Ist schon wieder repariert, keine Angst«, fügt er hinzu.

»Und wenn ein Notfall eingetreten wäre und sie dringend hätte telefonieren müssen?«

Ruso und Cristo sehen sich an und wissen nicht, was sie antworten sollen.

»Ich hab sie vorgestern besucht«, sagt Cristo schließlich. »Da sah sie quicklebendig aus. Deine Mutter hat eine eiserne Konstitution, Fernando.«

»Und jetzt hör auf, uns ständig zu unterbrechen«, ergreift Ruso wieder das Wort. »Also, wir treffen uns mit den Arabern, und du bist fest davon überzeugt, dass Mauricio uns reingelegt hat. Als er die neue Vollmacht rausholt –«

»Moment. Williams hat doch mittendrin angerufen.«

»Papperlapapp, das war nicht Williams. Das war Mauricio. Von der Rezeption aus.«

»Wozu?«

»Mein Gott! Damit es so aussieht, als würde der Typ uns im letzten Moment das Geschäft versauen. Damit deine Wut echt ist. Weißt du noch, wie er dich angeschaut hat, Mauricio?«

»Hätte er ein Messer in der Hand gehabt, hätte er zugestochen.«

Ruso formt mit den Fingern ein Quadrat wie ein Filmregisseur. »Wir brauchten dein Wutgesicht. In Großaufnahme.«

»Ihr hättet es mir sagen können.«

»Falsch. Du bist zu gutmütig.«

»Zu dämlich, wolltest du sagen.«

»Das auch. Aber vor allem bist du kein guter Schauspieler. Man hätte es dir angemerkt.«

»Moment«, sagt Fernando und legt die Hände flach

auf den Tisch. »Ich hab genau gesehen, wie du rot angelaufen bist, als das Handy geklingelt hat.«

Ruso sieht zu Cristo und zieht die Augenbrauen hoch. Cristo lächelt anerkennend zurück.

»Weil ich die Luft angehalten habe. Und ein bisschen den Darm zusammengepresst. Eine Meisterleistung«, lobt Ruso sich selbst.

»Aber als du aufgelegt hast, hattest du Tränen in den Augen.«

Ruso sieht jetzt auch zu Mauricio, damit mehr Augenpaare den magischen Moment seiner Weihe bezeugen.

»Emotionales Gedächtnis. Schostakowitsch.«

»Stanislawski«, verbessert Cristo.

»Genau. Stanislawski.«

»Du hättest es mir sagen können«, wiederholt Fernando. »Cristo hast du's ja auch gesagt.«

»Cristo musste ich es sagen, schließlich brauchte ich einen Verbündeten, falls die Situation aus dem Ruder läuft! Aber Pittilanga wusste nicht Bescheid. Und die Araber auch nicht.«

»Na super. Dann war ich ja genauso ignorant wie unser junger Freund, der nichts anderes kann, als gegen einen Ball zu treten, und drei Araber, die keinen blassen Schimmer davon haben, was gerade abgeht.«

»Die nicht wissen, was gerade abgeht? Wo sie doch so schnell sind, dass sie eine Fliege im Flug ficken?« Er wendet sich an Mauricio: »Bist du sicher, dass alles geritzt ist?«

»Ja, Ruso. Die Verträge sind unterzeichnet. Salvatierra hat Pittilanga mit nach draußen genommen, um ihm alles zu erklären, und ich hab mich in der Zwischenzeit um die letzten Details gekümmert.«

»Und die haben keinen Stress gemacht?«

Mauricio sieht ihn spöttisch an, als hätte er eine allzu offensichtliche Frage gestellt.

»Klar haben die Stress gemacht. Die haben sich fürchterlich aufgeregt, mir gedroht, sie würden abreisen.«

»Hab ich gleich gesagt: merkwürdige Typen! Und dann?«

»Dann wurde es ganz schön heftig. Ich musste so einiges über mich ergehen lassen.«

»Sag bloß. Und wie hast du reagiert?«

»Ruhig. Weißt du, ich wurde in letzter Zeit so oft beschimpft, dass ich mich daran gewöhnt habe.«

Obwohl er niemand Bestimmten ansieht, ist klar, dass er Fernando meint, der lieber zum Fenster hinausschaut.

»Und dann?«, fragt Ruso schnell, um das Gespräch in eine andere Richtung zu lenken.

»Als sie gesehen haben, dass ich ums Verrecken nicht nachgebe, dachten sie, das stimmt, was Fernando gesagt hat: dass die Kanzlei das Geschäft durchkreuzen wollte, damit Pittilanga die Freigabe erhält, nur um ihn einige Monate später für ’n Appel und ’n Ei zu kaufen (den Teil hatte der Übersetzer offenbar verstanden, was sich daran zeigte, dass sie später noch mal darauf zu sprechen kamen: An der Stelle habt ihr mich ja auch laut und deutlich ein Riesenarschloch genannt). Sie haben sich zurückgezogen, ein bisschen getuschelt und die Sache durchgerechnet.«

»Und du?«

»Nichts. Äußerlich ruhig, innerlich gespannt wie ein Flitzebogen.«

»Am Ende haben sie zugegriffen. Ich hab Polaco auf dem Handy angerufen, der wiederum hat mit Pittilanga gesprochen. Dann sind beide zurückgekommen, und der Junge hat unterschrieben. Zum Glück hatte er sich beruhigt und mich nicht noch mal verprügelt.«

»Hat er dir wirklich wehgetan?«, fragt Ruso zweifelnd.

Statt zu antworten hebt Mauricio sein Hemd an und zeigt seinen Brustkorb, der unter der Achsel rot ist, als wäre er abgeschabt worden.

»Stimmt, hat ganz schön zugelangt«, gibt Ruso zu, dem seine leichtfertige Bemerkung von eben offenbar leidtut. Fernando sieht weiterhin aus dem Fenster.

»Dann haben alle unterschrieben, und fertig war der Salat. Es fehlen noch ein paar Details. Und die Kohle muss noch bezahlt werden. Aber die Sache ist durch.«

Stille tritt ein. Der Kellner bringt den Kaffee, den Mauricio per Zeichensprache bei ihm bestellt hat. Cristo nutzt das Schweigen, nimmt all seinen Mut zusammen und räuspert sich, bevor er die entscheidende Frage stellt.

»Und wie viel hast du rausgeholt?«

Mauricio kostet den Moment aus. Sieht alle an, auch Fernando, der sich ihm zugewandt hat. Seine Augen leuchten. Vor Stolz, denkt Cristo. Oder so was Ähnlichem.

»Vierhundertzwanzigtausend Dollar«, sagt er schließlich und leert ein Zuckertütchen in seine Tasse. »Netto.«

Die anderen brauchen eine Weile, um die Zahl in den Platzhalter einzutragen, der sie zwei lange Jahre lang so viele Nerven gekostet hat. Wie immer ist Ruso der Erste, der reagiert.

»Das ist ja großartig! Und die Kommission für den Jungen?«

»Zahlen die Araber. Wir kriegen vierhundertzwanzigtausend netto.«

»Ich kann's noch gar nicht glauben. Endlich hat mal was geklappt!«

»Mit Polaco hab ich mich auf dreißigtausend geeinigt. Bermúdez kriegt vierzigtausend. Uns bleiben also dreihundertfünfzigtausend, wenn ich richtig gerechnet habe«, fügt Mauricio hinzu.

Wieder schweigen alle. Fernando nimmt eine Serviette aus dem Halter und rechnet. Die anderen sehen zu. Tausend mal zwölf mal elf: einhundertzweiunddreißigtausend. Er kringelt die Zahl ein. Das ist die Summe, die sie an Lourdes auszahlen werden, bis sie einundzwanzig ist. Dann rechnet er weiter. Dreihundertfünfzigtausend minus einhundertzweiunddreißigtausend: zweihundertachtzehntausend. Wieder umkringelt er die Zahl. Das ist die Summe, die Lourdes kriegt, wenn sie volljährig wird. Mauricio muss lachen, ebenso Ruso. Fernando hingegen bleibt so ernst, dass es fast schockierend ist.

»Was ist denn mit dir los?«, fragt Ruso, der es bemerkt hat.

»Mit mir«, antwortet Fernando, ohne den Blick zu heben. »Nichts. Ich bin eben überrascht.«

»Du machst ein Gesicht wie auf einer Beerdigung, Mann.«

»Nein, nein, ich freu mich. Echt. Ist nur so, dass ich nicht gerade gut wegkomme dabei.«

»Dass du nicht gut wegkommst? Inwiefern?«

»Fragst du das im Ernst? Du hast dich gut aus der Affäre gezogen. Aber ich hab den da so richtig zur Sau gemacht.«

Er sagt es, ohne Mauricio anzusehen, deutet nur vage in seine Richtung. Aber Cristo begreift, dass es nicht ein letzter Rest von Groll ist, sondern Scham. Ruso weiß nicht, was er antworten soll. Nach einem langen Schweigen ist es schließlich Mauricio, der antwortet.

»Mach dir keinen Kopf. Wenn ich zur Sau gemacht wurde, dann fast immer zu Recht. Dass du dich einmal geirrt hast, macht den Kohl nicht fett.«

Cristo überlegt, ob er etwas sagen soll, aber er kommt zum gleichen Schluss wie immer: Er ist hier nur Zeuge.

»Kann ich dich was fragen?«, richtet sich Fernando plötzlich doch an Mauricio.

»Was?«

»Warum?«

»Warum was?«

»Warum hast du es gemacht? Du hast doch selbst gesagt, dass du richtig Ärger mit deinem Chef kriegen könntest.«

Mauricio zuckt mit den Schultern. Sieht nach draußen.

»Der ist zum Glück gerade nicht in Buenos Aires. Angeblich ist er bei einem Kongress in São Paulo, aber ich weiß, dass er nach Recife gefahren ist und sich dort mit einem Mädchen vergnügt. Wenn er zurückkommt, ist er bestimmt bester Laune. Hoffe ich jedenfalls.«

»Ich auch«, sagt Ruso.

Wieder schweigen alle. Mauricio sieht auf die Uhr,

ruft den Kellner und zahlt die Rechnung. Dann steht er auf und verabschiedet sich von allen mit einem Wangenkuss.

»Du hast mir meine Frage noch nicht beantwortet«, sagt Fernando, als Mauricio sich schon einige Schritte entfernt hat. Mauricio bleibt stehen und dreht sich um.

»Welche Frage?«

»Warum hast du es gemacht? Warum hast du uns doch noch geholfen?«

Mauricio zögert. So lange, dass es schon den Anschein hat, er würde nicht antworten. Als er es schließlich doch tut, klingt seine Stimme gepresst, als fiele es ihm schwer.

»Weißt du«, beginnt er, aber er muss sich räuspern, um das Falsett im Ton wegzukriegen. »Vor ein paar Wochen ist mir was Gutes passiert. Was richtig Gutes.«

»Bist du befördert worden?«, fragt Ruso.

Mauricio schüttelt den Kopf. »Und da ist mir aufgefallen, dass ich ohne euch … dass ich ohne euch niemanden habe, dem ich davon erzählen kann.«

Er geht Richtung Tür.

Fernando ruft ihm nach. »Und was war das?«

Mauricio lächelt. »Erzähl ich euch ein andermal. Wenn wir uns das nächste Mal sehen.«

Er hebt zum Abschied die Hand, dreht sich um und geht. Cristo sieht ihm durchs Fenster nach und wendet sich dann wieder den anderen zu. Fernando starrt ins Innere des Cafés, als wollte er nicht, dass die anderen sein Gesicht sehen. Ganz anders Ruso. Ruso weint hemmungslos.

»Bevor du eine Entscheidung triffst, solltest du erst mal einen Vaterschaftstest machen«, sagte Mauricio zu Mono, einige Wochen nachdem der bei Lourdes ausgezogen war.

Independiente bestritt das Freitagabendspiel, und Fernando hatte alle zusammengetrommelt, um sich die Partie anzuschauen, zu quatschen und was zu trinken. Mauricio hatte so viel Coca-Cola und Fernet Branca mitgebracht, dass es für ein ganzes Heer gereicht hätte. Ruso hingegen, der sich verpflichtet hatte, fürs leibliche Wohl zu sorgen, kam mit einer mickrigen Salami und zwei Tüten Erdnüssen an, aus Geldmangel, wie er erklärte.

Zu allem Übel war das Spiel grottenschlecht und endete unentschieden. Mit leerem Magen und niedergeschlagen wegen des schwachen Auftritts von Independiente und Monos familiärer Situation machten sich die vier daran, sich systematisch zu besaufen. Was ihnen an Fröhlichkeit mangelte, glich der Überfluss an Fernet wieder aus. Irgendwann fragte Ruso, ob er sie wiedergesehen habe, und Mono sagte, nein, aber er müsse eigentlich, und zwar bald, weil sie wichtige Dinge zu besprechen hätten. »Was für Dinge?«, fragte Fernando, dem sich alles drehte, mit scheelem Blick. »Besuchszeiten, Höhe der Alimente und son Kram«, antwortete Mono schleppend, halb aus Suff, halb aus Traurigkeit.

In die folgende Stille hinein platzte Mauricio mit seiner Frage nach dem DNA-Test. Er konnte auch dann noch messerscharf denken, wenn er sturzbesoffen war. Einfach und klar, wie eins und eins macht zwei: Wenn du Geld für ein Baby zahlen sollst, wenn du dafür einen Teil dei-

nes Vermögens einsetzen willst, stell vorher sicher, dass es auch wirklich dein Kind ist.

Alle sahen zu Mono, weil die Frage im Raum stand wie ein giftiger Geist. Giftig und stumm, denn keiner hatte das Thema je aufs Tapet gebracht, keiner hatte die Frage je wieder berührt, seit Mono sie gefragt hatte, ob er mit Lourdes zusammenziehen sollte oder nicht. Jeder für sich hatte das Baby unter die Lupe genommen, hatte unbeholfen versucht, irgendwelche Ähnlichkeiten zu entdecken, ohne den Schweizer zu kennen, also ohne Vergleichsmöglichkeit. Jeder für sich hatte sich aus tiefstem Herzen gewünscht, dass die Kleine von Mono war, weil sie ihn liebten und ihm eine weitere brutale Enttäuschung ersparen wollten. »Außerdem wird dich der Prozess um das Sorgerecht ein Vermögen kosten«, setzte Mauricio noch einen drauf.

Mono sah sie nicht an. Er starrte weiterhin auf die Fliesen im Hof, wo sie saßen, weil es Oktober war und schon angenehm warm. Er griff sich die Flasche Fernet, die noch halb voll war, und trank, als wäre es Wasser. »Langsam, Mann, sonst stürzt du noch völlig ab«, sagte Fernando ohne Nachdruck. Mono verschluckte sich, hustete und spuckte einen Teil wieder aus. Er schnaufte, fand seinen Atem wieder, schloss die Augen und setzte die Flasche erneut an. Als er sie leergetrunken hatte, warf er sie an die Wand, aber sie landete in einem Lorbeerbusch, dessen Zweige den Aufprall abfederten, so dass sie nicht zu Bruch ging.

»Scheiße«, sagte Mono. Mauricio packte eine neue Flasche am Hals und drehte den Verschluss auf. »Ich mein's ernst«, sagte er, als wollte er zu verstehen geben,

dass seine Bemerkung eine Antwort verdient hatte, trotz des halben Liters Fernets, den Mono sich gerade hinter die Binde gekippt hatte. »Und du? Was denkst du?«, fragte Mono seinen Bruder. Fernando zog den Rotz hoch. Ihm war auf den Steinfliesen kalt geworden. »Könnte was dran sein, an dem, was Mauricio sagt«, antwortete er schließlich resigniert, als wäre er in die Enge getrieben worden und hätte keine Lust mehr wegzurennen.

»Ich will was sagen«, kündigte Ruso an, der am wenigsten getrunken hatte, weil ihm Alkohol nicht bekam, ihn eher traurig machte als aufputschte. Er räusperte sich, wartete. »Sag schon«, forderte ihn Mono auf. »Raus damit«, bekräftigte Mauricio.

»Ich muss was sagen«, wiederholte er, aber nicht, weil ihm der Alkohol das Gehirn vernebelt hatte, sondern weil er eine große Scheu empfand, das Thema anzusprechen. Er räusperte sich noch einmal. »Ich mache mir viele Gedanken über Kinder. Leibliche Kinder, adoptierte Kinder. Wegen meines Bruders. Dass seine Frau keine kriegen konnte und sie adoptieren mussten.«

»Die Kinder deines Bruders sind adoptiert?«, fragte Mauricio trüb. »Mann, weißt du das nicht oder bist du so blau, dass du dich nicht mehr erinnerst?« Mauricio blinzelte, als wüsste er nicht, was überhaupt die Frage war. »Und wisst ihr, woran ich da gedacht hab?«, fuhr Ruso fort. »Nein, woran?«, fragte Mono. »An die Rusitas hab ich gedacht. An meine Mädchen.

Wenn man mir heute, wo die Rusitas drei sind, sagt, dass die Mädchen nicht von mir sind, sondern von einem anderen, wär mir das scheißegal, kapiert ihr? Weil, die Windeln hab ich den beiden gewechselt, das Fläschchen hab ich den beiden gegeben, in den Schlaf gesungen hab ich die beiden. Was juckt mich, aus welchen Spermien sie entstanden sind? Sie sind nicht deswegen meine Töchter. Sondern wegen dem anderen.«

Alle schwiegen. Mono richtete sich auf, trat dabei gegen ein Glas, das umkippte und über die Fliesen rollte, krabbelte auf allen vieren zur gegenüberliegenden Wand und umarmte seinen besten Freund.

52

Als Fernando das Hupen hört, klopft er die Hosentaschen seiner Jeans ab, um sich zu vergewissern, dass er alles dabeihat. Dokumente, ein bisschen Kleingeld, ein paar Scheine. Er öffnet die Tür. Draußen glänzt Mauricios Wagen in der Sonne. Hinten sitzt Guadalupe, winkt und lächelt. Daneben Ruso, der ebenfalls lächelt.

Als er um den Audi herumgeht, fällt ihm auf, dass man ihm seinen Sitz freigehalten hat. Das freut ihn. Irgendwann hat er mal mit Mauricio über das Thema Traditionen diskutiert. Wer was gesagt hat, weiß er nicht mehr, aber heute wird ihm bewusst, wozu Traditionen gut sind. Damit die Welt etwas freundlicher, vorhersehbarer, vertrauenswürdiger ist. So muss es sein, wenn sie ins Stadion fahren: Mauricio am Steuer, er neben ihm, Ruso hinten. Und dort, wo immer Mono gesessen hat, Guadalupe. Nicht schlecht.

»Hallo, Onkel Fernando.«

»Hallo, meine Hübsche.«

»Stimmt es, dass wir jetzt jeden Sonntag zusammen einen Ausflug machen?«

»Hat das deine Mama gesagt?«

»Ja.«

»Dann stimmt es auch. Jeden Sonntag, und auch samstags und mittwochs ganz oft. Mit mir und deiner Oma. Die beiden da kommen auch ab und zu mit. Zumindest wenn wir ins Stadion gehen.«

»Stimmt es, dass Onkel Ruso eine PlayStation 3 hat?«

»Wär's nicht schöner, du würdest Onkel Daniel sagen? Onkel Ruso ist so …«

»Aber die anderen nennen dich doch auch Ruso.«

»Ja, aber das sind eben Antisemiten.«

»Ich finde Onkel Ruso gut. Was sind Antisemiten?«

»Willst du uns die ganze Fahrt nach Avellaneda Löcher in den Bauch fragen, oder was?«

»Ja, wieso? Hast du nun eine PlayStation 3?«

»Hat er, Guada, hat er«, bestätigt Mauricio.

»Und wo habt ihr die her?«, fragt Fernando.

»Die Direktion der Stiftung Guadalupe hielt es für angebracht, den Drahtziehern von *Enge Deckung* eine zu schenken, für ihre wertvollen Dienste.«

»Scheint mir gerechtfertigt«, stimmt Fernando zu.

»Absolut gerechtfertigt«, mischt sich Ruso ein, der nur schwer zu verstehen ist, weil er sein Fenster ganz runtergekurbelt hat.

»Kann ich mal kommen, um damit zu spielen, Onkel Ruso? Was für eine Stiftung Guadalupe?«

»Klar kannst du kommen. Aber du musst wissen, dass wir immer nur Fußball spielen.«

»Ist schon okay.«

»So gefällt mir meine Kleine.«

»Was machst du eigentlich für ein Gesicht?«, fragt Mauricio Fernando.

Fernando wundert sich über die Frage. Er denkt an nichts Besonderes. Genießt das Geplauder der anderen und hängt seinen Gedanken nach, lässt seinen Blick über die Landschaft entlang der Autobahn schweifen. Bevor er antworten kann, ergreift Ruso das Wort.

»Ah! Was ich euch noch erzählen muss! Gestern hat mich Pittilanga angerufen!«

»Und? Was sagt er?«

»Dass es super läuft.«

»Wer ist Pittilanga?«, fragt Guadalupe.

»Ein Fußballspieler. Und Freund von uns.«

»Ihr habt einen Freund, der Fußballspieler ist?«

»Ja, spielt bei einem Club in Arabien. Ist zwar Argentinier, aber jetzt spielt er dort.«

»Und wie habt ihr ihn kennengelernt?«

»Das erzählen wir dir ein andermal. Dein Papa hat ihn auch gekannt.«

»Ja?«

»Ja. Dein Papa hat ihn sogar entdeckt, als er noch jünger war. Und sofort gewusst, dass er es mal schaffen würde.«

»Echt?«

»Was hat Pittilanga nun erzählt?«

»Dass es super läuft. Dass er vier Spiele bestritten hat. Immer von Anfang an.«

»Ach ja?«

»Stand sogar in der Zeitung. Er wollte mir den Artikel mailen.«

»Fühlt er sich wohl da?«

»Er sagt ja. Nur dass er kein Wort versteht.«

»Und seine Mitspieler?«

»Es gibt da einen Kolumbianer, der ihm alles übersetzt. Und weil der Trainer aus Holland kommt, ist sowieso alles auf Englisch, weil sonst niemand irgendwas kapiert.«

»Was für ein Chaos.«

»Offenbar spielt er gut, ist hinten wie eine Wand. Ich kenn mich halt aus mit Fußball.«

»Sei nicht so eingebildet, Ruso.«

»Warum sagen die, du sollst nicht so eingebildet sein, Onkel Ruso?«, fragt Guadalupe. Von jetzt an wird sich diese Männerwelt wohl an dieses Piepsstimmchen und die Fragerei gewöhnen müssen, denkt Fernando. Es macht ihn glücklich.

»Soll ich die Belgrano oder die Pavón nehmen?«, fragt Mauricio, als sie sich dem Ende der Autobahn nähern.

»Die Belgrano«, schlägt Ruso vor. »Heute ist ja kein Spiel, da kriegst du auf jeden Fall einen Parkplatz.«

»Lieber die Pavón«, sagt Fernando. »Damit Guada sieht, wo wir normalerweise langfahren.«

»Wo er Recht hat, hat er Recht«, sagt Mauricio und blinkt.

Fernando sieht ihn an.

»Was ist jetzt schon wieder los?«, fragt Mauricio.

»Nichts. Neuerdings bist du ja fast ein netter Mensch.«

»Du bist aber böse, Onkel Fernando!«, ruft Guadalupe halb amüsiert, halb verwundert.

»Jetzt hast du mal gesehen, wie die mich behandeln, Süße.«

»Ich bin auf deiner Seite!«

»Überleg dir das gut, Engelchen. Hier im Auto sitzen zwei nette Menschen. Zwei nette Menschen und der Fahrer«, frotzelt Ruso.

»Dafür hat der Fahrer ein tolles Auto«, prahlt Mauricio.

»Was ist das?«, fragt Guadalupe und zeigt auf eine Böschung zu ihrer Rechten.

»Da fährt der Zug. Siehst du die Schienen da oben?« Fernando dreht sich zu Guadalupe um. »Du, Guada, das Stadion ist ganz neu. Und noch nicht fertig.«

»Ja, weiß ich doch.«

»Ich sag's nur, falls es dir nicht gefällt. In ein paar Monaten wird's ganz anders aussehen.«

»In ein paar Monaten. Oder Jahren. Oder Jahrhunderten«, quetscht Mauricio aus dem rechten Mundwinkel, damit nur Fernando es hört.

»Onkel Fernando hat Recht«, mischt sich auch Ruso ein. »Manche Sachen sind noch gar nicht gebaut, bei anderen ragen noch Eisenstangen raus.«

»Und gestrichen muss auch noch alles werden«, ergänzt Mauricio.

Die Kleine nickt und sieht zum Fenster hinaus, zu den Häuserblocks des Stadtteils General Belgrano.

»Aber fertig gebaut wird schon, oder?«

Ruso verflucht innerlich, wie zielsicher Kinder und Frauen den Finger in die Wunde legen können. Und das kleine Persönchen hier vereint beides in sich.

»Ganz sicher. Fehlt nicht mehr viel.«

Als sie die Alsina erreichen, parkt Mauricio. Bis zum Stadion ist es noch ein Häuserblock, aber sie haben verabredet, das letzte Stück zu Fuß zu gehen.

Das Viertel ist wie verwaist.

»Hier wird der Wagen garantiert geklaut«, sagt Ruso, nur um Mauricio nervös zu machen. »Ich hoffe, du hast eine gute Versicherung.«

»Eine sehr gute sogar«, spöttelt Fernando.

Mauricio verkneift sich eine Erwiderung und sieht sich um. Am Kiosk auf der anderen Straßenseite hängen einige Jungs herum und trinken Bier. Er geht zu ihnen und zeigt auf den Wagen.

»Alles geritzt«, sagt er zufrieden, als er wieder bei den anderen ist.

»Du spinnst«, sagt Ruso. »Jetzt werden eben die dir deinen Wagen kaputt machen.«

»Für hundert Pesos passen sie garantiert drauf auf.«

»Hundert Pesos! Hättest du das gleich gesagt, hätte ich das selber übernommen, Mann.«

»Du hast einen reichen Onkel, Guada. Dir kann also nichts passieren«, sagt Fernando.

»Stimmt das, Onkel Mauricio? Hast du wirklich so viel Geld?«

»Geld hat er genug. Was ihm fehlt, ist Moral«, stichelt Ruso.

Guadalupe sieht ihn verwundert an. Fernando will ihr schon erklären, dass es ein Scherz ist, aber er überlegt es sich anders. Sie soll es selber lernen. Kinder lernen in null Komma nichts. Wenn seine Nichte einen Computer bedienen kann, dann dürfte es gar kein Problem sein, den primitiven Humor ihrer drei alten Onkel zu verstehen.

Schweigend gehen sie die Avenida Alsina entlang. Zwanzig Meter vor der nächsten Kreuzung trottet Ruso los, um als Erster am Straßenschild zu sein.

»Schau mal, Guada, wie die Straße heißt«, sagt Fernando.

Das Mädchen liest. »Bochini? Wie der Spieler von Independiente?«

»Der größte Fußballspieler aller Zeiten«, verkündet Mauricio feierlich.

»Größer als Maradona?«

Fernando und Mauricio sehen sich an.

»He! Ich hab euch was gefragt! Besser als Maradona?«, wiederholt Guadalupe.

»Nein, nicht besser, aber ähnlich gut«, entscheidet Fernando. »Weißt du, welchen Club Maradona gut fand, als er so alt war wie du?«

Das Mädchen macht noch größere Augen als sowieso schon. »Independiente?«

Fernando fühlt sich wie ein Großgrundbesitzer, der einer Gruppe von staunenden Verwandten aus der Stadt die Weiten seiner Ländereien zeigt.

»Genau.«

Das Mädchen überlegt kurz. »Und wenn ich es genauso mache? Als Kind bin ich für Independiente und als Erwachsene für Boca?«

Mauricio lacht, während Fernando denkt, dass sie höllisch aufpassen müssen, um mit der Kleinen Schritt zu halten.

»Langsam«, sagt Ruso, damit Guadalupe nicht einfach so um die Ecke biegt und das Stadion sieht. Es soll ein spezieller Moment werden, der sich ihr ins Gedächtnis brennt. »Noch nicht gucken.«

Vorsichtshalber legt er ihr eine Hand über die Augen und führt sie langsam die Pasaje Bochini entlang. Guadalupe macht kleine Trippelschritte, um das Terrain zu erkunden. Als hätte sie Angst, sie könnte stolpern, klammert sie sich an Rusos Hand, die so groß ist, dass sie ihr halbes Gesicht bedeckt.

»Ganz ruhig. Bei mir bist du sicher. So, jetzt bleiben wir stehen. Und ...«

»Warte«, sagt Fernando.

»Worauf?«, fragt Ruso.

Fernando antwortet nicht, zeigt nur auf das Mädchen. »Also, mein Engel. Du wirst jetzt gleich das schönste Stadion der Welt sehen.«

»Okay, Onkel Fernando.«

»Das erste Stadion aus Beton in ganz Südamerika.«

»Ja! Darf ich jetzt?«

»Das jetzt ganz neu ist, aber noch nicht fertig«, fügt Mauricio hinzu.

»Ja!! Darf ich jetzt endlich gucken??«

»Das alte war ein bisschen heruntergekommen, deshalb baut der Club ein neues«, fügt Fernando seinerseits hinzu.

»Ja, Onkel Fernando!!«

»Und das neue wird noch viel schöner als das alte ...«

»Ich will jetzt endlich gucken!!!«

»Ta ta ta taaaa ...«

Das Mädchen versucht die Hand wegzuschieben, die auf ihren Augen liegt. Bevor Ruso nachgibt, sieht er die beiden anderen an. Sie wechseln Blicke, blinzeln, schauen die Kleine an.

»Jetzt mach schon, Onkel Ruso, ich halt's nicht mehr aus!!!!!«

Ruso spürt, wie die Wimpern der Kleinen ihn kitzeln.

Er sieht noch einmal zu seinen Freunden. Und dann nimmt er wie ein Stierkämpfer die Hand weg und tritt beiseite, damit Guadalupe gucken kann.

EDUARDO SACHERI

In ihren Augen

Roman

Aus dem Spanischen von Matthias Strobel

Buenos Aires, 30. Mai 1968. Eine junge Frau wird vergewaltigt und erschlagen. Dem Justizbeamten Benjamín Chaparro gelingt es, den Mörder zu überführen, der Fall scheint abgeschlossen – bis die Militärjunta sich einmischt. Fünfundzwanzig Jahre später, im Ruhestand, beschließt Chaparro, die Ereignisse von damals in einem Buch zu verarbeiten – ohne zu ahnen, wie sehr ihn die Vergangenheit noch einmal einholen wird.

Klug, warmherzig und mit einem feinen, selbstironischen Unterton erzählt Eduardo Sacheri eine packende Geschichte über Gewalt, Obsessionen und die Verstrickungen von Justiz und Politik. Vor allem aber erzählt er von der Liebe: gekränkte Liebe, freundschaftliche Liebe. Und eine Liebe, die über den Tod hinaus währt.

»Mit leichter Hand und gutem Gespür für Pointen entwirft Eduardo Sacheri Charaktere, die den Leser in den Bann ziehen.« *Rainer Moritz, Deutschlandradio Kultur*

BLOOMSBURY BERLIN

EDUARDO SACHERI

Die Hand Gottes und andere Tangos

Fußballgeschichten

Aus dem Spanischen von Matthias Strobel

Es ist der 22. Juni 1986, es ist das WM-Viertelfinale zwischen Argentinien und England. Der vielleicht größte Spieler, den die Welt je gesehen hat, betritt die Bühne. Das 1:0 erzielt er mit der Hand Gottes, das 2:0 war das schönste Tor der Fußballgeschichte. Als Argentinien wenig später den Weltmeistertitel erringt, versinkt ein ganzes Land im Jubel, allen voran die Carlitos und Pablos, die auf den Straßen ihrer Viertel den großen Idolen nacheifern.

Für Eduardo Sacheri ist Fußball mehr als nur ein Spiel, ihm gerät die Schilderung eines Fußballspiels zum Mittel, eine Frau zu verführen, ein Bolzplatz zum Schauplatz übersinnlicher Kräfte.

»Ein schöneres Fußball-Buch als Sacheris gibt es nicht!«
Die Welt

»Ein Volltreffer. Dieses Buch wird nicht nur Fußballfans in seinen Bann ziehen. Sacheri beschreibt mit großer Leidenschaft große und kleine Dramen aus einem fußballverrückten Land.« *ARD Morgenmagazin*

BERLIN VERLAG

MATTHEW DICKS

Der beste Freund, den man sich denken kann

Roman

Aus dem amerikanischen Englisch
von Cornelia C. Walter

Budo ist der beste Freund, den sich der achtjährige Max vorstellen kann. Eben weil er sich ihn nur vorstellt. Und was das betrifft, hat Budo mit seinem Erschaffer echt Glück gehabt: Budo besitzt Arme, Beine und sogar Ohren – ein Detail, das bei imaginären Freunden gern vergessen wird (weshalb diese oft ziemlich schlecht hören). Seit fünf Jahren begleitet Budo Max durch ein nicht ganz einfaches Leben. Denn Max ist anders als die anderen Jungen: Er mag es nicht, wenn man ihn berührt, er liebt es, Dinge zu ordnen, er schaut Menschen ungern in die Augen. Kein Wunder, dass die Schule ein einziger Spießrutenlauf für ihn ist.

Als die Lehrerin Mrs Patterson ein verdächtiges Interesse an Max bekundet, spitzt sich die Situation jedoch zu, so dass Budo eine dramatische Entscheidung treffen muss.

Klug, schräg, spannend und oft umwerfend komisch erzählt Matthew Dicks davon, dass man beileibe nicht echt sein muss, um ein wahrer Freund zu sein.

»Ein Buch wie dieses haben Sie noch nie gelesen. Glauben Sie mir!« *Jodi Picoult*

BLOOMSBURY BERLIN

ROBERTO AMPUERO

Der letzte Tango des Salvador Allende

Roman

Aus dem Spanischen von Carsten Regling

Am Morgen des 11. September 1973 versucht Salvador Allende den Oberbefehlshaber der chilenischen Streitkräfte, Augusto Pinochet, zu erreichen. Als Pinochet nicht auf den Anruf reagiert, ahnt Allende, dass seine Stunden als Präsident gezählt sind: Der Putsch steht bevor.

Sein Koch und persönlicher Assistent, Rufino, hält die dramatischen Ereignisse in einem Tagebuch fest – und erzählt darin auch ihre gemeinsame Geschichte. Er berichtet von den abendlichen Gesprächen über das Leben, die Liebe und den Tango, von Allendes Liebschaften und der Sorge um das Land. Jahrzehnte später gelangen diese Aufzeichnungen in die Hände des ehemaligen CIA-Agenten David Kurtz. Wird es ihm mit ihrer Hilfe gelingen, den chilenischen Geliebten seiner Tochter aufzuspüren?

»Spannend, wie Ampuero die frühen siebziger Jahre auferstehen lässt.« *Süddeutsche Zeitung*

BLOOMSBURY BERLIN